JOSIE LITTON

Wikinger meines Herzens

Buch

Britannien im 9. Jahrhundert: Die ebenso schöne wie dickköpfige Lady Cymbra weigert sich beharrlich, durch eine Vernunftehe zum Faustpfand für den Frieden zwischen den Angelsachsen und den Wikingern zu werden. Es ist ihr gleich, dass ihr Bruder Lord Hawk der wichtigste Vertrauensmann König Alfreds ist und sie anfleht, den Antrag des Anführers der Wikinger zu akzeptieren. Wolf Hakonson, der mächtige Clanchef der Wikinger, lässt ein Nein nicht gelten. Wenn ein ehrenvoller Antrag nichts fruchtet, wird die Schöne ihn eben anders kennen lernen: Kurzerhand entführt er die stolze Lady Cymbra in seine Heimat, um sie zur Frau zu nehmen. Damit ist der Landesfrieden zwar besiegelt, doch voller Ingrimm erwartet Wolf eine Familienfehde zwischen ihm und Lord Hawk, der sicherlich seine Schwester retten und Rache nehmen will. Niemals hätte er jedoch mit der Reaktion von Lady Cymbra gerechnet, die mit viel Eigensinn, Witz und Vernunft den Männern einen Strich durch die gewalttätige Rechnung macht. Am allermeisten ist aber Cymbra überrascht über ihre leidenschaftlichen Reaktionen auf den fremden Krieger …

Autorin

Josie Litton ist das Pseudonym einer seit langem bekannten Autorin, die jetzt unter neuem Namen eine zweite Karriere als Verfasserin großer historischer Liebesromane anstrebt. Und mit welchem Erfolg! In den USA wurde der erste Band ihrer großen Wikinger-Trilogie auf Anhieb zu einem Besteller. Der nächste Roman von Josie Litton ist bei Blanvalet bereits in Vorbereitung.

JOSIE LITTON

Wikinger meines Herzens

Roman

Aus dem Amerikanischen
von Eva Malsch

BLANVALET

Die Originalausgabe erschien 2001 unter dem Titel
»Dream of Me« bei Bantam Books,
a division of Random House Inc., New York.

Umwelthinweis:
Alle bedruckten Materialien dieses Taschenbuches
sind chlorfrei und umweltschonend.

Blanvalet Taschenbücher erscheinen im
Goldmann Verlag, einem Unternehmen der
Verlagsgruppe Random House.

Deutsche Erstveröffentlichung Dezember 2002

Dieses Werk wurde vermittelt durch die
Literarische Agentur Thomas Schlück GmbH, Garbsen.
Umschlaggestaltung: Design Team, München
Umschlagillustration: Agt. Schlück/Gadino
Satz: DTP Service Apel, Hannover
Druck: Elsnerdruck, Berlin
Verlagsnummer: 35790
Lektorat: Maria Dürig
Redaktion: Andrea Brandl
Herstellung: Heidrun Nawrot
Made in Germany
ISBN 3-442-35790-X
www.blanvalet-verlag.de

1 3 5 7 9 10 8 6 4 2

M. gewidmet – für all die Jahre
und all die Liebe

1

Nebel steigt aus dem Wasser auf, von der mondlosen Nacht tintenschwarz gefärbt, schwebt über den von sanften Wellen umspülten Strand, die Klippen hinauf, wo violetter Stechginster duftet, und durch die Ritzen im Pfahlzaun der großen Festung mit Namen Holyhood.

Nichts regt sich, nur eine streunende Ratte schnüffelt an den Körnern, die schon vor Stunden aus dem Getreidesack gerieselt sind. Auf der hölzernen Wand kauert eine Katze … wartet … springt hinab …

Auf ihren Posten dösen die Wächter, vernachlässigen ihre Pflicht, und in der Halle schnarcht die Garnison.

Eine junge Frau schläft in ihrem Zimmer an der Spitze des Turms inmitten der Burg und murmelt etwas vor sich hin, ihre Wange an ein duftendes Kissen geschmiegt, rastlos in ihren Träumen.

Geschickt zerlegt die Katze ihre Beute. Ein flüsternder Wind zerzaust ihr Fell. Sie sieht auf – und erstarrt beim Anblick des Schemens, der schnell und lautlos aus dem Nebel auftaucht.

Im geschwungenen drachenförmigen Bug des Kriegsschiffs sieht ein Mann die Festung vorbeigleiten. Mit Augen, die so kalt und tödlich sind wie das Treibeis des Nordens, aus dem er stammt, betrachtet er das Gebäude, dessen Schicksal er bereits entschieden hat.

Dann verschwindet das bedrohliche Schiff wieder im

Nebel. Die Katze wendet sich wieder ihrer Mahlzeit zu. Und die junge Frau im hohen Turm schreit leise auf, erwacht aber nicht.

Die Frauen, die am Fluss ihre Wäsche wuschen, sahen ihn als Erste. Fröhlich schwatzten sie, sprachen über ihre Männer und Kinder, als eine den Kopf hob, durch den wirbelnden Staub spähte, und sich langsam erhob. Ihren zitternden Händen entglitt das schöne Hemd ihres Mannes, an dem sie so lange gearbeitet hatte und das er nur an Feiertagen trug. Um einen Schrei zu unterdrücken, presste sie eine Hand auf ihren Mund. Dennoch entrang sich ein halb erstickter Laut ihrer Kehle, der die anderen Frauen erst recht bestürzte.

Sofort unterbrachen sie ihre Arbeit und starrten sie an, dann folgten sie der Richtung ihres Blicks. Eine oder zwei von ihnen schrien entsetzt auf, doch sie verstummten augenblicklich und beruhigten ihre Babys, die sie zum Ufer mitgenommen hatten. Nur die Hufschläge durchbrachen die Stille.

Kerzengerade saß Sir Derward im Sattel und genoss jeden Schritt seines Pferdes, jeden einzelnen Moment, jedes angstvolle Augenpaar. Hinter ihm ritt die Patrouille in Zweierreihen, zwei Dutzend Männer, zwischen sich die sechs Gefangenen, die teils verblüfft, teils beklommen beäugt wurden.

Obwohl sie sich in der Unterzahl befanden, unbewaffnet und völlig hilflos, ihre Hände gefesselt und an den Hälsen zusammengebunden waren, verbreiteten sie Furcht und Schrecken. Keiner war unter sechs Fuß groß und der Anführer noch mindestens vier Zoll größer, mit breiten Schultern und kräftigem Körperbau. Unter ihren kurzen

Tuniken ragten sehnige, muskulöse Schenkel hervor, die Baumstämmen glichen.

Die meisten trugen Bärte, doch ihr Anführer war glatt rasiert und hatte ein schmales, hartes Gesicht und gebräunte Haut. Sein mitternachtsschwarzes Haar hing bis auf seine Schultern herab. Sein scharfer, klarer Blick glitt an den Frauen vorbei zum geöffneten Tor der Festung. Mit ihren grimmigen Zügen wirkten sie alle beängstigend, ganz besonders aber der Anführer. Trotzdem waren sie gefangen genommen worden, so unglaublich es schien.

Noch bevor die Frauen zögernd zu jubeln begannen, ritt die Patrouille an ihnen vorbei. Sie packten ihre Babys und die Wäsche und folgten ihnen hastig. Dieses großartige Ereignis wollten sie nicht verpassen.

Ein Wächter lehnte am Torpfosten, starrte den Herannahenden mit offenem Mund entgegen und stieß einen heiseren Warnschrei aus. Über dem Pfahlzaun erschienen mehrere Köpfe, eine Gruppe von Männern versammelte sich am Tor und stob auseinander, als sich die Pferde näherten. Wie ein Lauffeuer verbreitete sich die Nachricht, und sämtliche Arbeiten kamen zum Erliegen. Die Bewohner von Holyhood ließen alles stehen und liegen, um zu begaffen, was sie niemals zu sehen erwartet hatten. Gefangene Wikinger, Gestalten aus Albträumen, die wehrlos in die Festung geführt wurden. Von Sir Derward, für den bisher niemand einen respektvollen Gedanken erübrigt hatte. Dieses Spektakel würde man in ferner Zukunft noch am winterlichen Feuer schildern und den Kindern erzählen, die erst Jahre später das Licht der Welt erblicken würden.

Jetzt erklang der Jubel nicht mehr zögernd, sondern lauthals, aus voller Kehle, drang zum Turm in der Mitte von Holyhood hinauf, durch die Fenster, aus denen der Duft getrockneter Kräuter wehte. Neugierig fragte die junge Frau: »Was hat das zu bedeuten, Miriam?«

Die alte Kinderfrau, die duftende Gräser zusammenband, hielt inne und wiegte den Kopf. »Anscheinend sind die Leute völlig außer sich. Soll ich herausfinden, was geschehen ist, Mylady?«

»Wenn du so freundlich wärst …« Schlanke weiße Hände legten eine letzte Rosenknopse in eine kleine Presse und schraubten den Deckel fest. »Heute möchte ich das Öl zubereiten.«

Während Miriam nickte, aufstand und das Turmzimmer verließ, setzte die Herrin von Holyhood ihre Arbeit fort.

Wolf Hakonson blickte sich in der Zelle um, in die man ihn mit seinen Männern gesperrt hatte. Langsam nickte er, ließ sich auf den feuchten Steinboden sinken und streckte seine langen Beine aus. Seine Männer, die stets auf seine Stimmung achteten, grinsten erleichtert und ließen sich ebenfalls nieder.

»Verdammt«, murmelte der einäugige Olaf und wandte sich seufzend Wolf zu. »Jetzt schulde ich dir zehn Pelze.«

»Allerdings«, bestätigte Wolf. Seine Laune besserte sich mit jeder Sekunde, obwohl er sich bemühte, es zu verbergen. Was er empfand, durfte er nicht zeigen, denn man konnte die Gefangenen durch die vergitterten Fenster in der hölzernen Doppeltür deutlich erkennen. Für ein Verlies war der Raum erstaunlich groß, und der Anführer vermutete, dass er normalerweise nach der Ernte als Lager diente. Bis dahin sollten die Wikinger darin festgehalten werden.

Wikinger, ahnungslos neben ihrem Schiff überrumpelt,

das scheinbar auf einer Sandbank gestrandet war – Wikinger, die ihre Waffen nicht erreichen und deshalb keinen Widerstand leisten konnten – Wikinger, die sich fast wortlos ergeben hatten …

Allein schon bei diesem Gedanken wäre er beinahe in Gelächter ausgebrochen. Odin hatte ihn in der Tat mit dem Spatzenhirn dieses Sachsen an der Spitze der Patrouille begünstigt. Ein solcher Mann, vor Stolz völlig blind, war ihm nur selten begegnet.

Innerhalb weniger Minuten hätten sie die undisziplinierten Sachsen entwaffnen und töten können. Solche Erfolge hatten die Wikinger zu oft erzielt, um sie an ihrem Sieg zweifeln zu lassen. Doch dann hätten sie Holyhood stürmen müssen. Die Festung war groß, wenn auch schlecht verteidigt, und war von hohen Mauern umgeben. Und Wolf wollte das Leben seiner Männer nicht unnötig aufs Spiel setzen.

Außerdem würden die Gegner durch seine Methode nicht nur eine Niederlage und schwere Verluste, sondern auch eine tiefe Demütigung erleiden – und genau das bezweckte er. Vor der Zelle erklangen Schritte und rissen ihn aus seinen Gedanken. Mit zusammengekniffenen Augen beobachtete er durch das Gitter, wie das Spatzenhirn in Begleitung mehrerer Ritter die Stufen herabstieg.

»Ah, die kühnen Wikinger!«, spottete Sir Derward. »Der Schrecken des Nordens!« Er warf seinen Kopf in den Nacken und begann zu lachen, ein hohes Kichern, das besser zu einem Mädchen gepasst hätte. Auch seine Männer zwangen sich zu einem Lachen. »Noch nie habe ich solche Feiglinge gesehen«, ereiferte er sich mit geröteten Wangen. »Wie schwache Weiber ergaben sie sich. Nun, vielleicht sind sie ja Weiber! Die Wikingerinnen müssen Riesinnen sein, wie?« Während diese witzige Bemerkung mit neuerlichem Gelächter belohnt wurde, stemmte er die Hände in die Hüften und stolzierte vor seinen Gefangenen auf und ab. »Was für armselige Kerle! Nicht den geringsten Widerstand habt Ihr geleistet. War keiner von Euch bestrebt, heute Abend in Walhalla zu speisen? Oder wusstet Ihr, dass Euch nicht einmal Eure Furcht erregenden Götter willkommen heißen würden?«

An Wolfs Seite bewegte sich ein Gefangener. *Nein*, formten die Lippen des Anführers. Sofort erstarrte der Mann.

»In dieser Zelle werdet Ihr alle vermodern«, fuhr Derward fort. »Ihr werdet heulen und um Nahrung betteln. Bald werdet Ihr Euch um den Kadaver einer Ratte balgen, einander dahinsiechen sehen und den Tod herbeisehnen. Aber der wird Euch vorerst nicht erlösen, denn Lord Hawks Feinde sterben langsam. Und vor Eurem schrecklichen Ende werdet Ihr Eure Mütter verfluchen, die Euch das Leben geschenkt haben.« Als auch diese Worte keine Regung hervorriefen, färbte sich sein Gesicht noch dunkler. In seinen Mundwinkeln sammelte sich Speichel. »Vielleicht lasse ich Euch gegeneinander kämpfen, um meine Ritter zu amüsieren. Die Sieger bekommen ein paar Bissen zu essen und dürfen etwas länger leben. Wer wird als Letzter sterben?« Der Reihe nach musterte er die Gefangenen, ehe sein Blick an Wolf hängen blieb. »Ihr da!«, rief er und starrte den großen Wikinger an, der am Boden saß und trotz seiner Fesseln unbeugsame Kraft und kühle Ruhe ausstrahlte. Für den Bruchteil einer Sekunde flackerte etwas in Derwards Augen auf. »Warum habt Ihr …?«

Doch seine Frage blieb unausgesprochen, denn plötzlich öffnete sich die Tür am Absatz der Treppe, die zur Zelle herabführte, und Sonnenstrahlen durchdrangen das düstere, von Fackeln kaum erhellte Dunkel. Im goldenen Licht stand eine Frau.

Geschmeidig sprang Wolf auf und trat an die Gitterstäbe, um sie genauer zu betrachten. Die Sonne zeigte ihm nicht viel – nur eine Silhouette, dennoch konnte er ihre anmutige Haltung erkennen. Für eine Frau war sie sehr groß und gertenschlank.

Und dann ertönte ihre Stimme – eine sanfte, melodische Stimme, die einen Mann ebenso zu erregen wie ein Kind zu beruhigen vermochte – eine Stimme, die Wolf zu liebkosen schien. Verblüfft bemerkte er, das er den Atem anhielt.

»Warum werden diese Männer gefangen gehalten, Sir Derward?«

Erschrocken zuckte der Ritter zusammen und drehte sich um. »Das sind Wikinger, Mylady. Eine knappe Meile von hier lief ihr Schiff auf Grund, und wir konnten sie überwältigen.«

»Haben sie sich gewehrt?«

»Nein, Mylady, sie wagten nicht, mit uns zu kämpfen, sondern ergaben sich sofort.«

»Ich verstehe. Also wisst Ihr nicht, ob sie uns angreifen wollten?«

Mühsam zwang sich Derward zur Ruhe und holte tief Luft. Wolf hörte es, und einen Augenblick lang tat ihm der Mann beinahe Leid. »Mylady, das sind Wikinger«, wiederholte der Ritter.

»Die Kaufleute aus dem Norden heißen wir stets willkommen. Gibt es einen Grund für die Vermutung, diese Männer wären etwas anderes?«

»Seht sie doch an, Mylady! Das sind keine Händler.« In seinen Augen erschien wieder jenes seltsame Flackern.

Lady Cymbra trat ins Licht, und alle Augen richteten sich auf sie.

Wie aus weiter Ferne hörte Wolf, dass seine Mitgefangenen den Atem anhielten. Auf dieser Welt erzählte man viele Geschichten, doch nur wenige entsprachen den Tatsachen. In einer von ihnen wurde behauptet, Cymbra, die Schwester des berühmten Hawk of Essex, sei die schönste Frau der Christenheit, so liebreizend, dass ihr Bruder sie versteckt hielt, da sonst zahllose Männer um sie kämpfen würden.

Dieser Geschichte hatte er stets misstraut und geglaubt, das Mädchen wäre lediglich durchschnittlich hübsch. Doch nun stand er der Wirklichkeit gegenüber. Verwirrt starrte er Lady Cymbra an, während sein klarer Verstand allmählich zurückkehrte.

In dichten Wellen reichte das kastanienbraune Haar mit den goldenen Glanzlichtern fast bis zu ihren Knien hinab. Die Augen, blau wie das Meer unter der Sommersonne, von langen Wimpern umrahmt, beherrschten ein ebenmäßiges ovales Gesicht. Ihre rosigen Lippen unter der schmalen Nase waren leicht geöffnet. Ihr Körper mit den vollen Brüsten, der schlanken Taille und den sanft geschwungenen Hüften war wie geschaffen für die zärtlichen Hände eines Mannes. Für *seine* Hände. Als fühlte sie sich von seiner Willenskraft magnetisch angezogen, trat sie näher. Sie war exquisit und perfekt – wie eine zum Leben erwachte Statue. Bestand sie aus Fleisch und Blut? Jede normale Frau würde einen Makel aufweisen – mochte er auch noch so geringfügig sein –, um ihre Sterblichkeit zu bekunden. Hatte jemals ein Schmutzfleck dieses ätherische Geschöpf verunstaltet? War jemals eine Haarsträhne vom Wind zerzaust worden? Hatte sich schon einmal eine Unebenheit auf der reinen Haut gezeigt? Schwitzte und fluchte die Lady? Wusste sie zu kämpfen, oder gab sie in allen Dingen widerspruchslos nach? War ihr die Leidenschaft so fremd, wie ihre Miene es andeutete?

Ich muss es herausfinden, beschloss Wolf, während er sich ausmalte, was er gern mit ihr tun würde. Sehr viele Dinge, und nicht alle würden ihren Beifall finden …

Nicht, dass es eine Rolle spielte. Grimmig erinnerte er sich an den Weg, den er eingeschlagen hatte – ebenso wie sie, indem sie den Heiratsantrag abgelehnt hatte. Durch diese Ehe hätten einige tausend Menschen endlich in Frieden leben können. Mit ihrer Weigerung hatte sie den Stolz der Wikinger empfindlich verletzt und ihr Schicksal besiegelt.

Bald würde er sie besitzen – diese hochmütige, gefühllose Frau, die ihre Selbstsucht und Eitelkeit über alles andere stellte. Er würde ihren Willen brechen, und dann wäre sie die Sklavin seiner Leidenschaft, die plötzlich wie ein Feuerstrom durch seine Adern floss. In vollen Zügen würde er seine Rache genießen.

Als Cymbra den Blick der schiefergrauen Augen erwiderte, die sie so kühn musterten, konnte sie ein Schaudern nicht unterdrücken. Was sie empfand, machte ihr beinahe Angst – ein sonderbares Entzücken. Erstaunlich. So etwas hatte sie nie zuvor verspürt. Unter anderen Umständen hätte sie das Gefühl erforscht und den Mann, der es heraufbeschwor, von Kopf bis Fuß inspiziert. Doch die Furcht, die er in ihr aufsteigen ließ, machte ihr ein sachliches Urteil unmöglich.

Instinktiv suchte sie Zuflucht bei ihrer alten Gewohnheit – Gefühle zu unterdrücken und sich nur auf die Aufgabe zu konzentrieren, die sie zu erfüllen hatte. Diese Gelassenheit allein ermöglichte es ihr, sich gegen eine Welt voller Gewalt und bedrohlicher Turbulenzen zu verteidigen.

Mit sanfter Stimme, aber eiserner Entschlossenheit wandte sie sich wieder an den bedauernswerten Derward. »Ihr seid für die Sicherheit dieser Festung verantwortlich, Sir. Ich jedoch habe für das Wohl ihrer Bewohner zu sorgen. Und das gilt für *alle* Bewohner. Diese Männer brauchen Nahrung, Wasser, Decken und, falls nötig, auch Medizin.«

»Mylady, das wird ihnen niemand geben. Die Wikinger sind Barbaren, brutale Tiere. Wer würde sich in ihre Nähe wagen?«

Eine Zeit lang herrschte Schweigen. Stirnrunzelnd fragte sich Wolf, ob er sich verhört hatte. zweifellos war dies der Fall. Warum sollte sie sich um die Gefangenen sorgen, diese kaltherzige Frau, die lieber einen Krieg auslöste, als ihre kostbare Person zu opfern? Ob die Gefangenen verrotten und verhungern würden, dürfte sie wohl kaum interessieren. Warum jubelte sie nicht, so wie alle anderen?

Und warum erklärte Derward ihr nicht einfach, sie solle ihm gestatten, seine Pflicht zu tun?

»Da habt Ihr Recht«, erwiderte sie schließlich mit ihrer weichen Stimme, »es ist ein Fehler, von anderen zu verlangen, was man selbst fürchtet.«

Wolf beobachtete, wie sie nach Atem rang. Also war sie doch nicht so gefühllos, wie er glaubte, sondern wollte nur verbergen, was in ihr vorging. Doch seine Gedanken wurden jäh unterbrochen, als sie an die Gitterstäbe trat und in sein Gesicht sah. In makellosem Norwegisch, in das sich der Hauch eines entzückenden melodischen Akzents mischte, erklärte sie: »Ich möchte mit Eurem Anführer sprechen.«

»Der bin ich«, entgegnete er mit seiner tiefen, kraftvollen Stimme, die von den Steinwänden widerhallte, und beobachtete, wie sie blass wurde. Offenbar missfiel ihr, was sie bereits vermutet hatte und jetzt bestätigt fand. Dennoch wich sie nicht zurück.

»Ich werde Euch und Euren Männern Essen, Wasser, Decken und Medizin bringen. Doch dazu muss die Tür der Zelle geöffnet werden. Versprecht Ihr, mir nichts anzutun?«

»Wenn Euch das Wort eines Wikingers genügt …«

Sie reckte ihr Kinn empor, und ihre Wangen röteten sich. Fasziniert beobachtete er, wie sie sich auf die Lippen biss, während der brennende Wunsch in ihm aufkeimte, diese zarte Haut zu küssen. »Ich verlasse mich auf das Wort eines Anführers, dem das Wohl seiner Männer am Herzen liegt.«

Ihr Scharfsinn überraschte ihn. Wusste sie, dass er sein Leben opfern würde, um die Männer zu beschützen, die ihm Treue geschworen hatten? Erfüllt von wachsendem Respekt und einem Argwohn, der ihm bisher fremd gewesen war, nickte er. »Gewiss, ich gebe Euch mein Wort.«

Sir Derward und einige der Ritter protestierten, doch Lady Cymbra blieb bei ihrem Entschluss. Wie Wolf in diesem Moment feststellte, waren sie ihr hilflos ausgeliefert. Sehr gut. Vielleicht würden seine Wikinger nur wenige Männer töten müssen. Möglichst viele sollten am Leben bleiben – um zu erzählen, wie sie besiegt worden waren.

Aber keiner war bereit, die Tür zu öffnen. Ohne zu zögern, tat sie es selbst, auch wenn es ihr große Mühe bereitete. Mitfühlend beobachtete er, wie sich die schmalen kleinen Hände plagen mussten. Aber letzten Endes gelang es ihr, einen der beiden schweren Eisenriegel nach oben zu schieben, so dass eine Hälfte der Doppeltür aufschwang. »Diese Riegel müssen geölt werden!«, rief sie Sir Derward über die Schulter zu. »Und die Angeln am Tor im Pfahlzaun ebenfalls.« Diese banale Bemerkung, kühl und sachlich ausgesprochen, lockerte die angespannte Atmosphäre. War sie es gewohnt, die Männer auf diese Weise zu verwirren?, fragte sich Wolf, obwohl er annahm, die Antwort auf diese Frage bereits zu kennen.

Die Wikinger waren aufgestanden und beobachteten die Lady aufmerksam. Und alle verstanden den warnenden Blick, den er ihnen zuwarf. *Sie gehört mir.*

Widerstandslos wahrten sie den gebührenden Abstand. Doch sie konnten den Blick nicht von ihr abwenden, was er ihnen keineswegs verübelte.

Einen Moment lang musterte Cymbra die anderen Häftlinge, ehe sie ihren Blick wieder auf den Anführer richtete, dessen Anblick einiges zu bieten hatte. Noch nie war sie einem so hoch gewachsenen, kräftigen Mann begegnet – abgesehen von ihrem Bruder. Seltsamerweise schien ihn die Tatsache, dass er gefangen war, nicht zu irritieren. Wie würde sich Hawk unter solchen Umständen verhalten? Zweifellos würde er mit bloßen Händen die Zelle auseinander nehmen. Aber dieser Mann nicht. Ruhig und gelassen stand er da. »Wurde irgendeiner Eurer Männer verwundet?« Sie stand so dicht vor ihm, dass er den schwachen Geißblattduft ihrer Haut riechen und ihre Körperwärme spüren konnte.

Nur eine Frau, sagte er sich energisch. Und eine Feindin.

»Nein.«

»Gut.« Sie wandte sich einer älteren Frau zu, die vor der Zelle stehen geblieben war und deren faltiges Gesicht angstvoll verzerrt war. Ohne ihre Herrin aus den Augen zu lassen, reichte sie ihr einen Stapel Decken. Cymbra sagte leise etwas zu ihr, dann drehte sie sich zu Wolf um. Erst jetzt schien sie seine gefesselten Hände zu bemerken. »Das müsst Ihr nicht erdulden.«

Reglos wartete er. Was würde sie tun? Nach einer Weile legte sie die Decken auf den Boden, zog ein kleines Messer aus einer Scheide an ihrer Taille und trat einen Schritt näher. »Bitte«, sagte sie und wies auf die Stricke, die um seine Handgelenke geschlungen waren.

Er streckte seine Hände aus. Bevor sie die Fesseln durchschnitt, blickte sie sekundenlang in seine Augen. Das Messer war nicht besonders scharf, oder vielleicht fehlte es ihr an der nötigen Kraft, jedenfalls dauerte es einige Minuten, bis die Stricke zu Boden fielen.

Beinahe berührten sie einander. Jetzt war er frei, und das Messer in seiner Reichweite. Als sie wieder aufblickte, verriet ihre Miene, dass sie sich ihrer eigenen Verletzlichkeit durchaus bewusst war. Trotzdem traute sie seinem Versprechen, er würde ihr kein Leid zufügen.

»Danke«, flüsterte er, trat zurück und rieb sich seine Handgelenke.

Die Augen abgewandt, nickte sie und reichte ihm eine Decke. Doch statt wieder aus der Zelle zu treten, reichte sie eigenhändig jedem anderen Mann eine Decke, ohne ein Wort zu sagen oder den anderen Gefangenen ins Gesicht zu sehen. Ihre Bereitschaft, jedem einzelnen zu helfen, überraschte Wolf.

Danach kehrte sie zu der alten Frau zurück, die inzwischen einen Korb und einen Krug geholt hatte. Beides stellte Cymbra unter den wachsamen Augen der Wächter neben Wolf auf den Boden. Schließlich richtete sie sich auf, die Hände vor der Brust gefaltet. Damit sie nicht zitterten?, fragte er sich. »Morgen früh komme ich wieder«, kündigte sie an. Nachdem er ihr zugenickt hatte, verließ sie die Zelle, und die Wächter schlossen die Tür. Klirrend wurde der eiserne Riegel vorgeschoben, und das Echo des Lärms erfüllte den Raum. »Sir Derward, es würde mir missfallen, wenn diesen Männern heute Nacht etwas zustieße«, betonte sie. »Versteht Ihr?«

Der Ritter ballte die Fäuste und holte tief Luft. »Aye, Mylady.«

Er mochte vielleicht ein Spatzenhirn besitzen, doch so töricht, das Schicksal herauszufordern, war er nicht. Sobald Lady Cymbra die Stufen hinaufgestiegen war, eilte er ihr nach. Zwei Wachtposten blieben zurück, die an der Wand lehnten und die Gefangenen missgelaunt im Auge behielten.

In der Zelle rührte sich niemand, bis Wolf auf Lady Cymbras Korb deutete. »Lasst uns etwas essen.«

Sofort umringten die Männer den Korb, in dem sich frisch gebackenes, ofenwarmes Brot, goldene Käselaibe, reife Äpfel und mehrere Brathühner befanden. Noch besser – der Krug enthielt genug kühles Ale für alle.

»Welch ein Festmahl!«, rief Magnus, der Jüngste von ihnen, ließ sich mit einem zufriedenen Seufzer auf den Boden sinken und biss in eine knusprige Hühnerkeule. »Erstaunlich, nicht wahr? Habt Ihr sie *gesehen*?«

Grinsend verschlang der einäugige Olaf ein Stück Käse. »Das ist keine Frau, sondern eine Göttin, die auf die Erde herabgestiegen ist.«

Bald löste das Ale die Zungen, und jeder tat seine Meinung über Lady Cymbra kund.

»Was für Augen …«

»Dieses Haar …«

»Und die Lippen ...«

»Ein wundervoller Körper ...«

Plötzlich verstummten sie und wandten sich zu Wolf, der die Achseln zuckte und ein Stück Brot abbrach. »An unserem Plan wird sich nichts ändern.«

Niemand widersprach, aber die Blicke, die sie verstohlen wechselten, verrieten ihm ihre Gedanken. Vielleicht würde die schöne, gütige Lady das Schicksal nicht verdienen, das Wolf ihr zugedacht hatte. Doch das machte keinen Unterschied. Was er wollte, würde geschehen.

Und was wollte er jetzt? Er war hierher gekommen, um Rache zu üben und Lady Cymbra so zu bestrafen, wie sie es nach seiner Meinung verdiente. Doch plötzlich war er sich nicht mehr sicher. Sie war so anders, als er sie sich vorgestellt hatte. Sie verblüffte ihn. Und sie machte ihn unsicher. Dieses Gefühl hatte er schon lange nicht mehr empfunden, und es irritierte ihn.

Er hatte versprochen, dass ihr nichts zustoßen würde.

Nun, daraus mochten sich Komplikationen ergeben. Was er mit ihr vorhatte, würde sie als Wortbruch betrachten. Also musste er sie dazu bringen, dass sie die Dinge aus demselben Blickwinkel sah wie er.

Er versenkte seine Zähne in dem warmen, duftenden Brot, während im schwachen Licht der Zelle ein wölfisches Lächeln aufblitzte.

2

Seufzend ließ sich Cymbra zurücksinken und lehnte den Kopf an den Rand der Lederwanne. Warmes Wasser umspülte ihre Glieder, und sie genoss das beruhigende Aroma der Kräuter, das ihrem Bad entströmte. In der Stille des Raums waren nur das knisternde Feuer und Miriams leise Schritte zu hören. Zum ersten Mal seit vielen Stunden konnte sie sich entspannen und ungestört nachdenken.

Sie wusste nicht viel über die Wikinger. Anscheinend gab es zwei Sorten – Kaufleute und Plünderer. Obwohl sie Sir Derward auf den Unterschied hingewiesen hatte, teilte sie seine Meinung. Diese Gefangenen erweckten nicht den Eindruck, ihr ein paar Stoffballen verkaufen zu wollen. Aber sie hatten sich auch nicht wie die brutalen Vandalen benommen, für die Derward sie hielt.

In einigen Teilen Englands stand die Herrschaft auf sehr wackligen Beinen, deshalb hatten die Dänen große Gebiete erobert und würden sich noch mehr Ländereien aneignen, wenn tapfere Ritter wie Cymbras Bruder sie nicht daran hinderten.

Was hatte die Wikinger hierher geführt? Doch auch wenn sie sich sagte, dass dies nicht ihr Problem war, kreisten ihre Gedanken unentwegt um dieses Rätsel – und den großen, muskulösen Anführer mit dem pechschwarzen Haar und den eisgrauen Augen.

Nein, das stimmte nicht, seine Augen wirkten nicht immer eisig. Ein- oder zweimal hatte sie heiße Glut darin lodern sehen. Doch sie wollte, nein, durfte nicht daran denken. Sie spürte eine eigenartige, feuchte Hitze zwischen ihren Beinen … Verwundert und errötend beobachtete sie, wie sich ihre Brustwarzen aufrichteten. Hastig stieg sie aus der Wanne und ergriff das Badetuch, das Miriam fürsorglich bereitgelegt hatte. Als sie ihren Körper in das weiche Leinen hüllte, fühlte sie sich etwas besser.

Sie sank in den Sessel vor dem Feuer und dankte Miriam, die ihr das Haar zu bürsten begann. Wie üblich empfand Cymbra diesen Liebesdienst als besänftigend, dennoch gebot sie bald Einhalt. In letzter Zeit schmerzten Miriams Hände immer heftiger, und die Salben, die ihre Herrin herstellte, vermochten die Qualen kaum zu lindern.

Behutsam berührte Cymbra die Finger der Dienerin. »Tut mir Leid, dass ich dir heute Kummer bereitet habe.«

Miriam seufzte und setzte sich neben ihre Lady. Seit Cymbra drei Tage alt gewesen und ihre Mutter gestorben war, wurde sie von ihrer Kinderfrau betreut.

So innig Miriam ihren Schützling auch liebte, verstand sie doch nur selten, was im Kopf der jungen Frau vorging. »Ihr habt mir Angst eingejagt, Mylady.« Verwirrt schüttelte sie den Kopf, wobei sich aus ihrer Haube ein paar dünne graue Strähnen lösten. »Wie konntet Ihr nur! Obwohl ich es nur ungern ausspreche, aber Sir Derward hat Recht, die Wikinger sind Tiere. Womöglich hätten sie Euch ermordet, ohne mit der Wimper zu zucken.«

»Was blieb mir denn anderes übrig?«, fragte Cymbra leise. »Sollen wir alles töten, was wir fürchten? Wenn wir das tun, werden uns andere bedrohlich finden und versuchen, *uns* zu ermorden. All das würde niemals ein Ende nehmen, sondern jede Grausamkeit würde nur eine weitere heraufbeschwören.«

Die alte Dienerin zuckte mit den Schultern. »So ist es nun einmal auf dieser Welt. Kein Mann kann es ändern, und ganz gewiss keine Frau.«

Seufzend stand Cymbra auf und trat vor das kupferne Kohlenbecken, das die abendliche Kälte verscheuchte. Ihre Schultern und Arme waren nackt. Nur knapp bedeckte das Badetuch den Ansatz ihrer Brüste. Ein Schauer rann über ihren Rücken. »Vielleicht nicht. Aber ich muss es versuchen. Das Leid ist ohnehin schon unerträglich.«

»Darüber sprecht Ihr nie mehr«, murmelte Miriam und warf ihr einen prüfenden Blick zu.

Beide Frauen teilten ihre Erinnerungen an die kleine Cymbra, die unentwegt geschrien hatte, ohne erklären zu können, warum. Es war sehr oft so gewesen. Wenn sich irgendwo ein Stallbursche mit einer Sichel in den Fuß geschnitten, wenn sich ein Küchenmädchen verbrüht hatte oder ein Krieger tödlich verwundet worden war. Einmal hatte der Anfall sogar mehrere Tage gedauert. Hawk hatte ihr am Ende einen Mohnsaft zu trinken gegeben, den er aus einem fernen Land mitgebracht hatte. Einen endlosen Tag und eine Nacht lang hatte er sie in den Armen gehalten und grimmig überlegt, was zu tun war.

Schließlich hatte sie Zuflucht auf Holyhood gefunden. In diesen Mauern hatte sie sich sicher gefühlt und zu kontrollieren gelernt, was eine Gabe und ein Fluch zugleich war. Nur vage konnte sich Miriam vorstellen, welch mühsamen Kampf das Mädchen ausgestanden hatte – mit Erfolg. Jetzt konnte sie Kranke, Verletzte und sogar Sterbende pflegen, ohne sich selbst zu quälen. Dennoch glaubte die alte Frau, ihre Lady würde die Schmerzen immer noch spüren, aber verdrängen. Meistens zumindest.

»Da gibt es nichts zu besprechen«, erwiderte Cymbra lächelnd und starrte ins Feuer, wo sie statt der Flammen jedoch rabenschwarzes Haar, gebräunte Wangen und schiefergraue Augen sah. Ärgerlich schüttelte sie den Kopf, ließ das Badetuch fallen und griff nach ihrem Nachthemd. »Geh schlafen, Miriam«, befahl sie beim Hineinschlüpfen und zog mit beiden Händen ihr fast knielanges Haar aus dem Ausschnitt, was keine leichte Aufgabe war. Dann küsste sie ihre alte Kinderfrau. »Weiß der Himmel, du verdienst deine Ruhe, nachdem du es schon so lange mit mir aushältst.«

Miriam protestierte, sie gehorchte aber dennoch. Während die Tür hinter ihr ins Schloss fiel, hob Cymbra die Arme, streckte sich wohlig und balancierte auf den Zehenspitzen. Zufrieden spürte sie, wie ihre Anspannung nachließ. Auch sie brauchte ihren Schlaf, obwohl sie eine seltsame Energie in ihrem Inneren spürte, als hätte der Tag nicht Stunden, sondern lediglich ein paar Minuten gedauert.

Am nächsten Morgen würde ihr Bruder Hawk über das Schicksal der Gefangenen entscheiden. Mit gerunzelter Stirn überlegte sie, wie seine Entscheidung aussehen mochte. Wahrscheinlich würde er die Wikinger in seine Festung Hawkforte bringen lassen, um sich ein eigenes Urteil zu bilden, und sie würde den Anführer mit den grauen Augen nie wiedersehen. Nicht, dass es eine Rolle spielte … Aber warum spürte sie dann diesen seltsamen Schmerz in ihrem Herzen?

An Schlaf war nicht zu denken. Sie sah sich in der Kammer um, die sie seit so vielen Jahren schon bewohnte. Neben dem Kohlenbecken wartete ihre Handarbeit, und in der Ecke stand die Truhe, die Arzneien und kostbare Manuskripte enthielt. Ihre Laute lag auf dem Tisch neben dem hölzernen Kästchen, in dem sie Pergament, Federn und Tintenfässer verwahrte. So viele Ablenkungen wurden ihr geboten, doch sie konnte sich zu keiner entschließen.

Stattdessen öffnete sie die Tür, die zum Rundweg rings um den Turm führte.

Trotz der kalten Luft war ihr warm. Die Brustwehr reichte fast bis zu ihren Schultern, deshalb durfte sie sich im Nachthemd hinauswagen, ohne ihre Sittsamkeit zu gefährden.

Den Blicken der Männer, die sich unten im Hof aufhielten, blieb sie auf diese Weise verborgen, nicht aber dem des Mannes, der in der Dunkelheit stand und jeden ihrer Schritte beobachtete. Licht und Schatten glitten über ihren reizvollen Körper, und Wolf rang um seine Selbstkontrolle, die er stets so mühelos gewahrt hatte. Doch nun gelang es ihm nicht mehr.

Es war leicht gewesen, am Turm hinaufzuklettern. Durch das Fenster hatte er die alte Frau in Cymbras Zimmer gesehen und gewartet – unfähig, seinen Blick von der schönen Frau loszureißen, während sie badete, aus der Wanne stieg und sich in ein lächerlich dünnes Tuch wickelte. Schließlich – wollte sie ihn vollends um den Verstand bringen? – hatte sie das Badetuch zu Boden geworfen und ein Nachthemd angezogen, das sie vielleicht vor einer milden Brise bewahren mochte, doch nicht vor seinen Augen.

Im Norden kleideten sich die Menschen vernünftig – oder überhaupt nicht. Daran würde sie sich gewöhnen müssen. Und an vieles mehr.

Die Männer, die er als Kaufleute verkleidet am Vortag in die Festung geschickt hatte, waren so erfolgreich gewesen wie erwartet. Vor dem Verlies lagen die beiden bewusstlosen, gefesselten, geknebelten Gefängniswärter, ebenso wie die anderen Posten, die den Pfahlzaun bewacht hatten. Nahe der großen Halle hielten einige Wikinger Wache, falls Derward oder einer der Ritter aufstehen sollte – was Wolf für unwahrscheinlich hielt, weil alle inzwischen in tiefem Schlaf lagen.

Und so war ihm die Lady schutzlos ausgeliefert. Langsam näherte sie sich, und er hätte sie berühren können – eine blasse, schöne Silhouette, vom Sternenschein liebkost. Er konnte den Duft ihrer Haut riechen. Über seine Wange strich eine Haarsträhne, die im Nachtwind flatterte. Als sie tief Atem holte, sah er, wie sich ihre Brüste hoben und senkten. Es war mehr, als ein Mann ertragen konnte, und er hatte es auch gar nicht vor. Trotzdem zögerte er, ihren inneren Frieden zu stören, den sie in den nächsten Tagen – und Nächten – vermissen würde.

Sie blickte auf Holyhood hinab, ihre Zuflucht und zugleich ihr Gefängnis. Plötzlich empfand sie eine Ungeduld, die nicht zu ihr passte, eine Sehnsucht, die sie weder erklären noch verleugnen konnte. Einfach lächerlich – sie war Lady Cymbra, Lord Hawks heilkundige Schwester. Sie gehörte hierher, und ihre Arbeit war ihr Lebensinhalt. Deshalb durfte sie sich glücklich schätzen.

Warum strebte sie nach anderen Freuden – wie ein Kind, das sich den Mond wünschte? Immerhin war sie eine erwachsene Frau, die es besser wissen müsste. Sei vernünftig, ermahnte sie sich. Es war schon spät, und sie sollte zu Bett gehen. Sicher würde sie bald einschlafen. Am nächsten Morgen würden die Gefangenen die Festung verlassen, und das Leben würde weitergehen wie bisher. Doch sie blieb stehen und starrte über den Pfahlzaun hinweg, den Sir Derwards Männer bewachen sollten, statt neben ihren Speeren zu dösen – dunkle, unbewegte Gestalten, deren Anblick Cymbra so vertraut war, dass sie erst nach einer Weile bemerkte, dass sie verschwunden waren.

Verschwunden? Cymbra erstarrte, beugte sich vor und kniff die Augen zusammen. Kein Zweifel. Ihre Augen suchten die gesamte Palisade ab, ohne einen einzigen Wachtposten zu entdecken. Gewiss, die Verteidigung von Holyhood wies gewisse Mängel auf, doch dass niemand Wache hielt, hatte sie noch nie erlebt. Irgendetwas stimmte hier nicht.

Die Wikinger.

Mit bloßen Händen hätte Hawk die Zelle auseinander genommen. Und der Mann mit den grauen Augen war so ruhig gewesen, so scheinbar unbeteiligt …

O Herr, schütze uns vor dem Zorn der Nordländer! Cymbra wandte sich von der Mauer ab, rannte los, um Alarm zu schlagen – und landete in stahlharten Armen. Erbarmungslos presste sich eine Hand auf ihren Mund, gegen die sie sich vergeblich wehrte. Im nächsten Moment wurde sie hochgehoben, an eine muskulöse Brust gedrückt und durch ihr Zimmer getragen, die Turmtreppe hinab, und hinaus in die Nacht.

»Seid still!«, befahl Wolf. »Wenn Ihr schreit, wird jeder sterben, der Euch zu Hilfe kommt.« Er schaute in ihre Augen, um sicherzugehen, dass sie die Warnung verstanden hatte. Er nahm seine Hand von ihrem Mund, damit sie besser atmen konnte, ohne jedoch den eisernen Griff seiner Arme zu lockern, während er weitereilte. Undeutlich sah sie Gestalten an seiner Seite – es waren wesentlich mehr als die Gefangenen im Verlies. Im Mondlicht glänzten Schwerter. Das Tor von Holyhood stand offen. Und dann lag die Festung hinter ihr. Kalte Nachtluft wehte ihr entgegen, und ihr wachsendes Entsetzen drohte sie zu überwältigen.

Immer wieder sah Wolf auf die Frau in seinen Armen hinab. Ihre Blässe und ihr Schweigen erfüllten ihn mit Sorge. Wider Erwarten war sie nicht in Ohnmacht gefallen, doch sie hatte die Augen weit aufgerissen und wirkte unnatürlich still. An seiner Brust spürte er das Rasen ihres Herzschlags, wie die Flügelschläge eines verzweifelten Vogels. Dennoch hatte seine Warnung sie ihre Angst besiegen lassen. Sie war ihm ein Rätsel – die Freundlichkeit, mit der sie den gefangenen Wikingern gegenübergetreten war, ebenso wie ihre Worte über die endlose Spirale der Grausamkeiten, als sie sich mit der Dienerin unterhalten hatte. Würde er diese seltsame Lady jemals verstehen?

Doch das war auch nicht nötig, sagte er sich. Um Rache zu üben, hatte er sie entführt. Nun würde sie für die Beleidigung büßen, die sie ihm zugefügt hatte, und für ihre Bereitschaft, unschuldige Menschen einem unaufhörlichen Krieg auszuliefern. In allen Einzelheiten hatte er ihr Schicksal geplant. Und nun …

Sicher fror sie erbärmlich. Dagegen musste er etwas unternehmen. Im Licht der Sterne, die sich auf der Wasseroberfläche widerspiegelten, erkannte er die dunklen Umrisse des Drachenbugs. An den Rudern saßen bereits seine restlichen Männer – die sich bei der Festnahme vor Derward versteckt hatten, der sich in seiner Dummheit nicht gefragt hatte, wie sechs Männer ein so großes Schiff manövrieren konnten.

Wolf watete durch die Wellen, ohne zu bemerken, wie sie seine Beine umspülten, während neben ihm der junge Magnus ins Wasser stürmte. Der Anführer ermahnte ihn mit einem kurzen Blick zur Vorsicht, dann übergab er ihm die Lady. Magnus war klug genug, nichts zu sagen oder zu erkennen zu geben, dass irgendwelche Gefühle in ihm aufkeimten. Er hätte ebenso gut einen Getreidesack in den Armen halten können.

Sekunden später stand Wolf an Deck, und Magnus hob die Gefangene zu ihm empor. Dann stöhnte er erleichtert, versank im Wasser und tauchte grinsend wieder auf. Wolf warf ihm einen vernichtenden Blick zu, bevor er zum Frachtraum ging. Geduckt stieg er die Leiter hinab und richtete sich auf. Sein Kopf berührte beinahe die Deckenbalken. Der Laderaum nahm die gesamte Länge des Schiffs ein und war von mehreren Wänden unterteilt. Achtern wurden Vorräte und Waffen gelagert, daran grenzten die Quartiere der Besatzung, die jedoch nur bei schlechtem Wetter genutzt wurden. Normalerweise zogen es die Männer vor, an Deck zu schlafen.

Am Bug wurden üblicherweise die erbeuteten Schätze oder Handelswaren verwahrt. Jetzt war dieser Raum leer, bis auf eine dünne Matratze, deren Anblick Wolf die Stirn runzeln ließ. Er hatte beabsichtigt, der Lady keinerlei Komfort zu bieten, um ihren Willen möglichst schnell zu brechen. Aber nun wollte er ihr diese unbequeme Unterkunft nicht einmal für die kurze Zeit zumuten, die es dauern würde, bis das Schiff weit genug von Holyhood entfernt war. Andererseits hatte er keine Wahl. Bevor die Flucht endgültig gelungen war, musste er an die Sicherheit seiner Männer denken. Er legte sie auf die Matratze, umfasste ihr Kinn und zwang sie, ihn anzusehen. »Rührt Euch ja nicht!«, befahl er. Dann ließ er sie los und drückte sie noch fester auf die Matte.

Wortlos starrte sie ihn an, das Gesicht von seidigem Haar umrahmt. Gehorchte sie vor Angst oder aus reiner Vernunft? Wie auch immer, vorerst gab er sich damit zufrieden und kehrte an Deck zurück.

Dass ihre Entführung so mühelos über die Bühne gehen würde, hatte er nicht zu hoffen gewagt. Dennoch blieb noch ein widriger Umstand – die Weigerung der Lady, all seine Wünsche zu erfüllen. Zweifellos würde sie sich dagegen sträuben.

Ein paar Minuten lang blieb sie reglos liegen. Nur ihre Brüste hoben und senkten sich rasch. Inzwischen war das blinde Entsetzen einer lähmenden Kälte gewichen, die nichts mit der kühlen Nachtluft oder dem dünnen Nachthemd zu tun hatte. Noch nie in ihrem Leben hatte sie so schreckliche Angst empfunden – oder so heißen Zorn.

Dankbar klammerte sie sich an ihre Wut. Als sie aufstehen wollte, klemmte das lange Haar unter ihrem Körper fest und zerrte an ihrer Kopfhaut, ein belangloser Schmerz, den sie sogar willkommen hieß, denn er half ihr, ihre Gedanken zu ordnen.

Wie konnten sie es wagen? Mit Hilfe einer niederträchtigen List in Holyhood einzudringen, die Herrin aus ihrem Turm zu entführen und zu flüchten, als wäre es ein Kinderspiel. Was waren das für Männer, die so etwas taten?

Nein, nur *ein* Mann – der Anführer, der ihr sein Wort gegeben hatte, ihr würde kein Leid geschehen.

Nun schämte sie sich ihrer Dummheit. Sir Derward war ein eitler, brutaler Ritter, von einem düsteren Geist beherrscht. Nur sein Selbsterhaltungstrieb hatte ihn daran gehindert, gegen seine Herrin aufzubegehren. Sie änderte ihre Meinung über ihn zwar nicht, erkannte aber, dass sie ihm ausnahmsweise hätte zustimmen müssen, was die Behandlung der gefangenen Wikinger betraf.

Wie viele Männer mochten auf Holyhood in ihrem Blut liegen, weil ihre Herrin so töricht und arrogant gewesen war? Sie dachte an die Wächter vor der Zelle und entlang der Palisade. In ihren Augen brannten Tränen, die sie hastig wegwischte. Nur nicht weinen – das würde ihr nichts nützen. Sie spürte, wie die Wellen gegen das Schiff schlugen, das sie immer weiter von ihrem Heim entfernte, von dem einzigen sicheren Hafen, den sie je gekannt hatte, und von den Menschen, um die sie sich kümmern musste.

Hastig erhob sie sich. Inzwischen hatten sich ihre Augen an das Dunkel in dem kleinen Raum gewöhnt. Durch die Ritzen in der Decke drang ein wenig Licht herein, gerade genug, um den Schatten der Leiter erkennen zu können, die nach oben führte. Sie raffte ihr Nachthemd zusammen, um nicht zu stolpern, und kletterte hinauf. Die Luke war geschlossen. Nachdem sie tief Luft geholt hatte, stemmte sie sich mit beiden Händen dagegen.

Glücklicherweise gab die Luke lautlos nach. Wie wundervoll wäre es, wenn die Verteidigungsbastionen von Holyhood ebenso gut instand gehalten würden wie dieses Wikingerschiff, dachte sie bitter. Dann wehte ihr kalte Nachtluft ins Gesicht, und all ihre Gedanken richteten sich auf ein einziges Ziel – ihre Flucht.

Auch Wolfs Gedanken wurden davon beherrscht. Er hatte seinen Platz zwischen seinen Leuten an einem Ruder eingenommen. Rhythmisch bewegten sich die kraftvollen Muskeln an seinem Rücken und seinen Schultern. Die See war ruhig, und der Wind blies in die Richtung, die sie einschlugen. Bald wären sie außerhalb der Reichweite etwaiger Verfolger.

Nicht, dass jemand versuchen würde, sich an ihre Fersen zu heften. Wahrscheinlich schliefen die Bewohner von Holyhood immer noch tief und fest. Erst am nächsten Morgen würde man die Flucht der Gefangenen und die

Entführung der Lady entdecken. Dann würde es zu spät sein, um irgendetwas zu unternehmen, und man konnte Lord Hawk nur noch mitteilen, seine Schwester sei verschwunden.

Lächelnd malte sich Wolf die Reaktion Lord Hawks aus, die angesichts dieser Demütigung mindestens aus einem Wutanfall bestehen würde. Wenn er seine Schwester jedoch wirklich liebte, würde ihn die Angst vor ihrem Schicksal fast zum Wahnsinn treiben. Und Sir Derwards restliche Erdentage würden reichlich unangenehm verlaufen, was Wolf nicht im Mindesten kümmerte. Schließlich schob er all diese Überlegungen beiseite und konzentrierte sich auf die Aufgabe, die er erfüllen musste. Zumindest versuchte er es. Doch obwohl er sich dagegen wehrte, musste er unentwegt an die Lady unter Deck denken. Ihre Schönheit verblüffte ihn noch immer, ebenso wie ihr rätselhaftes Wesen. Es würde nicht mehr lange dauern, bis sie sich seinen Wünschen fügte. Und dann würde er alles über sie wissen.

Vorerst jedoch sollte sie ihn fürchten. Das würde sie zum Gehorsam zwingen. Mit der Zeit wollte er ihr erklären, dass ihre Zukunft nicht ganz so schrecklich war, wie sie glaubte. Dafür müsste sie ihm dankbar sein. Genüsslich stellte er sich vor, wie sie ihre Dankbarkeit beweisen würde.

Plötzlich erlosch sein erwartungsvolles Lächeln, als eine Bewegung an Deck seine Aufmerksamkeit erregte. Ungläubig beobachtete er, wie sich die Luke langsam hob.

Wolf hörte zu rudern auf. Ihm gegenüber saß der alte Olaf, der verwundert herüberschaute, um zu sehen, was los war. Als er Wolfs Blick folgte, stockte sein Atem, aber er unterbrach seinen Rhythmus nicht. Auch die anderen

Männer ruderten weiter – sichtlich erleichtert darüber, dass die Lady nicht *ihr* Problem war.

Die Hände locker am Ruder, beobachtete Wolf, wie sich ein Kopf aus der Öffnung schob, ehe schmale Schultern und schließlich der Rest ihres Körpers sichtbar wurden.

Entsetzt beobachtete Wolf, wie sie leichtfüßig zur Reling eilte. Gewiss war ihm ihre Panik nicht entgangen, doch er hätte niemals erwartet, dass sie sie so weit bringen würde, dass sie freiwillig in den Tod ging. Mit langen Schritten stürmte er über das Deck und bekam Cymbra gerade noch rechtzeitig zu fassen, bevor sie sich ins schwarze Wasser stürzen konnte.

Sie wehrte sich mit aller Kraft – im Gegensatz zur Begegnung auf dem Turm, wo er sie blitzschnell überrumpelt hatte. Sie schlug und trat nach ihm und versuchte, sein Gesicht zu zerkratzen, aber er hielt sie unbarmherzig fest. Fluchend zerrte er die wütende Lady die Leiter hinab und warf sie auf die Matratze. Dann stand er über ihr, die Beine gespreizt, die Hände an den Hüften geballt, und starrte sie erbost an. »Was zum Teufel bildet Ihr Euch ein? Achtet Ihr Euer Leben so gering, dass Ihr es wegwerfen wollt?« Beinahe wäre sie gestorben. Dieser Gedanke erschütterte ihn so sehr, dass er die Lady am liebsten erwürgt und gleichzeitig liebkost hätte.

Zu seiner Verwunderung zeigte sie nicht die geringste Angst. Sie strich das Haar aus ihrem Gesicht und fauchte ihn an: »Was kümmert Euch mein Leben, Wikinger?« Aus ihrem schönen Mund klang das Wort wie ein Fluch. »Ihr seid in mein Heim eingedrungen und habt mich entführt! Dachtet Ihr, ich würde mein Schicksal einfach hinnehmen? O nein!«

Eigentlich hätte er auf ihr Verhalten gefasst sein müssen,

doch ihre Worte überraschten ihn so sehr, dass er nicht vorbereitet war, als sie aufsprang und zur Leiter lief.

Beinahe hätte sie ihr Ziel erreicht. Im letzten Moment streckte er seine Hand aus und umklammerte ein paar Falten aus feinem Leinen, das geräuschvoll zerriss. Unsanft zog er Cymbra zu sich heran. Nur ein einziger Gedanke beherrschte ihn – er musste diese Frau seinem Willen unterwerfen. Das zerfetzte Nachthemd glitt zu Boden, so dass sie nackt vor ihm stand. Er ließ sie los.

Sie standen voreinander, beide vollkommen erstarrt. Ein paar Sekunden lang rührten sie sich nicht, bis Cymbra schließlich verzweifelt aufstöhnte, mit beiden Händen ihre Blöße zu bedecken versuchte und sich abwandte. Doch sie verlor das Gleichgewicht und prallte gegen die Holzwand. Wolf hob sie hoch, legte sie wieder auf die Matratze und kniete neben ihr nieder. Sie drehte sich zur Seite und krümmte sich zusammen. Nur teilweise verhüllte das lange Haar ihren nackten Körper. Wolf betrachtete seine gebräunten Hände auf ihrer glatten, weißen Haut – raue, schwielige Hände, eher an ein Ruder oder den Griff eines Schwerts gewöhnt. Mühsam zwang er sich aufzustehen, während sein Herz in seiner Brust hämmerte. Für einen Augenblick senkte er den Blick und holte tief Luft.

Als er Cymbra wieder ansah, hatte er seine Fassung wiedergewonnen. »Nun verstehe ich, warum Euer Bruder Euch einsperrt. Sogar den vernünftigsten Mann könntet Ihr um den Verstand bringen, Lady.«

Sie schwieg, dennoch entging ihm nicht, wie sie sich versteifte. Mit einem Fluch, der sogar die Ohren eines hartgesottenen Kriegers gerötet hätte, kehrte er ihr den Rücken und stieg die Leiter hinauf. Nachdem er die Luke geschlossen hatte, zog er sein Schwert durch die Angeln, um sie zu arretieren. »Verdammtes Weib«, murmelte er.

Grinsend beobachteten seine Männer, wie er wieder nach dem Ruder griff.

Cymbra lag zitternd auf der Matratze. Irgendwie musste sie sich retten. Sie wollte aufstehen, doch die Beine gehorchten ihr nicht. Dass sie wenigstens versucht hatte, den Wikingern zu entfliehen, war nur ein schwacher Trost. Mit diesem kühnen Wagnis hatte sie ihre Lage noch verschlimmert. Da lag sie nun, nackt und hilflos, die Gefangene eines Wikinger-Kriegsherrn. Zu welcher Sorte von Wikingern er gehörte, hatte sie mittlerweile erkannt. Beim Gedanken an das Schicksal, das ihr bevorstand, krampfte sich ihr Magen zusammen. Wie die Wikinger mit den Frauen umgingen, die sie in ihre Gewalt brachten, wusste sie nur zu gut. Kein Wunder, dass ihr Peiniger geglaubt hatte, sie wollte sich das Leben nehmen. In der Meerestiefe hätte sie ganz sicher einen angenehmeren Tod gefunden.

Eine Welle der Übelkeit schwappte über sie hinweg. Welches Grauen ihr drohte, konnte sie sich vorstellen. Oder durfte sie auf Barmherzigkeit hoffen? *Er hat mir nichts angetan.* Nein, das war absurd. Der brutale Wikinger, ein skrupelloser Barbar, würde keine Gnade kennen. Hätte sie doch nur auf Sir Derward gehört …

Bei ihrer erbitterten Gegenwehr hatte sie nur sich selber wehgetan, während er, wie sie jetzt erkannte, eher sanft mit ihr umgegangen war. Ganz behutsam hatte er sie auf die Matratze gelegt.

Und doch – er hatte ihr Nachthemd zerrissen.

Zufällig?

Cymbra schüttelte erstaunt den Kopf. Versuchte sie tatsächlich, den Wikinger zu entschuldigen, der sie gefangen genommen hatte? *Nun, es hätte schlimmer kommen können,* überlegte sie. *Immerhin ist er an Deck zurückgekehrt, ohne sich an mir zu vergehen …*

Andererseits ließ er sie im Laderaum seines Schiffs liegen, wo sie erbärmlich fror. Es wäre albern, von diesem Barbaren eine freundliche Gesinnung zu erwarten. Zweifellos würde sie einen grausamen Tod erleiden. Die wenigen Stunden, die ihr vielleicht noch blieben, sollte sie nutzen, um zu beten.

Aber sie konnte sich nicht mehr an die vertrauten, tröstlichen Worte erinnern. Es fiel ihr schwer genug, nicht zu schreien. Wütend richtete sie sich auf, ihre Arme um die angezogenen Knie und kämpfte mit den Tränen. Sie wollte tapfer sterben. Bevor ihr die Todesangst den letzten Rest ihres Verstandes raubte.

Sie war so in ihre schmerzlichen Gedanken versunken, dass sie nicht hörte, wie die Luke geöffnet wurde und sich leise Schritte auf der Leiter näherten. Plötzlich wurde etwas Großes, Pelziges über ihren Körper geworfen.

Ein Tier!

Kreischend fuhr sie zusammen und versuchte, es beiseite zu schieben.

»Ruhig!« Wolf kauerte neben ihr nieder, hielt ihre Hände fest, und seine Stimme klang seltsam beruhigend. »Keine Bange, das ist nur ein Umhang.« Geduldig, als hätte sie ihn nicht verstanden, fuhr er fort: »Der wird Euch wärmen.« Nach einer kurzen Pause fügte er hinzu: »Und die Schicklichkeit wahren.«

Kein Tier. Nur ein Umhang. Langsam ließ sie ihre Hand über das Fell gleiten. Sie konnte kaum etwas sehen. Der Wikinger war kaum mehr als ein riesiger schwarzer Schatten. So etwas Weiches hatte sie nie berührt. Das war kein gewöhnlicher Pelz.

»Hermelin«, fuhr er fort, als hätte er ihre Gedanken gelesen. »Aus dem Land der Russen.«

Also hatte er ihr einen Hermelin gebracht? Was in diesem Mann vorging, erschien ihr immer mysteriöser. »Danke«, erwiderte sie würdevoll.

»Hört mir zu.« Er seufzte tief, ehe er einige Sekunden lang wartete, ob sie sich seinen Wünschen fügen würde. Sie spürte seine Nähe, die ihr noch wärmer erschien als der Hermelin. Welch eine schockierende Vorstellung, nicht der Pelz würde sie bedecken, sondern dieser große, muskulöse Körper. »Wenn Ihr mir gehorcht, werde ich Euch nichts antun.«

Dankbar für das Dunkel, das ihre glühenden Wangen verbarg, zog sie den Umhang noch fester um ihre Schultern. »Ich will es versuchen«, gelobte sie wahrheitsgemäß, wenn auch nicht besonders überzeugend. Als er nicht auf dieses Versprechen antwortete, das jeder andere Mann für ein Zeichen mangelhafter Fügsamkeit halten würde, nahm sie all ihren Mut zusammen und schaute ihn an. Durch die offene Luke drang Sternenschein herab. Wie Cymbra im bleichen Licht erkannte, schimmerten seine Augen nicht grau, sondern silbrig. Plötzlich hatte sie das seltsame Gefühl, diese Augen schon einmal gesehen zu haben. Irgendwo. Vielleicht in einem Traum. »Wer seid Ihr?«, wisperte sie leise.

Er erhob sich und stellte sich gebieterisch vor sie, während seine Silberaugen langsam über ihre Gestalt glitten. In der nächtlichen Stille, die nur vom Plätschern der Wellen durchbrochen wurde, die gegen den Rumpf des Drachenschiffs schlugen, klang die tiefe Stimme des Wikingers wie Samt, der über Granit strich. »Wolf Hakonson.«

Cymbras Atem stockte, und ihre Sinne drohten zu schwinden. Konnte der Allmächtige so grausam sein? Aber obwohl sie nicht glauben wollte, was sie soeben gehört hatte, musste sie der Wahrheit ins Auge blicken. Jetzt ergab all das so etwas wie einen Sinn.

Wer sonst sollte die Wachtposten von Holyhood so tückisch überlistet und ihre Herrin so mühelos entführt haben? Kein anderer als der schrecklichste Wikinger, der je aus dem Norden herabgekommen war. Der Mann, vor dem sogar die Dänen zitterten. Der mächtige Kriegsherr, in ganz England unter dem Namen bekannt, den er in Blut und Feuer verdient hatte – die Geißel der Sachsen.

Und sie war seine Gefangene. In diesem Augenblick, von einem Hermelin gewärmt und seltsamerweise immer noch unversehrt, begrub Cymbra ihre letzten Hoffnungen. Nur eine einzige Frage musste sie noch stellen, bevor sie sich in ihr Schicksal ergab.

»Warum?«

3

Voller Genugtuung beobachtete er das Entsetzen, das sein Name in ihr auslöste, und das sie sofort unterdrückte. Gleichzeitig war er enttäuscht, weil sie unschuldiges Staunen heuchelte. Er hatte etwas mehr von ihr erwartet, doch dann entsann er sich, dass sie nur eine Frau war. Er setzte sich zu ihr auf den Rand der Matratze und strich ihr, ohne darüber nachzudenken, eine Haarsträhne aus der Stirn. Ihre Locken fühlten sich unglaublich weich an. Ebenso wie ihr Körper. Gedanken, für die später noch Zeit blieb. »Warum ich das getan habe?«

»Ja, warum?«

Wolf wappnete sich mit Geduld. Bald würde sie feststellen, dass ihre weibliche List erfolglos bleiben würde. »Warum habt Ihr einen ehrenwerten Heiratsantrag abgelehnt, der Frieden zwischen unseren Völkern gestiftet und uns im Kampf gegen die Dänen vereint hätte?«

Allem Anschein nach völlig verwirrt, schnappte sie nach Luft. Er wollte sich nicht vorstellen, wie diese rosigen Lippen unter seinen nachgeben und seine Zunge aufnehmen würden. Doch der Gedanke ließ sich nicht verdrängen und übte die vorhersehbare Wirkung aus.

»*Was* habe ich getan?«

»Das erwähnte ich soeben«, erwiderte er schärfer als beabsichtigt, aber auch seine Langmut hatte gewisse Grenzen – was Lady Cymbra in absehbarer Zeit würde erkennen müssen. »Ihr habt verkündet, einen schmutzigen, barbarischen Wikinger würdet Ihr niemals heiraten.«

Langsam senkten sich ihre langen Wimpern auf die bleichen Wangen hinab. Nach einer kurzen Pause starrte sie ihn herausfordernd an. »So etwas habe ich nie gesagt.« Seltsam – ihre Entrüstung schien echt zu sein.

»Und was *habt* Ihr gesagt?«

»Kein einziges Wort. Von diesem Heiratsantrag wusste ich nichts.«

Verwundert runzelte er die Stirn. Ihre Behauptung klang aufrichtig. Sollte er ihr glauben? »Euer Bruder gab mir Bescheid, in Eurem Namen.«

»Nein!« Keine Tücke, keine Strategie klang aus ihrem Protest. »So etwas würde Hawk nicht tun.«

Skeptisch hob er die Brauen. »Seid Ihr sicher?«

»O ja. Erstens würde er einen Heiratsantrag mit mir besprechen – was er aber nicht tat. Und zweitens hätte er

Euch, falls er gegen diese Ehe gewesen wäre, niemals eine so unverschämte Antwort gegeben. Hawk strebt nach Frieden.«

Dass sie ihrem Bruder Vertrauen schenkte, wenn auch zu Unrecht, gefiel ihm. Er raubte ihr diese Illusion nur widerwillig, doch zu seinem Bedauern blieb ihm nichts anderes übrig. Entschlossen zog er ein Pergament aus seiner Tunika. »Könnt Ihr lesen?«

»Ja!«, fauchte sie. »Und Ihr?«

»Zumindest fiel es mir nicht schwer, diese Zeilen zu entziffern.« Er reichte ihr das Pergament, dann erhob er sich und entzündete eine Öllampe, die in einer kleinen, von Steinen umrahmten Nische stand. »Versprecht mir, das Schiff nicht anzuzünden«, bat er, als flackerndes Licht aufflammte.

Mit zusammengepressten Lippen überflog sie die Nachricht.

»Erkennt Ihr die Handschrift, Lady?«

»Das hat mein Bruder nicht geschrieben.«

»Kann er schreiben?«, fragte Wolf überrascht. Nur wenige Männer waren dazu fähig, selbst Ritter von edler Herkunft. Er hatte sich diese Kunst angeeignet, weil es ihm widerstrebte, anderen Leuten wichtige Informationen zu überantworten.

»Was nicht allgemein bekannt ist – er hat beschlossen, Lesen und Schreiben zu lernen, weil er Mönch werden wollte.«

»Was hat ihn daran gehindert?«

»Es hatte irgendetwas mit Frauen zu tun. Seine Briefe an mich schreibt er selbst, aber ein Teil seiner Korrespondenz wird von Schreibern erledigt. Wahrscheinlich kenne ich nicht die Handschrift von jedem Einzelnen.

In diesem Punkt war sie zweifellos ehrlich. Zufrieden deutete Wolf auf das Siegel am unteren Rand des Pergaments. »Kommt Euch das bekannt vor?«

Widerwillig nickte sie. »Wenn ich mich nicht irre, sieht es wie das Siegel meines Bruders aus.«

Wolf nahm ihr den Brief ab, faltete ihn zusammen und steckte ihn wieder ein. »Also stammen die Worte von ihm.«

»Nein, keineswegs! Wie das Siegel auf dieses Pergament geraten ist, kann ich nicht erklären. Aber eins weiß ich – er würde Euch niemals so schmählich beleidigen. Er will unbedingt Frieden.« Im Schein der Lampe konnte er die Angst in ihren Augen erkennen. »Aber was Ihr getan habt, wird einen Krieg entfesseln.«

»Vielleicht«, stimmte er ungerührt zu und löschte die Flamme. »Warten wir's ab. Jetzt solltet Ihr schlafen.«

»Schlafen?«, wiederholte sie entgeistert.

»Ja – schlafen«, bestätigte er und konnte seine Belustigung nicht verbergen. »Legt Euch hin, schließt die Augen und entspannt Euch.«

»Wie könnte ich Schlaf finden?«

»Wollen wir die Matratze auf bessere Weise nutzen?«

»Oh – ich bin schon beinahe eingeschlafen ...«

Unwillkürlich brach er in Gelächter aus. Die schöne Lady Cymbra bewies einen Kampfgeist, den er ihr nicht zugetraut hatte. Welch eine faszinierende, verlockende Frau voller Widersprüche. In der Tat, ihre Zähmung würde ein Genuss werden, und er konnte sich nicht mehr erinnern, wann er sich zum letzten Mal so sehr auf etwas gefreut hatte. In bester Stimmung ging er wieder an Deck, streckte sich unter den Sternen aus und schlief wenig später ein.

Cymbra starrte auf das graublaue Wasser und zog seufzend den Hermelin enger um ihre Schultern. Der Wind blähte die Segel. Aber die Männer gönnten sich keine Ruhe, sondern ruderten mit aller Kraft, so dass das Drachenschiff über die Wellen zu fliegen schien.

Während der Nacht war die Welt zusammengeschrumpft auf dieses Schiff inmitten einer scheinbar grenzenlosen See. Cymbra saß im vorderen Teil des Schiffs, von dem aus sich das mit Eisen beschlagene Deck mindestens fünfzig Fuß lang bis zum Furcht erregenden Drachenbug erstreckte. Mittschiffs ragte ein einziger Mast aus einem wuchtigen Eichenblock, getakelt mit einem viereckigen Segel, auf dem das Emblem des Wolfs prangte.

Die Männer legten sich auf beiden Seiten des Decks in die Riemen, die meisten hatten ihre Hemden ausgezogen unter der fahlen Sonne, vor die sich gelegentlich eine Wolke schob. Nichts war zu hören außer ihren keuchenden Atemzügen, dem knarrenden Tauwerk, den plätschernden Wellen, die gegen die Seitenwände prallten, wo die Schilde der Wikinger hingen.

Wie viele Meilen bin ich von Holyhood entfernt?, fragte sich Cymbra. Gewiss weiter als je zuvor in ihrem Leben. Noch nie war sie an Bord eines Schiffs gewesen, ohne die Küste zu sehen. Und nun – unter dem endlosen Himmel, nur von Wasser umgeben – fühlte sie sich verloren und bedeutungslos. Unentwegt quälte sie die Sorge um die Menschen, die in der Festung zurückgeblieben waren, und immer wieder schweiften ihre Gedanken zu ihrem Bruder und den Überlebenden des Wikinger-Angriffs. Mit jedem Atemzug spürte sie das Leid dieser Männer. Nachdem sie jahrelang gegen solche Emotionen gekämpft hatte, war sie ihnen jetzt machtlos ausgeliefert.

Gleichzeitig bemühte sie sich, ein sonderbares, beunruhigendes Gefühl zu unterdrücken, das sie nicht zu deuten vermochte. War es Erregung? Vielleicht sogar Abenteuerlust? Nein, unmöglich – wie könnte sie sich über die plötzliche Vernichtung ihres wohl geordneten Lebens freuen? Durch ihre gesenkten Wimpern musterte sie den Mann, der die Schuld an ihrem Unglück trug.

Am Vormittag hatte er sie an Deck geführt, und jetzt stand er in ihrer Nähe, eine Hand am Ruder, dessen Position er hin und wieder korrigierte. Bevor die Sonne aufgegangen war, hatte er ihr eine Mahlzeit und Wasser gebracht. Von seiner Fürsorge ermutigt, hatte sie ihn um Kleidung gebeten, die sie außer dem Hermelin tragen könnte. Es gäbe nichts, hatte er gleichmütig geantwortet. Weder eine Tunika noch ein Hemd, weder Wolle noch Seide, die ihre Haut von dem warmen, sinnlichen Pelz trennen würde.

Doch sie glaubte ihm nicht. Irgendetwas musste doch an Bord sein. Sie ahnte, dass er sie zu einem Protest herausfordern wollte, doch diesen Gefallen tat sie ihm nicht. In der Nacht hatte sie Zeit gefunden, um über ihre Lage nachzudenken. Während die Angst langsam verebbte, war ihr Zorn unablässig gewachsen. Selbst wenn Hawk ihm jenen Brief geschickt hatte, was gewiss nicht stimmte, gab es keinen Grund, einen Krieg zu riskieren. Stattdessen müssten weitere diplomatische Maßnahmen ergriffen werden.

Wie der gute König Alfred – möge Gott ihn segnen – stets betonte, sollte ein Krieg den letzten Ausweg darstellen, nicht die erstbeste Lösung. Nicht, dass der Wessex-Nachfahre jemals gezögert hätte, das Schwert zu schwingen, aber er hielt sich wenigstens lange genug zurück, um sich einer anderen Möglichkeit zu besinnen.

Nicht Wolf Hakonson. O nein. Sobald er sich beleidigt fühlte, brach er auf, um ein Chaos heraufzubeschwören.

»Typisch Mann.«

»Was habt Ihr gesagt?« Nach Cymbras stundenlangem Schweigen freute sich Wolf, ihre Stimme zu hören, obwohl er nicht verstand, was sie meinte.

Verwirrt zuckte sie zusammen. Erst jetzt bemerkte sie, dass sie ihre Gedanken laut ausgesprochen hatte. »Nichts«, entgegnete sie und starrte aufs Meer.

Wolf hob scheinbar desinteressiert die Schultern. »Vermutlich wärt Ihr nicht sofort ertrunken. Ich glaube, vorher hätten Euch die Haie geschnappt«, sagte er, nachdem sein Blick dem ihren gefolgt war.

Augenblicklich hatte er ihre ungeteilte Aufmerksamkeit. »Ich bin eine ausgezeichnete Schwimmerin. Außerdem befanden wir uns noch in Küstennähe.«

Also hatte sie keinen Selbstmord geplant, sondern geglaubt, sie könnte das Festland erreichen. Ein Irrtum. Trotzdem atmete er erleichtert auf, denn die Vorstellung, dass sie den Tod seiner Gesellschaft vorzog, war unerträglich gewesen. Jeder Mann hatte seinen Stolz.

»Falls Ihr dachtet, diese tollkühne Flucht wäre Euch im Dunkel der Nacht gelungen, habt Ihr Euch getäuscht.«

»Nun, das werden wir niemals wissen, oder?«

Wolf seufzte. Im Grunde wollte er sie nicht verärgern. Sie war ein erstaunlich widerborstiges kleines Ding. Wie der Igel, den er in seiner Kindheit besessen hatte. Bei diesem Gedanken musste er lachen.

Sie hob die Brauen. »Amüsiere ich Euch?«

»Oh, ich habe Euch nur mit einem Igel verglichen, der mir die Zeit vertrieb, als ich noch ein kleiner Junge war.«

Das musste ein Scherz sein. Natürlich. Noch nie war sie

mit einem Igel oder irgendeinem anderen Tier verglichen worden – höchstens mit einem Schwan. »Findet Ihr, ich sehe wie ein Igel aus?«

»Nein, aber Ihr benehmt Euch so.« Endlich hatte er sie in ein Gespräch verwickelt. Ein erster Erfolg. Mit zusammengekniffenen Augen musterte er Cymbra. »Jedenfalls erinnert Ihr mich an ein pelziges Geschöpf – mit diesem dichten, langen Haar.« Das schönste, weichste Frauenhaar, das ihm je unter die Augen gekommen war. Diese seidigen Locken wollte er an seinem Körper spüren, seine Finger in ihnen vergraben und ihr Gesicht zu sich heranziehen, bis …

»Nur am Kopf«, betonte sie. »Nicht überall.« Zu spät erkannte sie die Falle, in die sie getappt war, und errötete. Wenn er jetzt ein Wort darüber verlauten ließ, dass er sie nackt gesehen hatte … Und was mochte er wohl gesehen haben, während er ihr vor dem Turmzimmer aufgelauert hatte?

»Hm«, murmelte Wolf und lächelte, ehe er sich wieder auf das Ruder konzentrierte. Als Olaf ihnen etwas zu essen brachte, stand die Sonne hoch am Himmel. Ohne Cymbra eines Blickes zu würdigen, reichte er Wolf eine gefüllte Platte. »Sie trägt deinen Umhang.«

»Ich habe ihn ihr gegeben.«

»Ich nehme an, du willst dir einen neuen anfertigen lassen, aus den Pelzen, die ich dir noch schulde.«

»Vielleicht.«

»Hätte ich nur nicht mit dir gewettet!«, seufzte Olaf. »Immer gewinnst du.«

»Ebenso gut hättest *du* den Sieg erringen können. So einfach war's nun auch wieder nicht.«

Cymbra konnte ihre Neugier nicht bezähmen. Ungeduldig wartete sie, bis Olaf fort war, dann fragte sie: »Worum ging es bei dieser Wette?«

Lässig zuckte Wolf die Achseln. »Olaf hat gewettet, ich würde es nicht schaffen, kampflos in die *Festung* einzudringen und Euch herauszuholen. Jetzt muss er mir zehn Pelze geben.«

Um ein so gefährliches Wagnis hatten sie *gewettet?* Welch ein Hochmut! Und nun schwelgten sie in ihrem Triumph. »Also ist es ein Spiel für Euch gewesen. Ihr habt es nicht als Kampf betrachtet, all die Wachtposten zu töten? Nein, natürlich nicht. Da sie keine Gelegenheit fanden, sich zu verteidigen, war es schlicht und einfach Mord.«

Er starrte sie an, als hätte sie den Verstand verloren. »Keine Gelegenheit? Diese Krieger sollten Euch *verteidigen*. Doch sie waren nicht einmal in der Lage, sich selbst zu schützen.«

»Sie hatten Familien – Ehefrauen und Kinder. Was soll jetzt aus diesen armen Menschen werden?«

Wie schön sie ist in ihrem Zorn, dachte er, mit geröteten Wangen und funkelnden Augen. »Nun, das hängt davon ab, ob Euer Bruder Gnade walten lässt.«

Verblüfft runzelte sie die Stirn. »Wie meint Ihr das?«

»Ich meine ...« Ihm fiel auf, dass er die Zähne zusammenbiss, und er zwang sich mühsam zur Ruhe. Von dieser verdammten Frau würde er sich nicht aus der Fassung bringen lassen. »Wir ließen die Wachtposten gefesselt und geknebelt liegen. Von ein paar Schürfwunden und Kopfschmerzen abgesehen, ist ihnen nichts zugestoßen.«

Durfte sie ihren Ohren trauen? Sie sprach nur selten norwegisch, seit ihr ein alter Mönch, der auf seiner Wanderschaft eine Zeit lang in Holyhood gelebt hatte, diese Sprache beigebracht hatte. Bruder Chilton war eifrig bestrebt gewesen, den Heiden im Norden das Wort Gottes nahe zu bringen, und hatte ihr zahlreiche Geschichten über die Wikinger erzählt. Bei dieser grausigen Erinnerung erschauerte sie. »Also zögert Ihr, Menschen zu töten? Das überrascht mich.«

An seinem Kinn zuckte ein Muskel. »Weil ein schmutziger, wilder Wikinger keine Gnade kennt?«

»So habe ich das nicht gemeint.«

Natürlich glaubte er ihr nicht. Er hielt sie für eine Lügnerin. Für Cymbra war das eine völlig neue Erfahrung. Nie zuvor hatte jemand an ihrem Wort gezweifelt. Sie wünschte, sie könnte ihn überzeugen, während sie sich gleichzeitig fragte, weshalb es ihr so am Herzen lag.

Die nächsten Tage verliefen ebenso wie der erste. Jeden Morgen brachte Wolf ihr etwas zu essen und Trink- und Waschwasser. Sie hatte den Eindruck, dass sie von Letzterem mehr bekam, als ihr zustand. Doch sie konnte sich nicht überwinden, diese Gunst abzulehnen.

Nach ihrer Morgentoilette führte er sie an Deck. Das Wetter war schön, und sie genoss die frische Luft. Aber das Schweigen und die Langeweile zerrten an ihren Nerven. Viele Stunden verbrachten die Männer, auch Wolf, an den Rudern. Diese körperliche Anstrengung waren sie offenbar gewohnt, und sie schonten sich nicht. Beklommen musterte Cymbra die nackten, mit Narben übersäten Oberkörper. Zweifellos waren die Wikinger in zahllosen Schlachten verletzt worden, dennoch glaubte sie, ein Teil dieser Narben müsste von ihrem beschwerlichen Alltag zeugen.

Da sie noch nie zuvor ausschließlich in der Gesellschaft von Männern gewesen war, konnte sie ihre Neugier nicht bezwingen. Wie sie feststellte, benahmen sie sich anders, wenn sie mit Frauen umgingen, doch vielleicht galt das nur für Frauen *ihres* Standes.

Jedenfalls redeten sie nicht viel, wenn sie unter sich waren, und wenn doch, nahmen sie kein Blatt vor den Mund. Cymbra versuchte, nicht zu lauschen, was bei der Enge auf dem Schiff unmöglich war. Nachdem sie ein paarmal rote Ohren bekommen hatte, gewöhnte sie sich erstaunlich schnell an die raue Ausdrucksweise der Wikinger. Sie lernte auch, hastig den Blick abzuwenden, denn was körperliche Bedürfnisse anging, verhielten sich die Männer ebenso ungeniert wie in ihren Gesprächen.

Nur Wolf redete mit ihr, was selten genug geschah – entweder mittags oder bei den Abendmahlzeiten. Warum er sie entführt hatte, erwähnte er nicht mehr, und er deutete auch nicht an, welches Schicksal ihr bevorstand. Cymbra überlegte, ob sie ihn danach fragen sollte, wagte es jedoch nicht, weil sie sich vor der Antwort fürchtete. Ihre Grübeleien, ob die Bewohner von Holyhood tatsächlich unverletzt geblieben waren und wie es Hawk ergehen mochte, bereiteten ihr schon genug Sorgen. Was er tun würde, wenn er von der Entführung seiner Schwester erfuhr, wagte sie sich kaum vorzustellen. Wahrscheinlich würde er in blindem Zorn losstürmen. Sie liebte und respektierte ihren Bruder, doch sie kannte sein ungestümes Temperament und wusste, dass er zu skrupelloser Gewalttätigkeit neigte. So sehr sie ihre Rettung auch herbeisehnte – darum beten wollte sie nicht, weil ihr vor einem Blutbad graute.

Trotz allem konnte sie sich nicht über die Bedingungen ihrer Gefangenschaft beklagen. Wolf hatte ihr eine zweite Matratze gebracht, damit sie bequemer schlafen konnte. Meistens war das Essen – frischer Fisch oder getrocknete und gepökelte Lebensmittel – so reichlich, dass sie nicht einmal alles aufessen konnte. Abgesehen von der mangelnden Kleidung musste sie nichts entbehren.

Außer der Sorge um Hawks Pläne war die Langeweile ihr größtes Problem.

Am siebten Tag, als sie bereits glaubte, sie würde weinend zusammenbrechen, wenn die qualvolle Eintönigkeit der Stunden nicht bald enden würde, geschah endlich etwas. Wie üblich saß sie im vorderen Teil des Schiffs, hielt ihr Gesicht in die Sonne und grübelte. Plötzlich hörte sie den Schrei einer Möwe, blickte auf und sah den Vogel langsam über ihrem Kopf kreisen. Einer der Männer warf einen Fischkopf ins Wasser. Blitzschnell schoss die Möwe herab, schnappte nach ihrer Beute und verschlang sie. Wenig später erschien ein zweiter Vogel, der ebenfalls gefüttert wurde. Und dann sah Cymbra am Horizont, was sie schon beim Anblick des ersten Vogels geahnt hatte – *Land*.

Die Angst, die längst verflogen war, stieg erneut in ihr auf, und sie versuchte sich vorzustellen, was sie erwartete. Die norwegischen Kaufleute, die sie kennen gelernt hatte, waren sehr freundlich gewesen. Aber dieser Gedanke beruhigte sie nicht, denn schließlich waren alle Händler nett und höflich, um gute Geschäfte zu machen. Bruder Chilton hatte jahrelang in Norwegen gelebt und schaurige Geschichten erzählt – zum Beispiel über blutrünstige heidnische Rituale.

War sie deshalb so lange verschont worden? Weil Wolf irgendein grausiges Spektakel mit ihr plante, das ihre Vorstellungskraft bei weitem überstieg? Mühsam versuchte sie, ihre Furcht zu bezähmen.

Wolf bemerkte überrascht ihre innere Unruhe. Eigentlich sollte sie sich freuen, weil die Schiffsreise ein Ende fand. Doch dann erriet er, was seiner Gefangenen Kummer bereitete. Er hatte ihr bislang seine Absichten verschwiegen und es ihr überlassen, sich die verschiedenen Möglichkeiten auszumalen. Da sie eine kluge Frau war, würde sie erkennen, was allen Beteiligten am ehesten nützen würde.

Erstaunt bemerkte er, dass er ihr vertraute – zumindest in gewisser Hinsicht. Dazu durfte er sich nicht hinreißen lassen. Als Sächsin gehörte sie einem tapferen, aber unberechenbaren Volk an, das in England seinem Untergang entgegengestrebte, bis Alfred an die Macht gekommen war, unter dessen Führung sie nun kämpften. Gut und schön, aber ein Volk sollte sich nicht auf einen einzigen Anführer verlassen, um zu überleben. So dumm waren die Wikinger nicht.

Beim Gedanken an sein Volk schlug Wolfs Herz höher. Wie bei jeder Reise, spürte er eine tiefe Sehnsucht nach seinem Heimatland in sich aufkeimen. Bald würde er Rauch von seinem eigenen Herd aufsteigen sehen und von tiefer Zufriedenheit erfüllt sein. Aber zuerst würden sie an Land gehen, nach den langen Tagen auf hoher See die steifen Glieder strecken und in den Wäldern jagen. Tagelang hatte er nur Fisch gegessen. Jetzt sehnte er sich nach frischem Fleisch.

Cymbra bemerkte den leichten Kurswechsel und starrte der Küste entgegen, die immer näher kam – dicht bewaldet, mit zahllosen Buchten und Flussmündungen. Verwundert erkannte sie, dass sie einen anderen Anblick erwartet hatte – glitzerndes Treibeis, kahle, trostlose Klippen, und nicht diese schöne Landschaft.

Kraftvoll ruderten die Männer darauf zu – auch Wolf, der das Steuer dem alten Olaf überlassen hatte. Mit nichts als einer engen Hose und weichen Lederstiefeln bekleidet, bewegte er sich rhythmisch vor und zurück. Bei jeder Bewegung vibrierten die Muskeln seines breiten Rückens und seiner sehnigen Schenkel, während sein schwarzes Haar über seinen gebräunten Schultern hin und her schwang. Als er sich umdrehte und seinem Hintermann etwas zurief, entblößte ein fröhliches Grinsen seine schneeweißen Zähne. Cymbra wandte hastig den Blick ab. Plötzlich fiel ihr das Atmen schwer.

Die Küste schien ihnen entgegenzufliegen. Vor der goldenen Kurve eines Strandes sah sie kleine Inseln, über denen sich Möwen und Seelöwen tummelten. Das Schiff glitt so schnell dahin, dass ihr beinahe entgangen wäre, dass die Wikinger an Land gehen wollten. Doch plötzlich erteilte Wolf einen Befehl, worauf die Ruder eingeholt wurden, und der steinerne Anker, der an einer Eisenkette hing, plätschernd ins Wasser fiel. Ein heftiger Ruck ging durch das Schiff, dann schaukelte es sanft auf den Wellen.

Mit Waffen und Schilden in den Händen wateten einige Männer zum Strand, während andere die Ruder sicherten und das Segel bargen, bevor sie ihren Kameraden folgten. Am liebsten wäre auch Cymbra ins Wasser gesprungen, doch der Hermelin würde sie nach unten ziehen, deshalb durfte sie sich diesen Wunsch nicht erfüllen. Sie blickte zu Wolf hinüber und erkannte zu ihrer Verblüffung, dass er seine Gefangene mit zusammengekniffenen Augen musterte. Irgendetwas schien ihn zu amüsieren, denn seine Mundwinkel zuckten. »Wollt Ihr den ganzen Tag hier sitzen bleiben?«, fragte er in freundlichem Ton.

»Hätte ich etwas Anständiges zum Anziehen, würde ich ebenso wie Eure Leute an Land waten – oder schwimmen.«

»Ach ja, Ihr seid ja eine ausgezeichnete Schwimmerin.«

Als er nichts mehr sagte, wuchs Ihr Ärger. Sie fühlte sich schrecklich allein und verletzlich. An Land sah sie keinerlei Hinweis auf eine Siedlung. Warum hatten die Wikinger diesen Strand angesteuert? Was würde mit ihr passieren? Ihre Kehle war plötzlich wie zugeschnürt, und sie spürte Tränen in ihren Augen aufsteigen.

Bevor sie etwas sagen oder tun konnte, hob Wolf sie hoch, zog den Hermelin fest um ihren Körper und trug sie zur Reling. Während er ins Wasser sprang, hielt der alte Olaf die Gefangene auf den Armen, wobei er sich taub, blind und gefühllos stellte. Dann watete Wolf mit ihr zum Strand. Behutsam setzte er sie in den Sand, neben der Stelle, wo seine Männer Feuer machten. Nachdem er kurz eine Hand auf ihre Schulter gelegt hatte – eine Geste, die sie als seltsam tröstlich empfand –, ergriff er seine Waffen. »Heute Abend möchte ich endlich wieder Fleisch essen«, verkündete er und rief einige Wikinger zu sich. Leichtfüßig eilte er in den Wald und verschwand aus Cymbras Blickfeld.

Nach einer Weile stand sie auf und begann, den Strand entlangzuwandern. Wie weit würde sie kommen, bevor man sie zurückholen würde? Vielleicht würde ihr auch niemand folgen, wenn sie in den Wald floh. Eine unsichtbare Frau konnte man schließlich nicht verfolgen. Über diesen Gedanken musste sie lächeln, und sie beschloss, das Schicksal nicht herauszufordern. Wie vernünftig dieser Entschluss war, fand sie bei ihrer Rückkehr ins Lager bestätigt. Olaf blickte von dem dampfenden Kessel auf, der über dem Feuer hing, und legte den Kopf schief. Anscheinend war sie keine Sekunde lang unsichtbar gewesen. Sie ließ sich im Sand nieder, und als ein verlockendes Aroma zu ihr herüberwehte, knurrte ihr Magen vernehmlich.

Olaf nahm ein paar Kräuter aus einem kleinen Beutel, der an seiner Taille hing, und streute sie in den Topf. Prüfend schnüffelte er, fügte eine weitere Prise hinzu und nickte zufrieden.

»Was habt Ihr in den Kessel getan?«, fragte Cymbra.

Er starrte sie verblüfft an. Die anderen Männer schienen regelrecht zu erstarren, während sie sich bemühten, nicht in ihre Richtung zu blicken. Schließlich räusperte sich Olaf und richtete seine gesamte Aufmerksamkeit auf ein Stück Treibholz, das er zu einem Löffel zurechtschnitzte. »Salz, Petersilie, Salbei. Und ein paar andere Gewürze.«

Welch eine Freude, endlich wieder ein Gespräch zu führen! Sie stand auf, beugte sich über den Topf und schnupperte. »Kümmel – und schwarzer Pfeffer.« Ein paar Männer grinsten und sahen sie sogar an, als sie fortfuhr: »Also hofft Ihr auf einen Hasenbraten?«

In dem Versuch, unbeeindruckt zu wirken, zuckte Olaf die Achseln, holte Rüben, weiße Perlgraupen und einen Kohlkopf aus einem Sack und warf alles in den Kessel. »Ein größeres Jagdwild brauchen wir nicht. Wir bleiben nur eine Nacht hier.«

Nachdem sie eine Antwort erhalten hatte, fuhr sie ermutigt fort: »Und wo ist – hier?«

»Oh, diese Küste hat keinen Namen. Wolf kommt gern hierher. Ein guter Ankerplatz. Und Jagdwild in Hülle und Fülle.«

»Wohnt Ihr in der Nähe?«

Vielleicht hätte er geantwortet, doch in diesem Augenblick kehrte Wolf mit der restlichen Jagdgesellschaft zurück. Wenig später wanderten gehäutete, ausgeweidete und zerlegte Hasen in den Topf. Sie fragte sich, warum das Fleisch nicht am Spieß über dem Feuer gebraten wurde, doch als sie das Schmorgericht kostete, verstand sie, warum. Olaf war ein hervorragender Koch.

Nach dem Essen legte sich langsam die sommerliche Abenddämmerung über den Strand. Cymbra beobachtete die Möwen und Sturmvögel, die zu ihren Nestern flogen. Am graublauen Himmel erschien eine dünne Mondsichel, die Brise frischte auf, und es wurde angenehm kühl. Die Männer lagen im Sand und unterhielten sich leise. Verwirrt bemerkte Cymbra, dass sie plötzlich die Gefühle der Wikinger deutlicher wahrnahm als zuvor. An Bord des Drachenschiffs waren sie ihr aus dem Weg gegangen und hatten ihre Anwesenheit kaum zur Kenntnis genommen. Aber seit ihrem Gespräch mit Olaf, mochte es auch noch so kurz gewesen sein, begann die Barriere zu zerbröckeln. Bevor sie instinktiv hinter der Mauer ihres eigenen Seelenlebens Schutz suchte, spürte sie die Freude und Zufriedenheit der Männer, die sich angesichts ihrer baldigen Heimkehr in ihnen ausbreitete. Wehmütig dachte sie an ihr eigenes Zuhause und sehnte sich nach allem, was ihr selbstverständlich erschienen war – und was sie vielleicht für immer verloren hatte. Den Tränen nahe, suchte sie ihren Kummer zu bekämpfen.

Wolf erhob sich, klopfte sich den Sand ab und streckte ihr seine große, sehnige Hand entgegen. »Kommt.«

Sie schluckte. Sollte sie den Befehl missachten? Aber welchen Sinn hätte das? Sie wusste, wie leicht er sie zum Gehorsam zwingen konnte. Also holte sie tief Luft und stand auf, ohne seine ausgestreckte Hand zu beachten. Ungehalten runzelte er die Stirn. Doch er beharrte nicht auf seinem Willen und ging den Strand entlang, während sie ihm folgte. Bis zu den Knöcheln versanken ihre nackten Füße im feuchten Sand. Da sie den Pelzumhang festhalten musste, fiel es ihr umso schwerer, Wolfs ausholenden Schritten zu folgen. Er gönnte ihr keinen Blick. Als sie eine Viertelmeile vom Lager entfernt waren, blieb er stehen – so abrupt, dass Cymbra gegen seinen Rücken prallte, ein Gefühl, als sei sie gegen eine Wand gestoßen. Alle Luft wurde ihr aus den Lungen gepresst. Als sie wieder zu Atem kam, starrte sie ihn an. »Habt Ihr etwas Bestimmtes vor?«

Er drehte sich zu ihr um. Wieder einmal zuckten seine Mundwinkel, aber er lachte nicht. Stattdessen nahm er einen Gegenstand aus dem Sack, den er bei sich trug, legte ihn in Cymbras Hand und zeigte auf eine Lichtung hinter den Bäumen. »Ich dachte, Ihr wollt vielleicht ein Bad nehmen.«

Ein Bad? In dieser Wildnis, wo weit und breit keine Menschenseele lebte, schlug er ihr ein Bad vor? Natürlich war dieser Gedanke verlockend, aber es widerstrebte ihr, in eisigem Gletscherwasser unterzutauchen. »Ich glaube nicht …«

»Ein heißes Mineralbad.« Eine Hand auf ihre Schulter gelegt, lenkte er ihren Blick auf Dampfwolken, die zwischen moosbewachsenen Felsen aufstiegen. Als sie näher trat, sah sie einen kleinen, von innerem Erdenfeuer erhitzten Teich. Ein Bad – ein warmes, luxuriöses Bad. Und eine Seife. Erst jetzt bemerkte sie, was er ihr in die Hand gedrückt hatte. Gewiss, es war kein Vergleich zu ihren wundervollen Geißblatt- und Lavendelseifen – aber dennoch ein kostbares Geschenk.

»Danke«, erwiderte sie, »ein Bad wäre himmlisch. Es wird nicht lange dauern.«

»Nehmt Euch nur Zeit.« Wolf legte sich ins Gras und stützte sich auf einen Ellbogen. Von dieser Stelle konnte er den Teich im Auge behalten.

Nur mühsam bezwang sie den Impuls, ihm die Seife ins Gesicht zu schleudern. »Das hätte ich mir denken können.«

»Was?«, fragte er sanft.

»Dass Ihr nichts tun würdet, um einfach nur nett zu sein.«

»Ist dieses Bad, das ich Euch anbiete, keine nette Geste?«

»Wohl kaum, wenn ich vor Euren Augen baden soll.«

In scheinbarer Verblüffung hob er die Brauen. »Warum sollte Euch das stören?«

»Warum?« Er spielte mit ihr. Doch sie ließ sich ihren wachsenden Zorn nicht anmerken. »Weil es sich nicht schickt. So etwas würde keine anständige Frau tun. Vielleicht ... die Wikingerinnen ...«

»Im Norden gehen wir viel vernünftiger mit solchen Dingen um. Wir freuen uns an unseren Körpern, unbelastet von absurden Schamgefühlen.«

»Wie schön für Euch!« Fest entschlossen, ins Lager zurückzukehren, wollte sie an ihm vorbeigehen. Doch kraftvolle Finger umfassten ihren Fußknöchel so schnell, dass sie die Bewegung zu spät wahrnahm. Sein schwieliger Daumen strich über ihre Haut. »Lasst mich los!«

»Nein.« Mit sanfter Gewalt zwang er sie, näher zu treten, und seine Hand wanderte zu ihrer Kniekehle hinauf, und noch höher.

Wie gelähmt stand sie da. So war sie noch nie berührt worden. Sie fürchtete sich. Nicht vor ihm, sondern vor ihren eigenen Gefühlen. Seine Finger erzeugten ein seltsames Entzücken, und sie biss sich auf die Lippen, um ein Stöhnen zu unterdrücken – was ihr nicht gelang.

4

Wolf sprang auf, umfasste ihre Schultern und schüttelte sie leicht. »Lasst das! Ihr blutet!«

Aus ihrer Unterlippe quollen winzige rote Tropfen. Aber sie schien die kleine Verletzung nicht wahrzunehmen. Entgeistert starrte sie ihn an.

Sein Ärger galt nicht ihr, sondern ihm selbst, weil er diese Situation heraufbeschworen hatte. »Nehmt Euer Bad!«, herrschte er sie an. »Ihr habt es nötig.«

Entschieden schüttelte sie den Kopf. Sie war leichenblass geworden. Aber sie hielt seinem Blick stand, ohne mit der Wimper zu zucken. »Nein.«

Dieser Trotz musste bestraft werden. In Wolfs Truppe war sein Wort oberstes Gesetz. Nur zu gut wussten seine Leute, dass Ungehorsam ins Verderben führen würde – jenem Monstrum, das hinter dem Herd jedes Mannes lauerte und darauf wartete, die Unvorsichtigen, Unglücklichen oder einfach nur die Törichten zu verschlingen. In einer Welt, wo das Gesetz eiserner Stärke und unbeugsamer Macht herrschte, hatte er niemals gezögert, seinen Willen durchzusetzen. Bis jetzt ... Er versuchte, eine andere Strategie anzuwenden. »Eure Angst ist unbegründet, Lady«, versicherte er und betrachtete ihr dichtes kastanienbraunes Haar. Nur mühsam widerstand er der Versuchung, die zerzausten Strähnen zu berühren. »Ich bevorzuge blonde Frauen.« Dann trat er einen Schritt zurück und musterte sie von Kopf bis Fuß. »Und üppigere Figuren.«

Falls der listenreiche Gott Loki diese Lügen hörte, würde er vor Ehrfurcht erstarren und Wolf allein schon deshalb das Tor von Walhalla öffnen.

Angesichts der Verblüffung, die aus Cymbras Miene sprach, wäre er beinahe in Gelächter ausgebrochen – ein Bedürfnis, das er in ihrer Gegenwart viel zu oft verspürte und das nicht zu seiner harten, unbequemen Lebensweise passte. »Die Geschmäcker der Männer sind nun mal verschieden. Versteht Ihr, was ich meine?«

Immer noch verwirrt, nickte sie. Vorsichtig, als würde sie unbekanntes Terrain betreten, fragte sie: »Also findet Ihr mich nicht attraktiv?«

Er musste erneut ein Lachen unterdrücken. Zweifellos hatte man ihr unentwegt bestätigt, wie schön sie sei. Mit ihrer strahlenden Erscheinung musste sie alle anderen Frauen in ihrer Nähe übertrumpft haben. »Oh, Ihr seid keineswegs hässlich«, entgegnete er, während er Loki auf seiner Schulter kichern und ihn anfeuern hörte. »Aber was den einen Mann reizt, lässt den anderen kalt.«

Cymbra dachte über seine Worte nach. Was den Geschmack der Männer betraf, besaß sie keine Erfahrung. Sie wusste nur, das alle außer Hawk in ihrer Anwesenheit stotterten und stammelten – wenn sie überhaupt ein Wort hervorbrachten. Nicht einmal der alte Bruder Chilton war gegen ihre Magie immun gewesen. Es hatte ihr schon häufig Kummer bereitet, dass man sie wegen ihrer Schönheit anders behandelte als andere, und sie wünschte, sie wäre einfach nur hübsch.

Gefiel sie dem Wikinger tatsächlich nicht? Forschend schaute sie ihn an und versuchte herauszufinden, ob er irgendein böses Spiel mit ihr trieb, doch er erwiderte ihren Blick unschuldig und freundlich, und deutete auf den Teich. »Nehmt Euer Bad. Es ist spät geworden. Und ich möchte möglichst bald ins Lager zurückkehren.«

Eine brennende Röte überzog ihre Wangen. Eben noch

hatte ihr seine Berührung ein wohliges Stöhnen entlockt, und jetzt gab er ihr zu verstehen, dass sie nichts als eine Last für ihn war.

Gut. Wenigstens wollte sie eine saubere Last sein. Als sie ans Ufer des Teichs trat, verlor sie beinahe den Mut, doch sie holte tief Luft, ließ den Hermelin fallen und glitt ins Wasser. Als die dampfenden Wellen sie umspülten, stieß sie einen leisen Schrei aus.

»Alles in Ordnung?« Ohne eine Antwort abzuwarten, kam Wolf näher.

Hastig hob sie eine abwehrende Hand. »Ja, das Wasser ist nur ein bisschen zu heiß.« Nicht nur ein bisschen. Doch nach dem anfänglichen Schock genoss sie die Hitze, die ihren Körper und ihre Nerven entspannte, und sie spürte, wie die Angst vor ihrem ungewissen Schicksal langsam verebbte. Mit wachsender Zuversicht beobachtete sie, wie der brodelnde Schaum ihre Nacktheit verhüllte, und lachte entzückt. »Einfach himmlisch! Von solchen warmen Quellen habe ich zwar gehört, aber nie zuvor in einem so wundervollen Teich gebadet.« Lächelnd ergriff sie die Seife, die am Ufer lag, und begann, ihre Arme und Schultern zu waschen.

Wolf unterdrückte ein Stöhnen. Nur wenige Sekunden lang hatte er ihren schmalen Rücken, die sanft gerundeten Hüften und die schlanken Beine hinter dem Vorhang ihres seidigen Haars gesehen – und beinahe die Beherrschung verloren. Drängend pulsierte das Blut in seinen Adern, und sein Körper verlangte nach süßer Erfüllung. Er sank wieder ins Gras, starrte die Wölbung in seiner Hose an und murmelte: »Runter mit dir, verdammter Narr!«

»Was habt Ihr gesagt?«, rief Cymbra.

Unbehaglich wandte er sich ihr zu und zwang sich zu

einem Lächeln. Wenn ein Mann so dumm war, einer Frau zu zeigen, welche Macht sie über ihn ausübte, konnte er seine Männlichkeit genauso gut mit einem Strick umwickeln, und ihr überreichen, so dass sie ihn fortan daran herumführte. »Nichts ...« Mit zusammengebissenen Zähnen rang er nach Atem und verfluchte jenen mutwilligen Körperteil, der seinem Gehirn den Gehorsam verweigerte.

Da diese Taktik keinerlei Erfolg zeigte, konzentrierte er sich auf banale Gedanken – die scheinbar endlosen Zahlenkolonnen in seinen Geschäftsbüchern, die er regelmäßig studieren musste. Jede langweilige Einzelheit rief er sich ins Gedächtnis, bis seine Begierde nachließ.

Erst jetzt blickte er wieder in Cymbras Richtung, die inzwischen ihr Haar gewaschen hatte. Während sie aus dem Teich stieg und das Handtuch ergriff, das er bereitgelegt hatte, wandte er seinen Blick wohlweislich ab, um kein weiteres Risiko einzugehen. Hastig trocknete sie sich ab und hüllte sich in den Hermelin. »Ich bin fertig. Vielen Dank, das Bad war wunderbar.«

»Freut mich, dass es Euch gefiel«, murmelte er. Mochte sie ihn auch zur Verzweiflung getrieben haben – Hauptsache, sie hatte sich vergnügt. Irgendeine ausgleichende Gerechtigkeit musste es schließlich geben. Zumindest wollte er sich ebenfalls säubern. »Setzt Euch, Lady.« Als sie verwundert blinzelte, erhob er sich und zog seine Tunika aus. »Nun bin *ich* dran.«

Cymbra riss die Augen auf. Im schwachen Dämmerlicht konnte er es nicht mit Gewissheit sagen, aber er glaubte, sie erröten zu sehen. Sehr gut – sollte sie nur in Verlegenheit geraten. Das verdiente sie, nachdem sie mit ihrer unbefangenen Heiterkeit seinen Unmut geweckt hatte. Er wünschte, er könnte dasselbe brennende Verlangen in ihr wecken, das er vorhin empfunden hatte, doch er würde es nicht stillen. Zumindest nicht sofort. Sonst wäre der reibungslose Ablauf der geplanten Ereignisse gefährdet.

Entschlossen kehrte sie ihm den Rücken zu. »Ich gehe zum Lager zurück.«

»Setzt Euch!«, wiederholte er unerbittlich. Zu seiner eigenen Überraschung fügte er etwas sanfter hinzu: »Die Nacht bricht herein. Womöglich würdet Ihr stolpern und stürzen – oder Euch verirren.«

Warum *erklärte* er ihr seine Befehle? Erbost über sein unbegreifliches Verhalten, riss er sich die restlichen Kleider vom Leib und glitt ins Wasser.

Cymbra keuchte leise auf und setzte sich. Was sie sah, bevor sie die Lider senkte, brannte sich unauslöschlich in ihre Erinnerung ein – muskulöse Schultern, ein breiter Rücken, schmale Hüften, pralle Hinterbacken, lange, sehnige Beine, eine wohl geformte Gestalt, die ihr den Atem nahm und eine beklemmende Sehnsucht in ihr entfachte.

Nein, sie hatte nicht beabsichtigt, ihn anzusehen. Es war rein zufällig geschehen – so als hätte ihr Körper einen eigenen Willen entwickelt, der sich nun auf schockierende Weise zeigte. Schmerzhaft schwollen ihre Brustwarzen an und zwischen den Schenkeln spürte sie eine Feuchtigkeit, die eindeutig nicht mit ihrem Bad zusammenhing. Ihre Beine bebten – anscheinend bereit, sich einladend zu öffnen.

Guter Himmel, was stimmte nicht mit ihr? War sie so verworfen, dass allein schon der Anblick eines nackten Mannes wilde Leidenschaft in ihr weckte?

Nicht nur der Anblick – Wolf Hakonson hatte viel mehr zu bieten. Verblüfft über ihre abwegigen Gedanken, begann sie unvermittelt zu kichern. Ringsum begannen ihre sorgfältig aufgebauten Schutzwälle zu zerbröckeln, die sie so dringend gebraucht und mit deren Errichtung sie ihr ganzes Leben zugebracht hatte.

Wie sollte sie sich vor ihren eigenen Emotionen schützen? Statt Angst und Abscheu zu empfinden, spürte sie, wie ein durchaus angenehmer Schwindel Besitz von ihr ergriff und glaubte, am Rand einer Klippe zu stehen, über die sie sich bedenkenlos stürzen würde.

Welch eine Verlockung, herauszufinden, ob sie fliegen könnte …

Aber natürlich würde es ihr nicht gelingen. Und wenn sie eine solche Närrin war, dass sie diese Tatsache auch für einen Augenblick vergaß, würde ihr die grausame Wirklichkeit schon bald all ihre unsittlichen Gedanken austreiben.

Entschlossen schwor sie sich, stets daran zu denken und blickte überallhin – nur nicht zum Teich. Dieser Teil des Nordlands, wo immer er auch liegen mochte, hatte einiges mit Essex gemeinsam, wenngleich hier mehr Tannen wuchsen, nur wenige Birken und offenbar keine einzige der vertrauten Eichen, ebenso wenig wie Kastanienbäume.

Durch diese fremdartigen Eigenheiten wirkte der Wald im schwindenden Tageslicht umso düsterer, beinahe unheimlich – und trotzdem schön. Wenn sie ausschließlich auf ihre Umgebung achtete, würde sie vergessen, was in ihrer unmittelbaren Nähe geschah.

Unglücklicherweise konnte sie ihre Ohren nicht so leicht verschließen. Allzu deutlich hörte sie das Wasser plätschern und stellte sich vor, wie Wolf seinen wundervollen Körper einseifte, ehe er aus dem Teich stieg.

Nur gut, dass die Abendluft so rasch abkühlte … Sonst wäre ihr im dicken Pelz unerträglich heiß geworden.

»Gehen wir zum Strand?«

Sie hob den Kopf und sah ihn direkt neben ihr stehen, wieder mit seiner Tunika und der Hose bekleidet. In seinem dichten, ebenholzschwarzen Haar glänzten Wassertropfen. Nachdem er sich rasiert hatte, traten die markanten Konturen seines Kinns noch klarer hervor. Er wirkte unnahbar, gebieterisch und wachsam. Verärgert über seine Fähigkeit, Gefühle mühelos zu verbergen (was ihr sehr schwer fiel), ergriff sie mit geheuchelter Gelassenheit seine ausgestreckte Hand. Den neuerlichen Wunschtraum, den die Berührung seiner warmen Finger heraufbeschwor, verdrängte sie augenblicklich. Sie nickte würdevoll und versuchte, ihm ihre Hand zu entziehen. Zu seiner Verblüffung stellte er fest, dass er seinen Griff instinktiv verstärkt hatte, und ließ sie los.

»Geht nicht zu weit voraus. In diesen Wäldern wimmelt es von Wölfen!«, mahnte er freundlicher.

Wölfe, Haie, Wikinger – welchen Unterschied machte das schon? Sie war versucht, ihm diese Frage zu stellen, besann sich jedoch eines Besseren und ging nicht allzu weit voraus. Gemeinsam trafen sie im Lager ein.

Rings um das Feuer schlummerten die Männer bereits, oder sie waren diskret genug, um sich schlafend zu stellen. Wolf streckte sich im Sand aus und deutete auf den Platz an seiner Seite. Als Cymbra nicht unverzüglich gehorchte, zuckte er die Achseln und drehte sich zur Seite. Nach kurzer Zeit schien er ebenfalls zu schlafen.

Sie zauderte. Plötzlich fühlte sie sich erschöpft und ein wenig albern. Nur zu deutlich hatte ihr Entführer erklärt, was er für sie empfand. Was er auch immer beabsichtigen mochte, um diese späte Stunde würde er wohl kaum, von wilder Lust getrieben, über sie herfallen.

Schließlich sank sie neben ihm in den immer noch warmen Sand und redete sich ein, ihr Unmut hätte *nichts* mit verletztem Stolz zu tun. Ihr letzter Gedanke galt dem Drachenschiff, das auf den Wellen schaukelte und sie in den Schlaf wiegte.

Zwei weitere Tage lang segelten sie dahin, erst nach Osten, der aufgehenden Sonne entgegen, dann nordwärts. Die Landschaft veränderte sich, und die zerklüfteten Hügel reichten bis zur Küste. Hier und da tauchten einsame Bauernhöfe auf, deren Felder sich bis zu den Hängen erstreckten.

Einmal sah Cymbra eine Kinderschar durch ein goldenes Gerstenfeld laufen und dem Schiff zuwinken. Als die Männer zurückwinkten, wehte fröhliches Geschrei über das Wasser heran. Schlagartig schien sich die Stimmung an Bord zu heben, und die Wikinger zählten die Stunden bis zu ihrer Heimkehr. In dieser Nacht schlief Cymbra sehr schlecht.

Ihre Angst wuchs. Am nächsten Tag saß sie im Bug, betrachtete die vorbeigleitende Küste und hielt nach Anzeichen Ausschau, die auf ein mögliches Ziel hinweisen könnten. Gegen Mittag näherten sie sich einer Reihe von Inseln und Sandbänken, die ihr auf den ersten Blick wie ein undurchdringliches Gewirr erschienen. Wolf übernahm das Steuer, und die Männer ruderten etwas langsamer, während sie sich vorsichtig einen Weg durch einen schmalen Kanal zwischen den hohen Felsblöcken bahnten.

Schließlich mündete der Kanal in eine große Bucht, in deren tiefblauem Wasser sich schützende Hügel widerspiegelten. Am anderen Ende der Bucht lag eine gegen das Land und das Meer gleichermaßen abgeschirmte Siedlung, die aus mehreren dicht aneinander gedrängten Gebäuden bestand. Aus den Schornsteinen auf den Strohdächern quoll Rauch. Menschen und Tiere tummelten sich zwischen einigen Wagen auf schmalen Straßen. Im Stadtkern befand sich ein Marktplatz. Drei lange steinerne Landungsbrücken ragten ins Wasser. An die vorderste grenzte eine Kaimauer, eine Anlegestelle für Schiffe mit geringem Tiefgang.

Oberhalb der Stadt, auf einem Hügel, der einen Ausblick über die ganze Bucht bot, lag eine von einem Erdwall mit Wachttürmen umgebene Festung. Die Siedlung schien eine geschäftige Handelsniederlassung zu sein, von der natürlichen Umgebung geschützt, aber durch ihre starken Verteidigungsbastionen keineswegs von ihr abhängig.

Mehrere Signalhörner erklangen. Die Wächter auf den Türmen hatten das Drachenschiff mit dem Wolfsemblem am Segel erkannt. Mit immer neuen Signalen, die von den Hängen widerhallten, hießen sie die Heimkehrer freudig willkommen.

Während das Schiff an der längsten Landungsbrücke anlegte, eilten jubelnde Frauen und Kinder zum Kai. Die Männer an Bord winkten ihnen zu, während sie ihren Familienmitgliedern, die sie in der Menge ausmachten, zuriefen, die Reise sei erfolgreich verlaufen und alle kehrten wohlbehalten zurück. Noch bevor der Anker geworfen wurde, sprang Wolf auf den Pier und schüttelte die Hand eines Wikingers, dem die Frauen und Kinder Platz gemacht hatten. Wie Cymbra verwundert feststellte, war der Mann genauso groß wie der Anführer und obwohl sein Haar braun statt schwarz war, war die Ähnlichkeit unverkennbar. Sein bleiches Gesicht zeugte von einer Krankheit, die er vermutlich soeben erst überstanden hatte, und er bewegte sich etwas mühsam. Doch er grinste breit, und der Schlag, den er Wolf auf den Rücken versetzte, hätte einen schwächeren Mann ohne weiteres niedergestreckt.

Der Mann sagte etwas zu Wolf, worauf dieser die Stirn runzelte und hastig eine Antwort hervorstieß. Daraufhin sah der Ältere zum Schiff hinüber und musterte Cymbra. Unbehaglich wandte sie sich ab, ihrer Nacktheit unter dem Hermelin plötzlich allzu deutlich bewusst. Das Geschrei der Menge gellte ihr in den Ohren, und plötzlich wünschte sie, die Fahrt hätte nie ein Ende gefunden und sie wäre immer noch auf hoher See, wo die Zeit stillzustehen schien.

Wolf kehrte an Deck zurück, und die Zuschauer verstummten abrupt. Von neugierigen Augenpaaren verfolgt, trat er vor Cymbra, während aufgeregtes Stimmengewirr erklang. Ihre Wangen brannten und ihr Magen verkrampfte sich schmerzhaft. Sie spürte die allgemeine Aufregung und die Neugier und fragte sich beklommen, was die Menschen von ihr halten mochten.

Nein, sie musste Mut fassen und würdevoll hinnehmen, was immer mit ihr geschehen mochte. Also rang sie nach Fassung und versuchte erneut, die Barrieren zu errichten, die ihre Seele schon so oft geschützt hatten, wenn sie von unkontrollierbaren Gefühlen bestürmt worden war. Hoffentlich waren die Barrieren stark genug, so dass sie sich dahinter verschanzen konnte …

»Kommt mit mir!«, befahl Wolf und hob sie hoch, ehe sie wusste, wie ihr geschah.

»Ich bin durchaus imstande, selbst an Land zu gehen!«, protestierte sie, obwohl sie daran zweifelte. Aber ihr Stolz gebot ihr, wenigstens einen Versuch zu wagen.

»Ich trage Euch lieber«, erwiderte er ungerührt.

Und so traf Cymbra auf Wolfs Armen im Wikingerhafen Sciringesheal ein.

Das ist also aus meinem Plan geworden, Lady Cymbra nackt und in Ketten durch die Straßen zu zerren, dachte er wehmütig. Zumindest hatte er diesen Gedanken erwogen, als er auf dem Weg nach Holyhood gewesen war, eifrig bestrebt, die Beleidigung zu rächen, die man ihm und seinem Volk zugefügt hatte. Eine solche Strafe würde die Lady wahrlich verdienen. Stattdessen hatte er sie in einen Pelz gehüllt, der einer Kaiserin würdig wäre, und trug sie in die Stadt, so dass niemandem der Status der Lady verborgen blieb.

Als sie zur Seite wichen und ihm Platz machten, bemerkte er ihr Erstaunen, ohne sich jedoch darum zu kümmern. Wer die fremde Frau war, würde sich rasch herumsprechen. Ohne seine Schritte zu verlangsamen, ging er weiter, und stieg den Hang zur Festung hinauf, während die Menge ihm folgte.

Das Tor im Erdwall öffnete sich, und er erwiderte den Gruß der Wachtposten. Doch er hielt nicht inne und eilte an Werkstätten, Ställen und Gehegen, am Küchentrakt und am Hauptgebäude vorbei, ehe er zu einem ebenerdigen Haus gelangte, das etwas abseits stand und aus duftendem Tannenholz gezimmert war.

Rings um die Tür und die Fenster waren kunstvolle Ornamente in lebhaften Blau-, Rot-, und Gelbtönen auf die Planken gemalt. Über dem Eingang, den ein Vordach schützte, hingen zwei gekreuzte Äxte, die Symbole für die Macht eines Jarls.

Mit einer Stiefelspitze stieß Wolf die Tür auf, trat ein und duckte sich, damit sein Kopf nicht gegen die Oberschwelle prallte. Zufrieden sah er sich um. Lange Jahre hatte er das Gemeinschaftsleben eines echten Norwegers bevorzugt, die Mahlzeiten, die Unterkunft, Mühsal und die Siege seiner Leute geteilt. Aber seit ihn der Rat zum Oberhaupt des Clans ernannt hatte, gönnte er sich den Luxus einer Privatsphäre. Er durchquerte den Raum und setzte seine Gefangene auf dem breiten Bett aus Birkenstämmen ab, das mit Wolfspelzen bedeckt war. Nur widerstrebend ließ er sie los. »Die Frauen werden für Eure Bequemlichkeit sorgen. Aber sie besitzen keine Erfahrung mit einer Lady von Eurem Stand. Falls Ihr irgendwelche Wünsche habt, müsst Ihr sie äußern.«

Er blickte ihr in die Augen, die von so bemerkenswertem Blau waren, dass er glaubte, darin zu ertrinken.

Ohne ein weiteres Wort verließ er den Raum und atmete erst wieder, nachdem er die Tür hinter sich geschlossen hatte.

Fasziniert von dem barbarenhaften Luxus des Zimmers, blickte sich Cymbra um. Waffen und Banner schmückten die Wände, bis hinauf zum Deckengewölbe. Vor den Fenstern, die einen wundervollen Ausblick auf die Bucht boten, standen ein reich geschnitzter Tisch und zwei Stühle und entlang der Wände mehrere Truhen.

Die eiserne Waage auf dem Tisch wurde benutzt, um Münzen zu wiegen. Daneben standen ein hübscher Krug und Kelche aus taubenblauem Glas mit Silberrändern. Wohin ihr Blick auch wanderte, überall entdeckte sie Gegenstände, die den Reichtum und die Macht des Besitzers verrieten. Sogar der Wassereimer war mit Reliefs aus gehämmerter Bronze verziert.

Nach einer Weile öffnete sich die Tür, und drei Frauen

kamen herein. Zwei waren überdurchschnittlich groß und sahen wie Mutter und Tochter aus. Unter den üppig bestickten Säumen ihrer Tuniken ragten gefältelte leinene Unterröcke hervor, während geschnitzte Broschen die Gewänder an den Schultern zusammenhielten. Am Kleid der älteren Frau befand sich eine zusätzliche Brosche, an der eine Kette mit einer Schere und einigen Schlüsseln hing. Ihr helles Haar war zu einem Knoten hochgesteckt, wohingegen die jüngere ihres in Zöpfen trug, die mit Seidenbändern geschmückt waren.

Die dritte Frau, die etwas kleiner war als Cymbra, war anders gekleidet. Ihre Tunika aus grauer Wolle reichte bis zur Wadenmitte und ein Lederband hielt ihr schwarzes Haar im Nacken zusammen. Als sie ein Tablett auf den Tisch stellte, lächelte sie Cymbra schüchtern an.

»Lord Wolf weist Euch an, zu baden und zu essen!«, sagte die ältere der blonden Frauen betont langsam und amtlich, ehe sie innehielt, um zu sehen, ob die Fremde die norwegischen Worte verstanden hatte.

»Danke«, erwiderte Cymbra leise. Welch ein Glück, dass ihr Bruder Chilton diese Sprache beigebracht hatte. »Wie heißt Ihr, bitte?«

Erstaunt wechselten die Frauen einen kurzen Blick. Mit so tadellosen Sprachkenntnissen hatten sie nicht gerechnet.

»Ich bin Marta, Mylady«, erklärte die ältere und richtete sich würdevoll auf. »Und das ist meine Tochter Kiirla.« Nach einer kleinen Pause fügte sie hinzu. »Diese Leibeigene wird Brita genannt.«

»Eine Leibeigene?«, wiederholte Cymbra verwundert und musterte die kleine Frau etwas genauer.

»Ja, eine Sklavin«, bestätigte Marta und wandte sich zu Brita. »Hol Badewasser für die Lady.«

Als die junge Frau gehorsam davoneilte, runzelte Cymbra die Stirn. Auch die Sachsen hielten sich Sklaven, doch sie waren üblicherweise Kriegsgefangene, die von ihrem eigenen Volk wegen irgendwelcher Vergehen bestraft worden wären. Wenn sie eine Zeit lang gearbeitet hatten, ließen die Sachsen sie frei. Mit wenigen Ausnahmen wurden sie gut behandelt, und viele von ihnen blieben nach ihrer Freilassung in den sächsischen Gemeinden. Einige hatten sogar schon während der Sklaverei geheiratet. Wie Britas ärmliche Kleidung und Martas Befehlston verrieten, ging es den Sklaven im Norden wesentlich schlechter.

Oder vielleicht war das ein Einzelfall. Cymbra ermahnte sich, keine vorschnellen Schlüsse zu ziehen, ehe sie überlegte, ob auch sie – Lord Wolfs Gefangene – die Stellung einer Sklavin einnahm. Wenn ja, wurde ihr jedenfalls eine weit bessere Behandlung zuteil als Brita.

Die Leibeigene schleppte zwei dampfende Wassereimer ins Zimmer, stellte sie ab und lief wieder hinaus. Wenig später kehrte sie mit einem ledernen Trog und einem Eimer voll kaltem Wasser zurück.

»Lord Wolf hat uns mitgeteilt, Ihr wärt an ein solches Bad gewöhnt, Mylady«, erklärte Marta. »Er meint, die Hitze einer Sauna würde Euch vorerst zu sehr anstrengen.« Cymbra erkannte an ihren geschürzten Lippen, was sie von dieser Schwäche hielt.

Skeptisch inspizierte Cymbra den kleinen Trog. Wie sollte sie darin baden?

»Kommt, Mylady«, bat Kiirla und warf ihrer Mutter einen Seitenblick zu. »Wenn Ihr so freundlich wärt …«

Cymbra beobachtete die Gesten der jungen Frau und erriet, was von ihr erwartet wurde. Nur widerstrebend stieg sie in den Trog und zögerte ein paar Sekunden lang, als Marta ihre Hand ausstreckte. Doch dann übergab sie der älteren Frau den Hermelin. Ungeniert musterte Marta den Körper der Gefangenen und in ihre Augen trat ein kalter, harter Ausdruck. Verwirrt blinzelte Kiirla und wandte hastig den Blick ab. Brita sah ebenfalls zur Seite, während sie in einem Eimer kaltes und heißes Wasser mischte und die Temperatur prüfte. Schließlich nickte sie Marta zu.

Der Sklavin wurde die Aufgabe überlassen, die schweren Eimer herbeizutragen, doch das Wasser über Cymbra zu gießen, war Martas Privileg. Sie ging überaus gründlich zu Werke, doch als sie eine Seife und einen rauen Lappen ergriff, bestand Cymbra darauf, sich selbst zu waschen. Sie fröstelte, weil kein Feuer im Zimmer brannte. Offenbar hielt man das im Sommer für überflüssig, obwohl ihr die Luft reichlich kühl erschien.

»Nun werdet Ihr essen«, verkündete Marta, nachdem Cymbra sich abgetrocknet und in ein Laken gewickelt hatte, und zeigte auf den Tisch. »Bitte, nehmt Platz, Mylady.«

Fügsam setzte sich Cymbra. Die Sklavin schenkte ihr ein weiteres scheues Lächeln, entfernte ein Tuch vom Tablett und enthüllte eine geschnitzte Holzplatte mit Räucherfisch, Brot, Käse und reifen Brombeeren. Dann füllte sie einen ebenfalls kunstvoll geschnitzten Holzbecher mit Milch.

Während des Essens blickte Cymbra durch das Fenster auf die Stadt hinab. Auf funkelnden Wellen schaukelte das Drachenschiff. Andere Schiffe ankerten in der Nähe, die ebenfalls hohe, geschwungene Bügel aufwiesen, wenngleich das albtraumhafte Symbol der nordischen Plünderer nicht auf ihnen zu entdecken war. Angesichts der breiteren

Kiele vermutete Cymbra, dass es sich um Handelsschiffe handelte, die friedlichen Zwecken dienten.

Anscheinend waren die Stadtbewohner zu ihrem Tagewerk zurückgekehrt. In den Straßen und auf dem Marktplatz herrschte reges Treiben. Große Ziegen- und Schafherden weideten auf den Hängen hinter den Häusern.

Während Cymbra den sichtlichen Wohlstand in Wolfs Hafen zur Kenntnis nahm, aß sie, so viel sie konnte. Danach schleppte Brita eine große Truhe zur Tür herein. Keine der anderen Frauen half ihr.

Schließlich erhob sich Cymbra, um der Sklavin ihre Hilfe anzubieten, als sie verwundert innehielt. »Das ist meine Truhe.« Jahrelang hatte sie im Turmzimmer von Holyhood gestanden. Und seit Cymbra sie zuletzt gesehen hatte, schien eine Ewigkeit verstrichen zu sein.

»Ja, Mylady«, stimmte Brita zu und richtete sich auf.

Mit einem warnenden Blick brachte Marta sie zum Schweigen. »Auf Lord Wolfs Wunsch wird Euch dieses Gepäckstück übergeben, das Euer Eigentum enthält.«

Cymbra kniete vor der Truhe nieder und öffnete den Deckel. Obenauf lag ein kleines, von Eisenbändern eingefasstes Kästchen, das sie vorsichtig öffnete. Sie konnte ihr Glück kaum fassen. »Oh, meine Arzneien«, flüsterte sie. Darunter fand sie ihre Handarbeit, die Laute, Federn und Pergament, ihre Manuskripte und mehrere Kleider. Alles war sorgsam verpackt und nichts war auf der langen Reise beschädigt worden.

An Bord des Schiffs hatte Wolf behauptet, außer dem Hermelin sei keine Kleidung für seine Gefangene vorhanden.

Ihre Finger krallten sich in eins ihrer Lieblingsgewänder, eine Tunika aus topasfarbener Seide, doch nach einem

Moment riss sie sich zusammen und strich den Stoff glatt, bevor sich Knitterfalten bilden konnten. Trotzdem konnte sie einen ärgerlichen Ausruf nicht unterdrücken.

»Mylady?«, fragte Marta.

»Ach, nichts …«, erwiderte Cymbra, nahm einige Kleidungsstücke aus der Truhe und zog sie hastig über. »Ich staune nur, weil Lord Wolf so rücksichtsvoll ist.«

Als Brita herbeieilte, um ihr zu helfen, lächelte Cymbra sie ermutigend an und dankte ihr, was Marta sichtlich ungehalten beobachtete.

Eingeschüchtert trug Brita den Trog und die Eimer aus dem Zimmer, während Kiirla das Haar der Lady kämmte. »So langes Haar habe ich noch nie gesehen.« Die Worte der jungen Frau klangen bewundernd, nicht aber ihre Stimme, in der Neid und Missbilligung mitschwangen. Als wolle sie ihren Groll noch betonen, zerrte sie reichlich unsanft an Cymbras Locken. »Sicher ist es schwierig, eine solche Mähne zu pflegen.«

»Eigentlich nicht«, entgegnete Cymbra und unterdrückte ein Stöhnen. »Meine Dienerin Miriam hat mir dabei geholfen …

Voller Sehnsucht dachte sie an ihre liebe alte Freundin. Wie schrecklich würde sich Miriam um ihre Herrin sorgen, die sie großgezogen hatte. Und ihre Freunde, die Familie … Verzweifelt würden sie grübeln, welches Schicksal sie ereilt hatte. Auf der Schiffsreise hatte sie ihren Protest unterdrückt und keine Fragen gestellt. Doch nun war die Reise beendet, und sie wollte sich Gewissheit verschaffen.

Sie stand auf und straffte die Schultern. In gebieterischem Ton erklärte sie: »Ich möchte mit Lord Wolf sprechen.«

Verwirrt zuckte Marta zusammen, doch nach einem kurzen Augenblick fasste sie sich wieder und schüttelte den Kopf. »Ihr müsst warten, bis er Euch rufen lässt.«

Neun Tage an Bord des Schiffs. Neun Tage voller Angst. Neun endlose, beklemmende Tage …

»Nein«, entgegnete Cymbra und verließ das Haus.

5

Das verstehe ich nicht. Erklär mir noch einmal, warum deine Gefangene, der du ein grausiges, doch zweifellos verdientes Schicksal zugedacht hast, wie eine Prinzessin verwöhnt wird und im Luxus lebt.«

Stirnrunzelnd musterte Wolf den Mann über den Tisch hinweg, der ihn am Kai begrüßt hatte. Sie saßen in der Halle des hölzernen Hauptgebäudes.

Mitten im Raum stand ein wuchtiger Herd, der groß genug war, um über dem Feuer einen Ochsen am Spieß braten zu können. An den Wänden zwischen den Nischen, die als Schlafkammern dienten, hingen Pelze für die Männer, die nicht mit ihren Familien in anderen Teilen der Festung oder in der Stadt wohnten, während an der Balkendecke Schilde, Waffen und Banner befestigt waren. Rings um den Herd reihten sich lange, von Balken gestützte Tische aneinander. Am größten Tisch, der auf einem Podest stand und von der ganzen Halle aus sichtbar war, hatte Wolf Platz genommen.

Einige Diener eilten umher und trafen Vorbereitungen für das Abendessen. Außer den beiden Männern an der Haupttafel war niemand anwesend. Wolf hob sein Trinkhorn, nahm einen großen Schluck Ale und starrte seinen Bruder an. »Sie ist nicht so, wie ich dachte.«

Diese Worte entlockten dem Mann, den man von den Eishöhlen im höchsten Norden bis zu den byzantinischen Suks als Dragon kannte, ein Grinsen. »Bevor du mit ihr verschwunden bist, habe ich sie kurz gesehen. Wie ist sie denn?«

Nachdem Wolf ein paar Sekunden lang überlegt hatte, zuckte er die Achseln. »Gütig und sanftmütig. Während unserer Gefangenschaft brachte sie uns eine Mahlzeit und Decken. Und später, in der Nacht, hörte ich sie zu ihrer alten Dienerin sagen, jede Grausamkeit würde eine weitere heraufbeschwören – was sie offensichtlich bedauerte.«

Dragons Augen verengten sich. »Wenn sie so denkt, warum hat sie dann deinen Heiratsantrag abgelehnt?«

»Davon wusste sie angeblich nichts.«

»Also hat Lord Hawk …«

»Nein, sie behauptet, ihr Bruder habe uns diesen Brief nicht geschickt und würde nach Frieden streben.« Spöttisch verzog Wolf die Lippen.

»Das kann er bald beweisen, nicht wahr?«, sagte Dragon mit hochgezogenen Brauen.

Wolf nickte. Demnächst würde er Lord Hawk benachrichtigen. Ihm war klar, dass er versuchte, das Unvermeidliche noch ein wenig hinauszuzögern, aber ein Mann durfte sich doch wohl ein bisschen Zeit nehmen, um seine Gedanken zu ordnen – mit Hilfe eines Schlucks Ale.

Über den Rand des Trinkhorns hinweg beobachtete er, wie sein Bruder zum anderen Ende der Halle spähte und aufsprang.

Auch Wolf erhob sich und legte ihm eine Hand auf die Schulter.

Verwirrt schaute Dragon ihn an. »Da ist sie ...«

»Ja, ich hab's bereits erraten«, seufzte Wolf und drehte sich um. Er wusste, was er sehen würde, dennoch traf ihn der Anblick völlig unvorbereitet. Im düsteren Licht der Zelle war Cymbra exquisit gewesen, im Hermelin bildschön und nackt im Frachtraum des Schiffs und im warmen Teich ... Er wollte lieber gar nicht erst daran denken.

Doch nun, unter seinem Dach, in einer schlichten Tunika aus indigoblauer Wolle mit einem Gürtel und langen schmalen Ärmeln, züchtig hochgeschlossen, sah sie hinreißend aus. Ungehindert von einem Schleier oder Reif fiel das prachtvolle Haar auf ihren Rücken herab. Mit geröteten Wangen und einem unmissverständlichen Funkeln in den Augen trat sie vor ihn.

Wie Frigg, dachte er – so weit es ihm gelang, einen klaren Gedanken zu fassen –, Odins Gemahlin und eine mächtige Göttin. Frigg musste sie begünstigen. Anders konnte man es wohl kaum erklären, dass eine Sterbliche die Perfektion einer Göttin aufwies.

Ein junger Diener, der das Pech hatte, in diesem Moment die Halle zu durchqueren, erstarrte angesichts der überirdischen Schönheit, während ein anderer über seine Füße stolperte. Klirrend landete das Tablett voller Schüsseln, das seinen Händen entglitten war, auf dem Boden. Nur langsam erholten sich die beiden von ihrer Verblüffung und gafften immer noch, ebenso wie sämtliche anderen Anwesenden – einen Mann eingeschlossen, der es besser wissen müsste.

Blitzschnell trat Wolf zwischen Cymbra und seinen Bruder, dem er einen warnenden Blick zuwarf.

Dragon zögerte, dann setzte er sich seufzend. »Wärst du nicht mein Fleisch und Blut, würde ich mit dir um sie kämpfen. Das solltest du berücksichtigen. So werden auch andere denken, und ihnen stehen diese brüderlichen Gefühle nicht im Weg.«

Wolf nahm ihm seine unverblümten Worte nicht übel. In dieser Frau musste jeder Mann eine unwiderstehliche Versuchung sehen. Kein Wunder, dass ihr Bruder sie eingesperrt hatte … Offensichtlich war Hawk ein sehr vernünftiger Mann.

»Würdet Ihr mit mir reden?« Trotz ihres Zorns klang ihre Stimme sanft und der leichte Akzent so bezaubernd wie üblich. Sie streifte Dragon mit einem kurzen Blick. Ihre ungeteilte Aufmerksamkeit galt Wolf.

»Sehr gern«, erwiderte er höflich. »Aber nicht hier.« Er führte sie zum vorderen Teil der Halle, durch deren geöffnete Türen die milde Sommerluft hereinströmte.

Ungeduldig folgte sie ihm ins Freie und auf den Erdwall in der Nähe des Wachtturms. Dort wartete er, um ihr Zeit zu geben, bis sie wieder zu Atem kam. Das Schweigen zog sich in die Länge. Schließlich ertrug sie es nicht mehr. »Was Ihr getan habt, wisst Ihr zweifellos«, begann sie, die Hände zu Fäusten geballt. »Mein Bruder wird hierher segeln, um mich zurückzuholen. Dann wird ein Krieg ausbrechen. Wollt Ihr das?« Als er nichts erwiderte, fuhr sie fort. »Erlaubt mir, Hawk eine Nachricht zu schicken und ihm zu versichern, dass es mir gut geht.« Er unternahm nichts, um sie zu beruhigen oder zu trösten – was ihre schlimmsten Befürchtungen zu bestätigen schien. Jetzt musste sie die Frage aussprechen, die ihr auf der Zunge lag, seit dem Augenblick in Holyhood, als stahlharte Arme sie umfasst hatten. »Was habt Ihr mit mir vor?«

Ihr Mut gefiel ihm. Doch er ließ sich nichts anmerken. »Fragt lieber, was ich mit Eurem Bruder vorhabe.«

»Warum sollte ich?«, flüsterte sie und erblasste.

Seine starke, sehnige Hand – perfekt geeignet, um ein Schwert oder eine Lanze zu schwingen – zeigte zum Strand hinab. »Da unten wird Lord Hawk sterben.«

Wie Blut ergossen sich die Strahlen der sinkenden Sonne auf das Meer. Entsetzt griff Cymbra sich an die Kehle. »Ihr habt keinen Grund, ihn zu töten.«

»Wer nicht zu meinen Freunden zählt, ist mein Feind. Ich gab Eurem Bruder eine Gelegenheit, Frieden zu schließen, und bot ihm ein Bündnis an. Gemeinsam mit ihm wollte ich die Dänen bekämpfen, die uns beiden das Leben schwer machen. Seine Antwort war eine tiefe Beleidigung.«

»Aber er schrieb Euch nicht …«

»Genug! Er wird hierher kommen und sterben. Dann habe ich einen Feind weniger auf dieser Welt, und die schmähliche Beleidigung ist gerächt.« Er packte ihre Schultern, um ihr eine Vorstellung von seiner Kraft zu geben, und zwang sie, das rot schimmernde Wasser zu betrachten. »Dort unten wird er sein Leben aushauchen, sein Blut wird den Sand tränken, und sein letzter Seufzer wird von diesem Wall widerhallen.«

»Nein!«, schluchzte sie und versuchte sich loszureißen. Aber er hielt sie unerbittlich fest und zog sie an sich. Seine harten Finger umfassten ihren Hinterkopf und pressten ihr Gesicht sekundenlang an seine Brust. »Es sei denn, Ihr wollt ihm ein anderes Schicksal zuteil werden lassen.«

In ihren Augen schwammen Tränen, als sie zu ihm aufsah. »Was … was meint Ihr damit?«, stammelte sie mit zitternder Stimme.

»Bis jetzt ahnt Lord Hawk nicht einmal, wer Euch entführt hat. Wir haben uns bemüht, keine Spuren zu hinterlassen. Ich nehme an, er gibt den Dänen die Schuld. Bald werde ich ihm mitteilen, wo Ihr seid, und er wird hierher segeln. Wenn er vermutet, wir hätten Euch misshandelt oder sogar ermordet, müsste ihm seine Ehre gebieten, gegen uns zu kämpfen, was seinen sicheren Tod bedeuten würde. Aber wenn er Euch wohlbehalten antrifft – eine Lady, die wir respektieren und gut behandeln –, wird er das Bündnis mit uns eingehen, das er schon vor Monaten hätte schließen sollen. Dann wäre alles in bester Ordnung.«

»Also glaubt Ihr, er wird Euch gestatten, mich zu heiraten?«

»Nein, er würde unsere Ehe akzeptieren. Falls Ihr sein Leben retten wollt, müsst Ihr ihn als meine Frau begrüßen.«

»Ohne die Einwilligung meines Bruders darf ich Euch nicht heiraten«, presste sie hervor.

Mit diesem Einwand hatte er gerechnet. »Wenn Ihr darauf wartet, stirbt er, bevor er der Hochzeit zustimmen kann. So wie es unsere Sitte verlangt, werden wir seine Leiche verbrennen, und er wird nicht einmal Euren christlichen Himmel erreichen. Aber wer weiß, vielleicht heißt Odin ihn in Walhalla willkommen, da er ein mächtiger Krieger ist, wenn auch nicht mächtig genug, um der Falle zu entrinnen, die ich ihm stelle …«

Während er sie an sich drückte, spürte er ihren inneren Aufruhr. Zweifellos wusste sie, dass er es ernst meinte – tödlich ernst. Wenn sie seinen Wunsch nicht erfüllte, würde geschehen, was er angekündigt hatte – so sicher, wie die Sterne, die inzwischen aufflammten und wie jede Nacht ihre Bahnen am weiten Firmament zogen.

»O Gott«, wisperte sie. Plötzlich holte sie aus und ließ ihre Faust ohne Vorwarnung gegen sein Kinn sausen.

Dröhnend hallten die Rhythmen der Ziegenhauttrommeln und Knochenklappern durch die Abenddämmerung. Birkenholzflöten stimmten ein und fügten fröhlichere Töne hinzu, bevor alle Instrumente sich zu einer jubelnden Melodie vereinten, die zum Sternenhimmel empordrang, hinauf zum Vollmond über dem Horizont.

Männer, Frauen und Kinder liefen übermütig umher. Eifrig beugten sich Köche über die Flammen, Dienstboten deckten zahlreiche Tische im Freien – genug für eine Menschenmenge, die nicht einmal in der großen Halle Platz finden würde.

Langsam ließ Wolf seinen Blick umherschweifen. Was er sah, gefiel ihm. Innerhalb weniger Stunden war ein Hochzeitsfest vorbereitet worden, was normalerweise mehrere Wochen gedauert hätte. Geistesabwesend rieb er sein Kinn, ertappte sich dabei und schnitt eine Grimasse. Cymbra hatte ihn nicht ernsthaft verletzt, wie der Silberspiegel bestätigte, den Dragon aus dem Osten mitgebracht hatte. Doch wenn Wolfs sanftmütige Braut in Wut geriet, konnte sie erstaunliche Kräfte aufbieten.

Gewiss, sein Heiratsantrag ließ einiges zu wünschen übrig. Indem man einer Frau androhte, man würde ihren Bruder ermorden, wenn sie nicht einwilligte, konnte man wohl kaum ihr Herz gewinnen. Aber, verdammt noch mal, ihr Herz interessierte ihn nicht. Nur ihr Gehorsam. Und ihr Körper. O ja, vor allem ihr Körper.

In dieser Nacht würde sie ihm gehören. Er würde die bemerkenswerte Selbstbeherrschung, die er auf der Reise gezeigt hatte, nicht länger bewahren müssen. In vollen Zügen wollte er genießen, was diese schöne Hexe zu bieten hatte. Und am nächsten Morgen wäre sie einfach nur eine Frau.

Doch zuvor musste er noch das Hochzeitsmahl überstehen.

»Nervös?«, fragte Dragon, der hinter Wolf aus seinem Haus trat, und grinste herausfordernd. »Falls du dich außerstande fühlst, mein lieber Bruder, würde ich sehr gern …«

»… heute Abend in Walhalla speisen?«, unterbrach ihn Wolf mit freundlicher Stimme.

Lachend hob Dragon seine Hände, um seine Kapitulation zu bekunden. »Schon gut, ich überlasse dir die Lady.« Sein Blick fiel auf Wolfs verfärbtes Kinn. »Gütig und sanftmütig. Hast du sie nicht so genannt?«

Wolfs Wangen röteten sich, was sein Bruder jedoch klugerweise übersah. »Oh, sie wird's schon noch lernen«, erwiderte er zuversichtlich. Mit ernstlichen Schwierigkeiten rechnete er nicht. Letzten Endes war sie nur ein weibliches Wesen – mochte Frigg ihr beistehen oder nicht.

»Nun, dann sollten wir nicht länger warten«, schlug Dragon vor.

Seite an Seite traten sie auf den großen Platz, wo sich die Stadtbewohner versammelt hatten. Mit gellendem Jubelgeschrei wurden sie empfangen, und alle Leute drängten sich vor, um ihren Jarl und seinen Bruder zu begrüßen, die beiden berühmten Krieger, und um den Bräutigam zu beglückwünschen.

Während er sich auf die Schultern klopfen ließ und derben Scherzen lauschte, behielt er sein Haus unablässig im Auge. Er wollte sich gerade aufmachen, um seine Braut zu holen, als sich plötzlich die Tür öffnete, und Cymbra heraustrat. Er war sich nicht sicher, doch es schien, als hätte Marta mit einem kleinen Stoß nachgeholfen. Beim Anblick seiner widerstrebenden Braut lächelte er grimmig.

Sie trug noch immer die indigoblaue Tunika. Über ihrem Haar schimmerte ein durchscheinender Seidenschleier, und an ihrem Hals prangte – zweifellos gegen ihren Willen – ein goldener Reif mit dem Wolfsemblem. Die funkelnden Augen des Tiers bestanden aus klarem Granulit, der angeblich aus den legendären Ländern am südlichsten Ende der Welt stammte. Deutlicher als alles andere bezeugte dieser Schmuck, wem die Lady gehörte. Dies schien auch Cymbra zu erkennen, denn sie griff nach dem Halsband und zerrte ärgerlich daran.

Mit ihrem Kampfgeist erntete sie erneut Wolfs widerwillige Bewunderung, der sich ein Lächeln nicht verkneifen konnte. Nicht zum ersten Mal überlegte er, welche Freude es ihm bereiten würde, Cymbra zu zähmen. Plötzlich verlor er die Geduld. Dieses Fest durfte nicht länger dauern als unbedingt nötig, deshalb bahnte er sich einen Weg durch die Menge und ging der Lady entgegen.

Abrupt blieb sie stehen und hielt den Atem an. Noch nie hatte sie ihn so majestätisch gekleidet gesehen, in einer Tunika aus schwarzem Samt, die sich über seiner breiten Brust spannte, und einer engen Hose aus weichem Leder. Das dichte ebenholzschwarze Haar war aus der hohen Stirn gekämmt. An seinen Handgelenken glänzten goldene Armreifen, und an seinem Hals prangte eine noch größere Version des Wolfsemblems. Die Sorge um ihren Bruder, dessen Ermordung sie verhindern musste, und die Scham wegen ihres uncharakteristischen Gewaltakts wichen einer sonderbaren Erregung, die sie vergeblich zu bekämpfen versuchte. Unwillkürlich streckte sie ihre Hand aus, und er ergriff sie – so sanft, dass sie erstaunt die Brauen hob.

Sie folgte ihm in die Mitte der Menschenmenge, zu einer alten Esche mit knorrigen Ästen, die sich nach allen Seiten ausbreiteten, als wollten sie sämtliche Anwesenden in einer liebevollen Umarmung umschließen. Davor stand ein Mann, der beinahe ebenso alt aussah und eine schlichte Robe aus ungebleichtem Wollstoff trug.

Lächelnd blickte er dem Brautpaar entgegen.

»Das ist Ulfrich«, stellte Wolf ihn vor. »Er wird uns trauen.«

»Ein Priester?«, fragte Cymbra.

»In unserer Religion gibt es keinen Priester. Er ist einfach nur ein weiser, heiliger Mann.«

Möglicherweise bemerkte Ulfrich ihre Verblüffung, denn er wandte sich freundlich zu ihr. »Unsere Sitten sind Euch fremd, Mylady. Bitte, erlaubt mir zu erklären, was geschehen wird.« Er streckte seine knotige Hand aus und zeigte auf den Baum. Ringsum näherten sich die Leute und verstummten, während die Musik verklang, so dass allein Ulfrichs tiefe, sanfte Stimme die Stille durchbrach. »Inmitten jeder norwegischen Siedlung steht ein solcher Baum, der Yggdrasil darstellt – die Weltesche. Ihre Wurzeln reichen in die Tiefe der Erde, und die Zweige erheben sich zum Himmel empor. An Yggdrasils Ästen hing der große Gott Odin neun Tage und neun Nächte lang, ohne Essen und Wasser, und opferte sein Lebensblut. Am neunten Tag, bevor er starb, blickte er hinab und betrachtete die Runen, die göttliches Wissen verleihen. Durch sie wurde er wiedergeboren, um seine Weisheit an alle Menschen weitergeben zu können.« Nun berührte Ulfrich die vereinten Hände des Brautpaars. »Wolf Hakonson, Ihr seid hierher gekommen, um diese Frau vor aller Augen zu heiraten. Wollt Ihr geloben, sie zu beschützen, für sie zu sorgen, ihr Obdach zu gewähren, Euren Besitz mit ihr zu teilen und ihr Kinder zu schenken?«

»Ja, das will ich«, antwortete Wolf.

»Cymbra von Holyhood, seid Ihr bereit, die Frau dieses Mannes zu werden, seinen Haushalt zu führen, seine Kinder zu gebären und ihn Euer Leben lang zu ehren?«

Ihre Kehle war wie zugeschnürt. Wie sehr sich all das von dem unterschied, was sie sich bisher ausgemalt hatte – obwohl sie nicht behaupten konnte, häufig einen Gedanken an die Ehe verschwendet zu haben. Solange Hawk nicht davon sprach, sah sie keinen Grund, sich damit zu befassen. Aber sie hatte erwartet, dass sie einmal mit dem Segen der Kirche heiraten würde – falls es jemals geschehen sollte. Sie zweifelte nicht an der Aufrichtigkeit dieser heidnischen Zeremonie, doch der Ritus wirkte irgendwie – gottlos. Aber da jeder Widerstand zwecklos war, sagte sie leise: »Ja.«

Feierlich nickte Ulfrich und ergriff einen mit Juwelen geschmückten Kelch, den ihm ein junger Bursche reichte, füllte ihn mit Honigwein und übergab ihn Wolf. »Trinkt das, um den Bund zu besiegeln.«

Wolf hob den Kelch an die Lippen, doch dann zögerte er und hielt ihn Cymbra hin. Ohne seine Hand von dem Kelch zu lösen, beobachtete er, wie sie das süße, würzige Getränk kostete. Als sie aufblickte, drehte er den Kelch herum und nippte an derselben Stelle wie seine Braut.

In diesem Moment brach die Menge in lauten Jubel aus. Aber Wolf hob eine Hand, bevor die Gratulanten herbeistürmen konnten. »Noch sind wir nicht so weit ...« Er schaute Ulfrich an, der ihm zunickte und einen Schritt zurücktrat. Aus der Menge tauchte ein großer, dünner Mann in der schlichten braunen Robe eines Mönchs auf.

Als er Cymbras verwirrte Miene sah, erhellte ein Lächeln seine Züge. »Mylady, ich bin Bruder Joseph, und ich habe die Ehre, diesen guten Menschen das Wort des Herrn zu überbringen.«

»Hier gibt es einen Priester?«, fragte sie erstaunt und wandte sich zu Wolf. »Das wusste ich nicht.«

Doch Wolf zuckte nur die Achseln, als messe er all dem keine besondere Bedeutung zu. »Bruder Joseph ist nur auf der Durchreise. Nach nordischer Sitte gewähren wir allen Reisenden unsere Gastfreundschaft.«

»Ich bin nun schon seit drei Jahren auf der Durchreise«, fügte Joseph hinzu. »Ihr seht also, Lord Wolf verfügt über eine überaus großzügige und duldsame Gastfreundschaft.«

»Vielleicht wusste ich schon immer, dass ich Euch einmal brauchen würde«, bemerkte Wolf grinsend. »Erfüllt Eure Pflicht, Bruder Joseph, die Nacht wird nicht jünger.«

»Sehr gern. Nun müsst Ihr niederknien.«

Das Brautpaar gehorchte. Voller Verwunderung fragte sich Cymbra, ob ihr Wunsch tatsächlich erfüllt werden sollte. Hatte Wolf gespürt, wie viel ihr das hier bedeuten würde, und Vorkehrungen getroffen, ohne mit ihr darüber zu sprechen? Oder wollte er ihren Glauben nur benutzen, um sie noch fester an sich zu binden?

»Heiliger Vater«, begann Bruder Joseph, »wir bitten Dich, dieses Paar zu segnen, das heute den Bund der Ehe schließt. Mögest Du, der Du Deinen einzigen Sohn zum Wohl der Menschheit geopfert hast, diesem Mann und dieser Frau Deine große Liebe schenken, ihren Weg durch diese Welt beleuchten und ihr gemeinsames Leben zu einem Geschenk machen – für sie selbst und alle, die sie kennen. Im Namen des Vaters, des Sohnes und des Heiligen Geistes ...« Seine Hand beschrieb das Kreuzzeichen. »... erkläre ich Euch zu Mann und Frau.«

Nun ließ sich die Menge nicht länger zurückhalten.

Männer scharten sich um Wolf und schlugen ihm auf den Rücken, während die Frauen Cymbra umarmten. Als die fröhliche Musik wieder erklang, tanzten die Leute um die Esche herum und rissen das Brautpaar mit sich. Endlich hielten sie inne, atemlos und lachend. Dann führten sie den Jarl und seine schöne, junge Frau zur festlich geschmückten Hochzeitstafel. Sobald alle Platz genommen hatten, eilte die Dienerschaft herbei, um Becher und Schüsseln zu füllen.

Wolf neigte sich zu Cymbra und berührte ihre Hand. »Alles in Ordnung?«

Sie konnte es nicht sagen. Sie fühlte sich ein wenig benommen und unsicher. Unwillkürlich glitt ihr Blick zu der Stelle, wo ihr Fausthieb ihn getroffen hatte, und ihr Verhalten beschämte sie erneut. Obwohl nur eine schwache Verfärbung zu sehen war, musste sie seinen männlichen Stolz verletzt haben. Aber er hatte sich nicht beschwert und ihr auch keine Strafe auferlegt. Glaubte er vielleicht, er hätte die kleine Attacke verdient? Durfte sie darauf hoffen?

Langsam nickte sie, obwohl es nichts auf dieser Welt gab, dessen sie sich weniger sicher gewesen wäre.

Gewisse Traditionen, zum Beispiel eine Hochzeitsfeier, mussten eingehalten werden. Zweifellos waren solche Rituale wichtig, weil sie den Gemeinschaftsgeist einer Stadt stärkten, sagte sich Wolf immer wieder. Doch es nützte nichts. Brennend strömte das Blut durch seine Adern. Es pulsierte noch heftiger als die Musik, und das Feuer seiner Leidenschaft drohte ihn zu verzehren.

Umso besser schien sich Cymbra auf dem Fest zu amüsieren. Wie unterhaltsam sein Bruder plötzlich war – möge er für alle Ewigkeit in der nordischen Eishölle frieren. Gerade hatte er zu einer neuen Geschichte angehoben. Anscheinend verfügte er über ein unerschöpfliches Repertoire. Wenn er nicht zum Krieger geboren wäre, könnte er das Leben eines Skalden führen – wie man die nordischen Dichter und Erzähler nannte.

Vor seinem inneren Auge sah Wolf ihn von einer Festung zur anderen ziehen und die Bewohner mit alten Legenden erfreuen. Würde Dragon wirklich Gefallen daran finden?

Was ihn selbst betraf, hatte er sich niemals ein anderes Schicksal gewünscht. Sein Leben wurde von Pflichten und Verantwortungsbewusstsein bestimmt, was zuweilen hart und manchmal ausgesprochen gefährlich war. Aber es hatte auch seine Reize, und der schönste von ihnen saß neben ihm und lauschte mit leicht geöffneten Lippen und leuchtenden Augen Dragons Worten. Offensichtlich beabsichtigte Cymbra, die ganze Nacht hier zu bleiben.

Bereits nach wenigen Minuten wurde diese Vermutung bestätigt, denn sobald Dragon verstummt war, fragte Cymbra: »Wie hieß der Riese, der Odin zum Wettlauf herausforderte?« In Wahrheit interessierte sie sich nicht besonders für diese Geschichte, die sie unter anderen Umständen zweifellos begeistert hätte. Sie konnte nur an die schreckliche Gefahr denken, vor der sie Hawk gerettet hatte – zumindest hoffte sie, dass es so war. Aber Dragon war unerwartet freundlich. In seinem Wesen erinnerte er sie ein wenig an ihren Bruder. Und er lenkte sie von dem Mann ab, den sie notgedrungen geheiratet hatte und dem sie hilflos ausgeliefert war. Und der zu Recht den Namen Wolf trug.

Dragon lächelte so mitfühlend, als könnte er ihre Gedanken erraten und wollte versuchen, sie zu besänftigen. »Hrungnir. Und er war dumm genug, sich einzubilden, sein Hengst wäre schneller als Odins Sleipnir, das großartigste aller Schlachtrösser.«

»Sicher hat Odin zusammen mit seinem Pferd viele Abenteuer bestanden. Wollt Ihr uns davon erzählen?«

»Einmal rettete Odin einen Krieger namens Hadding vor dessen Feinden. Er hüllte ihn in einen Mantel und setzte ihn vor sich in den Sattel. Während sie dahinritten, spähte Hadding zwischen den Falten des Mantels hervor und sah verblüfft, dass sie über das Meer galoppierten. Sleipnirs Hufe trommelten auf die Wellen, als wären sie Steine.«

»Erstaunlich«, meinte Cymbra. »Ist Odin oft unterwegs, um Krieger zu retten?«

»Nur, wenn sie ihm am Herzen liegen. Und die anderen, die er nicht mag, werden von seiner Gemahlin Frigg begünstigt. Die beiden streiten unentwegt.« Hastig warf Dragon einen Blick in die Richtung seines Bruders und grinste breit. »So etwas kommt natürlich in den meisten Ehen vor.«

Mit einer knappen Geste verscheuchte Wolf den Sklaven, der sein Trinkhorn füllen wollte. An diesem Abend hatte er nur wenig getrunken und kaum einen Bissen zu sich genommen. Weder das Festessen noch der Wein vermochten den Hunger zu stillen, der ihn quälte. Erbost starrte er seinen Bruder an. »Ich dachte eigentlich, Odin und Frigg hätten nur Ärger wegen aufdringlicher Verwandter.«

»Und ich dachte immer, Odin schätzte seine Frau nicht genug«, entgegnete Dragon. »Immerhin ist sie die schönste, tapferste und klügste aller Frauen – das heißt, aller Göttinnen.« Lächelnd lehnte er sich auf seinem Stuhl zurück. »Vielleicht ist er ihr nicht gewachsen.«

Cymbra fiel es schwer, all diese Götter und Göttinnen auseinander zu halten. Sie hatte stets angenommen, dass Odin der mächtigste nordische Gott war, und die Geschichte seines Todes und seiner Wiedergeburt mit den offensichtlichen Parallelen zu ihrem eigenen Glauben hatte sie überrascht. Aber es erschien ihr seltsam, dass er verheiratet war und ebenso wie seine Frau allzu menschliche Schwierigkeiten meistern musste.

Doch noch viel merkwürdiger erschien ihr der stumme Gedankenaustausch zwischen Wolf und Dragon. Verwirrt schaute sie von einem Bruder zum anderen. Dragon befand sich in bester Stimmung, obwohl sie ihm manchmal anmerkte, welch heftige Schmerzen ihm sein Beinleiden bereitete. Wurde er von einem Arzt behandelt? Würde er mit ihr darüber reden? Wolfs durchdringender Blick unterbrach ihre Gedanken und raubte ihr den Atem.

Während des Festmahls hatte sie ihn nicht beachtet, sondern ihre ganze Aufmerksamkeit seinem Bruder geschenkt, um ihre Gelassenheit nicht aufs Spiel zu setzen. Erst jetzt las sie die geheimnisvolle Sehnsucht in Wolfs Augen und spürte, wie er mit sich kämpfen musste, um seine Gefühle im Zaum zu halten. Offensichtlich würde er diesen Kampf verlieren.

Er winkte einen Diener zu sich, und erteilte ihm einige Anweisungen, worauf der Mann sich rasch entfernte. Wenige Minuten später trat Marta an den Tisch und wandte sich zu Cymbra. »Lady, es ist an der Zeit.«

Wofür? Sicher hatte es keinen Sinn, danach zu fragen, und Cymbra widerstand dieser Versuchung. Inzwischen hatte sie die Hochzeitsnacht lange genug hinausgezögert, indem sie Dragon immer wieder ermutigt hatte, Geschichten zu erzählen, und Wolfs Geduld auf eine harte Probe gestellt. Nun musste sie sich wohl oder übel in ihr Schicksal fügen.

Ihr Mund war staubtrocken, als sie aufstand. Einen schrecklichen Augenblick lang fürchtete sie, ihre Beine wären zu schwach, um ihr Gewicht zu tragen. Sie holte tief Luft und kehrte der Tafel den Rücken.

Den Hochzeitsgästen blieb nicht verborgen, was dies bedeutete. Jubelnd schwenkten sie ihre Trinkhörner und trieben ihr mit anzüglichen Scherzen das Blut in die Wangen. Sie taumelte und wäre beinahe gestürzt, hätte Wolf ihren Arm nicht festgehalten. Ihre Blicke trafen sich, und sie sah noch immer das heiße Verlangen in seinen Augen – aber auch noch etwas anderes, viel Stärkeres, das sie als sehr beruhigend empfand.

In Begleitung von Marta und mehreren anderen Frauen ging sie in Wolfs Haus. Hinter ihr ertönte lebhafte Musik.

Mit Talg gefüllte Eisenlampen, die auf hohen Stäben befestigt waren, warfen unheimliche Schatten an die Wände des Zimmers und verzerrten die Umrisse der Möbel.

Fröstelnd stieg Cymbra aus dem Wasser des ledernen Trogs und trocknete sich ab. Aus der Ferne drang noch immer fröhliches Gelächter in ihre Richtung. Aber in diesem von barbarenhaftem Luxus geprägten Raum herrschte tiefe Stille. Das Schweigen der Frauen, die kein ermutigendes oder neckisches Wort fanden, erinnerte Cymbra daran, wie fremd sie ihnen erscheinen musste.

Nun wurde die Bettdecke zurückgeschlagen und das Laken mit den Blütenblättern wilder Rosen bestreut. Einige Frauen wanden frisch geschnittene Gerstenhalme um die geschnitzten Pfosten, andere entfernten die Kleider der Braut. Nur ein dünnes Hemd ließen sie zurück, das am Saum und am Kragen mit alten Runensymbolen bestickt war.

Nach einem letzten nachdenklichen Blick auf Cymbra und das Bett gingen alle Frauen bis auf Marta hinaus. »Mylady, dieses Hemd ist ein Geschenk«, erklärte sie und begann das Haar der Braut zu kämmen. »Kiirla sollte es eines Tages tragen. Aber jetzt ist es zu kostbar für meine Tochter.«

»Das verstehe ich nicht. Zu kostbar? Warum?«

»Weil sie sich nicht so gut verheiraten wird, wie ich es erhofft hatte.«

Es dauerte eine Weile, bis Cymbra den Sinn ihrer Worte erkannte. »Also dachtet Ihr, Lord Wolf würde Eure Tochter heiraten.«

Seufzend entwirrte Marta die Locken der neuen Herrin. »Es wäre eine große Ehre gewesen …« Als Cymbra abwartend schwieg, fuhr die Frau fort: »Ihr seid jung, Mylady, und weit von Eurer Heimat entfernt. Wäre Eure Mutter hier, würde sie Euch … warnen und auf diese Nacht vorbereiten.« Zögernd kam sie hinter dem Stuhl hervor, auf dem Cymbra saß, neigte sich herab und sah ihr in die Augen. Ihr Blick wirkte aufrichtig – und dennoch seltsam ausdruckslos. »Er wird Euch wehtun, Mylady. Das sagen alle Frauen, die mit ihm zusammen waren. Wie ein Hengst ist er gebaut, und die Schmerzen, die er den Frauen zufügt, kümmern ihn nicht.« Sie trat wieder hinter Cymbra und strich mit dem Kamm durch das dichte Haar. »Warum auch? Das Wort des Jarls ist Gesetz, und niemand wird ihm Einhalt gebieten – da könnt Ihr schreien, so laut Ihr wollt, Mylady …«

»Das genügt!«, fauchte Cymbra, sprang auf, riss den Kamm aus Martas Hand und schleuderte ihn weg. »Lasst mich allein!«

Sofort veränderte sich das Verhalten der älteren Frau. »O ja, so ist es recht – spielt nur die vornehme Herrin und erteilt mir Befehle!«, stieß sie hervor. »Aber wir wissen alle, was Ihr seid – eine Sklavin genauso wie Brita. Wäre Euer Bruder kein mächtiger Lord, hätte längst jeder Mann in dieser Festung Euren Körper besessen. Lord Wolf musste Euch heiraten. Aber Ihr bedeutet ihm nichts. Gar nichts! Weniger als der Staub unter seinen Sohlen, und so wird er Euch auch behandeln.«

Ohne ein weiteres Wort stürmte sie hinaus. Krachend fiel die Tür hinter ihr ins Schloss. Eine Zeit lang stand Cymbra wie gelähmt da. Dann begann sie am ganzen Körper zu zittern und sank kraftlos zu Boden. Die Arme um ihre angezogenen Beine geschlungen, presste sie ihr Gesicht an die Knie.

6

Energisch warf Wolf die Haustür vor den Nasen seiner grölenden Begleiter ins Schloss und schob den Eisenriegel vor, falls die betrunkenen Zecher mehr Begeisterung als Verstand aufbringen sollten. Ein paar besonders Hartnäckige blieben draußen stehen, um ihn mit anzüglichen Vorschlägen zu ermuntern, doch er schenkte ihnen keine weitere Beachtung, sondern blickte sich im Zimmer um.

Als er seine Gemahlin nirgends entdeckte, glaubte er zunächst, sie wäre geflohen. Heißer Zorn stieg in ihm auf.

Dann nahm er eine Bewegung in einer dunklen Ecke wahr und sah Cymbra am Boden kauern.

»Heiliger Odin«, murmelte er und ging zu ihr. Das bleiche Gesicht von seidigem Haar umrahmt, blickte sie auf und presste die Lippen zusammen. Um zu erkennen, dass sie verzweifelt mit ihrer Angst kämpfte, brauchte es kein besonderes Einfühlungsvermögen. »Cymbra ...« Sorge und Bestürzung verdrängten sein Verlangen, obwohl er bis gerade eben noch geglaubt hatte, nichts könnte seine brennende Leidenschaft mildern. Behutsam hob er sie hoch und sandte den Göttern ein stummes Dankgebet, weil sie sich nicht wehrte. Er trug sie zum Bett, setzte sich und hielt sie auf seinem Schoß fest.

Eine Zeit lang wiegte er sie einfach nur hin und her wie ein Kind. Seine großen Hände schienen ihm ungeschickt, während er ihren Rücken streichelte. Aber sie entspannte sich ein wenig, und das ermutigte ihn.

Schließlich blickte sie ihm tapfer in die Augen. »Ich bin so dumm.«

Ihre Worte trafen ihn so unvorbereitet, dass er überrascht auflachte. In ihrer Nähe war seine Begierde erneut aufgeflammt, eine fast überwältigende Lust, wie er sie seit Jahren nicht mehr empfunden hatte, und das war gewiss nicht komisch. Oder etwa doch? Verwirrt runzelte er die Stirn und drückte Cymbra fester an sich. »Keineswegs, du bist nur nervös. Das verstehe ich.«

Sogar sehr gut, dachte er. Sie war eine jungfräuliche Braut, die ihren Mann kaum kannte und für einen Feind hielt, wozu sie auch allen Grund hatte. Natürlich fürchtete sie sich. Aber warum, verdammt noch mal, hatten Marta und die anderen Frauen nicht versucht, ihr die Angst zu nehmen. Alle waren längst verheiratet. Und Marta war die

Witwe des Kriegers, der den jungen Wolf ausgebildet hatte. Auf seinen Wunsch waren sie mit Cymbra in sein Haus gegangen, und er hatte erwartet, dass sie sich den Umständen entsprechend verhalten würden. Plötzlich erinnerte er sich, wie Marta ihm ihre Tochter mehr oder weniger aufgedrängt hatte, obwohl er sich nicht interessiert gezeigt hatte. Hatte sie trotzdem falsche Hoffnungen gehegt? In diesem Fall ...

»Hat deine Mutter mit dir über solche Dinge gesprochen?«, fragte er leise.

Den Kopf an seine Schulter gelehnt, flüsterte Cymbra: »Kurz nach meiner Geburt ist sie gestorben.«

»Und deine Kinderfrau?«

»Miriam war nie verheiratet. Über Männer macht sie sich keine Gedanken ...« Um sich zu beruhigen, holte sie tief Luft. »Aber du darfst nicht glauben, ich wäre völlig ahnungslos. In der Heilkunde kenne ich mich aus, und ich weiß, wie der menschliche Körper beschaffen ist.«

»Vielleicht nicht in jeder Hinsicht.« Cymbra mochte einige Kranke gepflegt haben, doch sie konnte sich wohl kaum vorstellen, was im ehelichen Bett geschehen würde. Wie auch immer, es war nicht der richtige Zeitpunkt für langwierige Erklärungen. Stattdessen würde er ihr praktischen Unterricht erteilen. Zärtlich strich er über ihr Haar. »Du fühlst dich wundervoll an.«

Seufzend schmiegte sie sich an ihn, und er unterdrückte ein Stöhnen. »So viel ist passiert ...«

Wolf blickte zur Zimmerdecke hinauf und bat Odin, er möge ihn mit Geduld wappnen. Offenbar wollten die Frauen ausgerechnet in jenen Situationen reden, in denen die Männer lieber den Mund hielten – oder etwas Besseres mit ihren Lippen anfingen.

Aber Cymbra war seine Gemahlin, und er hatte vor Ulfrich und allen Stadtbewohnern ein Gelübde abgelegt. Er legte einen Finger unter ihr Kinn und zwang sie, ihn anzusehen. »Bist du verstört und verängstigt, weil sich dein Leben plötzlich verändert hat? Weil du dich in einer Lage befindest, mit der du niemals gerechnet hättest?«

Erstaunt blinzelte sie, und er freute sich, weil sie ihn ebenso rätselhaft zu finden schien wie er sie. »Ja, solche Gefühle quälen mich.«

»Welch ein seltsamer Zufall – mir geht es ähnlich.«

»O nein, sicher nicht!«

Er vergaß sein Widerstreben, sich mit ihr zu unterhalten, und erzählte ihr von Ideen und Plänen, über die er bisher immer nur flüchtig nachgedacht und niemals ausgesprochen hatte. »Hier spricht niemand vom Frieden. Sogar mein Bruder – der klügste Mann, den ich kenne – hält einen Krieg für unvermeidlich. Doch ich wollte mich nicht einfach damit abfinden. Und inzwischen bin ich, ein Krieger, zu einem Friedensstifter geworden. Wie du zugeben musst, klingt das sehr sonderbar. Und als würde das noch nicht genügen, bin ich plötzlich verheiratet ...« Sein Blick wanderte über ihr Gesicht. »Mit dir.«

»Was stört dich daran?«

Beinahe wäre er wieder in Gelächter ausgebrochen, doch er hielt sich gerade noch rechtzeitig zurück. Ein Mann sollte ein derartiges Verhalten nicht zu oft an den Tag legen. »Sagen wir mal – du übst eine eigenartige Wirkung auf mich aus.«

»Und du auf mich ...«

Das hätte sie nicht sagen dürfen. Bisher hatte er sich in Geduld gefasst, seine Selbstbeherrschung bewahrt und sein Bestes getan, um ihr zu geben, was sie anscheinend brauchte. Aber jetzt ...

Durch ihr dünnes Hemd sah er ihre rosige Haut, die sanften Rundungen und schlanken Glieder. Seine Hände brannten darauf, sie zu berühren, überall. Sofort, ohne weitere Verzögerung, die nach ihrem Geständnis unerträglich wäre. Er ließ sich nach hinten aufs Bett sinken und zog sie mit sich hinab.

Erschrocken versuchte sie sich aufzurichten. Aber er drehte sie herum, so dass sein kraftvoller Körper über dem ihren war. »Sei still«, flüsterte er. Seine Lippen zeichneten die Konturen ihres zarten Kinns nach und glitten an ihrem Hals hinunter bis zu dieser delikaten Stelle zwischen ihren Schlüsselbeinen. In seinen Adern pochte das Blut, eine verzehrende Sehnsucht benebelte seinen Verstand. »Alles wird gut ... lass mich ...«

Dann fehlten ihm die Worte. Hätte er sich bemüht, weiterzusprechen, wäre nur ein Stöhnen aus seiner Kehle gedrungen. Er hielt sie fest mit seinem Gewicht, während seine Hände ihr Gesicht umfassten. Ein fordernder Kuss öffnete ihren Mund, den seine hungrige Zunge erforschte. Obwohl er wusste, dass er zu schnell vorging, konnte er sich nicht im Zaum halten. Ihre Nähe, ihr Anblick, ihr Duft, ihr atemloses Zittern überwältigten ihn. Zu lange hatte er seine Leidenschaft bezähmt, zu heiß begehrte er sie – schon seit der ersten Begegnung.

Er rückte ein wenig zur Seite, zerrte ihr dünnes Nachthemd nach oben und entblößte ihre exquisiten Beine, das weiche Kraushaar zwischen ihren Schenkeln, die perfekt geschwungenen Hüften und die schmale Taille. Vor seinen Augen verschwamm ihre Schönheit, ein roter Schleier nahm ihm die Sicht. Als er sie erneut küsste, wand sie sich unter ihm, stemmte beide Hände gegen seine Schultern und löste ihre Lippen von seinen. »Nein, warte ...«

Wie aus weiter Ferne hörte er ihre Stimme über dem rauschenden Blut in seinen Ohren.

Ungeduldig zog er das Nachthemd über ihren Kopf, so das der feine Stoff zerriss. Er warf die Fetzen zu Boden, ehe seine Hände besitzergreifend über ihren nackten Körper strichen. »Jetzt gehörst du endlich mir«, keuchte er und schob einen muskulösen Schenkel zwischen ihre Beine. Hastig öffnete er seine Lederhose, um seine harte, pulsierende Männlichkeit zu befreien.

In diesem Moment traf ihn die Erkenntnis wie ein eisiger Wasserschwall. Bestürzt starrte er in Cymbras blasses Gesicht, in ihre angstvollen Augen. Noch nie in seinem Leben hatte ihn eine Frau so weit gebracht, dass er die Beherrschung derart verlor. Und sie war seine jungfräuliche Gemahlin, die er ganz sanft und rücksichtsvoll ins Reich der Liebe einführen musste.

Das alles wusste er. Trotzdem hatte er sich von einer wilden Lust hinreißen lassen, die ihm bisher fremd gewesen war. Gerade noch rechtzeitig hatte er seine Begierde gezügelt.

Wie er sich wehmütig eingestand, würde er in diesem Moment fast alles dafür geben, wenn eine erfahrene Hure auf ihm läge. Doch dieser Gedanke verflüchtigte sich sofort wieder, ebenso wie der nächste – der beschämende Wunsch, Cymbra wäre einfach nur eine Gefangene, eine unbedeutende Sklavin, obwohl er noch nie mit einer solchen Frau geschlafen hatte.

Doch das war sie nicht, und er wollte sie auch nicht benutzen, um seine Bedürfnisse möglichst schnell zu befriedigen. Stöhnend vergrub er seine Stirn neben Cymbra im Kissen. So still lag sie da, so verletzlich, seiner überlegenen Kraft wehrlos ausgeliefert. Er streckte sich neben ihr aus, doch er ertrug es nicht, auf jede Berührung zu verzichten, deshalb umarmte er sie behutsam.

Zitternd presste sie die Schenkel zusammen, ohne jedoch von ihm abzurücken. Trotz ihrer Angst musste sie das Versprechen halten, das sie diesem Mann gegeben hatte. Das gebot ihr die Ehre. Immerhin hatte sie den Segen ihrer eigenen Kirche empfangen. Sie war Wolfs Frau. Deshalb durfte sie sich nicht gegen gewisse Dinge sträuben.

Neben ihr hob und senkte sich seine Brust in raschem Rhythmus, und Cymbra spürte die Hitze, die er ausstrahlte. Langsam hob sie den Kopf und musterte ihren Mann. Seine Augen waren geschlossen, doch er wirkte keineswegs ruhig und friedlich. Ganz im Gegenteil – seine angespannten Züge und eine vibrierende Ader in seiner schmalen, gebräunten Wange verrieten seine mühsam bezähmte Erregung. Sie betrachtete den muskulösen Hals, die breiten Schultern, und ihr Atem stockte.

Jedes Mal, wenn sie an Bord des Schiffs oder am warmen Teich seine nackte Brust gesehen hatte, war ihre Neugier geschürt worden – und noch andere sonderbare Gefühle. Um das zu bestreiten, war sie zu ehrlich. Ihr Blick glitt weiter hinab zu seinen schmalen Hüften und … eine brennende Röte breitete sich auf ihrem Gesicht aus. »Und ich dachte – du findest mich nicht attraktiv«, stammelte sie.

Wolf öffnete die Augen. Als er erkannte, was sie anstarrte, zuckte er zusammen. »Das habe ich gesagt, nicht wahr?« Wortlos nickte sie. »Tut mir Leid, ich habe gelogen.«

Sie richtete sich auf – dankbar für ihr langes Haar, das ihre Nacktheit wenigstens teilweise verbarg. »Warum?«

»Weil ich annahm, du würdest dich dann sicherer fühlen.«

Der letzte Rest ihrer Angst, Martas grausige Andeutung entspräche der Wahrheit, war mit einem Schlag verflogen. Wolf war ein starker, stolzer, sogar hochmütiger Mann, aufgewachsen in einer Welt voller Gewalt und an absoluten Gehorsam gewöhnt. Aber er hatte ihr niemals wehgetan, obwohl er reichlich Gelegenheit dazu gehabt hätte und – wie sie sich eingestehen musste – oft genug provoziert worden war.

Und er war ihr Gemahl.

Zögernd strich sie mit den Fingerspitzen über seine Schulter. Er starrte sie an und wagte kaum zu atmen. Da er sich nicht rührte, fasste sie Mut und legte ihre Hand auf seine Brust. Sie spürte die warme Haut unter seiner Tunika.

»Cymbra ...«

In seiner heiseren Stimme schwang ein warnender Unterton mit, der sie aber nicht einschüchterte, sondern anspornte. »Das ist ungerecht ...«

Fasziniert beobachtete sie, wie er nach Atem rang und die Hände zu Fäusten ballte. »Was?«

»Nun, du bist angezogen – und ich nicht.«

Cymbras zerzaustes Haar war auf dem Kissen ausgebreitet. Ihr ganzer Körper spannte sich an, und an ihrem Hals pochte eine bläuliche Ader. Sie stieß einen leisen Schrei aus, der sich beinahe wie ein Schluchzen anhörte, und grub ihre Finger in die muskulösen Schultern des kraftvollen nackten Mannes, der sich zur ihr herabbeugte und sie seinem unwiderstehlichen Willen unterwarf.

Seine Hände glitten über ihre Brüste, seine rauen Daumen streichelten die geschwollenen Knospen und weckten eine glühende Sehnsucht nach etwas, das sie nicht zu benennen vermochte. Hilflos wand sie sich unter ihm, als seine Zunge mit ihren Brustwarzen spielte. Dann biss er vorsichtig hinein und erzeugte ein Entzücken, das sich beinahe wie ein Schmerz anfühlte. Sie hätte nie erwartet, dass ihr Körper zu solchen Gefühlen fähig wäre – oder zu einer so heißen Begierde.

Und er hatte erst begonnen.

Nun hob er den Kopf und betrachtete voller Genugtuung die Schönheit, die unter ihm lag. In sein Verlangen mischte sich die befriedigende Gewissheit einer ausgleichenden Gerechtigkeit, erging es ihr nun so, wie ihm zuvor. Seit er sie auf Holyhood zum ersten Mal gesehen hatte, kannte er keine ruhige Minute. Die übermächtige Wirkung, die sie auf ihn ausübte, verblüffte und erzürnte ihn.

In dieser Nacht würden sie die Rollen tauschen. Seine eigene Lust würde er stillen, zumindest annähernd, während Cymbra … Lächelnd strich er über ihre Hüften und spürte, wie sich ihre Muskeln anspannten. Er würde sie so weit bringen, dass die Ekstase ihr die Sinne raubte und sie gehorsam und nachgiebig war, bereit ihm alles zu geben, was er forderte.

Sein Mund wanderte von ihren Brüsten nach unten. Jeden Quadratzoll ihrer zarten Haut genoss er in vollen Zügen, ehe er seine Lippen in ihrer Weiblichkeit vergrub.

Cymbra schnappte nach Luft. Einerseits erwachte eine betörende Leidenschaft, andererseits wollte sie die kühne Liebkosung bekämpfen. Unglaublich, dass er sie *dort* berührte – auf *diese* Weise. Die Intimität erschütterte und beglückte sie gleichermaßen. Behutsam erforschte er sie mit seiner Zungenspitze, bis er die empfindsame Perle fand. Unbarmherzig reizte er sie, bis sie hilflos erbebte und ein rosiger Hauch ihren ganzen Körper überzog.

Doch er gab sich nicht damit zufrieden. Seine Zunge drang tiefer in sie ein und trieb sie fast zum Wahnsinn. Die gebieterische Weise, mit der er Besitz von ihr ergriff, entsetzte sie zutiefst, und verzweifelt versuchte sie, ihn daran zu hindern. Wenn sie einen Teil ihres Ichs bewahren wollte, durfte sie ihm nicht zu viel gewähren.

Doch er gestattete ihr keinen Widerstand. Zufrieden kostete er den Nektar ihrer Erregung und schwelgte in seinem Sieg. Dann schob er sich nach oben. Während ein verzehrender Kuss ihren Mund verschloss, spreizte er ihre Schenkel.

Instinktiv zuckte sie vor dem zielstrebigen, harten Druck zurück, doch er umfasste ihre Hüften und erlaubte ihr nur die Bewegungen, die er wünschte. Seine glutvollen Augen verrieten ihr, dass er nicht länger warten würde.

»Halt dich an mir fest!«, befahl er und ließ sie einen Augenblick los, um ihre Hände auf seine Schultern zu legen. Unter ihren Fingern spürte sie seine unbezwingliche Kraft, die ihr einen seltsamen Trost spendete. Sie klammerte sich an ihn, in dem Bewusstsein, darauf vertrauen zu müssen, dass er ihr keine unerträglichen Schmerzen zufügen würde. Allmählich verstärkte er den Druck. Ein heißes Brennen breitete sich in ihrem Unterleib aus, und sie schrie auf. Dennoch schmiegte sie sich gehorsam an ihn.

Wolfs Gesicht verzerrte sich, und er rang nach Luft, während er mühsam um den letzten Rest seiner Selbstbeherrschung kämpfte. Sein kriegerischer Geist verlangte die ersehnten Freuden, die Qual der Zurückhaltung drohte ihn zu übermannen. Trotzdem zwang er sich, langsam in den Schoß seiner Gemahlin einzudringen, damit sie sich an seine Größe gewöhnen konnte.

Als er die Barriere ihrer Jungfräulichkeit erreichte,

schaute er in ihre Augen, jene indigoblauen Teiche, in denen die Angst – doch gleichzeitig auch das Erwachen süßer Lust? – deutlich zu erkennen war. »Du gehörst mir, Cymbra«, flüsterte er atemlos. »Vergiss das niemals.« Seine Lippen erstickten ihren Schrei, während er sich endgültig in ihr versenkte. Unwillkürlich trommelte sie mit beiden Fäusten auf seine Schultern, doch er hielt sie fest und wartete, bis sie sich von ihrem Schock erholt hatte. »Ganz ruhig, Liebes«, murmelte er, »gleich hast du's überstanden.« Er küsste die Tränen von ihren Wangen und flüsterte ihr tröstliche Worte zu, ohne genau zu wissen, was er sagte.

Nach einer Weile spürte er, wie ihre Anspannung nachließ, und begann sich vorsichtig zu bewegen, ohne den Blick von ihrem Gesicht abzuwenden. Die harte Spitze seiner Männlichkeit streichelte eine Stelle in ihrem Innern, von deren Existenz sie nichts geahnt hatte. Eine gänzlich neue Welt öffnete sich, in der sie keine Schmerzen mehr empfand, nur die Wogen, die sie immer höher emportrugen. Stöhnend drängte sie ihm die Hüften entgegen und nahm ihn noch tiefer in sich auf. Sein Schrei übertönte den ihren, das köstliche Gefühl, als sauge ihr Schoß an ihm, jagte ihn über die Schwelle der Erfüllung, und seine Leidenschaft entlud sich in einem heißen Strom, der kein Ende zu nehmen schien.

Als die Erschütterung seines Körpers verebbte, sank er schweißüberströmt und keuchend auf Cymbra zusammen. Seine Lungen schmerzten. Wie rasend hämmerte sein Herz gegen seine Rippen. In der Luft ringsum lag der Geruch eines explosiven Liebesakts.

Zögernd hob er den Kopf und beobachtete, auf einen Ellbogen gestützt, seine Frau. Ihre gesenkten Wimpern warfen Schatten auf ihre geröteten Wangen. Ein Lächeln lag auf ihren von seinen Küssen geschwollenen Lippen, und sie sah – zufrieden aus. Stöhnend glitt er von ihr hinab und drehte sich auf den Rücken. Zu einer weiteren Bewegung war er vorerst nicht fähig. Es dauerte sehr lange, bis er irgendetwas außer dem Glück der gestillten Begierde wahrnahm.

An seiner Seite hatte Cymbra sich zusammengerollt. Der seidene Vorhang ihres Haars verhüllte ihre Blößen nur unzulänglich und bot ihr keine Wärme. Natürlich durfte sie sich nicht erkälten, also nahm er den letzten Rest seiner Kraft zusammen, um die Pelzdecken über sie zu breiten. »Danke«, wisperte sie und kuschelte sich an ihn.

Er vermochte nicht zu sagen, ob es ihre rosige Haut war, der Geißblattduft oder vielleicht ihre Brüste an seinem Arm, doch seine Männlichkeit regte sich erneut – zaudernd zunächst, aber in unverkennbarem Enthusiasmus. Hin und her gerissen zwischen Staunen und widerstrebendem Stolz, seufzte er.

»Stimmt etwas nicht?« Cymbra gelang es nicht, ihm in die Augen zu sehen – zu groß war ihre Scham über ihre hemmungslose, deutlich bekundete Lust. Andererseits war sie Wolfs Frau und musste für sein Wohl sorgen – besonders, nachdem er sich so aufmerksam um *ihres* gekümmert hatte.

»Alles in Ordnung«, murmelte er. Was sollte denn nicht stimmen? Abgesehen vom voraussichtlichen Fehlschlag seines großartigen Plans, jene uneingeschränkte Kontrolle zu bewahren, die er stets für selbstverständlich gehalten hatte, bis diese irdische Göttin in sein Leben getreten war. Doch so leicht würde er sich nicht geschlagen geben, schließlich hatte der Kampf zwischen ihnen eben erst begonnen.

Aber zunächst musste er darauf verzichten, das Verlangen, das erneut unglaublich heiß in seinen Adern brannte, zu befriedigen. Seine Frau war zu zart gebaut, zu verletzlich. Wenn er sie zu einem zweiten Liebesakt zwang, ehe sie sich von dem ersten erholt hatte, käme dies einer Misshandlung gleich.

Nur widerwillig stieg er aus dem Bett. Wenigstens genoss er einen kleinen Triumph, als Cymbra einen kurzen Blick in seine Richtung warf, bevor sie ihren Kopf hastig im Kissen vergrub. Entschlossen unterdrückte er ein Stöhnen, das die Deckenbalken erschüttert hätte, wäre es über seine Lippen gekommen, und ging zur Waschschüssel.

Mit einem feuchten Lappen in der Hand kehrte er zu seiner Frau zurück und zog die Pelze beiseite. Irritiert versuchte sie, danach zu greifen. »Was tust du? Nicht …«

»Keine Bange«, unterbrach er sie und setzte sich neben sie. Ohne ihre Verwirrung zu beachten, schob er seine Finger zwischen ihre Schenkel, die sie fest zusammenpresste. »Beruhige dich, ich will nur sehen, ob du noch blutest.«

Sie öffnete den Mund, um zu protestieren, doch er hatte ihre Beine bereits gespreizt. Behutsam berührte er ihre Scham mit dem feuchten Lappen. Ja, sie hatte geblutet. Bei diesem Anblick zuckte Wolf zusammen, der Mann, der auf zahlreichen Schlachtfeldern durch Blutlachen gewatet war.

Zum Glück war Cymbras Blutung bereits versiegt. Trotzdem verbot er sich eine baldige Wiederholung der Liebesfreuden. Er warf den Lappen auf den Tisch, deckte sie wieder zu und kroch neben ihr ins Bett. Stocksteif lag sie da, zweifellos entrüstet über sein freizügiges Verhalten. Nun, sie würde verstehen lernen, dass er mit ihr tun konnte, was er wollte. Letzten Endes war sie sein Eigentum. Und in der Zwischenzeit …

Seufzend nahm er sie in die Arme und ignorierte ihren Widerstand. Obwohl er einen erfrischenden Schlaf herbeisehnte, zwang er sich, wach zu bleiben, und streichelte ihren Rücken, bis ihre Anspannung endlich nachließ.

Während ihre Atemzüge immer tiefer und gleichmäßiger wurden, dachte er darüber nach, dass allein die Eheschließung viel größere Probleme aufgeworfen hatte als erwartet.

Doch nun würde alles anders werden. Sie war gut erzogen und kannte die Pflichten einer Lady. Nach dieser Nacht würde sie die sanfte, fügsame Gemahlin sein, die er sich vorstellte. Daran bestand keinerlei Zweifel, sagte er sich erschöpft.

7

Eigentlich sollte die Ehe der Bequemlichkeit des Mannes dienen«, erklärte Wolf grimmig. »Seine Frau ist dazu da, die Last von seinen Schultern zu nehmen, seinen Haushalt zu führen und ihm Kinder zu schenken. Dagegen lässt sich nichts einwenden, oder?«

Dragon starrte nachdenklich vor sich hin. »Wohl kaum, aber ich glaube, im Allgemeinen sind es die Frauen, die den Ton angeben.«

»Lächerlich!«, fauchte Wolf. »Wir Männer sind stärker und klüger, und wir gehorchen nicht irgendwelchen Gefühlen, sondern unserem Verstand. Offensichtlich haben die Götter *uns* die Herrschaft zuerkannt.«

Um seine Worte zu bekräftigen, schwang er sein Schwert und setzte zu einem Angriff auf seinen Bruder an.

Grinsend sprang Dragon zurück und parierte den Angriff mit seiner Waffe. Der Lärm des klirrenden Stahls hallte über den Exerzierplatz, und einige Männer unterbrachen ihre Aktivitäten, um den Kampf zwischen den beiden Gegnern zu beobachten, die einander ebenbürtig waren.

»Unbeschwert wandert der Junggeselle von einer Frau zur anderen. Nur sein Vergnügen interessiert ihn.« Trotz der Anstrengung hatten sich Dragons Atemzüge nicht beschleunigt. »Um das Dach über seinem Kopf oder seine Felder – falls er welche besitzt – kümmert er sich nicht.« Die Klingen prallten erneut aufeinander. »Wenn ihn die Abenteuerlust packt, zieht er in die Welt hinaus. Er genießt das Leben und denkt nicht an die Zukunft. Aber sobald er heiratet, ändert sich alles. Jetzt trägt er eine schwere Verantwortung, und seine Frau sorgt dafür, dass er das niemals vergisst. Ob er's will oder nicht – der Stier wird unters Joch gezwungen.« Entschieden schüttelte Dragon den Kopf und stürzte sich auf seinen Bruder. »Nein, die Ehe ist eine Erfindung der Frau. Sie braucht einen Mann, der sie beschützt und ihre Kinder ernährt. Und was hat *er* davon?«

»Kinder, an deren Herkunft er nicht zweifeln muss?« Mühelos wehrte Wolf den Schwerthieb seines Bruders ab.

»Vielleicht«, stimmte Dragon belustigt zu. »Aber ich kenne mehrere Frauen, die ihr Bett nicht erkalten ließen, wenn ihre Ehemänner auf Reisen gingen, und wenn sie zufällig Kinder bekamen …« Diesmal griff er Wolf aus einem anderen Winkel an und versuchte, die Beine unter ihm wegzuschlagen.

Doch diese Strategie amüsierte Wolf nur, der blitzschnell hinter ihn sprang, so dass Dragon sich umdrehen musste.

»Wer, glaubst du, hat all die Geschichten von den Göttern ersonnen, die nachts in die Betten argloser Frauen schleichen oder ihnen im Wald auflauern?«, fragte Dragon und zielte auf den Kopf seines Bruders. »Glaub mir, kein Mann kommt auf solche Ideen. Nur Frauen sind so fantasievoll.«

»Hast du nie darüber nachgedacht zu heiraten?« Die Klingen ihrer Schwerter berührten sich.

»Ich? Odin möge das verhindern! Natürlich wünsche ich mir Söhne. Aber dafür brauche ich kein Eheleben, sondern nur zwei oder drei willige Frauen.« Lächelnd entblößte Dragon seine Zähne, die strahlend weiß in seinem gebräunten Gesicht blitzten. »Und daran besteht kein Mangel.«

»Wie willst du wissen, ob die Kinder von dir stammen?«

»Oh, ich kann sehr gut bis neun zählen. Außerdem weiß ein Mann, was er tun muss, damit eine Frau keine Gelegenheit findet – oder das Bedürfnis verspürt, sich irgendwo anders zu amüsieren.«

Wolf hob die Brauen. »Und wenn eine Frau schön wie der Morgen ist – so verlockend wie ein goldener Fluss?«

»Dann sollte der Mann gut mit einem Schwert umgehen können. Verdammt gut sogar.«

Die Füße ins weiche Erdreich gedrückt, brachte Wolf seinen Bruder mit einem gewaltigen Kick aus dem Gleichgewicht. Unsanft landete Dragon am Boden und grinste gequält. »Gar nicht übel, Lord von Sciringesheal. Aber müsste die Ehe deine Klinge nicht ein bisschen abstumpfen lassen?«

Wolf steckte seine Waffe in die Scheide und half Dragon auf die Beine. Im Laufe der Jahre hatten sie oft gegeneinander gekämpft und dieselbe Anzahl an Siegen errungen. Doch nur auf denn heimischen Exerzierplatz traten sie gegeneinander an, auf den Schlachtfeldern fochten sie Seite an Seite.

Wolf vertraute seinem Bruder wie keinem anderen. Und das Vertrauen wurde rückhaltlos erwidert. Nun war er froh, dass der Kampf beendet war, denn Dragons Wunde, die nicht heilen wollte, bereitete ihm große Sorgen. »Diese Ehe nicht«, antwortete er, während sie zum Fass mit dem kühlen Brunnenwasser gingen, das im Schatten stand. Seufzend füllte er die Kelle und entleerte sie über seiner erhitzten Stirn. »Keine Gelegenheit lässt sie aus, um mich zu ärgern.«

»Oh, deine süße, sanftmütige Gemahlin?«, spottete Dragon. »Aber ich begegne ihr auf Schritt und Tritt. Dauernd läuft sie hierhin und dorthin, interessiert sich für alles und stellt unzählige Fragen. Offensichtlich nimmt sie ihre Verantwortung für deinen Haushalt sehr ernst. Obwohl ihr erst seit zwei Tagen verheiratet seid, gibt es keinen Winkel in dieser Festung, den sie noch nicht kennt.«

Wolf schnitt eine Grimasse. Das ließ sich nicht leugnen. Wie ein Wirbelwind schwirrte Cymbra von der Weberei zur Molkerei, von den Küchenräumen zur Färberei, zur Schmiede, und so weiter. Vom Morgengrauen bis zum Einbruch der Dunkelheit war sie unterwegs. Und zu allem hatte sie eine eigene Meinung, machte Vorschläge und erklärte, was man verbessern sollte.

Noch schlimmer – niemand vermochte ihr zu widerstehen. Sie musste nur ein paar Worte murmeln, und prompt stolperten die Leute über ihre eigenen Füße, um die Wünsche der Herrin zu erfüllen. Nun ja, nicht alle. Wenn Marta in ihrer Nähe war, sah sie immer aus, als hätte sie bittere Galle geschluckt, und ihre Freundinnen schienen ihrem Beispiel zu folgen.

Unbehaglich runzelte Wolf die Stirn. Ein Krieg zwischen den Frauen wäre das Letzte, was er gebrauchen konnte. Allein beim Gedanken an diese Art von Schwierigkeiten würde sich jeder Mann nach einer langen Schiffsreise sehnen.

Er hatte von einer Insel gehört, die erst vor wenigen Jahren entdeckt worden war und westlich von den Irish Islands lag. Es hieß, dort gäbe es Berge voll heißer Quellen, mineralische Flüsse, breiter als in sämtlichen nordischen Ländern, schöne Fjorde, Buchten und fruchtbare Erde, die geeignet war für den Ackerbau und als Weidefläche. Inzwischen hatten sich zahlreiche Menschen dort niedergelassen, und weitere würden ihnen folgen. Und wenn man den dämonischen irischen Mönchen glauben durfte, gab es weiter im Westen ein noch größeres Land, das jenseits der sinkenden Sonne lag und keine Grenzen zu haben schien.

Dieses Land konnte ein ungebundener Mann aufsuchen, doch ein Anführer, der sich um das Wohl seines Volkes kümmern musste, durfte nicht einmal daran denken. Deshalb beschloss Wolf, das Problem namens Cymbra zu lösen, bevor es gefährliche Ausmaße annahm. »Sie lebt sich nur ein«, murmelte er, »das ist alles.«

»Wen versuchst du zu überzeugen?«, erkundigte sich Dragon belustigt. »Mich oder dich selbst?«

Statt einer Antwort stöhnte Wolf und ging in die Richtung, wo er Cymbra zuletzt gesehen hatte. Aber sie war verschwunden.

»Ich habe keine Ahnung, Lord Wolf«, entgegnete Marta schadenfroh, als er sich endlich zu der Frage durchgerungen hatte, wohin seine Frau gegangen sei. Von seinem sichtlichen Ärger ermutigt, fügte sie hinzu: »Wenn ich mir die Bemerkung erlauben darf, die Lady erscheint mir sehr eigenwillig, vielleicht das Ergebnis einer übermäßig privilegierten Erziehung …«

Diese Kritik an Cymbras Verhalten, die letztlich auf ihn zurückfiel, missfiel ihm, doch er musste Marta Recht geben. Offenbar hatte Lord Hawk seiner Schwester zu oft freie Hand gelassen, deshalb war es eigentlich nicht ihre Schuld, wenn sie sich ungehörig benahm. Aber Wolf würde sie eines Besseren belehren.

Also lief er zum Stall, fest entschlossen, seiner ungebärdigen Gemahlin eine Lektion zu erteilen, die sie nicht so bald vergessen würde.

»Sieh nur, Weißer Andorn.« Cymbra löste die kleine Pflanze aus dem Erdreich, ohne ihre Wurzeln zu verletzen. »Dass ich ihn hier finden würde, hätte ich gar nicht erwartet – eine wundervolle Arznei gegen Husten und Lungenentzündung.« Lächelnd legte sie den Andorn in ihren Beutel zu den anderen Pflanzen, Moosgewächsen und Flechten, die sie bereits gesammelt hatte.

»Erstaunlich, wie viel Ihr wisst …«, meinte Brita. Nachdem sie gemeinsam mit Lady Cymbra mehrere Stunden lang Kräuter aufgespürt hatte, verflog ihre Scheu allmählich. »Auch meine Mutter verstand einiges von der Heilkunde. Doch sie könnte sich nicht mit Euch messen. Wieso konntet Ihr all das lernen?«

Wie immer, wenn sie auf solche Dinge angesprochen wurde, zögerte Cymbra und wählte ihre Worte mit Bedacht. »Schon in meiner Kindheit begeisterte mich die Heilkunst, und mein Bruder war so freundlich, Lehrer für mich zu beschäftigen.«

»Dann solltet Ihr Euch glücklich schätzen.« Auch ich hatte einen Bruder …« Abrupt verstummte Brita.

In Cymbra stieg ein fast unerträglicher Kummer auf – das Leid eines schweren Verlustes. Sie zwang sich, langsam und ruhig zu atmen und nicht gegen ihre Gefühle anzukämpfen. Wie sie aus schmerzlicher Erfahrung wusste, war jede Gegenwehr sinnlos. Stattdessen musste sie ihre Seele hinter einem Schutzschild verschanzen, der ihr half, die Qualen hinzunehmen, ohne daran zu zerbrechen.

Plötzlich dachte sie an die Nachricht, die Wolf vermutlich schon an Hawk geschickt hatte, um ihn über ihren Verbleib zu informieren. Einerseits wollte sie ihren Bruder wiedersehen und ihm versichern, dass sie wohlauf war, andererseits fürchtete sie die Konfrontation zwischen den beiden Männern. Ein Schauer rann über ihren Rücken, doch sie verdrängte ihre eigenen Sorgen, um Brita zu trösten. »Tut mir Leid.«

Die sanfte Berührung ihrer Hand verwirrte die Sklavin. Dicht nebeneinander knieten sie im Moos eines Berghangs, während die Sonne über ihnen strahlte und eine sanfte sommerliche Brise wehte. Brita blinzelte heftig und strich über ihre Wange. »Es ist schon so lange her ...«

»Wie lange?«

»In meinem zwölften Lebensjahr wurde ich gefangen genommen.« Als wäre ein Damm gebrochen, der eine wilde Strömung bezähmt hatte, sprudelten die Worte über Britas Lippen. »Meine Familie lebte nahe der irischen Küste bei den Mountains of the Morne. So groß wie die Berge hier sind sie nicht, aber sie sind wunderschön.« Von bittersüßen Erinnerungen erfüllt, seufzte sie. »Wir hatten Gerüchte über die Norweger gehört, aber noch keinen von ihnen je gesehen, als sie plötzlich über uns herfielen. Zwei Tage nach Ostern. Natürlich kämpften unsere Männer, doch sie wurden vernichtend geschlagen, und ich weiß nicht einmal, ob einer meiner Verwandten den Angriff überlebt hat. Das Letzte, was ich sah, war der Rauch, der aus unseren brennenden Häusern aufstieg. Nach einer tagelangen Reise wurde ich in eine große Stadt gebracht, zusammen mit anderen Gefangenen in ein Gehege gesperrt und schließlich verkauft. Und so kam ich hierher, das ist jetzt fünf Jahre her. Manchmal würde ich am liebsten in den Tod gehen, doch das verbietet mir mein Glaube. Ich bin sehr behütet aufgewachsen, und ich dachte, eines Tages würde ich heiraten und Kinder bekommen. Niemals hätte ich geglaubt, ich würde das Leben einer Sklavin führen, als Eigentum anderer Menschen, das einfach nur benutzt wird, und rücksichtslos ...« Ihre Lippen zitterten. Bedrückt senkte sie den Kopf. »Bitte, verzeiht mir, Mylady, ich darf Euch nicht mit meinem Kummer belasten.«

Cymbra fühlte sich keineswegs belastet, sondern nur wütend über das, was Brita widerfahren war. Obwohl sie schon seit langer Zeit wusste, wie viel Leid diese Welt peinigte, lehnte sie sich noch immer dagegen auf. »Da gibt es nichts zu verzeihen, Brita.« Liebevoll nahm sie die Sklavin in die Arme und beschloss, ihr schweres Los zu lindern.

Während sie noch überlegte, wie sie dieses Thema bei ihrem Mann zur Sprache bringen sollte, wurden ihre Gedanken von Hufschlägen unterbrochen. Beide Frauen blickten auf und sahen einen großen Rappen herangaloppieren. Erschrocken sprang Brita auf und zog Cymbra zu sich empor. »Lauft zur Festung, Mylady, ich werde versuchen ...«

Doch sie brauchte ihre Herrin nicht zu beschützen, denn wenige Sekunden später erkannten sie den Reiter. »Wolf!«, rief Cymbra, erleichtert und verärgert zugleich, weil er ihnen schreckliche Angst eingejagt hatte.

Was bildete er sich eigentlich ein? In den letzten zwei Tagen hatte er kaum mit ihr gesprochen, obwohl sie sich so bemühte, ihm eine gute Ehefrau zu sein. Trotz aller Schwierigkeiten war sie fest entschlossen, alles zu halten, was sie bei der Hochzeit versprochen hatte. Vielleicht würde vom Erfolg dieser Ehe der Frieden zwischen zwei Völkern abhängen. Deshalb musste sie ihr Bestes geben. Aber als sie die Geißel der Sachsen den Hang heraufpreschen sah, fürchtete sie, dieser Aufgabe nicht gewachsen zu sein. Im Grunde besaß sie ein sanftes Temperament, doch irgendetwas an ihrem norwegischen Gemahl weckte Gefühle, die sie bisher nicht gekannt hatte und die ihren üblichen Gleichmut und den vertrauten Schutzschild bedrohten.

»Verschwinde!«, herrschte er Brita an, nachdem er seiner umherstreunenden Gemahlin einen kurzen Blick zugeworfen hatte.

Die Sklavin erbleichte und begann am ganzen Körper zu zittern. Unglaublicherweise gehorchte sie nicht sofort, sondern wandte sich an Cymbra. »Mylady?«

»Schon gut«, erwiderte Cymbra leise, ohne den bedrohlichen Krieger auf seinem Schlachtross aus den Augen zu lassen. »Geh nur, ich möchte mit meinem Mann reden.«

Beklommen starrte Brita den Furcht erregenden Jarl an und eilte davon.

Als er seine schöne Frau betrachtete und den Zorn in ihren blauen Augen las, vergaß er das seltsame Aufbegehren der Sklavin augenblicklich.

Verwundert runzelte er die Stirn. Sie ärgerte sich? *Sie?* Heiliger Odin, mit welchem Recht nur? War er nicht zwei Tage lang die Geduld und Sanftmut in Person gewesen – in selbstloser Güte bereit, seine Leidenschaft zu bezähmen, bis Cymbra sich von der Hochzeitsnacht erholen würde? Hatte er nicht jede Nacht neben ihr gelegen, ohne sie anzurühren, und Höllenqualen erlitten? Zweifelte er etwa *nicht* an seinem Verstand, weil er nur noch an sie denken und sich kaum auf seine Pflichten konzentrieren konnte?

Und sie zürnte ihm?

Geschmeidig schwang er sich aus dem Sattel und hängte die Zügel an einen tief hängenden Zweig. Zu seiner Genugtuung wich Cymbra einen Schritt zurück, wenn auch nur einen kleinen.

Die Hände in die Hüften gestemmt, starrte sie ihn an. »Du zertrampelst die Pflanzen, die ich sammeln wollte.«

Was sagte sie da? Verwirrt hob er die Brauen. Normalerweise musste sie sich nach Kräften bemühen, ihn zu besänftigen, doch stattdessen faselte sie von ... Pflanzen?

»Hier gibt es keinen Kräutergarten«, erklärte sie und zwang sich zur Ruhe. »Also muss ich einen anlegen. Mit diesen Pflanzen«, fügte sie hinzu und zeigte auf ihren Beutel, der am Boden lag.

Wegen eines *Kräutergartens* hatte sie die Festung ohne Eskorte verlassen, nur in Begleitung einer Sklavin, ohne ihn vorher um Erlaubnis zu fragen? Erbost trat er vor sie, packte sie an den Schultern und schüttelte sie. »Das ist nicht Holyhood, und du bist nicht mehr die verhätschelte Schwester eines nachsichtigen Bruders, Frau. Dies ist ein hartes Land, und wir müssen uns unser Leben sehr hart erkämpfen. Jetzt gehören deine kleinen luxuriösen Privilegien der Vergangenheit an. Darauf wirst du in Zukunft verzichten müssen – und endlich lernen ...« Er musste ihr unmissverständlich klar machen, dass sie ihm stets zu gehorchen hatte, in sämtlichen Belangen. Aber seine Stimme erstarb, weil sie in lautes Gelächter ausbrach.

»Glaubst du etwa, ein Kräutergarten wäre ein Luxus?« Sie wusste, wie unhöflich er ihre Belustigung finden würde, doch sie konnte sich angesichts seiner typisch männlichen Arroganz nicht beherrschen. »So einen Garten *brauchst* du, wenn deine Leute gesund bleiben sollen. Diese Pflanzen sind Gottes Segen, ein Geschenk an die Menschheit, der Beweis, wie sehr ihm das Wohl seiner Kinder am Herzen liegt.« Doch als er nicht das erwartete Interesse zeigte, verstummte sie. Seine kraftvollen Hände auf ihren Schultern brachten ihren Puls zum Rasen. Wenigstens schüttelte er sie nicht mehr. Nun, vielleicht verstand er auch nicht, was sie meinte. »Wie ich bereits sagte, ich weiß sehr viel über die Heilkunde. Glücklicherweise hast du das Kästchen mit meinen Arzneien hierher mitgenommen. Dafür bin ich dir sehr dankbar. Aber wenn die Vorräte zur Neige gehen, müssen sie ersetzt werden. Deshalb sammle ich diese Kräuter.«

»Willst du meine Leute verarzten?« Als er durch Cymbras Schweigen seine Vermutung bestätigt sah, war er es, der schallend anfing zu lachen. Er warf seinen Kopf in den Nacken, scheuchte die Vögel in den Bäumen ringsum auf, und sein Pferd begann nervös im Moos zu scharren. Breit grinsend musterte er seine naive kleine Frau. Verdammt, wie zauberhaft sie aussah im goldenen Sonnenschein, das Haar nur mit einem dünnen Schleier bedeckt, die Haut seidenweich. Energisch ermahnte er sich, an seine Pflicht zu denken. Sie war nur eine Frau, noch dazu eine Fremde, deshalb würde er ihr einiges erklären müssen. »So schwach wie die Sachsen, die unentwegt umhegt werden müssen, sind wir nicht. Um unsere Gesundheit zu erhalten, brauchen wir nicht viel – ein kleines Feuer, wenn eine Wunde nicht verheilt, ein Messer, um Arme oder Beine abzuschneiden, die unrettbar verloren sind. Damit begnügen wir uns. Wir erwarten nicht, steinalt zu werden. Allein der Gedanke daran erschreckt uns. Ein richtiger Mann stirbt mit dem Schwert in der Hand, damit die Götter ihn in Walhalla aufnehmen. In hohem Alter dahinzusiechen, wäre ein würdeloser Tod.«

Mit diesen Worten bekräftigte er, was Cymbra in den letzten beiden Tagen bereits geahnt hatte. Die Bewohner von Sciringesheal sahen alle kerngesund aus. Doch gerade das bereitete ihr Sorgen, denn es legte den Verdacht nahe, dass man die Menschen, die sich keiner robusten Gesundheit erfreuten, einfach sterben ließ. »Und wenn eine Frau bei der Niederkunft entsetzliche Schmerzen leiden muss? Oder wenn Kinder erkranken? Sind sie ihrem Schicksal hilflos ausgeliefert? Oder wenn jemand alt wird, obwohl er sich schwach fühlt und die Erlösung des Todes herbeisehnt? Unternimmt man nichts, um solchen Leuten die letzten Tage zu erleichtern? Seid ihr denn alle so töricht und grausam? Das kann ich nicht glauben!«

Doch in Wahrheit wusste sie es besser, weil Bruder Chilton ihr von Norwegerinnen erzählt hatte, von »alten Vetteln«, die sich angeblich mit dem Teufel verbündeten, um »Zaubertränke« zu brauen. Obwohl sie ihm das niemals gesagt hätte, glaubte sie, das er etwas falsch verstanden hatte, und dass diese Frauen Heilkundige waren, wie sie selbst. Bis jetzt hatte sie keine dieser Frauen in Sciringesheal kennen gelernt, was jedoch möglicherweise daran lag, dass Wolfs Festung eine rein männliche Domäne war, in der die Frauen lediglich als dienstbare Geister geduldet wurden.

»Wie auch immer«, fuhr sie eigensinnig fort, »ich werde mein Wissen nutzen und die Qualen kranker Menschen nicht untätig mit ansehen.« Während sie herausfordernd das Kinn hob und Wolfs Blick standhielt, verbarg sie die kalte Angst, die in ihr aufstieg. Was sollte sie tun, wenn er ihr verbot, ihrer Berufung zu folgen? Wenn sie gezwungen wurde, inmitten dieser Menschen zu leben, ihre Qualen zu spüren – außerstande, ihnen beizustehen? Dann würde sie sterben.

Nachdenklich schaute er sie an und erkannte, wie wichtig sie ihre Heilkunst nahm – auch wenn er sich fragte, warum. Wahrscheinlich hing es mit ihrer übertriebenen Nächstenliebe zusammen, die sie damals in Holyhood bewogen hatte, das Gefängnis gefährlicher Wikinger zu betreten. Damals hatte er ihre Kühnheit bewundert. Und jetzt überlegte er, dass es wohl kaum schaden könnte, wenn sich seine Gemahlin um ihre Mitmenschen sorgte. »Also gut, es wird kein Schaden entstehen, wenn du dich um die Kinder kümmerst«, hörte er sich zu seiner Überraschung sagen. Denn warum sollten schwache Geschöpfe, die nicht so widerstandsfähig waren wie starke Krieger, keinen Nutzen aus Cymbras Kenntnissen ziehen?

Erleichtert, aber keineswegs zufrieden, schwor sie sich, dass dieser hochmütige Mann ihr eines Tages gestatten würde, auch seine Krieger zu verarzten, und ihr sogar dankbar dafür sein würde. »Das ist immerhin ein Anfang …« Als er die Stirn runzelte, fügte sie rasch hinzu: »Ich brauche eine Gehilfin.«

Wolf verdrehte die Augen. Wenn sich seine Frau irgendetwas in den Kopf gesetzt hatte, war sie gewiss nicht zu schüchtern, um auf ihrem Willen zu beharren. Er fragte sich, wie es wäre, wenn er das einzige Ziel ihrer Wünsche wäre, und spürte die schmerzliche Härte in seinen Lenden. »Eine Gehilfin?«

»O ja – sie müsste zusammen mit mir Kräuter sammeln,

Arzneien vorbereiten und Patienten pflegen.« Cymbra setzte eine nachdenkliche Miene auf. »Natürlich wäre es besser, wenn sie bereits einschlägige Erfahrungen besäße. Mal sehen …« Ihre Augen leuchteten auf. »Vorhin erzählte mir Brita, ihre irische Mutter sei eine heilkundige Frau gewesen. Also würde sie sich großartig für diese Aufgabe eignen.«

Gleichmütig zuckte Wolf die Achseln. Er kümmerte sich fast nie um seine Sklaven. »Du bist die Herrin hier in diesem Haushalt, also tue, was du für richtig hältst.«

Ein strahlendes Lächeln belohnte ihn und jagte das Blut noch schneller durch seine Adern. Auf diesem Hang waren sie allein, ziemlich weit entfernt von der Stadt und der Festung. Und zwei Tage müssten seiner Frau genügen, um die Folgen des ersten Liebesakts zu überwinden. Er wollte nicht mehr länger warten. »Nun, Frau«, begann er und trat einen Schritt auf sie zu, »eine Gemahlin kann ihrem Mann viel leichter Zugeständnisse abringen, wenn er gut gelaunt ist. Daran solltest du in Zukunft denken.«

Erstaunt sah sie ein seltsames Flackern in seinen Silberaugen, das sie nicht zu deuten wusste. Wolf war zweifellos ein sehr attraktiver Mann. Und wenn er lächelte, so wie jetzt, nahm er ihr den Atem. Plötzlich keimte in Cymbra das fast unbezwingbare Bedürfnis auf, mit einer Fingerspitze seine markanten Züge nachzuzeichnen, das dichte rabenschwarze Haar zu streicheln, die breiten Schultern, die muskulöse Brust, und … Errötend hob sie ihren Beutel auf und klammerte sich daran, als könnte er sie schützen – nicht vor ihm, sondern vor ihren eigenen Gedanken.

Sein Lächeln wurde noch breiter. Entschlossen griff er nach dem Beutel, doch Cymbra weigerte sich, ihn loszulassen, worauf ein Tauziehen begann – ein einseitiger

Kampf mit vorhersehbarem Ende. Das Säckchen landete am Boden, und Wolf zog seine Frau an sich.

»Vielleicht sollte ich dir zeigen, was drin ist«, schlug sie nervös vor. »Jede einzelne Pflanze ist kostbar – und die Wirkung ist ganz verschieden. Stundenlang könnte ich dir erklären, wie …«

»Sei still«, unterbrach er sie und drückte sie an seine Brust – nicht schmerzhaft, doch fest genug, um eine Flucht zu verhindern. Gebieterisch bog er ihren Kopf nach hinten und presste seinen Mund auf ihren. Er hatte beschlossen, Cymbra seinem Willen zu unterwerfen. Aber sobald er ihre weichen Lippen spürte, änderte sich seine Absicht, und er wollte sich nur in ihr verlieren, diese unglaubliche Vollkommenheit genießen, die ihn in der Hochzeitsnacht so beglückt hatte, während gleichzeitig der Drang in ihm aufstieg, dieselben Gefühle in seiner Frau zu erregen.

Er zog sie auf das Moos, ohne ihr die Gelegenheit zu geben, zu protestieren, und befreite sie von ihrem Umhang. Zärtlich küsste er ihre Stirn, ihre Wangen, ihr Kinn. Über ihren ganzen Körper wanderten seine Hände, schlangen sich in ihr üppiges kastanienbraunes Haar, liebkosten die vollen Brüste, entblößten die schlanken Schenkel unter der Tunika.

Leise schrie sie auf. Wollte er sich *hier* mit ihr vergnügen, wo jeden Augenblick jemand vorbeikommen könnte? Schlimmer noch – ihr fiel nichts ein, dass sie dagegen hätte einwenden können. Nach zwei entbehrungsreichen Tagen sehnte sie das Entzücken herbei, das er ihr in der ersten gemeinsamen Nacht geschenkt hatte.

Sie zerrte an seiner Tunika und versuchte, sie ihm über den Kopf zu ziehen. Als er ihr half und seine kraftvolle

Brust enthüllte, seufzte sie hingerissen und grub ihre Finger in das dunkle Kraushaar zwischen seinen Brustwarzen, das sich nach unten zu einer schmalen Linie verengte und schließlich in seiner Hose verschwand.

Ihre Lust ließ ihren Kopf schwindeln, und sie verdrängte die Stimme der Vernunft. Lange genug hatte sie auf neue Liebesfreuden gewartet. Und sie wusste nicht, wie lange sie in der nächsten Zukunft darauf verzichten musste. Warum sollte sie die Gunst der Stunde nicht nutzen?

Ihr Eifer verblüffte ihn, aber er verschwendete keine Zeit, darüber nachzudenken. Nur halbherzig versuchte er, die seitliche Verschnürung ihres Kleids zu lösen, dann riss er es auseinander. Der warme Duft ihrer Haut hüllte ihn ein. Hingebungsvoll liebkoste er ihre Brüste und saugte an den rosigen Knospen, die sich augenblicklich aufrichteten. Dann schob er seinen harten Schenkel zwischen ihre Beine und presste ihn gegen ihre Weiblichkeit.

Er sollte langsamer vorgehen. Das wusste er. Cymbra war noch zu unerfahren, und er wollte ihr nicht wehtun. Deshalb zwang er sich zur Geduld, während seine Finger das seidige Haar zwischen ihren Beinen streichelten und mit dem weichen, empfindsamen Fleisch spielten. Bald spürte er ihre feuchte Hitze, ihre Bereitschaft, und stöhnte erleichtert. Später, nahm er sich vor, würde er über all das nachdenken. Im Augenblick wollte er an überhaupt nichts denken.

Hastig befreite er seine harte, pulsierende Männlichkeit. Aber bevor er sich mit Cymbra vereinte, betrachtete er ihr schönes, gerötetes Gesicht. Sie schenkte ihm ein Lächeln, das ihre Freude auf den Liebesakt deutlich verriet. Eine Woge der Zärtlichkeit überschwemmte ihn und mischte sich mit seiner glühenden Leidenschaft, die ihn zum Wahnsinn zu treiben drohte. Plötzlich sah er nicht nur seine Frau in ihr, sondern Cymbra – ein einzigartiges, betörendes, mysteriöses Geschöpf, das seinen Geist ebenso faszinierte wie seinen Körper.

Um den letzten Rest seiner Selbstbeherrschung gebracht, drang er kraftvoll in sie ein, umfasste ihre Hüften und verharrte reglos, bis sie sich an ihn gewöhnte. Als sich die Muskeln in ihrem Inneren anspannten, war es um ihn geschehen.

Mühsam versuchte er, sich zurückzuhalten. Doch der rote Nebel seiner Begierde verschlang ihn. Immer tiefer vergrub er sich in ihr, und angespornt von ihren leisen Lustschreien und ihren tastenden Händen, bewegte er sich immer schneller, bis das Beben ihrer Erfüllung seinen eigenen Höhepunkt in einem alles verzehrenden Rausch auslöste.

Erst nach einigen Minuten kehrte er in die Wirklichkeit zurück. Er lag auf seiner Frau, war immer noch mit ihr verschmolzen, und in seinem Körper zuckten die letzten Wellen der Sinnenlust. Behutsam zog er sich zurück und streichelte ihr Gesicht. Sie hob die Lider, und er las in ihren Augen die gleiche Verwirrung, die auch er empfand.

»Von alldem ahnte ich nichts.« Sie war nicht mehr verlegen, und sie staunte, weil sie sich in dieser intimen Situation so unbefangen fühlte. Vielleicht bin ich mittlerweile an meinen Mann gewöhnt, dachte sie. »Wie wundervoll das Reich der Liebe ist …«, wisperte sie und streichelte seine Lippen.

Wolf nahm ihre Finger zwischen die Zähne und biss hinein, ganz sanft und doch fest genug, um ihr einen spielerischen Schmerzensschrei zu entlocken. In diesem Augenblick war er wunschlos glücklich mit seiner sächsischen

Gemahlin – und mit seinem Leben im Allgemeinen. »Es freut mich, dass du so denkst.«

»Ist es denn nicht immer so?«, wollte sie wissen, ehe sie ihre Frage selbst beantwortete. »Wohl kaum, sonst würden die Menschen nichts anderes tun. Vielleicht liegt es auch daran, dass die Männer ein bisschen Zeit brauchen, um sich zu erholen.«

Eine durchaus vernünftige Lösung der Natur, dachte sie. Andernfalls würde die Welt stillstehen, denn die ganze Menschheit würde sich nur der Liebe widmen.

»Wie bitte?«, fragte Wolf verblüfft.

Zunächst wusste sie nicht, was er meinte, doch als sie es wenige Sekunden später erriet, lächelte sie verständnisvoll. »Zwei Tage – das kommt mir ziemlich kurz vor. Dauert es normalerweise länger?«

Als sie seine Miene sah, fürchtete Cymbra, sie hätte zu freizügig mit ihm gesprochen. Dank ihrer Heilkunst hatte sie gelernt, ohne Scham über die verschiedenen Vorgänge im menschlichen Körper zur reden. Aber in diesem Fall wäre es wohl besser gewesen, diese Gedanken für sich zu behalten.

Jedenfalls bereute sie ihre unverblümten Worte zu spät. Die Augen ihres Mannes verdunkelten sich, und er warf ihr einen sonderbaren Blick zu. Dann warf er sich auf den Rücken und starrte in den blauen Himmel, als gäbe es dort etwas besonderes zu sehen.

Nach einer Weile stützte er sich auf einen Ellbogen und wandte sich Cymbra wieder zu. »Dachtest du etwa, ich würde zwei Tage brauchen, um mich von der Hochzeitsnacht zu erholen?« Seine Mundwinkel zuckten.

»Oh, bitte, ich wollte dich nicht kritisieren. Ganz im Gegenteil, ich weiß, du bist ungewöhnlich ... äh ...« Beklommen versuchte sie, ihr Gesicht in ihren Händen zu verbergen.

Doch das ließ er nicht zu. Unbarmherzig umklammerte er ihre Handgelenke. »Wieso bin ich ungewöhnlich?«

Zum Teufel mit ihm! Offensichtlich genoss er ihre Verlegenheit in vollen Zügen. »Nun ja, ungewöhnlich stark …«

Lächelnd zog er ihre Arme, die er mit einer Hand umfasst hielt, nach oben und hielt sie hinter ihrem Kopf fest, während er mit der anderen ihre Brustwarzen liebkoste, bis sie sich stöhnend aufbäumte. Ihre wachsende Erregung entzückte ihn. Eine Zeit lang beobachtete er, wie sich ihre Haut rötete, dann schob er eine ihrer Hände zwischen seine Schenkel, und sie rang verwirrt nach Luft. »Meine süße Gemahlin, nur aus Rücksicht auf deinen jungfräulichen Zustand vor unserem ersten Liebesakt ließ ich dich zwei Nächte lang ungestört schlafen. Doch jetzt brauche ich nicht mehr auf meine ehelichen Rechte zu verzichten.«

Als wollte seine harte Wölbung ihre freudige Zustimmung ausdrücken, schwoll sie unter Cymbras Fingern noch weiter an, während sich die samtige Spitze in ihre Handfläche schmiegte und eine Liebkosung herauszufordern schien.

»O Gott …«, hauchte Cymbra. Trotz der Erfüllung, die er ihr soeben erst geschenkt hatte, erwachte eine neue Sehnsucht in ihr. Ins warme, weiche Moos gebettet, umschlang sie den Hals ihres Mannes und zog ihn zu sich herab.

8

Ihre Laute war zerbrochen. Erschrocken starrte sie die Holzsplitter und verschlungenen Saiten auf dem Tisch vor dem Fenster an, das zum Hafen von Sciringesheal hinausging. Dann strich sie über die Teile des zerstörten Instruments, als könnte sie es durch ihre bloße Berührung heilen. Doch es gab keine Hoffnung.

Am Vorabend hatte sie für Wolf musiziert. Um ihre Zweisamkeit zu genießen, waren sie nach dem Abendessen in der großen Halle in sein Haus zurückgekehrt. Verträumt dachte Cymbra daran zurück, wie sie auf der Laute gespielt und wie er sie umarmt hatte. Jetzt trübte der schmerzliche Verlust die süße Erinnerung an die Liebesnacht.

Das hatte ihr jemand mit voller Absicht angetan, eine andere Erklärung gab es nicht. Die Laute war noch unversehrt gewesen, als sie sie vor einer knappen Stunde zuletzt gesehen hatte. Und in der Zwischenzeit hatte niemand einen Grund gehabt, das Haus zu betreten.

Sie war anderswo beschäftigt gewesen, und Wolf war mit seinen Männern zur Jagd gegangen. Dankbar für ihre neue Position, hatte Brita die Herrin begleitet, der sie nur selten von der Seite wich. Sie bestand darauf, auch die Aufgaben einer Zofe zu übernehmen, für Cymbras Garderobe zu sorgen und im Haus sauber zu machen. Und während sie sich in einem anderen Teil der Festung aufgehalten hatte, musste sich jemand ins Domizil des Jarls geschlichen haben, um die Laute zu zertrümmern.

Über Cymbras Rücken lief ein kalter Schauer. Was dieser verwerfliche Gewaltakt bedeutete, wusste sie nur zu gut.

Als sie am Vortag mit Wolf im Sattel seines Rappen nach Hause geritten war, hatte sie die Abneigung einiger Frauen deutlich gespürt. Marta hatte sie von oben bis unten gemustert und ihr den Umhang abgenommen, den sie vergeblich festzuhalten versucht hatte, um ihre unordentliche Kleidung zu verbergen. Doch die Grashalme in Cymbras Haar und die geröteten Wangen hatten ohnehin verraten, womit sich der Jarl und seine sächsische Gemahlin außerhalb der Festung vergnügt hatten.

Wolf hatte offenbar nichts bemerkt. Grinsend hatte er Cymbras Hinterteil getätschelt und war zu seinen Männern zurückgekehrt, während sie ins Haus geflohen war, um ein Bad zu nehmen.

Danach war sie zu Brita geeilt und hatte sie über ihre neuen Pflichten aufgeklärt. Was Marta und ihre Freundinnen planen mochten, hatte sie nicht geahnt und auch keinen Gedanken daran verschwendet. Ein schwerer Fehler, wie sie jetzt erkannte …

Vor Wolfs Heirat hatte Marta eine gewisse Machtposition und den Respekt der anderen Frauen genossen und als sichtbares Symbol ihrer Autorität die Schlüssel der Vorratskammern verwahrt. Bis jetzt hatte Cymbra sie nicht von ihr zurückverlangt. Ehe sie auf ihre Rechte pochte, wollte sie das Vertrauen, vielleicht sogar die Zuneigung der Wikingerinnen gewinnen. Um die Wahrheit zu sagen, hatte sie gehofft, dass Wolf das Problem erkennen und Marta befehlen würde, ihr die Schlüssel auszuhändigen.

Sie hätte es wissen müssen. Wenn ein Erdklumpen aus dem Schutzwall fiel, der die Festung umgab, wenn eine Waffe Rost ansetzte oder ein Krieger auf dem Exerzierplatz einen Angriff zu langsam parierte, kümmerte sich der

Jarl unverzüglich darum. Aber sämtliche Belange, die auch nur entfernt mit dem Haushalt zusammenhingen, ignorierte er.

Wie Cymbra inzwischen festgestellt hatte, interessierte ihn nicht, welche Kleidung er trug, was er aß oder welche Temperatur draußen herrschte. Mit Dingen, die für ein bisschen Komfort sorgten, vergeudete er keine Zeit. Darin glich er seinem Bruder und Hawk. Sie war zu klug, um zu hoffen, dass ihr Mann sich jemals ändern würde. Und wenn sie ihn auf Schwierigkeiten hinwies, die ihm bedeutungslos erschienen, würde sie sich nur blamieren und den Eindruck erwecken, sie sei keine gute Hausfrau. Nein, sie durfte sich keine Blöße geben. Stattdessen musste sie sich in dieser Gemeinde Respekt verschaffen. Dann würde Hawk ihre Heirat und das dadurch notwendige Bündnis wahrscheinlich akzeptieren.

Über den Wunsch, ihren Gemahl zu erfreuen, der so unerwartete Gefühle in ihr auslöste, wollte sie lieber nicht nachdenken. In ihrer Verwirrung und noch immer großen Sorge um ihren Bruder schreckte sie vor ihren eigenen Emotionen ebenso zurück wie vor den Gefühlen anderer Menschen.

Ehe solche Gedanken die Oberhand gewinnen konnten, verließ sie das Haus und eilte ins Hauptgebäude. In der Halle stieß sie wie erwartet auf Marta, unter deren Aufsicht die Dienerinnen das Abendessen vorbereiteten. Tische wurden abgewischt, Bänke zurechtgerückt und große Platten mit frisch gebackenem Brot verteilt.

Ohne zu zögern, ging Cymbra auf Marta zu und streckte eine Hand aus. »Gebt mir die Schlüssel.« Ringsum wurden sämtliche Aktivitäten unterbrochen, und die Frauen starrten ihre neue Herrin entgeistert an.

Marta musterte sie von oben bis unten und lächelte spöttisch. Wie dreist sie sich benimmt, wenn niemand in der Nähe ist, den sie fürchtet, dachte Cymbra. Nun, das würde sich bald ändern …«

»Glaubt Ihr, nur weil Ihr die Lust des Jarls befriedigt, müsstet Ihr diesen Haushalt führen?«, fragte Marta laut, so dass alle Anwesenden sie hören konnten. »Die Beine für einen Mann breit machen, das kann jede Hure – es bedeutet gar nichts.« Hinter ihr kicherten ein paar Frauen.

»Gebt mir die Schlüssel«, wiederholte Cymbra und verweigerte Marta die Genugtuung, die Herrin erzürnt zu sehen. »Danach werdet Ihr aus der Festung verschwinden und erst zurückkehren, wenn ich es erlaube.« Um jedem Missverständnis vorzubeugen, fuhr sie fort: »Ihr seid rachsüchtig und gehässig und mein Vertrauen nicht wert, zumindest nicht, solange Ihr Euch nicht ändert.«

»Wie könnt Ihr es wagen!« Martas Gesicht färbte sich zornesrot. »Ein Nichts seid ihr! Kiirla hätte die Frau des Jarls werden sollen. Und jetzt würde *sie* in seinem Bett liegen, wäre er nicht gezwungen worden, Euch zu heiraten. Wenn Ihr glaubt, Ihr hättet irgendwelche Rechte …«

»Gezwungen?«, unterbrach Cymbra sie verblüfft. »Behauptet Ihr etwa, Lord Wolf sei zu etwas gezwungen worden, das er gar nicht wollte?«

Unsicher schauten die Frauen sich an.

Offenbar erkannte auch Marta, dass sie zu weit gegangen war und versuchte hastig einzulenken. »Ihr dreht mir das Wort im Mund herum! Da Lord Wolf ein großer Krieger ist, würde er nicht zögern, sein eigenes Glück für das Wohl seines Volkes zu opfern. Was aber nichts an Eurer Position ändert, Mylady.«

»Die Schlüssel! Darum bitte ich Euch zum letzten Mal,

Marta. Gebt sie mir, oder ich gehe zu meinem Mann.« Mit sanfter Stimme fuhr Cymbra fort: »Wie wir beide wissen, hätte ich ihm einiges mitzuteilen.«

Marta wurde blass. Vielleicht dachte sie an ihre unangemessenen Bemerkungen während der Hochzeitsnacht, doch sie ließ sich nichts anmerken. »Mein Vater war Lord Wolfs Pflegevater und lehrte ihn, das Schwert zu schwingen. Und Ihr seid nur eine sächsische Gefangene, die der Jarl aus politischen Gründen geheiratet hat. Was meint Ihr, wem von uns beiden er glauben wird?«

Diese Frage stellte sich Cymbra ebenfalls, doch sie zuckte mit keiner Wimper. »Zweifellos wird mein Gemahl das Richtige tun.«

Einen Augenblick lang schien Marta sich ihrer Sache nicht mehr ganz so sicher zu sein. Vor ihr stand ein strahlend schöne, junge Frau – eine einstige Unschuld, deren Sinnlichkeit innerhalb weniger Tage erwacht war. Und am Vortag hatte Marta den Ausdruck auf dem Gesicht des Jarls bei seiner Rückkehr in die Festung gesehen. Seine junge Gemahlin vor sich im Sattel, war er sichtlich zufrieden gewesen.

Vermutlich würde sein Glück nicht allzu lange währen. Sobald die Männer etwas erobert hatten, verloren sie rasch das Interesse daran. Aber vielleicht besaß diese verführerische Sächsin geheimnisvolle Fähigkeiten und war hierher gesandt worden, um Wolf zu zähmen. »Er wird es nicht schätzen, mit Streitigkeiten unter Frauen belästigt zu werden«, betonte Marta. »Männer hassen solche Dinge. Das wüsstet Ihr, wenn Ihr etwas erfahrener wärt.«

Sämtliche Frauen nickten zustimmend. Marta hatte völlig Recht.

»Außerdem wird er sich fragen, ob Ihr es darauf anlegt,

in seinem Haushalt Unfrieden zu stiften. Er wird sich daran erinnern, dass Ihr zu seinen Feinden zählt, und überlegen, welchen Schaden Ihr ihm zufügen wollt.«

Also würde Marta die Schlüssel trotz Cymbras Drohung nicht herausrücken. Wenn sie sich jetzt nicht durchsetzte, würde man sie für alle Zeiten verachten.

Beinahe bereute sie ihre Worte, denn es widerstrebte ihr, den Jarl in diese leidige Angelegenheit hineinzuziehen. Doch sie hatte keine andere Wahl.

Sie verließ die Halle und kehrte erst zum Abendessen zurück. Nach der Jagd war Wolf mit seinen Männern in die Sauna gegangen, und Cymbra sah ihn erst nach der Tafel wieder. Er hatte bereits Platz genommen und lachte über einen Scherz seines Bruders, als er bemerkte, dass alle Gespräche verstummten – wie immer, wenn seine Gemahlin erschien. Lächelnd stand er auf und rückte ihr den Stuhl an seiner Seite zurecht. »Pünktlich wie immer, Mylady«, begrüßte er sie, ehe er leise die Worte hinzufügte, die nur für ihre Ohren bestimmt waren. »Und genauso schön.«

Erfreut über sein Lob, errötete sie. Dennoch fürchtete sie sich vor dem, was ihr bevorstand.

Als sie sich setzte, hob Dragon seinen Kelch. »Auf Euer Wohl, süße Schwägerin, und vielen Dank.«

»Warum dankt Ihr mir?«

»Weil Ihr meinen Bruder in so gute Stimmung versetzt habt, Mylady. Er fluchte nur ganz leise, nachdem uns heute ein Eber entwischt war und wir uns mit einem Hirsch begnügen mussten.«

»Isst du nicht gern Wildbret, Wolf?«, fragte Cymbra.

Dragon grinste, als er den vorwurfsvollen Blick seines Bruders sah. »Doch, es schmeckt ihm ausgezeichnet«, antwortete er an Wolfs Stelle. »Aber er kämpft lieber mit missgelaunten Ebern. Manchmal frage ich mich, ob er in diesen Biestern verwandte Seelen spürt.«

Cymbra blickte ihren Mann unbehaglich an, der statt des erwarteten Wutanfalls nur die Augen verdrehte. »Hör nicht auf ihn, Liebes. Dragon hat stets geglaubt, man müsste die Fallstricke der Ehe unter allen Umständen meiden. Jetzt wird er eines Besseren belehrt, und weil ihm das missfällt, muss er seinem Ärger irgendwie Luft machen.«

»Ja, das stimmt«, gab Dragon seufzend zu. »Ihr habt meine ganze Weltanschauung über den Haufen geworfen, Lady. Trotzdem werde ich meine Meinung nicht ändern und Euch einfach als bezaubernde Ausnahme betrachten, die meine Regeln bestätigt.«

»Ah, ich verstehe«, erwiderte Cymbra nicht ganz wahrheitsgemäß. Jedenfalls hatte sie das Wohlwollen ihres Schwagers gewonnen, und das war immerhin ein Anfang. Wenn es ihr doch nur gelänge, dieselben Fortschritte bei den verbliebenen tausend anderen Stadtbewohnern zu machen.

»Wenn du Wildbret zu schätzen weißt, Wolf, dann habe ich ein wundervolles Rezept. Vielleicht würdest du es ja gern einmal probieren.«

Die Zubereitung einer Mahlzeit interessierte ihn nicht im Geringsten. Es genügte ihm, wenn das Fleisch halbwegs warm und nicht völlig roh auf den Tisch kam, aber er wollte seiner schönen Gemahlin eine Freude bereiten. »Tu, was du für richtig hältst«, entgegnete er großmütig.

Damit hatte er ihr das geeignete Stichwort gegeben. An einem der unteren Tische saß Marta, die sie mit zusammengekniffenen Augen beobachtete, ebenso wie die anderen Frauen, von denen die meisten ihr missbilligende

Blicke zuwarfen. Nur Brita und die anderen Sklavinnen wagten es, die Herrin aufmunternd anzulächeln.

Die Nervosität drohte ihr die Kehle zuzuschnüren, dennoch zwang sie sich, in ruhigem Ton fortzufahren. »Das würde ich gern tun, teurer Gemahl. Leider besitze ich keine Schlüssel zu den Vorratskammern, und für dieses Rezept brauche ich verschiedene Gewürze.«

Es dauerte eine Weile, bis Wolf erkannte, was hinter diesen scheinbar beiläufigen Worten steckte. Ein leichtes Unbehagen machte sich in ihm breit. Er wusste, dass Frauen, die einen Haushalt führten, normalerweise irgendwelche Schlüssel besaßen, schließlich hörte man sie auf dem Marktplatz schon von weitem damit klirren.

Irritiert runzelte er die Stirn. Warum hatte Marta seiner Frau die Schlüssel nicht übergeben? Und warum hatte Cymbra nicht einfach danach gefragt, statt ihn mit einem raffinierten Manöver in eine Angelegenheit hineinzuziehen, die sie selbst erledigen müsste?

Sein Blick wanderte durch die Halle. Was die Männer betraf, war offenbar alles in Ordnung. Sie aßen und tranken, redeten und lachten und benahmen sich völlig normal. Aber die Frauen ... Mit wachsendem Unbehagen sah er die verstohlenen Blicke, die sie seiner Frau zuwarfen, ihre schadenfrohen oder sorgenvollen Mienen.

Ehe sich die Situation zuspitzen konnte, winkte er Marta zu sich. Ohne Zögern trat sie lächelnd an seine Tafel. »Lord Wolf?«

»Gib meiner Frau die Haushaltsschlüssel, Marta. Sie ist jetzt die Herrin dieser Festung.«

Martas Lächeln wurde noch breiter. »Ja, natürlich«, stimmte sie eifrig zu, löste den Schlüsselbund von ihrem Gürtel und überreichte ihn Cymbra. »Hoffentlich macht es Euch nichts aus, Lord Wolf, aber ich dachte, ich sollte lieber warten, bis Eure Gemahlin beschließt, ihre Pflichten zu übernehmen.«

Cymbra atmete hörbar ein und nahm den Schlüssel an sich, ohne Marta zu danken oder sie eines Blickes zu würdigen, wie Wolf ärgerlich bemerkte. Er kannte Marta schon sein ganzes Leben und sie hatte stets gute Arbeit geleistet. »Danke, Marta. Sicher weiß meine Gemahlin deine Tüchtigkeit und deine Erfahrung zu schätzen, und sie wird sich auf deine Hilfe verlassen.«

In Martas Augen schimmerten Tränen der Rührung. »Lord Wolf, Ihr seid zu gütig.« Mit einer tiefen Verbeugung zog sie sich zurück.

Wie erstarrt saß Cymbra da und umklammerte den Schlüsselbund, der sich schmerzhaft in das weiche Fleisch ihrer Handfläche schnitt. Sie hatte Marta unterschätzt.

Offenbar hatte sie geahnt, dass Cymbra bei dieser Konfrontation siegen würde, wenn die Wahrheit ans Licht kam, und geschickt den Spieß umgedreht. Nun konnte Cymbra den zweiten Teil ihrer Drohung nicht wahr machen – nämlich Marta aus dem Haushalt zu entfernen und ihr die Rückkehr erst zu erlauben, wenn sie ihr Verhalten ändern würde. Das hatte Wolf verhindert.

Während der restlichen Mahlzeit sagte er kaum ein Wort, stattdessen lauschte er aufmerksam seinem Bruder und den privilegierten Kriegern, die seine Tafel teilen durften. Später, als das Ale in Strömen floss, trat ein Skalde vor. Erwartungsvoll lehnte sich die Tischgesellschaft zurück und lauschte.

Er erwähnte den Namen seiner Geschichte nicht, da alle Anwesenden außer Cymbra ihn zu kennen schienen. Die Erzählung begann in grauer Vorzeit mit den Worten einer

Seherin: »Am Anfang der Welt, als Ymir lebte, gab es weder Sand noch Meereswasser, weder Erde noch Himmel – nur eine gewaltige Leere. Nirgends wuchs Gras!«

Im Sommerwind, der durch die offenen Türen hereinwehte, flackerten die Fackeln. Cymbra spürte eine seltsame Regung in ihrem Herzen und erschauerte. So wie in diesem Raum mussten sich auch in früheren Jahrhunderten Männer und Frauen versammelt haben, um in der Gemeinschaft Schutz zu suchen und die unsichtbaren Dämonen der Nacht fern zu halten, bis ein neuer Tag die Welt beherrschen würde.

Von der hohen Balkendecke hallte die wohlklingende Stimme des Skalden wider, während Rauchschwaden kräuselnd aufstiegen und Funken aus der schwelenden Asche des Herds aufstoben. Der Skalde schilderte, wie Odin und seine Brüder die Welt und die Menschheit erschaffen hatten. Dann bekämpfte der mächtige Gott Thor die Riesen, und Baldur, der edelste aller Götter, wurde ermordet.

Fasziniert von den mythischen Ereignissen, bemerkte Cymbra erst allmählich, wie sich die Atmosphäre der Legende änderte. Der Hahn von Walhalla krähte, gefolgt vom Ruf eines »schwarzroten« Höllenvogels. Gellend bellte der Wachhund Gram und riss sich von seinen Ketten los. Der Wächter Heimdall blies in sein Horn, die Weltesche Yggdrasil erbebte, und eine Katastrophe suchte die Erde heim. Bald gab sich die Menschheit ihrer Verworfenheit hin, rettungslos dem Untergang geweiht.

Bilder von Feuer und Tod füllten die Halle ... Zu Tausenden starben die Menschen, ihre Häuser und Herde verschwanden, als hätten sie niemals existiert. In einem Flammenmeer zerbarst der Himmel, das Böse wurde entfesselt und beherrschte die Erde. Ragnarök sank herab, die Götterdämmerung.

So tapfer Odin und seine Brüder auch kämpften – einer nach dem anderen starb. Der Himmel verdüsterte sich, die Sterne erloschen, die Erde war zerstört.

Der Skalde verstummte. Cymbra wartete darauf, dass er zum Abschluss ein paar tröstliche Worte fand, um neue Hoffnung zu wecken, doch er hatte nichts hinzuzufügen, und die anderen Zuhörer schienen es auch nicht zu erwarten. Langsam begannen dumpfe, rhythmische Schläge die Stille zu durchbrechen.

Immer noch von den grausigen Visionen der Geschichte gefangen, schaute sich Cymbra verwirrt um, während die Krieger mit ihren Trinkhörnern auf die zerkratzten Tische hämmerten, sichtlich angetan von der beklemmenden Göttersage.

Lächelnd verneigte sich der Skalde und kehrte zu seinem Platz zurück. Ale wurde eingeschenkt, und die Leute nahmen ihre Unterhaltung wieder auf.

»Was war das?«, wisperte Cymbra so leise, dass sie zunächst dachte, niemand hätte sie gehört. Aber Wolf wandte sich zu ihr.

»Völuspá, die Weissagung der Seherin, unser größtes Epos. Es erklärt den Ursprung der Welt und kündigt ihr Ende an. Kanntest du die Geschichte nicht?«

Sie schüttelte den Kopf. »Wieso endet die Welt mit dem Triumph des Bösen? Gibt es keine Hoffnung?«

Ihre Frage schien ihn zu überraschen. »Nun, manche behaupten, die Welt erlebte eine Wiedergeburt und der Kreislauf fange von vorn an, fände aber dasselbe Ende. Immer wieder kämpft das Gute gegen das Böse, und das Böse wird stets gewinnen, weil der Tod unweigerlich siegt.

Doch die Götter und die Menschen werden sich aufs Neue erheben.«

»Ist es denn nicht sinnlos, sich unentwegt zu bemühen, ohne Hoffnung auf bessere Zeiten?«

Sofort bereute sie ihre Worte. Ihr Mann gehörte einer anderen Religion an als sie, und sie wollte nicht respektlos erscheinen. Aber was sie soeben gehört hatte, erschreckte sie beinahe ebenso sehr wie seine Bereitschaft, das Grauen gleichgültig hinzunehmen.

»Oh, ich vergaß, wie empfindsam ihr Christen seid«, bemerkte er in beiläufigem Ton. »Um ein glückliches Ende heraufzubeschwören, braucht ihr ein Kind.«

Gekränkt runzelte sie die Stirn. »Vielleicht setzen wir auch nur größeres Vertrauen in unseren Schöpfer.«

»Auch in Eurer Religion entbrennt ein Kampf zwischen Gut und Böse, wenn die Welt untergeht.«

»Aber das Böse siegt nicht! Der Erlöser triumphiert, und die Welt wird als Reich Gottes wiedergeboren.«

»Was für eine hübsche Idee«, erwiderte Wolf unbeeindruckt. »Von diesem ›Fürsten des Friedens‹ spricht Bruder Joseph immer wieder. Es fällt mir schwer, einen Mann zu achten, der wie ein Opferlamm zu seiner eigenen Schlachtbank geht, ohne sich zu wehren.«

»Oh, er war nicht irgendein Mann, sondern Gottes Sohn. Und er starb nicht, sondern er ist wieder auferstanden. So wie wir alle durch Gottes Liebe weiterleben werden.«

»Schön und gut. Aber mir ist noch nicht aufgefallen, dass die Christen friedlicher gesinnt wären als andere Menschen, ganz im Gegenteil. Wir Nordländer halten uns wenigstens an unsere Glaubenslehren. Und wir geben nicht vor, besser zu sein, als wir sind.«

»Und wir Christen *versuchen* wenigstens, uns zu bessern!«, fauchte Cymbra. »Wir weigern uns, einen endlosen Kreislauf von Tod und Gewalt hinzunehmen.«

An den hohen, mit Waffen und Schilden geschmückten Wänden tanzten die Schatten der Fackeln. Eine Dienerin goss goldenes Ale in Wolfs Trinkhorn, und er nahm einen großen Schluck. Dann musterte er Cymbra mit zusammengekniffenen Augen. »In diesem Land führen wir ein hartes Leben. Deshalb haben sich auch unsere Seelen verhärtet. Daran solltest du stets denken.« Ohne ein weiteres Wort wandte er sich zu Dragon.

Wie gelähmt saß Cymbra neben ihm. Da er nicht mehr mit ihr sprach, erhob sie sich schließlich und verließ die Halle.

In der kühlen Nachtluft blieb sie stehen. Der Rauch hatte in ihren Augen gebrannt, nur deshalb standen jetzt die Tränen darin.

Langsam wanderte sie durch die Dunkelheit zu Wolfs Haus, wo die fürsorgliche Brita die Lampe entzündet, warmes Waschwasser bereitgestellt und die Bettdecken zurückgeschlagen hatte. Fröstelnd kroch Cymbra unter die warmen Pelze. In dieser Nacht würde sie wohl kaum Schlaf finden. Die Bilder von einem blutroten Himmel, der sich auftat, um Furcht erregende Höllengeister auszuspeien, würden dafür sorgen, dass sie keine Ruhe fand. Doch sie hatte nicht mit ihrer Erschöpfung nach dem langen Tag gerechnet.

Irgendwann während der Nacht erwachte sie, als raue Hände die Innenseiten ihrer Schenkel streichelten und augenblicklich ein heißes Feuer in ihrem Körper entfachten. Glücklich schmiegte sie sich an ihren Mann. Im nächtlichen Dunkel sah sie nicht viel, aber sie spürte das Gewicht seines Körpers auf sich. Er spreizte ihre Beine und glitt zwischen sie. Ihr blieb kaum genug Zeit, um Atem zu holen, als er bereits in sie eindrang.

Immer schneller bewegte er sich, rücksichtslos beinahe, und eine vage Angst stieg in ihr auf. Doch sie fand keine Zeit, um darüber nachzudenken, denn ihr Körper, perfekt auf seinen eingestimmt, ließ sich hilflos mitreißen.

Ihr Entzücken verwandelte sich in unerträgliche Qual, ehe sie plötzlich, ohne jede Vorwarnung, erlöst wurde. Sie schrie auf. Das Gesicht an seine erhitzte Haut gepresst, rief sie seinen Namen. Wolfs Antwort war ein heiseres Stöhnen, während er noch tiefer in sie eindrang, und seine eigene Erfüllung suchte.

Wenige Sekunden später streckte er sich wortlos an ihrer Seite aus, während sie spürte, wie ein Gefühl der Einsamkeit sich in ihr ausbreitete. Die Art und Weise, wie er von ihr Besitz ergriffen hatte, sein Schweigen, der Mangel an zärtlichen Liebkosungen – all das unterschied diese hemmungslose Vereinigung von den früheren Liebesakten. Sehnsüchtig streckte sie eine Hand aus, um ihn zu berühren. Doch er war zu weit von ihr weggerückt, und sie spürte nur die Leere zwischen ihnen und die Kälte einer nordischen Nacht.

9

Wolf blickte von der Waffe auf, die er gerade schärfte, sah seine Frau durch das Tor der Festung in den Hof zurückkehren und runzelte die Stirn. Sie war schön wie eh und jeh, dennoch erschien sie ihm etwas zu bleich. Unter ihren Augen lagen violette Schatten. Offensichtlich mutete sich seine eigensinnige Gemahlin zu viel zu.

In der Woche, seit Marta ihr die Haushaltsschlüssel übergeben hatte, war Cymbra jeden Tag vor dem Morgengrauen aufgestanden. Hastig hatte sie sich angekleidet, war aus dem Haus geeilt, um ihre Pflichten zu erfüllen. Wolf, der niemals lange im Bett lag, hatte es inzwischen satt, allein zu erwachen – insbesondere, weil er bis zum Abend warten musste, um sein Verlangen nach der sächsischen Schönheit zu stillen.

Seufzend strich er über die Klinge, prüfte ihre Schärfe und legte das Schwert beiseite. Er stand auf und ging zu der berittenen Eskorte, die seine Frau begleitet hatte und die jetzt vor dem Stall die Pferde zügelte. Cymbra hätte es vorgezogen, die Stadt ohne die bewaffneten Männer aufzusuchen, die den Anschein erweckten, sie würden genauso unbefangen einen Menschen töten, wie sie atmeten.

Diesen Wunsch hielt Wolf für einen weiteren Beweis ihrer Dummheit. Er glaubte zwar nicht, dass irgendjemand in Sciringesheal den grausamen Tod herbeisehnte, der ihm drohte, wenn er der Gattin des Jarls etwas zuleide tat, doch er musste die Wirkung berücksichtigen, die Cymbras ungewöhnliche Schönheit selbst auf die vernünftigsten Männer ausüben mochte.

Die Reiter – sechs grimmige, in zahlreichen Schlachten erprobte Krieger – nickten ihm zu, und er erwiderte den stummen Gruß. Wie er zufrieden feststellte, waren alle diszipliniert genug, um nicht in Cymbras Richtung zu blicken. Natürlich kostete es einige Mühe, solche Männer auszubilden, doch letzten Endes zahlte es sich stets aus.

Bevor Cymbra versuchen konnte, aus eigener Kraft abzusteigen, hob er sie aus dem Sattel und ließ sie lächelnd an seinem Körper hinabgleiten. Als ihre Füße den Boden berührten, hielt er sie immer noch fest. »Was hast du gekauft?«

Sie blickte zu ihm auf. Dass sie mit ihm verheiratet war und dass sie einander wie selbstverständlich berührten, verblüffte sie immer wieder aufs Neue. Nachdem sie jahrelang kaum liebkost worden war, ließ die plötzliche Intimität das Gefühl in ihr entstehen, sie hätte einen dunklen Raum verlassen, um in den hellen Sonnenschein zu treten – in verführerische Wärme. Dennoch war sie noch immer unsicher, da sie nach wie vor nicht wusste, was sie eigentlich empfand. Sie bemühte sich nach Kräften, sich an ihre hart erkämpfte innere Ruhe zu klammern, während ihr langsam klar wurde, dass sie den Kampf verlieren würde. Vor allem, wenn sie die Hitze und Stärke des Mannes spürte, der sie in den Armen hielt. Viel zu deutlich nahm sie seine faszinierende Anziehungskraft wahr, das Beben in ihrem Innern. Doch sie war zu stolz, um den Aufruhr ihrer Sinne zu zeigen, den er so mühelos zu entfachen vermochte. »Stoffe für die neuen Tuniken unserer Dienstboten«, entgegnete sie möglichst beiläufig. »Das hast du mir gestattet.«

Ja, er erinnerte sich daran. Wann immer sie etwas kaufen wollte, bat sie ihn pflichtschuldigst um Erlaubnis. Obwohl ihn die vielen verschiedenen Dinge verblüfften, die sie für unbedingt nötig hielt, brachte er es nicht übers Herz, ihr irgendetwas zu verweigern. Und nach allem, was er bisher beobachtet hatte, dienten ihre Einkäufe ausnahmslos einem nützlichen Zweck.

Außerdem konnte sie hervorragend feilschen – wie ihm die geringen Summen verrieten, die sie ausgab. Doch das war keine große Überraschung. Wahrscheinlich waren die armen Händler von Cymbras Lächeln so überwältigt, dass ihnen erst später auffiel, dass sie ihre Waren praktisch verschenkt hatten.

Er entsann sich nicht mehr genau, wie sie ihn davon überzeugt hatte, die neuen Tuniken für die Dienerschaft seien unverzichtbar. Vermutlich mit der Erklärung, der Stolz auf die schöne Kleidung würde die Leute veranlassen, eifriger zu arbeiten … Vom sanften Lichtschein auf ihrer zarten Wange abgelenkt, hatte er nur mit halbem Ohr zugehört.

»Du strengst dich zu sehr an«, murmelte er und presste sie fester an seine Brust.

Sie wehrte sich zwar nicht, doch sie erschien ihm nicht so anschmiegsam, wie er es wünschte. »Es gibt viel zu tun.« Diese schlichten Worte vermochten ihre wahren Empfindungen nicht auszudrücken – die Angst, ihre Pflichten nur unzulänglich zu erfüllen, in ihrer Rolle als Friedensstifterin zu versagen, ihre Sorgen, dass ein Krieg dem normalen Leben in Sciringesheal ein jähes Ende bereiten könnte.

»Wie viele Dienstboten und Sklaven wohnen in dieser Festung?« Als sie antworten wollte, legte er einen Finger auf ihre Lippen, die er viel lieber geküsst hätte. »Schon gut, natürlich weißt du es. Was ich damit sagen möchte, ist, dass ich nicht verstehe, warum du glaubst, du müsstest alles selbst erledigen.«

Sie könnte ihm von dem Mehl erzählen, das jemand mit Salz verdorben hatte, von verwässertem Ale, von schlecht gereinigten Töpfen, von zahllosen kleinen Bosheiten, die ihr den Alltag zur Hölle machten, doch ihr Stolz hinderte sie daran, sich zu beklagen.

Mit Marta gab es keine Probleme mehr. Doch die Anwesenheit der schweigenden älteren Frau, die niemals lächelte, erinnerte Cymbra stets an den ungewissen Ausgang des Kampfs. Brita tat ihr Bestes, um ihrer Herrin zu helfen, und verschaffte ihr auch die Unterstützung der anderen Sklavinnen. Aber die übrigen Frauen taten nur das Nötigste und arbeiteten so nachlässig, wie sie es nur wagten. Nach Cymbras Ansicht waren die Mahlzeiten, die in der Halle aufgetischt wurden, kaum genießbar.

Einerseits staunte sie, weil Wolf das nicht zu bemerken schien, andererseits war sie froh darüber. Wie lange musste sie denn noch mit dem Kopf gegen eine unsichtbare Wand rennen?

Ihr Entschluss, die Dienerschaft neu einzukleiden, hing nur teilweise mit deren schäbiger Garderobe zusammen. In erster Linie hoffte sie auf ein bisschen Dankbarkeit und jenen Beistand, ohne den sie auf verlorenem Posten kämpfen würde.

Sie konnte es kaum erwarten, in die Küche zu eilen und nachzusehen, ob die Dienstboten an diesem Abend Speisen auftragen würden, die nicht verfault waren oder voller Würmer steckten.

Aber Wolf hielt sie unerbittlich fest. »Für heute hast du genug geleistet«, flüsterte er in ihr Ohr. »Du hast noch andere Pflichten.«

Sie wollte protestieren, doch sein Lächeln raubte ihr den Atem. Obwohl Dragon als der charmante Mann in dieser Familie galt, übertrumpfte ihn in Cymbras Augen ihr Gemahl bei weitem.

Sie wollte gerade nachgeben, als Bruder Joseph auf sie zueilte, und angesichts seiner kummervollen Miene vergaß sie ihre eigenen Wünsche. »Tut mir Leid, aber ich habe dem Mönch versprochen, mit ihm zu – zu beten«, stammelte sie und schlüpfte unter Wolfs Arm hindurch, ehe er sie daran hindern konnte. »Es wird nicht allzu lange dauern!«, rief sie über die Schulter. »Höchstens eine Stunde …« Doch sein finsterer Blick ließ sie erkennen, dass es klüger war, vorerst nichts mehr zu sagen.

Mit gemischten Gefühlen sah er ihr nach. Was ihn am meisten irritierte, war seine bittere Enttäuschung. Neuerdings betete seine Frau jeden Tag mit dem Mönch. Hätte Bruder Joseph in den letzten drei Jahren nicht so unerschütterlich an seinem Zölibat festgehalten, würde Wolf ihm gewiss nicht gestatten, Cymbras Gesellschaft zu genießen.

Aber so, wie die Dinge lagen, beschloss er, zu dulden, was ihr offensichtlich viel bedeutete.

Nach einem letzten Blick auf ihren zürnenden Ehemann führte sie den Geistlichen hastig in die Weberei.

»Die Frau des Kaufmanns Mikal erleidet schreckliche Schmerzen«, erklärte er, »und sie lässt Euch bitten, sie möglichst bald aufzusuchen.«

»Ja, natürlich«, stimmte sie zu. Die Frau war mit einem russischen Kaufmann verheiratet, der in Sciringesheal so oft Geschäfte machte, dass er sich ein Haus in der Stadt gebaut hatte. Nun erwartete sie ihr erstes Kind, und Bruder Joseph hatte in ihrem Namen um die Hilfe der Herrin gebeten.

Nicht nur die Russin verließ sich auf Cymbras Beistand. Inzwischen hatte sich (was zweifellos Brita zu verdanken war), überall herumgesprochen, dass sie sich in der Heilkunde auskannte, und seither kamen viele Kranke zu ihr – wenn auch vorerst nur Christen. Doch sie hoffte, das würde sich bald ändern.

Nachdem sie dem Mönch versprochen hatte, sich unverzüglich um die hochschwangere Frau zu kümmern, lief sie in Wolfs Haus und holte ihre Arzneien. Wieder im Hof, schaute sie sich vergeblich nach ihrem Mann um und wandte sich an einen Wächter. »Könnt Ihr mir sagen, wohin der Jarl gegangen ist?«

Der große Krieger bemühte sich nach Kräften, ihr keinesfalls ins Gesicht zu sehen. »Zum Fluss, um zu schwimmen«, lautete die knappe Antwort. Anscheinend wusste er nicht, ob er überhaupt mit ihr reden durfte.

Sollte sie ihrem Gemahl folgen? Nein, die Zeit lief ihr davon. Außerdem war seine Abwesenheit vielleicht ein Segen. Da er sie dauernd beschützen wollte, würde er ihr womöglich verbieten, die Russin zu besuchen.

Sie bedankte sich bei dem Wachtposten und schlug die Richtung zum Küchentrakt ein. Kurz davor bog sie um eine Ecke und entfernte sich aus dem Blickfeld der Männer im Hof. Sie nahm einen schlichten grauen Umhang aus ihrer Tasche, wie ihn die Dienerinnen trugen, warf ihn sich über die Schultern und zog die Kapuze tief in die Stirn. Dann eilte sie durch das offene Tor hinaus und in die Stadt, während sie sich sagte, dass Wolf ihren Entschluss sicher verstehen würde, wenn er die näheren Umstände kannte.

Wie sich herausstellte, war Nadja Mikals schwere Stunde noch nicht gekommen, sondern sie litt lediglich an Krämpfen, die eine Frau bei der ersten Niederkunft leicht mit Wehen verwechseln konnte. Eine Stunde lang saß Cymbra bei ihr, bis die Schmerzen verebbten.

»Tut mir Leid, Lady Cymbra«, entschuldigte sich Dame Mikal. Sie sprach fließend Norwegisch mit dem Akzent ihrer Muttersprache. »Natürlich hätte ich Bruder Joseph nicht bitten sollen, Euch zu verständigen, bevor ich meiner Sache sicher war.«

»Doch, das war völlig richtig«, versicherte Cymbra. »Man kann gar nicht vorsichtig genug sein.« Lächelnd legte sie ihre Hand auf den gewölbten Bauch der jungen Frau. »Ihr werdet ein starkes, gesundes Kind bekommen. Aber es wird wohl noch einige Wochen dauern. Bitte, lasst mich sofort rufen, wenn Ihr wieder Schmerzen habt. Manchmal sind die Babys ziemlich eigenwillig, und sie überraschen uns immer wieder.«

Beruhigt und dankbar umklammerte die Russin Cymbras Hand.

Auch der Kaufmann atmete erleichtert auf. Er war soeben aus den Bergen zurückgekehrt, wo er bei verschiedenen Pelz- und Bernsteinhändlern erstklassige Ware erworben hatte. »Wie können wir Euch jemals danken, Mylady? Meine Nadja hätte daheim bei ihrer Mutter bleiben sollen. Aber sie bestand darauf, mich zu begleiten. Nun mache ich mir schreckliche Sorgen, weil sie in dieser fremden, rauen Welt ein Kind gebären wird.«

»Ja, es ist schwierig, wenn man so weit von zu Hause entfernt lebt«, stimmte Cymbra zu, und dachte voller Wehmut an Holyhood. »Trotzdem besteht kein Grund zur Sorge. Immer wieder kommen Babys in Sciringesheal zur Welt.«

Wenig später verließ sie das kleine Haus. Die Liebe des jungen Ehepaars hatte sie tief beeindruckt. Was würde Wolf empfinden, wenn *sie* ein Baby erwartete? Damit war dank seiner unbestreitbaren Manneskraft jederzeit zu rechnen. Vielleicht war sie ja bereits schwanger …

Lächelnd berührte sie ihren Bauch. Falls ein neues Leben unter ihrem Herzen heranwuchs, wusste sie es jedenfalls noch nicht. Und wegen ihrer unregelmäßigen Monatsblutung würde es noch eine Weile dauern, bis sie es feststellen konnte. Aber wenn ... Inständig hoffte sie, ihr Mann würde dann dieselbe Fürsorge an den Tag legen wie der russische Kaufmann.

Als sie wieder in der Festung war, brachte sie den Umhang und ihre Arzneien in Wolfs Haus zurück. Dann eilte sie zum Küchentrakt, um die Vorbereitungen für das Abendessen zu überwachen.

Als sie den Hof überquerte, sah sie eine Menschenmenge und ging darauf zu. Was mochte geschehen sein? Plötzlich wurde ihr schwarz vor Augen. In ihren Ohren rauschte das Blut wie ein Schwarm wilder Insekten, und ihr Herzschlag beschleunigte sich.

Verzweifelt bekämpfte sie die Panik, die sie zu überwältigen drohte, und holte mehrmals tief Luft, während sie sich wieder hinter der Barriere in ihrer Seele verschanzte, die sie im Lauf der Jahre errichtet hatte.

Langsam ging sie auf die Menge zu. Noch ehe sie die Ereignisse beobachten konnte, bestätigten unmissverständliche Geräusche ihre schlimmsten Befürchtungen.

Vor dem Hauptgebäude war ein Mann an den Marterpfahl gebunden worden. Er war nackt bis zur Taille, und über seinen Rücken zogen sich lange rote Striemen.

Cymbra unterdrückte einen Schreckensschrei. Hinter dem Mann schwang ein Wachtposten eine schwarze gewundene Lederpeitsche, die durch die Luft sauste und mit einem lauten Knall auf dem Rücken des Mannes landete, der gequält aufstöhnte und sich gegen seine Fesseln stemmte.

Wolf schaute ausdruckslos zu. Nach dem nächsten Hieb hob er eine Hand und gebot dem Wächter Einhalt. Unfähig, aufrecht zu stehen, sank der Mann gegen den Pfosten. Aus seinen Wunden quoll Blut. Instinktiv trat Cymbra einen Schritt auf ihn zu.

In diesem Augenblick erst entdeckte Wolf seine Frau und erriet ihre Absicht. »Nicht!«, befahl er, packte ihren Arm und zerrte sie zu sich heran.

Ungläubig hob sie die Brauen. »Das kann nicht dein Ernst sein! Was immer er verbrochen hat, er wurde bestraft, und es müsste genügen.« In ihrem Entsetzen entging ihr die Verblüffung des Publikums, das seine Aufmerksamkeit augenblicklich auf das neue Spektakel richtete. Im Gegensatz zu seiner Frau bemerkte Wolf die neugierigen Blicke, die seine rebellische Gemahlin auf sich zog.

Zwischen zusammengebissenen Zähnen stieß er hervor: »Er hat einem Mann den Pflug gestohlen, und einem anderen den Ackergaul. Wäre er nicht ertappt worden, hätte der Raub zwei Familien um ihren Lebensunterhalt gebracht. Angesichts dieses Vergehens hatte er eine milde Strafe erlitten.«

»Eine milde Strafe? Er wurde beinahe zu Tode gepeitscht. Du musst mir erlauben, ihn zu verarzten.«

Statt zu antworten, bahnte er sich einen Weg durch die Menschenmenge und zwang Cymbra, ihm zu folgen. Außer Hörweite blieb er stehen. »Bis morgen früh muss er am Pfahl ausharren. Das ist ein Teil seiner Strafe. Mit Odins Willen wird er die Nacht überleben. Ulfrich sorgt für ihn, und du wirst dich von ihm fern halten. Verstanden?« Wortlos starrte sie ihn an, und er umklammerte ihren Arm noch fester. »In Zukunft wirst du nie wieder etwas in Frage stellen, was ich tue.« Nach einer kurzen Pause fügte er hinzu: »Zumindest nicht vor den Leuten. Wenn du etwas zu sagen hast, wirst du warten, bis wir allein sind. Ist das klar?«

Trotz ihrer Erregung erkannte sie die Bedeutung seiner Worte. Er erwartete absoluten Gehorsam und Respekt –

doch nur in der Öffentlichkeit. »An solche Szenen bin ich nicht gewöhnt«, erklärte sie, »und es ist … schwierig für mich.« Welch eine Untertreibung! Was würde Wolf denken, wenn er erfuhr, in welchem Ausmaß sie das Leid anderer Menschen nachempfand? Krankheiten und Schmerzen, Wunden und Narben würden die äußere Schönheit, die er erblickte, überschatten. Deshalb musste sie ihre sonderbare Gabe geheim halten.

»Das weiß ich«, erwiderte Wolf. »Auf Holyhood hast du ein behütetes Leben geführt. Aber ich nehme an, auch die Sachsen bestrafen ihre Verbrecher.«

Dem konnte sie nicht widersprechen. Wahrscheinlich zählte das zu den Gründen, warum Hawk seine Schwester so sorgsam vor der Außenwelt abgeschirmt hatte. »Ich wünschte, es gäbe andere Methoden«, seufzte sie.

Zärtlich strich er über ihren Arm. »Du bist viel zu weichherzig«, flüsterte er, neigte sich herab und küsste ihren Hals.

Unwillkürlich stöhnte sie leise auf und erschrak über sich selbst. Wie konnte sie nach dem Grauen, das sie soeben mit angesehen hatte, ein so süßes Entzücken empfinden? Noch dazu mitten auf dem Hof, vor den Augen all der Leute …

Wolf schlang einen Arm um ihre Taille. »Bist du hungrig?«, fragte er und knabberte an ihrem Ohrläppchen, von dem er inzwischen herausgefunden hatte, dass es besonders empfindsam war.

Hungrig? Plötzlich bebte sie am ganzen Körper. *Das Abendessen …* Irgendetwas war noch zu erledigen, das damit zusammenhing. Doch sie konnte sich nicht entsinnen … »Nein«, wisperte sie, als er ihre Hüften an sich presste und ihr sein wachsendes Verlangen zeigte.

Er hob den Kopf. In seinen Silberaugen funkelte sanfter Spott. »Nein?«

»Ich brauche zumindest nichts zu Essen …«

»Sehr gut.« Seine Lippen verzogen sich zu jenem intimen Lächeln, das ihr jedes Mal den Atem nahm. Dass es ihm so mühelos gelang, Cymbra von ihren Pflichten abzulenken, erfüllte ihn mit männlichem Stolz. Außerdem war er erleichtert, denn er hatte das Gefühl gehabt, dass sie ihm irgendetwas mitteilen wollte – etwas Ernstes, das er nicht hören wollte. Er wünschte sich ein einfaches Leben, das er stets kontrollieren konnte – alles, nur keine neuen Komplikationen mit seiner sächsischen Gemahlin. Ihre Fügsamkeit war wichtig für den Frieden, den er sich erträumte, ebenso wie für seinen männlichen Stolz.

Verwirrt schnappte sie nach Luft, als er sie hochhob und mit langen Schritten in sein Haus trug.

An diesem Abend erschienen der Jarl und seine Frau nicht in der großen Halle, um an der Mahlzeit teilzunehmen. Lachend hob Dragon seinen Becher und trank auf das Wohl seines abwesenden Bruders und seiner schönen Schwägerin.

Ein Glück, dass wenigstens das Ale schmeckte – denn das Essen war abscheulich. Sogar die normalerweise anspruchslosen Männer murrten, bevor sie sich betranken.

Mühsam rang Wolf nach Atem. Metallbänder schienen seine Brust umklammert zu halten, während er die betörenden Liebkosungen fortsetzte, die seine schöne Gemahlin fast zum Wahnsinn trieben. Fasziniert beobachte er, wie sie ihren Kopf auf dem Kissen hin und her warf, während sich ihrer Kehle leise Schreie entrangen und Schweiß auf ihrer weißen Haut schimmerte.

Wenige Minuten nachdem sie das Haus erreicht hatten, war der erste befriedigende Liebesakt beendet worden. Die schnelle Erfüllung schürte Wolfs Begierde noch weiter, ermöglichte ihm jedoch, endlich zu tun, was ihm seit der Hochzeit kein einziges Mal gelungen war. Über seine Frau geneigt, genoss er ihre Schönheit und ihre Leidenschaft und nahm sich Zeit, ihren ganzen Körper zu erforschen, während er ihre Sinne reizte, bis sie ihre Fingernägel in seine Schultern grub und seinen Namen rief.

»Wolf!«

Triumphierend lachte er und ließ sich auf sie hinabsinken. Während er in sie eindrang, schob er seine Zunge fordernd in ihren Mund. Sofort spannten sich ihre inneren Muskeln an. Die intime Liebkosung erzeugte eine fast schmerzhafte Ekstase. Er stöhnte überwältigt und begann, sich rhythmisch in ihr zu bewegen. Unfähig, sein Verlangen zu zügeln, jagte er Cymbra und sich selbst zum Gipfel der Lust.

Danach hielt er sie im Arm. Ihr Kopf ruhte auf seiner Schulter, ihre Hand lag über seinem Herzen. Wenn man sich Zeit nimmt, ist es viel schöner, dachte er und lachte leise.

Unsicher hob sie den Kopf. »Was ist denn so komisch?«

»Ich versuche, die Tugend der Geduld zu erlernen.«

Es dauerte eine Weile, bis sie verstand, was er meinte. Sie errötete heftig. »*Das* war also Geduld«, erwiderte sie und seufzte theatralisch.

Einen Moment lang versteifte er sich, aber er hatte den scherzhaften Unterton in ihrer Stimme bemerkt und verpasste ihr einen Klaps aufs Hinterteil. »Vielleicht waren wir immer noch zu ungeduldig. Soll ich unsere Freuden ein bisschen länger hinauszögern?«

Cymbra streichelte herausfordernd seinen Schenkel. »Und wenn ich mich dafür räche?«

»Meine süße, sanfte, *gehorsame* Ehefrau will sich rächen?« In gespielter Verblüffung hob er die Brauen.

»O nein«, entgegnete sie trocken, »ich meine die Frau, die du *wirklich* geheiratet hast.« Und dann zeigte sie ihm, was sie meinte.

Als er sich das nächste Mal zufrieden räkelte, war es spät geworden. Niemals hätte sie erwartet, dass sie ihm bereits nach einer Woche ebenbürtig wäre, was Leidenschaft *und* Kontrolle betraf. Letzen Endes hatte er seine ganze Willenskraft aufbieten müssen, um sie nicht einfach auf den Rücken zu werfen und seine brennende Begierde – das Ergebnis ihrer aufwühlenden Zärtlichkeiten – zu stillen.

Aber er beherrschte sich und wurde vom Anblick seiner exquisiten Sachsenschönheit belohnt, die sich langsam auf ihn sinken ließ und seine harte Männlichkeit in sich aufnahm, das Gesicht eine Vision süßer Genugtuung. Zuerst hatte sie sich langsam und vorsichtig bewegt, dann in wachsender Zuversicht. Die Stille im dunklen Haus schien auch jetzt noch von wildem Lustgeschrei zu vibrieren.

Allmählich gingen Wolfs angenehme Gedanken in noch angenehmeren Schlaf über, als Cymbra sich mit einem Ruck aufrichtete. Sofort öffnete er die Augen.

»Hast du vorhin nicht gefragt, ob ich hungrig bin?« Wohlig streckte sie sich und strich das lange Haar aus ihrem Gesicht. »Jetzt bin ich es.«

»Hungrig?« Es war unglaublich – ihr Anblick erregte in schon wieder. »Nach einer Mahlzeit?«, fragte er, nur um sich abzulenken. Ihre Antwort interessierte ihn nicht. Wenn er die rosigen Knospen ihrer Brüste noch länger betrachtete, ihre anmutig geschwungenen Hüften …

»Wir haben das Abendessen versäumt«, erinnerte sie ihn und lächelte entwaffnend. Dann stieg sie aus dem Bett und begann sich mit einer zielstrebigen Energie anzuziehen, die seinen Unmut weckte. »Bleib, wo du bist. Ich laufe nur rasch in die Küche und hole uns etwas.«

Erbost runzelte er die Stirn. Angesichts seiner Frau, die sich mitten in der Nacht etwas zu essen aus der Küche holte (weil er zu erschöpft war, um aus dem Bett zu kriechen), würden die Wachtposten in schallendes Gelächter ausbrechen. Womöglich würde sich unbemerkt ein Eindringling an ihnen vorbeischleichen. Und am nächsten Morgen würden alle in der Festung, in der Stadt und jeder meilenweit entfernten Siedlung wissen, dass der mächtige Jarl von seiner Frau besiegt worden war. Wenn auch nur beim süßen Kampf im Ehebett …

Nicht nur das – auf allen Handelsschiffen würde man ihn verspotten, in den goldenen Palästen von Byzanz, in den eisigen Hütten der wilden Lappen. Die ganze Welt würde sich auf seine Kosten amüsieren.

»Warte, ich begleite dich.« Resignierend hievte er seinen erschöpften Körper unter den Pelzdecken hervor und kleidete sich an.

Der Küchentrakt, der aus mehreren kleinen Räumen bestand, lag etwas abseits vom Hauptgebäude. In einer der Kammern befand sich eine tiefe, mit Stroh ausgelegte Grube, in der Milcheimer gekühlt und Eier gelagert wurden. Hier stellten die Frauen Käse, Molke und Butter her. Im nahen Räucherschuppen hingen Fische und Fleischstücke über einem sanft glühenden, von Holzkohle, Apfelbaumholz und Seetang genährtem Feuer. Der größte Raum, in dem gekocht wurde, diente auch als Lager für Getreide, Mehl, Gewürze und Ale.

Hand in Hand eilten Cymbra und Wolf zu diesem Raum, und sie sperrte die Tür mit einem der Schlüssel auf, die an ihrem Gürtel hingen. Aus dem Herd schlugen immer noch schwache Flammen empor, die, vereint mit dem Mondschein, der durch die offene Tür hereindrang, ausreichend Licht spendeten.

Eine Sekunde später wünschte Cymbra, tiefes Dunkel würde das Chaos verbergen. Überall häuften sich schmutzige Töpfe und Tabletts. Auf den Arbeitstischen verbreiteten die Essensreste in der sommerlichen Hitze einen üblen Geruch.

Während sie sich entsetzt umsah, blickte eine Ratte von ihrer Mahlzeit auf, sichtlich verärgert über die Störung, und trippelte gemächlich davon.

Cymbra ließ Wolfs Hand los und trat mitten in das grausige Durcheinander. Nur zu gut verstand sie die Botschaft Martas und der anderen Frauen. Heißer Zorn stieg in ihr auf, und sie schloss die Augen, um ihre Fassung zurückzugewinnen. Dann wandte sie sich zu ihrem Ehemann.

»Tut mir Leid …« Tränen drohten ihre Stimme zu ersticken. »Offensichtlich habe ich meine Pflichten vernachlässigt.«

Langsam wanderte Wolfs Blick durch den Raum. Seine Miene war unergründlich. »Geht das schon die ganze Woche so?«

Obwohl er in sanftem Ton sprach, ließ sie sich nicht täuschen. Er war genauso zornig wie sie. Mit vollem Recht.

»Nicht ganz so schlimm. Unter meiner Aufsicht wurde die Küche halbwegs in Ordnung gehalten. Aber heute Abend …«, hob sie an in dem Versuch, sich nicht zu verteidigen, sondern ihm die Wahrheit zu erzählen.

»Heute Abend nutzten die Frauen deine Abwesenheit aus.«

Beschämt senkte sie den Kopf. »Ja, bedauerlicherweise.«

Er trat vor sie und blieb so dicht vor ihr stehen, dass sie seinen Atem spürte. Doch sie konnte sich nicht überwinden, ihm in die Augen zu schauen. »Vor ein paar Tagen hast du Marta um die Schlüssel gebeten.« Es war keine Frage, sondern eine sachliche Feststellung.

So gut sie es in seinem harten Griff vermochte, nickte sie.

»Aber sie hat sich geweigert, dir die Schlüssel zu geben, und hat die Frauen gegen dich aufgehetzt.«

»Nicht alle. Brita und die anderen Sklavinnen tun alles, um mir zu helfen.«

»Weil sie fremd in dieser Festung sind, so wie du. Deshalb wissen sie, was es bedeutet.« Eindringlich sah er in ihre Augen. »Was ist in unserer Hochzeitsnacht geschehen?«

Wie konnte er ahnen …? Sie wurde bleich. »Was – meinst du?«

Er packte ihr Kinn noch fester. »Als du die Halle mit Marta und den Frauen verlassen hast, warst du nur ein bisschen nervös. Als ich zu dir kam, hast du völlig verstört am Boden gesessen. Warum?«

»Das alles war neu für mich, und ich …«

»Cymbra!«, mahnte er.

»Marta deutete an, du würdest mir wehtun … natürlich glaubte ich ihr nicht«, sprudelte sie hervor, »aber ich fühlte mich schrecklich einsam, und ich …«

Wolf ließ sie so abrupt los, dass sie beinahe stürzte. Noch bevor sie ihr Gleichgewicht wiederfand, stürmte er zur Tür hinaus.

10

Die Frauen arbeiteten im Fackellicht. Während einige auf den Knien lagen und den Boden schrubbten, scheuerten die anderen die Tische mit Sand oder spülten die Töpfe. Schweigend rackerten sie sich ab, von einer schlecht gelaunten Männerschar beaufsichtigt, der es ebenso wie den Frauen missfallen hatte, mitten in der Nacht aus dem Schlaf gerissen zu werden. Aber sie standen ihrem Jarl ohne Zögern bei. Abgesehen davon hatte das Abendessen abscheulich geschmeckt.

Die Sklaven beteiligten sich an diesen Aufräumungsarbeiten nicht. Von den ungewohnten Geräuschen geweckt, waren Brita und die anderen in ihre Betten zurückgeschickt und aufgefordert worden, sich den nächsten Tag freizunehmen.

Auch Cymbra durfte den Frauen nicht helfen. Als sie es versuchte, packte Wolf ihren Arm. Wortlos und gebieterisch stand er da, bis er sich vergewissert hatte, dass die Arbeit ordentlich erledigt wurde. Dann gab er mehreren Wachtposten ein Zeichen, die Marta in ihre Mitte nahmen. Erschrocken schnappte sie nach Luft.

»Kommt mit mir!« Von seiner Gemahlin, ein paar Neugierigen, Marta, ihrer Tochter und ihren Bewachern begleitet, ging Wolf in die große Halle und setzte sich allein an die Haupttafel.

Das Schweigen zog sich in die Länge, bis Cymbra glaubte, es keine Sekunde länger ertragen zu können.

Endlich begann er zu sprechen. »Marta Ingridotter, du bist die Witwe eines Mannes, der meine Hochachtung verdient hat. Deshalb zögerte ich nicht, dir die Führung meines Haushalts zu übertragen, solange ich unverheiratet war. Bedauerlicherweise hast du mein Vertrauen missbraucht, meine Frau gegen mich aufzubringen versucht und ihr verweigert, was ihr gutes Recht war.«

Als Marta zu einer Verteidigung ansetzen wollte, brachte er sie mit einem kurzen Blick zum Schweigen, während die anderen sie vorwurfsvoll musterten. Sie wussten alle von der Sache mit den Schlüsseln, nicht aber, dass sie versucht hatte, einen Keil zwischen die Eheleute zu treiben – ein Vergehen, das einem Verrat an ihnen allen gleichkam.

»Du wirst Sciringesheal verlassen, mit deiner Tochter.« Ohne ihren erstickten Schrei zu beachten, fuhr Wolf unerbittlich fort: »Von jetzt an werdet ihr in Oslofjord leben, das zu meinen Ländereien gehört und einem tüchtigen Statthalter untersteht. Benehmt euch anständig, dann wird man euch gut behandeln. Ansonsten …«

Sein Achselzucken verriet Marta, dass sie von nun an selbst für ihr Schicksal verantwortlich war. Weinend schlug sie die Hände vors Gesicht.

Wolf stand auf und wandte sich seinen Leuten zu, die inzwischen in Scharen herbeigeeilt waren, angelockt von der Nachricht, dass der Jarl ein Urteil über Marta fällte. »Da sich diese Frau gegen meine Gemahlin gestellt hat, verdient sie die Verbannung. Das soll euch allen eine Lehre sein.«

Langsam glitt sein Blick von einem zum anderen, und Cymbra hatte das Gefühl, als blicke er jedem Einzelnen in die Seele. Was er sah, schien ihn zu befriedigen, denn er nickte. Schweigend gingen sie hinaus. Marta und Kiirla wurden von den Wächtern in ihr Quartier gebracht, wo sie ihre Habseligkeiten packen sollten und sich von ihren Freunden verabschieden durften – falls jemand die beiden zu besuchen wagte. Im Morgengrauen würden sie abreisen.

Cymbra blieb allein mit ihrem Mann in der großen Halle zurück und betete um innere Ruhe – einerseits überwältigt von seiner rückhaltlosen Unterstützung, andererseits erschrocken über die harte Strafe, die er der Missetäterin auferlegt hatte. Vielleicht war Marta als junge Braut nach Sciringesheal gezogen – oder sie war hier geboren und aufgewachsen, während Kiirla zweifellos kein anderes Zuhause kannte. Nun mussten sie in der Fremde ein neues Leben beginnen, wo man sie wohl kaum freudig willkommen heißen würde.

Und das alles, weil es ihr, der Gemahlin des Jarls, nicht gelungen war, die Frauen in seiner Festung für sich zu gewinnen …

Sie straffte die Schultern. Durch die offenen Türen sah sie das erste graue Tageslicht am Horizont schimmern. Die Zeit drängte. »Ich habe ebenfalls Schuld an den beklagenswerten Ereignissen. Hätte ich es besser verstanden …«

»Ja, das stimmt.«

Wolfs prompte Zustimmung verschlug ihr die Sprache. Eigentlich hatte sie erwartet, ihm ihr Versagen erklären zu müssen, doch das war offenbar überflüssig.

»Weil du mir die Wahrheit verschwiegen hast«, fügte er tonlos hinzu. »Hier bin ich der Herr. Nur mein Wille zählt. Dieses Gesetz hast du missachtet.«

»Nein!« Was für eine Ungerechtigkeit! »Ich wollte nur eine gute Ehefrau und Hausherrin sein – und meine Pflicht erfüllen, ohne dich zu belästigen.«

Er konnte sich nicht erklären, warum sie ihm ihre Schwierigkeiten verheimlicht hatte. War er nicht so sanft und geduldig mit ihr umgegangen, wie er es selbst kaum für möglich gehalten hätte? Einen so nachsichtigen, verständnisvollen Ehemann hätte sie doch ins Vertrauen ziehen müssen. Was ging hinter diesen strahlend blauen Augen vor? Sie waren so hell und klar – und trotzdem verbargen sie unergründliche Tiefen. Was hielt sie wirklich von ihm, von ihrer Ehe, von der Krise, die unweigerlich eintreten würde, wenn ihr Bruder ihm gegenüberstand? Würden gekreuzte Schwerter diese Begegnung prägen – oder erhobene Trinkhörner? Die Antwort lag in Cymbras Herzen vergraben, abgeschirmt wie eine uneinnehmbare Festung.

»Ich glaube, du bist zu stolz!«, sagte er nach dem Hieb.

»Ich?« Das war ungeheuerlich. Stets waren es andere gewesen, die an ihren Stolz apelliert, ihre Schönheit und ihre Fähigkeiten überschwänglich gepriesen hatten. Manchmal hätte sie am liebsten geschrien und erklärt, sie sei ein ganz gewöhnlicher Mensch.

»Natürlich. Um deinen Stolz zu befriedigen, willst du niemanden enttäuschen und alle Erwartungen erfüllen, mögen sie auch noch so wirklichkeitsfremd sein.«

Verstört starrte sie ihn an, von einem rätselhaften Gefühl erfasst, das sie zu überwältigen drohte. Und plötzlich wusste sie, was es war – die Angst, er könnte auch in ihr innerstes Wesen eindringen, so wie vorhin in die Seelen seiner Leute. Entsetzt erkannte sie, dass er sie *durchschaute*.

Nein, unmöglich ... So lange hatte sie ihr Geheimnis gehütet. Außerdem besaß *sie* die Gabe, die Empfindungen und Gedanken anderer zu ergründen. Niemand hatte je ihre Gefühlswelt erkundet. Bis zu diesem Augenblick.

Ihr Mund wurde trocken. Wie sollte sie sich in dieser neuen Situation verhalten? »Ist man zu stolz, wenn man seine Pflicht erfüllen möchte?«

»Nur *mir* bist du verpflichtet.« Seine sanfte, leise Stimme verlieh seinen Worten nur noch größere Eindringlichkeit. »Ich erwarte absoluten Gehorsam und bedingungslose Loyalität. Habe ich dir das nicht schon erklärt?«

»Als ich ein häusliches Problem aus eigener Kraft lösen wollte, war ich weder ungehorsam noch illoyal.«

Scheinbar lässig lehnte er sich an den Tisch. »Wie hast du's denn versucht?«

Sie hasste es, sich verteidigen zu müssen. Nichts in ihrem bisherigen Leben hatte sie auf solche Situationen vorbereitet. Aber seit sie die Geißel der Sachsen kannte, sammelte sie tagtäglich neue Erfahrungen. »Ich wollte Marta und den anderen Frauen Zeit geben, mich kennen und respektieren zu lernen. Unter den besonderen Umständen – immerhin hast du ziemlich überstürzt geheiratet, und dazu noch eine völlig fremde Frau – hielt ich diese Vorgehensweise für die beste. Für *alle* Betroffenen.«

»Und du bist nicht auf den Gedanken gekommen, deine Pläne mit mir zu besprechen?«

»Ich dachte, du wolltest mit solchen Dingen nicht behelligt werden.«

»Und was veranlasste dich, Marta um die Schlüssel zu bitten?«

Sie zögerte. Von der zerstörten Laute hatte sie ihm nichts erzählt, was er ihr ebenfalls verübeln würde. Die Liste ihrer Vergehen wuchs. Offenbar hatte sie seit ihrer Ankunft in Sciringesheal nur Fehler begangen. Mit abgewandtem Blick erwiderte sie: »Meine Laute wurde zertrümmert, und ich dachte, Marta wäre dafür verantwortlich. Deshalb ging ich zu ihr und verlangte die Schlüssel. Doch sie weigerte sich, sie mir zu geben.«

Obwohl ein düsterer Ausdruck in seine Augen trat, klang seine Stimme immer noch erstaunlich ruhig. »Also hast du eine List angewandt, und mir von dem Wildbretrezept erzählt, weil *ich* dein Problem lösen sollte.«

»O nein, das war keine List! Ich brauchte einfach nur deine Hilfe, und ich wagte nicht, darum zu bitten …«

»Und dabei wäre es so einfach gewesen.« Er trat vor sie. Allmählich erhellte sich die Halle, als ein neuer Sommertag anbrach. »Du musst nur zu mir kommen«, erklärte er, ergriff ihre Arme und legte sie um seinen Hals, »und sagen: ›Mein lieber Ehemann, hilf mir.‹ Ist das so schwierig?«

»Aber wenn du auf dem Exerzierplatz beschäftigt oder auf Reisen bist? Wenn du andere Probleme zu lösen hast? Oder wenn du einfach nur müde bist? Soll ich dich rücksichtslos mit meinen Schwierigkeiten belasten?«

»Nicht rücksichtslos.« Seine Mundwinkel zuckten. »Sicher wäre es günstig, wenn du den richtigen Moment wählen würdest. Du könntest mir meine Stiefel ausziehen, den Nacken massieren, für meine Bequemlichkeit sorgen. Wenn ich in guter Stimmung bin, bringst du dein Anliegen vor.«

Unwillkürlich lächelte Cymbra. »Ich dachte, es wäre einfacher, wenn ich die Dinge selbst in die Hand nähme«, erwiderte sie leichthin und schmiegte sich an ihn, um sicherzugehen, dass er die Botschaft verstand.

»Der einfachere Weg ist nicht immer der bessere«, flüsterte er an ihrem Hals.

Draußen krähte ein Hahn und begrüßte die Sonne. Bald stimmten die anderen ein, und der fröhliche Chor hallte über den Erdwall hinab zur Stadt. Wie triumphierend sie klangen – als bildeten sich diese Vögel tatsächlich ein, sie hätten die Sonne erschaffen …

Nicht einmal Cymbra – die *stolze* Cymbra, wie sie sich entsann – versuchte, auf den Jarl einzuwirken. Sein Entschluss, Marta und Kiirla in die Verbannung zu schicken, stand fest. Das Einzige, was ihr zu tun blieb, war, dafür zu sorgen, dass die beiden möglichst viele Vorräte mit auf die Reise nehmen konnten.

Als Wolf den Hof überquerte, beobachtete er, wie Cymbra den Wagen belud. Herausfordernd erwiderte sie seinen forschenden Blick. Aber er sagte nichts, und sie glaubte sogar, ihn lächeln zu sehen.

Ein Wachtposten trat zu ihm, und nach einem kurzen Wortwechsel eilte Wolf zum Haus seines Bruders, wie Cymbra überrascht bemerkte. Sie hatte angenommen, Dragon würde ihn bereits auf dem Exerzierplatz erwarten – so wie jeden Tag. Doch sie sah ihn nirgends.

Sie verabschiedete sich von Marta und Kiirla. Die ältere Frau würdigte sie keines Blickes, doch Kiirla nickte und lächelte ihr zu. Offenbar hatte sie im Verlauf der letzten Ereignisse ein neues Selbstbewusstsein entwickelt und war aus dem Schatten ihrer Furcht einflößenden Mutter getreten. »Vielen Dank für die Vorräte, Lady Cymbra. Ihr seid sehr großzügig. Besonders unter diesen Umständen …«

»Ich wünschte, Ihr müsstet uns nicht verlassen.«

»So ist es am besten. Ein neuer Anfang.«

»Wenn Euch der Statthalter von Oslofjord unfreundlich behandelt …«, begann Cymbra.

»Das wird er nicht«, fiel Kiirla ihr errötend ins Wort. »Er ist kein Fremder. Wir sind uns bereits beim letzten Frühlingsfest begegnet. Er ist unverheiratet. Schon damals sprach ich mit meiner Mutter über ihn, aber …«

In diesem Augenblick wurde Cymbra einiges klar, und sie seufzte erleichtert. Sie glaubte keine Sekunde daran, dass ihr Mann nicht über den Familienstand des Statthalters informiert war.

Sie wartete, bis der Wagen mit der berittenen Eskorte davongefahren war, ehe sie zu Dragons Haus lief. Wolf trat gerade in Begleitung von Ulfrich heraus und war so in ein Gespräch mit ihm vertieft, dass er Cymbra nicht bemerkte.

»Was seine Schmerzen betrifft, verschweigt er die Wahrheit«, sagte Ulfrich.

»Aber die Wunde ist vernarbt«, wandte Wolf stirnrunzelnd ein. »Seit einiger Zeit nimmt er wieder an den Waffenübungen teil, und er kommt gut zurecht. Zumindest hatte ich diesen Eindruck. Bis heute ...«

»Weil er seine Qualen verbirgt. Er hat sich zu viel zugemutet. Deshalb leidet er jetzt an dieser Fieberkrankheit. Und ich fürchte ...« Ulfrich unterbrach sich und nickte Cymbra lächelnd zu. »Ah, Mylady! Wir sprechen gerade über ...«

»Darum braucht sich meine Frau nicht zu kümmern«, sagte Wolf.

»Wirklich nicht?«, fragte sie. »Falls ich mich nicht verhört habe, hat die Wunde deines Bruders ein Fieber heraufbeschworen. Wie albern von mir, zu glauben, es wäre am vernünftigsten, eine Heilerin zu holen ...«

Hastig trat Ulfrich zwischen die beiden. »Mylord, sicher meint sie es gut. Das Herz einer Frau fließt über vor Mitleid ...«

»Und Stolz«, ergänzte Wolf tonlos.

»Was ihren Verstand nicht beeinträchtigt!«, fauchte Cymbra, ehe sie etwas sanfter fortfuhr: »Erzähl mir nicht, es sei nur der Stolz auf meine Kenntnisse, der mich bewegt, sie zu nutzen. Jetzt brauchst du meine Hilfe. Willst du nicht tun, was auch du für richtig hältst?«

Nervös schaute Ulfrich von einem zum anderen, doch

sie schenkten ihm keinerlei Bedeutung. Cymbra war viel zu beschäftigt damit, sich auf ihre Sorge um Dragon zu konzentrieren, während sie versuchte, sich der betörenden Wirkung ihres Mannes zu entziehen. Wie gut er doch aussah, selbst jetzt, als er sie mit einem finsteren Blick bedachte.

Und Wolf stellte wieder einmal fest, wie bezaubernd sie aussah, wenn ihre Augen kampfeslustig funkelten. Er würde seine eigenwillige Gemahlin erneut in ihre Schranken weisen müssen, doch stattdessen spürte er ein wachsendes Verlangen in sich aufsteigen. Nein, er war kein liebestoller Jüngling, sondern ein Mann – ein Anführer, der sich nicht von einer Frau gängeln lassen durfte.

Aber er musste auch an seinen Bruder denken. »Dragon ist ein Krieger, kein Schwächling, und er möchte nicht verhätschelt werden.«

»Sehr gut!«, erwiderte sie, eilte an ihm vorbei und öffnete die Haustür. »Ich glaube nämlich zu wissen, was ihm fehlt. Und wenn ich Recht habe, werde ich ihn ganz gewiss nicht verhätscheln.« Entschlossen überquerte sie die Schwelle. Aber beim Anblick des Mannes, der im Bett saß, drohte sie ihr Mut zu verlassen. Er starrte sie genauso erbost an wie sein Bruder.

»Was soll das?«, fragte er nicht Cymbra, sondern Wolf, der ihr gefolgt war. Ulfrich, der offenbar nichts versäumen wollte, trat ebenfalls ins Haus.

»Meine Frau bildet sich ein, sie könnte dir helfen«, erklärte Wolf.

»Besten Dank, ich brauche keine Hilfe«, stieß Dragon hervor.

Mit unverhohlener Skepsis musterte sie den großen, kräftig gebauten Mann. Unter normalen Umständen gäbe seine körperliche Verfassung keinen Anlass zur Besorgnis, doch wie die Blässe unter der gebräunten Haut und die verkniffenen Lippen verrieten, war sein Zustand zweifellos nicht normal. »Wann wurdet Ihr verwundet?«, fragte sie und trat an sein Bett.

Dragon warf ihr einen kurzen Blick zu, ehe er sich an seinen Bruder wandte. »Das meinst du nicht ernst.«

»Nun ja, sie versteht etwas von der Heilkunst«, entgegnete Wolf und zuckte die Achseln. »Wie viel, weiß ich noch nicht. Wenn sie dir wirklich helfen würde ...«

»Ich bin kein wehleidiges kleines Kind, das von einer Frau verhätschelt werden muss!« Wütend wollte Dragon die Decke beiseite schieben und aufspringen, entsann sich aber, dass er unbekleidet war, und ließ sich mit einem derben Fluch ins Bett zurücksinken.

Ohne seinen Zorn zu beachten, legte Cymbra ihre Hand auf seine Stirn. Sofort zuckte er zurück, doch statt ihre Hand zurückzuziehen, drückte sie seinen Kopf mit sanfter Gewalt ins Kissen. »Das dachte ich mir. Zu schwach, um eine Frau abzuwehren ...«

Sekundenlang fürchtete sie, sie wäre zu weit gegangen. Das schien auch Wolf zu vermuten, denn er trat einen Schritt vor. Nach einem Augenblick des angespannten Schweigens überraschte Dragon alle beide mit einem gequälten Lächeln. »Bei Odin, sie hat Recht.« Abschätzend schaute er Cymbra an. »Wisst Ihr tatsächlich, was zu tun ist?«

»Diese Frage werdet Ihr bald selbst beantworten können.« Unter ihren Fingern fühlte sich seine Haut heiß und trocken an. Auch die glänzenden Augen bezeugten sein Fieber. Doch seine gleichmäßigen Atemzüge gaben keinen Anlass zur Besorgnis, und dabei sollte es bleiben. Zu Ulfrich gewandt, verkündete sie: »Ich brauche heißes Wasser und mehrere Stoffstreifen, etwa so lang und so breit ...« Um die Maße anzudeuten, hob sie die Hände. »Und das Kästchen mit meinen Arzneien. Brita soll mir helfen.«

»Was habt Ihr vor?«, fragte Dragon misstrauisch, nachdem der alte Mann davongeeilt war.

»Zunächst werde ich das Fieber senken, dann will ich herausfinden, was mit Eurer Wunde ist.«

»Gar nichts, sie ist verheilt.«

»Notfalls werde ich Euch eine Droge verabreichen, um Euch zu untersuchen.«

»Das wirst du doch nicht erlauben, Wolf!«, rief Dragon.

Wolf saß in einem geschnitzten Sessel und hatte seine langen Beine ausgestreckt. Offensichtlich rechnete er mit einem längeren Aufenthalt. Obwohl er gewisse Zweifel hegte, hoffte er, dass Cymbra seinem Bruder helfen konnte. »Natürlich nicht«, beteuerte er, »ich werde dich einfach festhalten.«

Während der nächsten Minuten wurde Cymbras norwegischer Wortschatz um einige derbe Ausdrücke erweitert. Doch sie zuckte mit keiner Wimper. Ulfrich kehrte mit Brita zurück. Und danach konnte Dragon nicht mehr viel tun, als sich in sein Schicksal zu fügen.

Am frühen Nachmittag ging Wolf in die Stadt. Dragons Fieber war gesunken. Jetzt schlief er, und Ulfrich hielt an seiner Seite Wache. Cymbra, die anscheinend keine Ruhepause brauchte, machte sich in der Küche zu schaffen, um dafür zu sorgen, dass nach Martas Abreise keine neuen Schwierigkeiten entstanden.

Nur gut, dass sie beschäftigt ist, dachte Wolf, denn er hatte einiges zu erledigen. Er war zu Fuß unterwegs, erwartete jedoch nicht, unbemerkt zu bleiben – ganz im Gegenteil. Als er vor der Hafentaverne an einem Tisch Platz nahm, hoffte er sogar, Aufmerksamkeit zu erregen.

Allzu lange musste er sich nicht gedulden. Nachdem ihm die vollbusige – und überaus freundliche – Kellnerin ein Trinkhorn mit Ale gebracht hatte, kam ein Mann auf ihn zu, den Wolf als den Kapitän einer bretonischen Galeere erkannte, die zwischen den Gewässern westlich von Irland und Sciringesheal verkehrte. »Setzt Euch!«, bat er und bestellte noch ein Trinkhorn.

Der Kapitän, dessen Name Onfroi war, dankte ihm und genoss den ersten Schluck Ale. »Manchmal verbreiten sich Neuigkeiten so schnell wie der Wind.«

Der Jarl quittierte diese weise Bemerkung mit gebührendem Ernst. »Ebenso wie Gerüchte, mein Freund.«

»In gewissen Fällen lässt sich kaum ein Unterschied erkennen.«

»Obwohl es einem erfahrenen Mann wie Euch sicher gelingt.«

Onfroi nickte. »Trotzdem hört man die seltsamsten Dinge.«

»Tatsächlich?«

»Zum Beispiel ging ich vor vierzehn Tagen in einem Hafen von Essex vor Ruder. Dort kennt man nur einen einzigen Gesprächsstoff – das Verschwinden von Lord Hawks Schwester. Sicher habt Ihr von ihr gehört. Sie ist wunderschön. Allem Anschein nach besitzt sie ungewöhnliche Fähigkeiten. Ihr Bruder hat sie klugerweise in einer Festung eingesperrt, doch die Lady wurde entführt.«

In höflichem Interesse hob Wolf die Brauen. »Von wem?«

»Angeblich waren es die Dänen. Bevor der Garnisonskommandant starb, schwor er dem Lord, die Truppe sei von mehreren hundert wilden Dänen überfallen und trotz tapferer Gegenwehr besiegt worden.«

»Und Lord Hawk glaubt ihm?«

Seufzend hob Onfroi die Hände. »Wer weiß? Irgendwas stimmt da nicht. Weder Leichen noch die Spuren irgendwelcher Kämpfe wurden entdeckt. Und die Dänen sind nicht gerade für ihre Ordnungsliebe bekannt. Jedenfalls ist mir noch nie zu Ohren gekommen, dass sie nach einer Schlacht aufgeräumt hätten.«

»Ja, das ist unwahrscheinlich.«

»Und dann faselt die alte Kinderfrau der Lady von ein paar Wikingern, die der Kommandant am Tag des Angriffs gefangen nahm und die wenige Stunden später geflohen sind.«

Wolf leerte sein Trinkhorn, lehnte sich zurück und drehte sein Gesicht der Sonne entgegen. Hin und wieder durfte ein Mann seine Ruhe genießen, wenn auch nicht allzu lange. »Hat sie sonst noch irgendwas gesagt?«

»Nur, dass sich Lady Cymbra mit den Wikingern in deren Landessprache unterhielt.«

»Nachdem Dänisch so ähnlich klingt, lässt das keine Schlüsse zu.«

»Offenbar denkt Hawk das ebenfalls. Er soll ein paar Männer ins dänische Gebiet geschickt haben, um herauszufinden, wo seine Schwester steckt. Sobald er es weiß, will er den Schurken angreifen, der die Lady verschleppt hat.«

»Ein verständlicher Entschluss ...«

»In der Tat. Man könnte sogar meinen, der Entführer hätte es darauf angelegt.«

»Oder er möchte Lord Hawk zu einem *Versuch* herausfordern«, erwiderte der Jarl lächelnd.

Nachdem Onfroi sich verabschiedet hatte, blieb Wolf noch eine Weile sitzen, leerte ein zweites Trinkhorn und unterhielt sich mit einigen Seefahrern, die zufällig vorbeikamen und ihm, abgesehen von einigen bemerkenswerten Einzelheiten, alle mehr oder weniger die gleiche Geschichte erzählten.

Lord Hawk tobte vor Zorn, und er hatte geschworen, dem Schänder seiner Schwester bei lebendigem Leib die Haut abzuziehen. Aber man behauptete auch, er würde alles daransetzen, um die Lady wohlbehalten nach Hause zu bringen. Ihr Leben sei ihm wichtiger als seine Ehre.

Das konnte Wolf kaum glauben. Kein vernünftiger Mann würde das Leben einer Frau über seine eigene Ehre stellen. Doch es gab ihm zu denken.

Normalerweise hätte Lord Hawk von denselben Seemännern, die seinen Wutanfall in Sciringesheal schilderten, vom Verbleib der mysteriösen Sachsenschönheit erfahren müssen, doch die Kapitäne, die Wolf Hakonsons Hafen ansteuerten, wollten sich die Gunst des Jarls nicht verscherzen, der ihre profitablen Geschäfte schützte. Deshalb würden sie den Mund halten.

Bald würde er Lord Hawk selbst benachrichtigen. Er hatte den Augenblick hinausgezögert, in der Hoffnung, seine Frau würde in der Zwischenzeit ihr Eheglück erkennen, ihren Bruder davon überzeugen und damit das angestrebte Bündnis besiegeln. Andererseits wollte er den unvermeidlichen Augenblick der Konfrontation möglichst lange hinauszögern – was immer dabei herauskommen mochte.

Entweder würden sie Frieden schließen, oder Odin würde einen neuen Krieger in Walhalla begrüßen – einen *sächsischen* Krieger, wie Wolf keine Sekunde lang bezweifelte.

Falls ein Kampf stattfand, waren alle Vorteile auf *seiner* Seite.

All das hatte er vor der Reise nach Holyhood genau geplant. Aber jetzt – nach allem, was geschehen war – galt es die Situation neu zu überdenken, wenngleich ihm das Ergebnis seiner Überlegungen missfiel. Cymbra liebte ihren Bruder. Wenn er starb, würde sie bis zu ihrem letzten Atemzug um ihn trauern – und den Mann hassen, der ihn getötet hatte.

Warum bedrückte ihn diese Erkenntnis so sehr? In dieser harten Welt zählten nur Pflichtgefühl und Ehre. Die Menschen lebten oder starben, wie es das Schicksal entschied – wobei es natürlich keinen Grund gab, die Ereignisse zu beschleunigen. Also sollte Lord Hawk noch eine Weile in seinem Zorn schmoren.

Wolf warf ein paar Münzen auf den Tisch und ging durch die Stadt zurück. Unterwegs blieb er noch einmal stehen und betrat einen Laden, den er einige Minuten später wieder verließ – hoch zufrieden mit seiner Entdeckung.

11

Ehrfürchtig drehte Cymbra die Laute hin und her und betrachtete die anmutigen Kurven des polierten Holzes, ehe sie durch einen Tränenschleier ihren Mann anblickte. »Welch ein wunderbares Instrument ... O Wolf, ich bin überwältigt ...«

»Ich höre dich gern spielen«, erwiderte er und zuckte die Achseln. »Warum sollte ich auf mein Vergnügen verzichten?«

Doch sie ließ sich nicht von seiner lässigen Haltung täuschen. Gewiss hatte es ihn einige Mühe gekostet, eine so wertvolle Laute aufzuspüren. Meine eigene, die Marta zerstört hat, war nicht schöner, dachte sie. Als sie ins Haus gegangen war, um sich fürs Abendessen anzukleiden, hatte das Instrument auf dem Bett gelegen. Dass Wolf ihr gefolgt war, konnte kein Zufall sein. Zweifellos wollte er ihre Überraschung beobachten.

Obwohl sie mit den Tränen kämpfen musste, brachte sie ein zaghaftes Lächeln zustande. Noch nie hatte ihr ein Geschenk so viel bedeutet. »Danke«, sagte sie schlicht.

Offensichtlich war die Laute für sie von viel größerem Wert als damals der kostbare Hermelin. Das gefiel ihm. »Vielleicht spielst du später für mich.«

»Wann immer du willst«, versprach sie, stellte sich auf die Zehenspitzen und küsste ihn auf den Mund.

Über eine Stunde verstrich, bevor sie die Halle betraten. Wenigstens kamen sie überhaupt dort an, was Wolf für einen gewissen Erfolg hielt. Doch als er den leeren Platz seines Bruders sah, war der Gedanke augenblicklich vergessen.

Cymbra spürte die Sorge ihres Mannes und berührte seine Hand. »Dragon erwachte am Nachmittag und trank ein bisschen Brühe, dann schlief er wieder ein«, erklärte sie, als er ihr den Stuhl zurechtrückte. Die Kräuter aus ihrem Arzneikästchen, die sie in die Brühe gestreut hatte und die dem Patienten einen schmerzfreien Schlummer ermöglichten, erwähnte sie lieber nicht. Warum sollte sie ihren Gemahl mit solchen Einzelheiten behelligen? Sein dankbarer Blick bestätigte ihr, dass sie richtig handelte.

Doch seine offenkundige Verblüffung und Freude zu Beginn des Mahls ließen ihre Zuversicht noch weiter wachsen. Wenn er den Hecht in Sahnesoße auch zunächst misstrauisch betrachtete, zerstreute doch der erste Bissen sämtliche Zweifel. Der pikant gewürzte Schweinebraten, das gekräuterte Brot, die Erbsen in Butter und die schmackhaften Jungtauben begeisterten sogar den einäugigen Olaf, der in letzter Zeit nicht mehr am gemeinsamen Abendessen teilgenommen und lieber in seinem eigenen Haus gekocht hatte, bis die Streitigkeiten der Frauen ein Ende gefunden hatten.

Dass sie tatsächlich beigelegt waren, bezeugte die ungewöhnliche Stille in der Halle. Statt wie früher laut zu lachen und zu scherzen, waren die Leute völlig in ihre Mahlzeit versunken. Schließlich blieb kein einziger Knochen übrig, den man noch hätte abnagen können. Mit zufriedenem Rülpsen und Lobeshymnen wurde Cymbras kulinarischer Erfolg gewürdigt.

Erleichtert seufzte sie auf und entspannte sich zum ersten Mal, seit sie die Halle betreten hatte – bis sie den forschenden Blick ihres Mannes bemerkte. »Stimmt etwas nicht?«, fragte sie verwirrt.

»Oh, ich frage mich nur, ob Hawk dich versteckt hat, weil er fürchten musste, seine Krieger würden niemals von der Tafel aufstehen, wenn sie deine Kochkünste genossen hätten.« Grinsend fügte er hinzu: »Oder sie hätten ihre Feinde mit Gänsekeulen oder Pasteten beworfen, um sie zu überrumpeln.«

Auch Cymbra lächelte, obwohl die Erinnerung an den Bruder ihre Freude trübte. Bleischwer lastete Wolfs Drohung, Hawk zu töten, auf ihrer Seele. Wenn sie den Jarl auch geheiratet hatte, um das zu verhindern – was würde geschehen, wenn es zu einem Kampf kam? Um ein Haar hätte sie das Thema angeschnitten, doch sie besann sich eines Besseren, weil sie das neu erlangte, gute Einvernehmen mit ihrem Mann nicht gefährden wollte.

Außerdem bezweifelte sie, dass tatsächlich ein Kampf ausbrechen würde. Hatte Wolf nicht oft genug betont, dass er ein Bündnis anstrebte? Nun musste sie Hawk nur noch von ihrem Eheglück überzeugen, und alles würde sich zum Guten wenden.

Wolf beobachtete das ausdrucksvolle Mienenspiel seiner Frau und verfluchte sich im Stillen. Warum hatte er sie inmitten schönster Harmonie an den Schatten erinnert, der über ihrem gemeinsamen Leben lag? Gewiss, er selbst dachte immer wieder daran, doch es bestand kein Grund, Cymbra auch nur indirekt darauf hinzuweisen.

Leider gelang es ihr viel zu oft, seinen Verstand zu benebeln, und das beunruhigte ihn.

Doch der kleine Misston war vergessen, als sie später neben ihm im Bett saß und auf der Laute spielte. Lächelnd entsann er sich, wie er sie mit diesem Geschenk zu Tränen gerührt hatte.

Auch am nächsten Vormittag war sie den Tränen nahe, wenn auch aus einem völlig anderen Grund. Noch nie hatte sie einen so schwierigen Patienten behandelt wie Dragon Hakonson.

»Wenn Ihr meine Anordnungen nicht befolgt«, erklärte Cymbra langsam und eindringlich, »werdet Ihr *niemals* genesen und die Folgen der Verletzung bis an Euer Lebensende ertragen müssen.«

Er zog seine dunklen Brauen zusammen und verschränkte die Arme vor seiner breiten Brust. »Was stört Euch daran? Jeder Mensch muss sein Schicksal hinnehmen.«

Mühsam zwang sie sich zur Ruhe. »Welch ein Unsinn! Aber redet Euch ruhig ein, was Ihr wollt – ich lasse nicht locker.« Statt einer Antwort zuckte er nur gleichmütig die Achseln. »Mein Mann hat mich gebeten, Euch zu helfen. Und genau das habe ich vor.« Als er immer noch schwieg, zerrte sie an dem Pelz, der die untere Hälfte seines Körpers verbarg.

Wäre er nicht so geistesgegenwärtig gewesen, hätte sie ihn vollends entblößt. »Bei Odin!«, brüllte er. »Kennt Ihr denn kein Schamgefühl!«

Doch damit hatte sie ihn wenigstens aus seiner Lethargie gerissen. Zufrieden begnügte sie sich damit, lediglich die hässliche Narbe an seinem linken Oberschenkel zu enthüllen. »Verzeiht mir, wenn ich Euch in Verlegenheit gebracht habe«, entschuldigte sie sich, betastete vorsichtig die lange, gerötete Schwellung und lächelte ihn ermutigend an. »Stellt Euch einfach vor, ich wäre ein heilkundiger *Mann*. Das wird Euch helfen.«

Hinter ihr musste sich Ulfrich plötzlich räuspern. Dann hustete er so heftig, dass sie beschloss, so schnell wie möglich ein Getränk aus schwarzer Johannisbeere und Beinwell für ihn zu brauen.

»Das dachte ich mir – die Wunde ist nur an der Oberfläche richtig verheilt. Die Vernarbung reicht viel tiefer. Deshalb sind Muskeln und Sehnen verformt. Ihr müsst sie langsam und geduldig bewegen, um die alten Kräfte wiederherzustellen.« Zögernd fügte sie hinzu: »Obwohl ich niemanden kritisieren will, aber wer immer diese Wunde behandelt hat, war ein ziemlich schlechter Arzt.«

»Ganz meine Meinung!«, betonte Ulfrich und spähte über Cymbras Schulter. Inzwischen hatte er sich von seinem Hustenanfall erholt, aber seine Stimme klang immer noch heiser. »Offen gestanden, Mylord, ich glaube, ein Blinder hätte bessere Arbeit geleistet.«

Dragon schnitt eine Grimasse. »Da ich mich selbst behandelt habe und in Eile war, solltet Ihr beide Eure Zungen hüten.«

»Also stand Euch niemand bei?«, rief Cymbra entsetzt. »Wie war das möglich?«

Seufzend erkannte er, dass ihm nichts anderes übrig blieb, als die Geschichte zu erzählen. »Auf der Rückreise von Byzanz nach Sciringesheal machte ich auf Jütland Halt. In der Nähe des Marktplatzes von Hedeby fiel ein halbes Dutzend Dänen über mich her. Natürlich tötete ich sie alle, aber zuvor hatte mich einer verletzt.«

»Jeden Einzelnen habt Ihr getötet?«, fragte Cymbra mit weit aufgerissenen Augen.

»Das sind nur Räuber und Halsabschneider gewesen, keine Krieger. Und wäre ich nicht im Schlamm ausgerutscht, hätte mich der Schurke wohl kaum verwundet.«

»Wo waren Eure Männer?«, erkundigte sich Ulfrich. Im Gegensatz zu Cymbra schien ihn Dragons Kampfkraft nicht in Erstaunen zu versetzen.

»Oh, ich war allein – weil ich eine Freundin besuchte.«

»Wahrscheinlich eine *verheiratete* Freundin«, bemerkte Ulfrich kichernd, »und Eure Anwesenheit missfiel ihrem Ehemann.«

»Mag sein«, stimmte Dragon beiläufig zu. »Ich nahm mir nicht die Zeit, das Gesindel nach seinem Auftraggeber zu fragen.«

Geflissentlich ignorierte Cymbra dieses freizügige Gespräch. Wie viel Mut und Entschlossenheit musste es Dragon gekostet haben, eine so schwere Verletzung selbst zu behandeln. Hätte er die Blutung nicht zum Stillstand gebracht, wäre er zweifellos gestorben. »Morgen beginnen wir mit Bädern, Massagen und Übungen, Dragon«, verkündete sie in entschiedenem Ton. »Außerdem werde ich Euch eine Medizin bringen, die Ihr dreimal täglich trinken müsst. Wenn Ihr gute Fortschritte macht, dürft Ihr in zwei Wochen auf den Exerzierplatz zurückkehren. Aber immer nur für eine halbe Stunde.« Aufmunternd lächelte sie ihm zu. »Das alles werde ich Wolf erklären, damit er Euch nicht zu viel zumutet und Eure Genesung gefährdet.«

Der Krieger und der weise Mann wechselten einen Blick, und Ulfrich öffnete den Mund, um Einwände zu erheben, doch Dragon kam ihm zuvor. »Braut Eure Medizin, Cymbra. Wenn sie nicht allzu scheußlich schmeckt, werde ich sie trinken. Aber was Eure anderen Anweisungen betrifft ... das Fieber ist weg. Morgen kehre ich auf den Exerzierplatz zurück, und sollte ich das Gefühl haben, dass mein Bruder mich wie einen Invaliden behandelt, werdet Ihr Euch um *seine* Blessuren kümmern müssen.

»Solange Eure Wunde nicht restlos verheilt ist, wird das Fieber immer wieder zurückkehren«, erwiderte sie mit einem charmanten Lächeln. »Und falls das zu oft geschieht, wird es Eurer Manneskraft schaden.«

Dragon starrte sie mit offenem Mund an. »Nein, unmöglich!« Hilfe suchend wandte er sich zu Ulfrich. »Das ist nicht wahr – oder?«

»Ich verstehe nicht so viel von der Heilkunst wie die Lady«, entgegnete Ulfrich. »Und davon abgesehen, wie viele Männer haben eine so schwere Verletzung überlebt, um dann herauszufinden, welche Folgen sie nach sich zog?«

»Nun, vielleicht interessiert Euch das Problem nicht«,

warf Cymbra ein, »und es ist Euch wichtiger, auf dem Exerzierplatz zu brillieren als im Bett …«

»Jetzt reicht's!«, schrie Dragon, während eine tiefe Röte seine Wangen überzog – ein Anblick, der Cymbra entzückte, obwohl sie es sich nicht anmerken ließ. »Warum mein Bruder eine so dreiste Frau geheiratet hat, werde ich nie verstehen. Ihr müsstet freundlich, sanft und fügsam sein – keine Zankteufelin, die mit den Nornen reiten könnte.«

»Wer sind die Nornen?«, fragte Cymbra, obwohl sie bereits vermutete, dass die Antwort wenig erfreulich ausfallen würde.

»Die Unheimlichen Schwestern«, erklärte Ulfrich eifrig. »In blutbefleckter Rüstung reiten sie über den Himmel. Hagelkörner rieseln aus den Nüstern ihrer wilden Streitrösser. Auf den Schlachtfeldern lassen die Nornen ihre mächtigen Hörner erklingen, senden Lichtstrahlen aus den Spitzen ihrer Speere und entscheiden, welche Krieger leben oder sterben werden.«

»Ach, *diese* Nornen.« Cymbra wandte sich wieder zu Dragon. »Wenn Ihr wollt, vergleicht mich mit ihnen, doch das ändert gar nichts. In vierzehn Tagen könntet Ihr von Euren Schmerzen befreit werden, und bis zum Winter seid Ihr vollends genesen. Falls Ihr tut, was ich sage.«

»Das würde ich Euch raten«, ertönte eine fröhliche Stimme an der Tür, und Bruder Joseph trat ein. »Verzeiht mir die Störung, Lord Dragon, aber ich fand die Blutwurz, die Lady Cymbra braucht, und …«

»Wunderbar!«, rief sie. »Wo wächst sie denn? Diese Stelle müsst Ihr mir zeigen.«

»Sehr gern, Mylady«, beteuerte der Priester und wandte sich lächelnd an Dragon. »Lady Cymbra war so gütig, meine Gelenkschmerzen mit einem Umschlag zu lindern.

Glaubt mir, auf Ihre Heilkunst dürft Ihr Euch rückhaltlos verlassen.«

»Wie nett«, murmelte Dragon.

»Was für ein Umschlag?«, erkundigte sich Ulfrich.

»Gerste, Stiefmütterchen, Raute und Rosmarin«, antwortete Cymbra. »Zuerst muss man die Gerste kochen. Aber sie darf nicht zu weich werden ...«

In diesem Augenblick trat Wolf über die Schwelle und beobachtete, wie die beiden Geistlichen aufmerksam seiner Gemahlin lauschten, während sein Bruder die Augen verdrehte. Natürlich kam er nur hierher, um nach Dragon zu sehen – und keineswegs, weil er Brita im Küchentrakt begegnet war und befürchten musste, Cymbra wäre allein mit dem Mann, der schon zahllose Frauen in Betten, Heuhaufen oder sonst irgendwohin gelockt hatte.

Dieser Mann war sein Bruder und Cymbra seine Frau. Beiden vertraute er, dennoch ließ der Gedanke, dass sie allein waren, ein Unbehagen in ihm aufsteigen, das ihn beschämte.

Jetzt fühlte er sich wie ein Narr. Erstens waren sie nicht allein, und zweitens sah Dragon so aus, als wollte er Cymbra eher erwürgen als verführen – was Wolfs Stimmung augenblicklich hob. »Offenbar bist du in guten Händen.«

»Ich werde niemals heiraten!«, gelobte Dragon mit einem viel sagenden Blick in Cymbras Richtung. »Ehefrauen erlauben sich einfach zu viel. Ebenso gut könnte sich ein Mann einen Ring durch die Nase ziehen.«

Wolf lachte. Anscheinend hatte seine süße Frau die Situation voll im Griff. »Kehrst du morgen auf den Exerzierplatz zurück, Dragon?«

In der Stille, die dieser Frage folgte, drehte sich Cymbra zu ihrem Mann um und reckte das Kinn. »Ich glaube, ich sollte auch für dich eine Medizin brauen. Mit viel Thymian – der wird dir helfen, *klar zu denken.*«

Er schloss aus dieser Ankündigung, dass Dragons Genesung noch eine Weile dauern würde.

»Zweifellos ist sie das Werkzeug einer sächsischen Verschwörung und Alfred steckt dahinter. Jetzt sitzt er in Wessex und lacht sich ins Fäustchen.«

Wolf, der nackt und schweißnass auf einer Bank lag, hob den Kopf und schaute seinen Bruder an. »Daran habe ich ebenfalls bereits gedacht. Wenn es so wäre, müssen die Sachsen die *Dänen* verleitet haben, Cymbra zu entführen.«

Stöhnend goss Dragon noch eine Kelle Wasser auf die heißen Steine, ehe er wieder auf seine Bank sank und sich vom Dampf in der Sauna einhüllen ließ.

An diesem Tag war er auf den Exerzierplatz zurückgekehrt, nachdem ihn seine Schwägerin vierzehn Tage lang gequält hatte. Er war gestreckt, geknetet, mit Fäusten bearbeitet, verrenkt und zu unzähligen Übungen gezwungen worden, die seine Sehnsucht nach einem blutüberströmten Schlachtfeld und einem barmherzigen Tod geweckt hatte.

Sogar Wolf, der an ein hartes Leben gewöhnt war, staunte über die teuflischen Folterungen, die sich seine hübsche Frau ausgedacht hatte. Obwohl Dragon es niemals zugeben würde, wirkte sein Bein wesentlich kräftiger, wie Wolf in den letzten Stunden erkannt hatte. Träge kratzte er seine Brust und räkelte sich auf der Bank. Das Holz unter seinem Rücken fühlte sich kühl an, zumindest im Vergleich zur Hitze in der Sauna. »Wenn du dir nicht jede Nacht ein Mädchen ins Bett holen würdest, wärst du längst wieder gesund.«

Erbost spähte Dragon durch den Dampf, der nach Tannennadeln duftete. »Ich will nur sichergehen.«

»Sichergehen?«, wiederholte Wolf belustigt. »Machst du Witze? Seit wann musst du dich in dieser Hinsicht vergewissern?«

»Seit deine liebe Frau mir prophezeit hat, ich würde meine Manneskraft verlieren, wenn ich ihr nicht gehorche.«

Abrupt setzte sich Wolf auf und runzelte ungläubig die Stirn. »Das hat sie wohl kaum behauptet!«

»Doch. Mit einem bezaubernden Lächeln warf sie mir vor, ich würde lieber auf dem Exerzierplatz brillieren als im Bett.«

»So hat sie mit dir geredet?« Fassungslos schüttelte Wolf den Kopf. Sein Bruder musste sie missverstanden haben. Cymbra, die ihm beim Liebesspiel nur schüchtern gestand, was ihr gefallen würde – mit hochroten Wangen und unfähig, seinem Blick zu begegnen –, sollte so freizügig gesprochen haben? Nicht mit ihm, sondern mit einem anderen Mann? *Cymbra?*

Dragon nickte grinsend. »Wenn du ihr verrätst, dass ich es dir erzählt habe, werfe ich dir eine Streitaxt an den Kopf. Jedenfalls ist sie mindestens ebenso klug wie schön.«

»Welch ein erschreckender Gedanke ...«

Sie klopften sich gegenseitig mit Birkenzweigen ab und rannten zum eisigen Fluss hinab. Danach saßen sie in der Halle, lauschten dem Skalden und leerten ein Fass Ale.

»Wann haben wir uns das letzte Mal zusammen betrunken?«, fragte Wolf einige Zeit später. Inzwischen saßen sie vor der Halle auf dem Boden, aber er konnte sich nicht daran erinnern, wann sie hinausgegangen waren. Am Himmel funkelten Milliarden von Sternen, getrennt durch das breite Silberband, auf dem die Götter zu glorreichen Schlachten ritten.

»Oh, das ist verdammt lange her«, erwiderte Dragon. »In Zukunft sollten wir das öfter tun. Gute Wikinger müssen sich regelmäßig betrinken.« Nachdem er eine Weile nachgedacht hatte, fügte er hinzu: »Und plündern. Das erwartet man von uns.«

»Nun, die Zeiten ändern sich.«

»Unsinn!«

»Sieh uns doch an!« Wolf zeigte zur Stadt hinab. »Wir kämpfen nur noch, wenn es unbedingt sein muss – wenn uns die verdammten Dänen oder Sachsen herausfordern. Ansonsten treiben wir Handel und verdienen unseren Lebensunterhalt auf ehrliche Weise …«

»Tatsächlich?« Dragon lachte spöttisch.

»Jedenfalls machen wir Geschäfte. Aber auch andere Dinge haben sich geändert. Glaubst du, Bruder Joseph bleibt hier, weil ihm das Klima gefällt?«

»Was stimmt denn nicht mit unserem Klima?«

»Das sollte doch nur ein Beispiel sein. Er ist hier, weil die Leute an seinen Lippen hängen. Sogar *ich* höre ihm manchmal zu.«

»Tatsächlich? Was sagt er denn?«

Stirnrunzelnd suchte Wolf nach den richtigen Worten, wenngleich er ihren Sinn nicht ganz verstand. »Dass wir einander lieben sollen.«

Dragon schwieg und nahm einen Schluck aus seinem Trinkhorn. »Meint er, jeder müsste jeden lieben?«

»Ja, wahrscheinlich«

»Warum?«

»Weil wir alle Kinder Gottes sind – und weil er seinen Sohn auf die Erde geschickt hat, der für uns gestorben ist.«

»Also ein Opfer.« Das war etwas, was Dragon nachvollziehen konnte. »Jetzt erlaubst du unseren Leuten keine Opferfeste mehr, nicht wahr?«

Wolf zögerte und erinnerte sich an die Geschichten, die sein Vater ihm erzählt hatte – von Männern, Frauen und Kindern, die Aesir und den großen Göttern geopfert worden waren. An den Ästen der Bäume hatten sie gehangen, und ihr Blut war neun Tage lang herabgeronnen, um das Erdreich zu tränken. Opfergaben waren immer noch Teil des Lebens der Wikinger, doch allmählich gerieten sie in Vergessenheit und wurden ersetzt – wodurch? Vielleicht durch andere Möglichkeiten? Andere Hoffnungen? »Wenn hin und wieder der Hals einer Ziege aufgeschlitzt wird, stört es mich nicht«, erklärte er und leerte sein Trinkhorn.

Erst viel später betrat er sein Haus und sang vor sich hin. Entschlossen, seine Frau nicht zu wecken, legte er einen Finger an seine Lippen. »Pst!«, ermahnte er sich, was ihn zum Lachen brachte. Er verlor das Gleichgewicht und stieß gegen den Tisch.

Auf unsicheren Beinen stolperte er zum Bett, das sich plötzlich bewegte. *Darüber muss ich mit Cymbra reden … ein Bett darf sich nicht bewegen – es sei denn, ich liege mit ihr drin …* Es gelang ihm nicht, sein Ziel – das Bett – zu erreichen, also wankte er zur Tür zurück.

Belustigt saß Cymbra im Bett und beobachtete ihn. Sie wusste, wie gern sich die Männer betranken, aber sie hatte nicht erwartet, ihren Mann jemals in diesem Zustand zu sehen. Nun, vielleicht tat es ihm gut, wenn er seine eiserne Selbstbeherrschung hin und wieder ein bisschen lockerte. Wenigstens war er bester Laune. Jetzt sang er wieder und ermahnte sich, den Mund zu halten. Aber wenn er noch lange so unkontrolliert herumtorkelte, würde er sich womöglich das Genick brechen. In eine Decke gewickelt, stand sie auf und holte Wolf, der inzwischen ins Freie gewankt war, ins Haus zurück. Verwundert blinzelte er, dann schenkte er ihr sein herzerweichendes Lächeln. »Cymbra, *Elskling*, gerade wollte ich dich suchen.«

Meine Liebste, hatte er sie genannt. Wie nett – obwohl er sich erst betrinken musste, um solche Worte auszusprechen. »Ja, ich weiß. Komm jetzt.«

Fügsam wie ein Lamm ergriff er ihre Hand und ließ sich ins Haus führen. Dann umschlang er ihre Taille mit beiden Armen und sank mit ihr aufs Bett. »Habe ich dir schon gesagt, wie schön du bist?«

»Nicht direkt, aber du hast es angedeutet.« Sie stemmte sich gegen seine Schultern und versuchte, unter ihm hervorzukriechen. »Lass mich aufstehen, ich will dir die Stiefel ausziehen.«

»Tatsächlich?«

»O ja.« Noch ein kraftvoller Stoß, und sie war frei, wenn auch nur, weil er sich auf den Rücken gewälzt hatte.

Grinsend starrte er die Zimmerdecke an. »Was für eine gute Ehefrau du bist ...«

»Besten Dank.« Sie trat ans Fußende des Betts, packte einen Stiefel und begann daran zu zerren.

»Eigentlich dachte ich, es würde nicht gut gehen.«

»Wie bitte?« Das bleischwere Gewicht seines Beins schmerzte in ihren Armen, doch sie zog so heftig daran, dass der Stiefel nach einer Weile am Boden landete.

»Immerhin bist du eine Sächsin. Deshalb habe ich mit Schwierigkeiten gerechnet. Und wie du aussiehst ...« Seufzend nickte er. »Das ist am allerschlimmsten ...«

»Vorhin sagtest du, ich wäre schön.«

»Andere Männer finden das auch, darin liegt das Problem. Und noch etwas – in deiner Nähe kann ich nicht klar denken. Dauernd stelle ich mir vor, du würdest deine zauberhaften Beine spreizen und …«

Nun fiel der zweite Stiefel zu Boden, was ihn einen Moment lang ablenkte. Als Cymbra die Pelzdecken über ihren Mann breitete, versuchte er sie festzuhalten, aber sie wich blitzschnell zurück.

Gekränkt wie ein Kind, dem man sein Lieblingsspielzeug weggenommen hatte, starrte er sie an. Dann sank sein Kopf ins Kissen, und wenige Sekunden später schnarchte er geräuschvoll.

Cymbra überlegte, ob sie sich zu ihm legen und wieder schlafen sollte, doch sie war nicht müde. Bald würde der neue Tag anbrechen, und es gab viel zu tun. Während sie sich anzog und den Schlüsselbund an ihrem Gürtel befestigte, summte sie leise vor sich hin. Liebevoll musterte sie ihren Gemahl. Er hatte Arme und Beine ausgestreckt und nahm fast das ganze breite Bett ein. Eine ebenholzschwarze Locke hing ihm in die Stirn, und seine dichten Wimpern warfen Schatten auf seine Wangen. Im Schlummer entspannten sich seine Züge, was ihn jünger und weniger wie die Furcht erregende Geißel der Sachsen aussehen ließ.

Vielleicht hatte er so ausgesehen, bevor er mit der Härte des Lebens konfrontiert worden war. Bei diesem Gedanken spürte sie einen Stich in ihrem Herzen. Fürsorglich vergewisserte sie sich, dass er zugedeckt war, ehe sie einen Kuss auf seine Stirn hauchte. An der Tür warf sie einen letzten Blick über die Schulter. Offensichtlich meinte es das Schicksal gut mit ihr.

Einen besseren Gemahl konnte sie sich gar nicht wünschen, und sie zweifelte keine Sekunde lang am Erfolg ihrer Ehe.

12

Nein, ich bin mit einem anmaßenden, gefühllosen Wikinger verheiratet – und schrecklich dumm gewesen, weil ich mich in Illusionen gewiegt habe …

Von diesen düsteren Gedanken gepeinigt, starrte Cymbra ihren Mann an und stieß die erstbesten Worte hervor, die ihr in den Sinn kamen. »Das meinst du nicht ernst!«

Sie standen am offenen Tor im Erdwall. Soeben war Cymbra aus der Stadt zurückgekommen, wo sie die Verbrennungen eines kleinen Jungen behandelt hatte, der in eines der zahlreichen offenen Feuer gefallen war. Glücklicherweise hatte er sich nicht allzu schwer verletzt. Seine Dankbarkeit für die Linderung der Schmerzen und die Erleichterung seiner Eltern erinnerten sie wieder einmal daran, warum ihre die Heilkunst so viel bedeutete.

Und jetzt war ihre Berufung in Gefahr. Wolf war früh von seinem Besuch einer Siedlung am anderen Ufer zurückgekehrt. Als sie ihn den Hof überqueren und mit einigen seiner Männer hatte lachen sehen, hatte sie versucht, sich unsichtbar zu machen. Doch diesmal hatte ihr die Tarnung des schlichten grauen Umhangs nichts genutzt.

Geradewegs war er auf sie zugegangen, hatte die Situation mit einem Blick erfasst und seinen Entschluss verkündet.

»Ich darf nicht mehr in die Stadt gehen?«, stieß sie jetzt hervor, nachdem sie sich von ihrem ersten Schrecken erholt hatte. »Nicht einmal mit einer Eskorte? Das ist doch absurd! Ich bin keine Gefangene, sondern …«

»Meine Frau«, ergänzte er und packte sie an den Schultern. »Eine ungehorsame Ehefrau! Oder willst du behaupten, du hättest nicht gewusst, dass du die Festung nur mit meiner Erlaubnis *und* einer Eskorte verlassen darfst?«

»Natürlich wollte ich dich fragen, aber du warst nicht da. Und weil sich ein kleiner Junge verletzt hatte, konnte ich nicht warten.«

»Man hätte das Kind hierher bringen müssen«, erwiderte er und krallte seine Finger in den grauen Wollstoff. Wäre ihm Cymbras anmutiger Gang nicht aufgefallen, hätte er sie in ihrer Verkleidung wohl kaum erkannt. Argwöhnisch runzelte er die Stirn. »Wie oft hast du dieses Ding schon getragen – und dich darin versteckt, um dich meinen Wünschen zu widersetzen?«

Unfähig, seinen Blick zu erwidern, starrte sie auf seine muskulöse Brust und schluckte. »Nicht oft. Nur wenn es nötig war.«

Jedenfalls oft genug, dachte Wolf erbost. Wäre sie nicht seine Frau, würde er sie streng bestrafen. Um die überlebenswichtige Disziplin in seiner Festung aufrecht zu erhalten, durfte er keinen Ungehorsam dulden. Ohne Rücksicht auf persönliche Gefühle musste er entsprechende Maßnahmen ergreifen. Das wusste er. Trotzdem konnte er sich nicht dazu durchringen, so zu reagieren, wie er es sollte. »Ob irgendetwas nötig ist, hast du nicht zu entscheiden. Du bist verpflichtet, meine Befehle zu befolgen. Unter allen Umständen.«

Eine innere Stimme ermahnte Cymbra, ihn nicht herauszufordern. Hatte er nicht erwähnt, ein Mann würde seiner Frau viel eher einen Gefallen erweisen, wenn er gut gelaunt war? Wäre sie vernünftig, würde sie ihn besänftigen und weibliche Listen anwenden, um ihren Willen durchzusetzen.

Doch offensichtlich zählte die Vernunft nicht zu ihren

Stärken. »Und wenn diese Befehle unsinnig sind? Glaubst du wirklich, in deiner Stadt könnte mir etwas zustoßen? Niemand wäre so dumm, deinen Zorn heraufzubeschwören.«

»Niemand?« Wolf hob die Brauen. »Nur meine sächsische Ehefrau …« Als sie protestieren wollte, schnitt er ihr zornig das Wort ab. »Von Anfang an bin ich dir geduldig und nachsichtig begegnet, das tue ich immer noch. Sonst würde ich dich für deinen Eigensinn strafen.« Er umfasste ihr Kinn und zwang sie, ihn anzusehen. »Damit wir uns verstehen, teure Gemahlin – hier ist mein Wort Gesetz, und du wirst tun, was ich dir sage. Sonst wirst du in Zukunft die Konsequenzen deines Ungehorsams zu tragen haben. Ist das klar?«

Wütend ballte sie die Hände zu Fäusten. »Also spielt mein eigenes Urteilsvermögen keine Rolle? Bin ich die Sklavin deines Willens? Gehöre ich zu deinen Leibeigenen? Allein schon der Gedanke an diese armen Geschöpfe widert mich an. Ebenso das Leid, das ich ringsum sehe – und das man in manchen Fällen so leicht mildern oder gänzlich vermeiden könnte. Ich weiß, das Leben in diesem Land ist hart – du hast es schon mehrmals betont. Gerade deshalb sollte man sein Bestes tun, um es erträglicher zu gestalten.«

Obwohl er sie gewarnt hatte, trotze sie ihm immer noch. Sie nahm ihm sein Verhalten sogar übel. Begriff sie denn nicht, welch ungeheures Zugeständnis er ihr machte, indem er vorerst auf Vergeltungsmaßnahmen verzichtete? »Unser Leben, das du mit aller Macht erträglicher machen möchtest, hängt von Disziplin und Ordnung ab. Wenn du dich noch einmal gegen mich auflehnst, bestrafe ich dich. Das schwöre ich dir.«

Bedrückt erkannte er die Angst in ihren schönen Augen, aber auch jenen Mut, den er immer wieder bewunderte. »Würdest du mich an den Marterpfahl binden und auspeitschen lassen, so wie diesen bedauernswerten Dieb?«

Entsetzt hielt er den Atem an. Am liebsten hätte er die Arme um sie gelegt und ihr versichert, dass er so etwas niemals tun würde. Aber er musste auf seiner unbeugsamen Autorität bestehen. Er zwang sich zu einem Lächeln und ließ zärtlich seine Hände an ihren Armen hinabstreifen. »Wie dramatisch«, spottete er, kniff sie in die Hinterbacken, worauf sie leise aufschrie. »Nein, ich würde nur dafür sorgen, dass du eine Woche lang nicht sitzen kannst. Ansonsten würdest du keinen Schaden erleiden. Höchstens dein Stolz.«

»Das wagst du nicht …«

»Nein?«, flüsterte er und zog sie an sich. Welch ein Pech, dass sie im Hof standen. Wären sie vor neugierigen Blicken geschützt, würde er sein Verlangen nicht zügeln. Sekundenlang überlegte er, ob er sie in den Stall schieben sollte, wo sich um diese Tageszeit niemand aufhalten würde. Und seiner aufsässigen Ehefrau würde ein leidenschaftliches Zwischenspiel im Heu sicher gut tun. Aber er widerstand der Versuchung. Letzten Endes würde sie sich rückhaltlos hingeben – ebenso wie er selbst. Das musste er in dieser Situation vermeiden, wenn er Cymbra jemals unter Kontrolle bekommen wollte.

Deshalb begnügte er sich mit einem Klaps auf ihre Kehrseite. »Kümmere dich wieder um deine Pflichten. Heute werden meine Männer und ich hart arbeiten, und wir freuen uns auf eine anständige Mahlzeit.«

Falls er ihre Miene richtig deutete, würde er an diesem Abend einen Vorkoster brauchen. Er schaute ihr nach, dann drehte er sich um – und zuckte zusammen. Mit verschränkten Armen lehnte Dragon grinsend an einer Mauer und schien sich köstlich zu amüsieren. »Wenn du uns nur in der Kriegskunst unterrichtest, vergeudest du dein Talent«, meinte er und schlenderte zu seinem Bruder. »Erklär uns armen, umnachteten Männern lieber, wie man das schöne Geschlecht in seine Schranken weist.«

Ein Mann mit geringerem Selbstbewusstsein hätte angesichts von Wolfs Blick und den gefletschten Zähnen gezittert. »Hoffentlich geht es deinem Schenkel besser als deinem Hirn.«

Demonstrativ bewegte Dragon sein linkes Bein. »Oh, der ist so gut wie neu – dank deiner reizenden, *sanftmütigen* Gattin«, lachte er.

»Das ist nicht komisch. Mit ihrem Eigensinn bringt sie sich in Gefahr – ohne es auch nur zu ahnen.« Auf dem Weg zum Exerzierplatz fügte Wolf hinzu: »Nicht alle Männer, die hier kommen und gehen, sind mir treu ergeben.«

»Das stimmt. Aber welcher Narr würde den Tod riskieren, der ihm droht, wenn er sich an deiner Frau vergreift? Sorgst du dich wirklich um die Treue der *Männer*?«

»Versuchst du meine Gedanken zu erraten?«, fauchte Wolf.

»Die könnte sogar ein Blinder lesen. Du sorgst dich um die Loyalität deiner sächsischen Gemahlin, auch wenn ich nicht weiß, warum. Anscheinend hat sie sich gut eingelebt.«

»Ja, so *scheint* es. Aber seit unserer Trauung ist erst ein knapper Monat vergangen. In dieser kurzen Zeit konnte ich nicht herausfinden, wie es wirklich in ihrem Herzen aussieht.«

»Ist das der Grund, warum du Hawk noch nicht verständigt hast?«

»Fieberst du einer Schlacht entgegen?«

»Die wird nicht stattfinden. Wenn er hierher kommt, wird Cymbra ihm versichern, sie sei glücklich verheiratet. Das wird er als liebender Bruder, was er eindeutig ist, widerstandslos hinnehmen und das Bündnis mit uns schließen, an dem dir so viel liegt. Was wäre einfacher?«

»Nichts ...« Wolfs Stimme klang skeptisch. »Vorausgesetzt, Cymbra spielt ihre Rolle halbwegs überzeugend.«

»Zweifelst du daran? Fürchtest du, sie macht dir etwas vor und verstößt gegen ihr Ehegelübde?«

Nein, dachte Wolf. Trotzdem ließ er Tage – und Nächte – verstreichen, ohne Hawk zu benachrichtigen.

Im Hochsommer leuchteten die Felder goldgelb, und man konnte sich kaum vorstellen, dass der Winter die nordischen Länder schon bald heimsuchen würde. Eisschollen würden die Seewege versperren, und wilde Stürme selbst die stabilsten Schiffe vernichten. Die Menschen würden in ihren vier Wänden bleiben und ihre Ernte verzehren, während sie sich am Herdfeuer Geschichten erzählten und die Abenteuer des nächsten Jahres planten.

Wenn Wolf zu lange wartete, würde nicht einmal der wutschnaubende Hawk in den Norden segeln können, um seine Schwester zu holen, sondern die Reise auf den nächsten Frühling verschieben. Der Jarl war versucht, sich genau für diese Möglichkeit zu entscheiden. Dann würde er Zeit gewinnen und könnte Cymbra noch fester an sich binden. Aber sie war so voller Sorge um ihren Bruder, dass er diese Idee augenblicklich wieder verwarf.

»Nur noch ein paar Tage ...« Da er keine weitere Diskussion wünschte, fügte er hinzu: »Noch habe ich sie nicht völlig unter Kontrolle. Aber es dürfte bald so weit sein.«

»Wenn du meinst …« Dragon liebte seinen Bruder zu sehr, um seine Bedenken für sich zu behalten. »Glaub mir, Loyalität und Gehorsam sind nicht immer dasselbe. Das eine wird einem freiwillig geschenkt, das andere zu oft erzwungen. Du musst entscheiden, was du wirklich willst.«

»Beides.«

»Dann hättest du eine *gefügige* Frau heiraten sollen.«

»Gibt es denn so etwas?«, seufzte Wolf.

»Auf dieser Welt wahrscheinlich nicht. Deshalb werde ich niemals heiraten, es sei denn, ich lerne eine süße kleine Frau kennen, die mir Söhne schenkt, im Winter meine Füße wärmt und mich nicht mit Widerworten ärgert.«

Wolf brach in schallendes Gelächter aus. Dragon hatte sein Ziel erreicht – seinen Bruder aufzuheitern. »Hoffentlich findest du keine solche Frau. Die würde dich zu Tode langweilen, noch ehe der Brautstrauß verwelkt.«

»Jetzt haben wir lange genug über die Weiber geredet«, entschied Dragon und legte einen Arm um Wolfs Schultern. »Wollen wir wetten, dass ich den Speer zehn Schritte weiter schleudern kann als du?«

»Nicht einmal, wenn Odin dir einen heftigen Rückenwind schenkt.«

Grinsend betraten sie den Exerzierplatz. Später, als Wolf im Fluss schwamm und die Abenddämmerung beobachtete, erinnerte er sich an die Worte seines Bruders. Hatte Dragon Recht? Vielleicht war es unmöglich, Cymbras bedingungslosen Gehorsam *und* ihre Loyalität zu gewinnen. Wenn er ihre Loyalität gewinnen wollte, musste er ihr sein Vertrauen schenken. Sollte er sich dazu entschließen? Er dachte noch immer darüber nach, während er sich abtrocknete, saubere Kleidung anzog und zur großen Halle ging.

Letzten Endes brauchte er keinen Vorkoster. Cymbra begrüßte ihn höflich. Von ihrem Unmut war ihr nichts mehr anzumerken. In topasfarbene Seide gekleidet, das knielange Haar mit Kämmen voller Juwelen aus dem Gesicht gehalten, sah sie hinreißend aus. Lächelnd erwartete sie ihn neben seiner Tafel. Sanfter Feuerschein rötete ihre Wangen, und der betörende Lavendelduft ihres Bads stieg ihm in die Nase.

»Guten Abend.« Ihre Stimme klang kühl und ruhig, als wären sie nur flüchtige Bekannte. Ihre Selbstbeherrschung ärgerte ihn maßlos, vor allem, weil er seine eigene nur mühsam zu wahren vermochte. Formvollendet verneigte er sich.

Vom Herd in der Mitte des Raums stieg Rauch auf. Zwischen den Tischen liefen Kinder umher und spielten mit übermütigen Hunden. Die Leute fanden sich zu mehreren Gruppen zusammen und plauderten über die Ereignisse des Tages. Alles war ganz normal …

Nur die sächsische Frau des Jarls, von Frigg begünstigt, die Freude und der Fluch seines Lebens, wirkte seltsam fehl am Platz. Aber er würde ihr schon noch beibringen, sich anzupassen – auf jene hintergründige Art, die er an intriganten Höfen gelernt hatte, vom dunklen Gewässer Dubhlinhs bis zum trügerischen Byzanz.

Während der Mahlzeit, die so schmackhaft wie eh und je war, seit sie die Haushaltsschlüssel übernommen hatte, lobte er mehrmals ihre Kochkunst und bemerkte ihre kaum verhohlene Überraschung angesichts seiner Höflichkeit. »Einen besseren Schellfisch habe ich noch nie gegessen. Obwohl ich keinen Fisch mag, aber dieser ist ein Gedicht.«

Cymbra nahm kaum einen Bissen zu sich. »Oh, du magst keinen Fisch?«

»Nicht besonders. Vielleicht habe ich als Kind zu viel davon gegessen.«

Als Kind … Vor ihrem inneren Auge erschien das Bild eines schwarzhaarigen Jungen mit grauen Augen voller Übermut, und ihre Herz erwärmte sich. »Warum?«, fragte sie, obwohl sie ihn damit nur von der Befangenheit ablenken wollte, die plötzlich von ihr Besitz ergriffen hatte.

Wolf nahm einen Schluck Honigwein aus seinem Trinkhorn und stellte es in den schmiedeeisernen Ständer zurück. »Manchmal hatten wir kein Futter für die Tiere und mussten sie schlachten. Zum Großteil war das Fleisch ungenießbar. Wenn ein Unwetter die Ernte vernichtete, ernährte uns nur noch das Meer.«

»Oh, ich wusste gar nicht, was für ein beschwerliches Leben du geführt hast.«

»So gut wie jetzt ging es uns nicht immer. Früher ging es an diesen Küsten reichlich übel zu. Viele Festungen wurden mehrmals überfallen. Auch unsere. Mein Vater versuchte uns zu schützen, aber unsere Wälle wurden immer wieder niedergerissen. Während die Plünderer alles mitnahmen, was sie finden konnten, und den Rest verbrannten, mussten wir fliehen und uns verstecken.«

»Und wie bist du zu all dem hier gekommen?« Cymbra zeigte auf die goldenen und silbernen Trophäen an den Wänden und auf die kostbaren Behänge.

»In meinem zwölften Lebensjahr wurden wir wieder angegriffen. Diesmal starben meine Eltern – und viele mehr. Für Dragon und mich blieb nichts übrig, also fuhren wir zur See«, antwortete er nach kurzem Zögern.

Erwartungsvoll schaute sie ihn an. Als er schwieg, wandte sie sich ihrem Schwager zu. »Wie alt wart Ihr damals, Dragon?«

»Acht.«

»Hattet Ihr Angst?«

»Eigentlich nur, dass Wolf mich im Stich lassen würde.« Lächelnd zwinkerte er seinem Bruder zu. »Doch das tat er nicht. Vor dem Grab unserer Eltern legte er einen Arm um meine Schultern und versprach mir, alles würde sich zum Guten wenden.«

Schweren Herzens stellte sich Cymbra die beiden Jungen vor, die allein in eine feindliche Welt hinausgezogen waren. »Ihr müsst Euch glücklich schätzen, weil Ihr überlebt habt.«

»Nicht nur das«, erwiderte Dragon leichthin. »Wolf wusste stets, auf welchen Schiffen wir anheuern mussten. Für sein Alter war er groß, und er verstand es, sein Schwert zu schwingen. Deshalb fiel es ihm nicht schwer, die Kapitäne von seinen Fähigkeiten zu überzeugen. Erst danach erwähnte er, dass ich ihn begleiten würde.«

Lächelnd schauten sich die beiden Männer an. Die schmerzliche Vergangenheit, an der viele Menschen zerbrochen wären, hatte die Brüder Hakonson anscheinend gestärkt.

»Und so segelten wir um die Welt«, fuhr Dragon fort. »Überall studierte Wolf die Art und Weise, wie die Männer kämpften und sich verteidigten. Während die anderen ...« Er unterbrach sich und suchte nach den passenden Worten für ihre zarten Ohren, »... sich entspannten und amüsierten, zeichnete er Skizzen von Festungen und fragte die Einheimischen nach den besten Methoden, um Stahl zu schmelzen.«

Skeptisch wandte sich Cymbra zu ihrem Gemahl. »Hast du dich niemals – *entspannt*?«

»Mein Bruder übertreibt.« Wieder einmal nahm ihr sein

Lächeln den Atem. »Und ich glaube, diese Frage kannst du selbst beantworten.«

Errötend starrte sie auf ihren Teller. Natürlich – seine betörenden Liebeskünste konnte er wohl kaum beim Studium diverser Festungen und Gesprächen mit Schmieden erworben haben.

»Iss doch endlich«, mahnte er. »Nachdem du dir so viel Mühe mit der Mahlzeit gegeben hast.«

Als sie sich an seinen Befehl am Nachmittag erinnerte, sich um das Essen zu kümmern, erwiderte sie bissig: »So mühsam war es nicht.«

»Doch, gewiss. Warum willst du es bestreiten?«

»Ein gutes Essen lässt sich genauso einfach zubereiten wie ein schlechtes. Man braucht nur ein bisschen nachzudenken.«

»Du bist viel zu bescheiden. Sicher muss man sich gewaltig anstrengen, um ein solches Festmahl aufzutischen«, meinte Wolf und deutete auf die üppig gefüllten Platten.

»Keineswegs.«

»Das kann ich nicht glauben. Ohne deine Anweisungen hätten die Dienerinnen diese Mahlzeit niemals zustande gebracht. Also musst du stundenlang in der Küche gestanden und dich um jede Einzelheit gekümmert haben …«

»Nein!«, stieß sie hervor. Zu spät bemerkte sie seine Belustigung und erkannte, dass er sie absichtlich gereizt hatte, um sie aus der Fassung zu bringen. Dragon bemühte sich, den Eindruck zu erwecken, er würde nicht zuhören, ebenso wie die anderen Tischgenossen. Aber alle bemerkten die Spannung zwischen dem Jarl und seiner Gemahlin.

Eine Spannung, die Cymbra als unerträglich empfand … Beklommen schaute sie ihren Mann an und sehnte sich nach dem Einvernehmen zurück, das bis vor kurzem zwischen ihnen bestanden hatte. »Wolf …«

Er beugte sich zu ihr, und sein warmer Atem streifte ihre Lippen. »Es gefällt mir, wenn du meinen Namen sagst. Vor allem in gewissen Stunden.«

Verwirrt erwiderte sie seinen Blick, und ihre kühle Zurückhaltung schmolz dahin wie Eis in der Sonne.

Auch ihre inneren Schutzwälle schienen zu zerbröckeln, wie sie erschrocken bemerkte. Nur zu gut wusste sie, welche Qualen ihr drohten, wenn sie diesen Schutz verlor. Andererseits bildeten die Barrieren auch ein Gefängnis. Und wenn sie *wirklich* frei wäre …

»Was bedrückt dich?«, fragte er leise und berührte ihre Wange. »Fühlst du dich nicht gut?«

Gerührt über seine Fürsorge – gerade in diesem Moment, wo sie so verletzlich war –, hätte sie gern beteuert, dass alles in Ordnung war, doch ihre Kehle war wie zugeschnürt. In ihren dichten Wimpern glitzerten Tränen.

Wolf unterdrückte einen Fluch. Hastig stand er auf und hob seine Frau hoch. Sofort verstummten sämtliche Tischgespräche, und das geheuchelte Desinteresse wich unverhohlener Neugier. »Lady Cymbra ist müde«, erklärte er in einem Ton, der alle Fragen und den erwarteten Protest seiner Gemahlin unterband. Während er sie an seine Brust drückte und aus der Halle trug, wehte ihr langes Haar bis zu seinen Schenkeln hinab.

Kaum hatten sie den Hof erreicht, als sie sich, wenn auch nur halbherzig, beschwerte. »Nun werden mich alle für einen Schwächling halten.«

»O nein«, widersprach er, ohne stehen zu bleiben. »Und wenn es so wäre, würde es dich stören?«

»Allerdings.«

Jetzt verlangsamte er seine Schritte. Der Mond war aufgegangen. Im silbrigen Licht wirkte Cymbras Gesicht schneeweiß. Wie üblich erweckte ihr Anblick ein drängendes Verlangen – aber auch eine tiefe Zärtlichkeit, die ihn überraschte. »Warum?«

»Weil dein Volk inzwischen auch meines ist. Also ist es doch verständlich, wenn ich mich um die Anerkennung dieser Menschen bemühe.«

Heiße Freude stieg in ihm auf. *Ihr Volk …* War sie so schnell zu dieser Überzeugung gelangt? Nach einem so wenig verheißungsvollen Anfang? Durfte er ihr glauben?

Mittlerweile musste ihr die Sorge um ihren Bruder bleischwer auf der Seele liegen. Anders konnte er sich ihre plötzliche Verwundbarkeit nicht erklären. In seine Reue mischte sich der feste Entschluss, seine Gemahlin bald von ihrer Ungewissheit zu erlösen. Bald. Aber nicht jetzt, wo er im schimmernden Mondlicht den Duft ihrer Haut einatmete, wo sein Haus nur mehr ein paar Schritte entfernt lag …

Mit einer Stiefelspitze stieß er die Tür unter den gekreuzten Äxten auf – dem Symbol seiner Macht und Verantwortung – und trat über die Schwelle. Durch die geöffneten Fensterläden fielen Mondstrahlen ins Zimmer. Die Decken des Betts waren zurückgeschlagen, und er wusste, dass sie das frische Leinen mit Kräutern aromatisiert hatte – ein Luxus, der ihm albern erschienen wäre, wenn er nicht wüsste, dass diese kleinen Extravaganzen von Cymbras Bestreben zeugten, ihm eine gute Ehefrau zu sein.

Seine Frau – seine schöne, tapfere, leidenschaftliche, *stolze* Frau, deren Hände während der Schilderung seiner harten Jugend gezittert und in deren Augen Tränen geglänzt hatten beim Gedanken an jenen unseligen Streit …

Cymbra.

Plötzlich erkannte er die Wahrheit. Obwohl seit der ersten Begegnung nur einige Wochen verstrichen waren, bedeutete sie ihm unendlich viel. Nicht nur wegen des erhofften Bündnisses. Irgendetwas in ihrem Wesen berührte einen Teil von ihm, den er bisher nicht gekannt hatte – weder Dragons verantwortungsbewussten Bruder noch den gebieterischen Jarl, den tödlichen Krieger oder den Friedensstifter –, sondern einfach nur den *Mann*.

Dafür liebte er sie. Erschrocken hielt er den Atem an. Liebe? Schwäche, Verletzlichkeit, eine Art von Wahnsinn, die den Verstand umnebelte und den vernünftigen Mann zum Narren machte … Stets hatte er die Liebe verachtet und sogar ihre Existenz bestritten. Und jetzt erfüllte sie ihn ganz und gar, und er konnte sie genauso wenig aus seinem Inneren reißen wie sein Herz.

Diese Erkenntnis war ein süßer Schmerz, die zugleich ein wildes Entzücken in ihm entfachte. Seinen Arm um Cymbras Taille geschlungen, ließ er ihren Körper an sich hinabgleiten, bis ihre Füße den Boden berührten.

Verwirrt schaute sie zu ihm auf, worauf er sie fest an sich drückte, um sämtliche Zweifel an seiner Überlegenheit zu beseitigen.

Sie rang nach Luft. Sie empfand keine Angst – nur die Macht der Weiblichkeit und eine Begierde, die seiner durchaus ähnlich war. In diesem Moment fühlte er sich untrennbar mit ihr verbunden, auf eine geheime, ewige Weise, die alle Grenzen der Sterblichkeit überwand.

Hastig kleideten sie einander aus, mit bebenden, ungeschickten Händen, ohne Rücksicht auf jene Dinge, die etwas mehr Sorgfalt erfordern würden – Broschen und Schnallen, Spitzenborten und Strumpfbänder. Eng umschlungen sanken sie auf die Pelzdecken und flüsterten sich zwischen wilden Küssen halb erstickte, unverständliche Worte zu.

Wie schon so oft, war der erste leidenschaftliche Liebesakt nach wenigen Minuten beendet. Auf einen Ellbogen gestützt, streichelte Wolf die seidenweiche Haut seiner Frau, und sie spreizte erneut die Beine. Zögernd schaute er in ihre Augen.

»Bitte«, wisperte sie, »ich brauche dich … so dringend … bitte …«

Langsam drang er in sie ein und richtete sich auf. Die kraftvollen Muskeln in seinen Armen vibrierten. Mit geöffneten Lippen und geröteten Wangen erwiderte Cymbra seinen Blick, und er spürte beglückt, wie rückhaltlos sie seine Glut erwiderte.

»Wie schön du bist«, flüsterte er, »so exquisit …« Aufreizend bewegte er sich in ihr. »Einfach vollkommen …« Während er sein Tempo beschleunigte, hob sie ihm die Hüften entgegen, während sich ihre Finger in den duftenden Kissen ineinander verschlangen. »Meine Frau – meine süße Frau«, stöhnte er an ihren Lippen. Mit einem Mal schien ihn ihr warmer Schoß noch fester zu umschließen, als wollte sie seinen Besitzanspruch bestätigen und zugleich ihren eigenen bekunden.

»So wundervoll«, flüsterte sie auf der Schwelle der Erfüllung, und sein Blick hielt ihren fest. »So wundervoll«, wiederholte sie, um zu bekräftigen, dass sie *ihn* meinte. Leise begann er zu lachen. Im nächsten Augenblick wurde auch er beinahe von seinem Höhepunkt überwältigt, und sein Lachen steigerte sich zu einem heiseren Schrei. Doch er wollte den Gipfel der Lust hinauszögern, seiner Gemahlin noch viel mehr schenken. Er ließ ihre Hände los, schob seine Finger zwischen ihre vereinten Körper und streichelte sie provozierend.

»Hör nicht auf«, flehte sie und warf ihren Kopf hin und her, »bitte, hör nicht auf …«

»Natürlich nicht«, beteuerte er. Immer schneller bewegte er sich, ohne seine intimen Zärtlichkeiten zu unterbrechen. Schreiend bäumte sie sich auf.

»Wolf!«

Ihre Hüften fest umklammert, drang er tiefer in sie ein denn je. Von einer Ekstase überwältigt, die er nie zuvor empfunden hatte, vergaß er alles – die Welt, sich selbst –, alles außer der Frau, die sich an ihn schmiegte und seinen schweißnassen Rücken liebkoste.

Nächstes Mal wird es länger dauern, nahm er sich vor. Jeden einzelnen ihrer Atemzüge und ihrer Herzschläge wollte er auskosten. Nur ein Narr würde so viel Schönheit und Leidenschaft bei einem überstürzten Liebesakt vergeuden.

Offensichtlich *war* er ein Narr, denn er konnte sich auch beim dritten Mal nicht zurückhalten, obwohl er – bei Odin – sein Bestes tat. Wie Cymbras leises Gelächter verriet, gefiel ihr seine mangelnde Selbstkontrolle. Sein Kopf lag zwischen ihren vollen Brüsten. Als er sie immer noch lachen hörte, hob er den Kopf und musterte sie mit zusammengekniffenen Augen. »Amüsiere ich dich?«

Verführerisch blickte sie auf ihn hinab. »Du *beglückst* mich.«

»Wirklich?« Er spürte, wie seine Männlichkeit wieder anschwoll – was auch seiner Frau nicht entging, die entzückt die Brauen hob.

»Wolf …«

»Hm?« Er gab vor, sich von ihr herabgleiten zu lassen,

hielt jedoch sofort inne, als er ihre Hände auf seinem Hinterteil spürte. »Oh, *das* willst du …«

Was sie wollte, gab sie ihm deutlich zu verstehen. In einem roten Nebel explodierte die Lust, und dann lag er wieder auf Cymbras bebendem Körper – atemlos und leicht benommen. Es dauerte eine Weile, bis er wieder klar denken konnte. Diesmal lachte sie nicht, doch er wusste, dass sie lächelte – obwohl er zu schwach war, um den Kopf zu heben.

Irgendwann erwachte er und fühlte ihren seidigen Schenkel über seinem und die Wölbung ihrer Brüste an seinem Arm. Von neuem Verlangen erfüllt, betrachtete er seine schlafende Frau. Nein, er durfte sie nicht wecken, sie brauchte jetzt ihre Ruhe.

Ihr Schenkel bewegte sich, warm und feucht von seinen und ihren Säften. Verlockend, betörend. Sie richtete sich auf, lächelte ihn an und warf ihr Haar in den Nacken. Würde ihm ein tödlicher Kampf im Ehebett das Tor von Walhalla öffnen? Er überlegte, wie er sich vor Odin und all den Göttern rechtfertigen könnte. Sicher würden sie den liebestollen Krieger auslachen. Aber er hätte immerhin eine Verbündete – Frigg würde ihn freundlich willkommen heißen und ihm einen Platz an ihrer Seite anbieten.

»Wir sollten Frigg ein Opfer bringen«, flüsterte er später. »Vielleicht möchtest du diese alte Tradition wieder aufleben lassen.«

Statt zu antworten, seufzte sie leise, und er spürte ihren Atem an seiner Brust. Nach einer Weile dachte er, sie wäre eingeschlafen, doch sie hob den Kopf und betrachtete ihn im Mondlicht. Was las er in ihren Augen? Ein Zögern? Angst? Nein, sicher nicht.

»Was ich dich schon lange fragen wollte …«, begann sie. »Du hast mir nicht gesagt …« Beklommen senkte sie den Blick und augenblicklich wusste er, was sie meinte. Er hätte längst mit ihr darüber sprechen müssen, statt feige zu schweigen und den entscheidenden Moment immer wieder hinauszuschieben.

»Nein«, gestand er, zog sie zu sich herab und fühlte ihre weichen Lippen an seiner Brust. »Ich habe Hawk noch nicht verständigt.«

»Warum nicht?«, wisperte sie nach einer langen Pause.

Warum nicht? Auf dem Schlachtfeld hatte er niemals gezaudert, ebenso wenig in anderen Situationen, die einen Entschluss verlangt hatten. Welche Antwort sollte er Cymbra geben? Dass er unsicher war? Dass sie ihm mehr bedeutete als alles andere auf der Welt – und dass er fürchtete, sie zu verlieren?

Er war ein Jarl, der über zahlreiche Krieger gebot, und er durfte keine Angst zeigen. »Weil ich dachte, ich müsste noch etwas warten. Das mag grausam klingen, aber dein Bruder wird unsere Ehe eher akzeptieren, wenn er sich eine Zeit lang um dich gesorgt hat.«

»O ja, er *wird* sich sorgen«, flüsterte sie, »und ganz schrecklich leiden.«

»Das bedauere ich …« Verblüfft erkannte er, dass er es ernst meinte. Was war mit ihm geschehen? Warum bekümmerte ihn die Verzweiflung eines sächsischen Kriegsherrn, der ihn nur zu gern nach Walhalla schicken würde?

Seufzend schmiegte sich Cymbra an ihn. Dieser Ausdruck seines Bedauerns hatte die Nacht gerettet, was er zweifellos Frigg verdankte. Und so sandte er ein stummes Dankgebot zum Himmel.

Cymbra schlief ein, und bald versank auch Wolf in einem leichten Schlummer, wie er ihn aus kurzen Gefechtspausen kannte. Im Morgengrauen erwachte er, von seltsamer Energie getrieben. Vorsichtig stand er auf, um Cymbra nicht zu wecken. Dann schlüpfte er in eine Hose und verließ das Haus. Wohlig streckte er seine Glieder im ersten Tageslicht und fühlte sich besser denn je. Was wünschte sich Dragon? Eine kleine Frau, die ihm Söhne schenkte und im Winter seine Füße wärmte? Wolf lachte. Eine Verführerin, die ihn abwechselnd ärgerte und bezauberte, gefiel ihm viel besser. Eine starke Frau, eine ebenbürtige Partnerin, mit der er sein Leben teilen wollte …

Vom Nebel des Meeres durchdrungen, liebkoste die Morgenluft seine nackte Brust, und er wischte die Tautropfen ab, die sich auf seiner Haut bildeten. Seine Gedanken überschlugen sich. Was hatte Dragon sonst noch gesagt? Um Cymbras Loyalität zu erringen, müsste er ihr vertrauen? Das klang wie ein Bündnis zwischen Jarls, nicht zwischen Eheleuten. Zumindest hatte sich Wolf die Ehe anders vorgestellt.

Vielleicht sollte er noch einmal darüber nachdenken – und den Nornen danken, die ihm eine stolze, kühne Frau geschenkt hatten – die wie geschaffen war für einen Wikinger.

Und vielleicht sollte er jetzt ins Haus zurückkehren, seine Hose ausziehen und seine Verführerin lieben, bis sie seinen Namen rief und ihn in triumphaler Kapitulation umschlang.

Als er die Tür öffnete, hörte er Hufschläge, die das morgendliche Schweigen wie Donnergrollen erschütterten. Verwundert drehte er sich um und sah einen Reiter den Hang in Richtung des Erdwalls heraufgaloppieren.

Seine Schultern strafften sich. Lautlos schloss er die Tür,

hinter der seine Gemahlin schlummerte, und eilte zum Tor, noch immer mit entblößter Brust. Nur sein hoch erhobener Kopf bekundete seinen Rang.

13

Im Schutz des Vordachs der Weberei zog Cymbra einen Zipfel ihres Umhangs über den Kopf und beobachtete das Wasser, das aus der Traufe des Hauptgebäudes rann. Es regnete. Immer noch. Sekundenlang schloss sie die Augen und versuchte, sich an den Sonnenschein zu erinnern. Seit Wolfs Abreise vor einer Woche goss es ununterbrochen, und die Leute begannen sich Sorgen zu machen. Wenn es nicht bald zu regnen aufhörte, wäre die Ernte gefährdet.

Sie sah den alten Ulfrich durch den Schlamm waten und eilte zu ihm. Erfreut lächelte er ihr zu.

»Wie geht es Eurer Brust?«, fragte sie auf dem Weg in die Halle.

»Danke, viel besser. Eure Medizin hat wahre Wunder gewirkt.«

Sie nickte, obwohl ihr sein Husten immer noch Sorgen bereitete. In diesen Tagen bereitete ihr fast alles Sorgen – die Angst um ihren Bruder, die ungewisse Zukunft und ein Gefühl der Verletzlichkeit, das sie weder leugnen noch erklären konnte. »Bei diesem Wetter solltet Ihr in Euren vier Wänden bleiben. Die Feuchtigkeit schadet Euch.«

Statt zu antworten, lächelte er nur. Was ihn ins Freie trieb, wusste sie ohnehin. Jeden Tag betete er auf den Feldern, brachte den Göttern Opfer dar und tat sein Bestes, um besseres Wetter heraufzubeschwören. Auch Bruder Joseph betete inbrünstig in dem kleinen Gebäude, das er mit Wolfs Erlaubnis in eine Kapelle verwandelt hatte. Zwei Geistliche zweier verschiedener Religionen bemühten sich mit vereinten Kräften um das Wohl der Gemeinde. Inständig hoffte Cymbra, sie würden den ersehnten Erfolg erzielen.

Der Mönch saß bereits in der Halle vor dem Feuer. Sobald er die beiden eintreten sah, sprang er auf, rückte einen Stuhl für Ulfrich zurecht und nahm ihm den nassen Umhang ab. »Hier, hüllt Euch in diese Decke, die ich schon gewärmt habe.«

Dankbar gehorchte Ulfrich.

Cymbra legte ihren Umhang ab, der nach feuchter Wolle roch, und wies lächelnd die Decke zurück, die Bruder Joseph ihr anbot. »Ich war nur ein paar Minuten draußen, und ihr müsst Euch selbst vor einer Erkältung schützen.«

Wie sie erst jetzt bemerkte, war er völlig durchnässt. »Nun ja, ich war auf den Feldern.« Als er Cymbras überraschte Miene sah, fügte er hinzu: »Natürlich bete ich sehr gern in der Kapelle, die mir Lord Wolf zur Verfügung gestellt hat. Aber Gott ist überall in seiner Schöpfung zu finden.«

Tief beeindruckt von diesen weisen Worten neigte Ulfrich den Kopf, nahm einen Becher entgegen, den Brita ihm reichte, und nickte ihr freundlich zu. Die junge Irin brachte auch Cymbra und Bruder Joseph etwas zu trinken, ehe sie sich zögernd auf den Stuhl setzte, den ihr die Herrin anbot.

»Mittlerweile hat Brita gelernt, wie man Eure Medizin zubereitet, Ulfrich«, erklärte Cymbra. »Sie ist eine gute Schülerin.«

Erfreut über das Lob errötete Brita, und Cymbra lächelte. Doch ihr Lächeln erlosch augenblicklich, als sie sich daran erinnerte, wie unglücklich die Sklavin gewesen war und wie sie selbst unter der Verzweiflung des Mädchens gelitten hatte. Obwohl Brita jetzt ein wesentlich angenehmeres Leben führte, spürte Cymbra immer noch jene Qualen, was ihr Unbehagen verstärkte. Früher hatte sie sich gegen solche Gefühle abgeschirmt, doch nun stürmten sie manchmal ohne Vorwarnung auf sie ein, ohne ihr Zeit zu lassen, sich dagegen zu wappnen.

Trotzdem beobachtete sie zufrieden die Veränderung, die mit Brita vorgegangen war. In ihrer neuen Tunika sah sie sehr hübsch aus. Seit ihre Herrin für besseres Essen und leichtere Arbeit gesorgt hatte, wirkte sie viel gesünder.

Sämtliche Dienstboten – auch die Sklaven, da machte die Herrin keinen Unterschied – waren neu eingekleidet worden und freuten sich darüber.

Als sie sich umsah, bemerkte sie, dass die Halle sich langsam mit Menschen füllte, die auf der Suche nach einem trockenen Plätzchen für ihre Arbeiten waren. Lebhaft unterhielten sie sich, doch Cymbra ließ sich von der zufriedenen, geschäftigen Atmosphäre keine Sekunde lang täuschen. Nicht nur sie zählte die Tage bis zur Heimkehr des Jarls.

Schaudernd beugte sie sich zum Feuer vor und starrte in die Flammen. Nur zu gut erinnerte sie sich an jenen Augenblick, als sie aus tiefem Schlaf erwacht war, noch immer ermattet nach der Liebesnacht, und eine bedrohliche Gestalt in voller Rüstung und mit schimmerndem Helm neben dem Bett gestanden hatte.

Ehe sie wusste, wie ihr geschah, hatte Wolf seine Frau hochgehoben und sie gegen den Stahl und das Leder gedrückt – ein kraftvoller Krieger. Aber sein Kuss war erstaunlich sanft gewesen.

»Bald komme ich zurück«, hatte er an ihren Lippen geflüstert. »Und bis dahin musst du dich in Sciringesheal um alles kümmern.« Behutsam hatte er sie ins Kissen zurücksinken lassen. An der Tür hatte er ihr noch einen zärtlichen Blick zugeworfen, dann war er hinausgeeilt in den Sonnenschein des letzten schönen Tages.

Cymbra hatte sich hastig angekleidet und war aus dem Haus gelaufen. Doch er war bereits mit Dragon und einem Dutzend Männer aufgebrochen. Ulfrich hatte ihr schonend beigebracht, was sich ereignet hatte. Nahe der Küste war eine Siedlung überfallen worden, vermutlich von Dänen. Nun mussten die Angreifer verfolgt und die Toten gerächt werden. Für den Jarl nur das Werk eines einzigen Tages …

Aber ein Tag nach dem anderen war verstrichen und schließlich eine ganze Woche. Alle paar Minuten blickte Cymbra zum Tor, in der Hoffnung, Wolf und seine Begleiter in den Hof reiten zu sehen. Nacht für Nacht lag sie wach, sehnte sich nach ihm und bangte um sein Leben. Tapfer redete sie sich ein, ihre Angst sei unbegründet. Immerhin war er ein berühmter Krieger, in zahlreichen Schlachten erprobt. Aber jeder Mann konnte einen Fehler begehen, eine Situation falsch einschätzen – und sterben …

»Mylady?«

Erschrocken hob sie den Kopf und begegnete Britas sorgenvollem Blick. Offenbar hatte die Irin sie angesprochen und keine Antwort erhalten.

»Stimmt etwas nicht, Mylady?«

»Alles in Ordnung«, beteuerte Cymbra und zwang sich zu einem Lächeln. »Ich war nur in Gedanken … verzeih mir.«

»Ihr solltet Euch öfter ausruhen«, mahnte Brita und fuhr mit einem Seitenblick in Richtung der beiden Geistlichen, die in ein Gespräch vertieft waren, etwas leiser fort: »Kein Wunder, dass Ihr müde seid. Und Ihr esst viel zu wenig.«

»Weil ich keinen Appetit habe«, gab Cymbra zu.

»Dagegen gibt es Arzneien – das wisst Ihr besser als ich. Harmlose Mittel, die Euch nicht schaden würden.«

Geistesabwesend nickte Cymbra, da der russische Kaufmann in diesem Augenblick die Halle betrat. Mit zusammengekniffenen Augen sah er sich im Halbdunkel um, bis er sie vor dem Feuer entdeckte und aufgeregt auf sie zueilte. »Welch ein Glück, dass ich Euch hier finde, Mylady. Die schwere Stunde meiner Nadja ist gekommen. Bitte, beeilt Euch!«

»Beruhigt Euch doch, mein Freund.« Bruder Joseph stand auf und berührte Mikals Arm. »Sogar ich weiß, wie viel Zeit sich die Kinder manchmal lassen. Und Ihr habt schon einmal irrtümlicherweise geglaubt, Euer Baby würde das Licht der Welt erblicken.«

»Diesmal ist es wirklich so weit, und Nadja hat mich gedrängt, Euch sofort zu holen, Lady Cymbra. Bitte, kommt mit mir!«

»Gestern habe ich mit Eurer Frau geredet.« Cymbra stand zögernd auf. »Und da versprach sie mir, hierher zu kommen, wenn die Wehen kommen.«

»Dazu war keine Zeit – es ging so schnell …« Mühsam rang er nach Luft, und sie sah die Angst in seinen Augen. »Mylady, ich flehe Euch an! Sie blutet! Nur ein bisschen, aber das ist doch ungewöhnlich, nicht wahr?«

Cymbra wechselte einen kurzen Blick mit Brita. »Also gut, ich komme.«

»Mylady!«, riefen Ulfrich und Bruder Joseph wie aus einem Mund. Offenbar wussten die beiden, dass sie die Festung nur mit der Erlaubnis des Jarls verlassen durfte.

Wussten es die anderen auch? Würde man sie gewaltsam zurückhalten?

»Am besten lassen wir die Frau des Kaufmanns hierher bringen«, schlug der Mönch vor.

Entschieden schüttelte sie den Kopf. »Sie sollte nicht bewegt werden, und schon gar nicht bei diesem Wetter. Wenn die Träger im Schlamm ausrutschen ...« Ehe irgendjemand widersprechen konnte, wandte sie sich an Brita. »Bitte, bring mir meinen Umhang und das Kästchen mit den Arzneien. Du findest es neben dem Bett.«

»Den grauen Umhang, Mylady?«

»Ja.« Dieses schlichte Kleidungsstück würde Cymbra wenigstens halbwegs tarnen.

»Ich begleite Euch.«

»Nein, ich gehe allein«, entgegnete Cymbra.

»Aber Mylady ...«, protestierte Ulfrich. »Ohne Eskorte könnt Ihr die Stadt nicht aufsuchen. Einer von uns ...«

»Nein.« Sie wollte niemanden in diese Angelegenheit hineinziehen. Wenn Wolf von ihrem Ungehorsam erfuhr, sollte sein Zorn allein sie treffen. Sie spürte die kummervollen Blicke, als sie aus der Halle eilte.

Brita, die inzwischen zum Hauptgebäude zurückgekehrt war, stellte sich als ebenso eigensinnig wie ihre Herrin heraus. »Sicher braucht Ihr meine Hilfe.« Sie übergab ihr den Umhang und das Kästchen, dann hüllte sie sich in ihren eigenen Mantel. »Deshalb gehe ich mit Euch.«

Mit einer Hand hielt Cymbra das Kästchen fest, mit der anderen zog sie die Kapuze über den Kopf, während Mikal an ihrer Seite ungeduldig von einem Fuß auf den anderen trat. »Nein, Brita. Wenn du weiterhin in meinen Diensten stehen willst, wirst du mir nicht folgen.«

Die junge Irin zögerte. Ihre Miene verriet deutlich, dass genau das ihre Absicht gewesen war, falls die Herrin ihre Begleitung ablehnen würde.

»Versprich es mir!«, beharrte Cymbra. »Schwöre es beim Allmächtigen!«

Hilfe suchend blickte Brita zum Himmel hinauf. »Oh, Mylady ...«

»Ich meine es ernst. Du musst es mir schwören.« Leise fügte sie hinzu: »Wir wissen beide, warum.«

So verschieden die beiden Frauen nach ihrer Herkunft und ihrem gesellschaftlichen Rang auch waren, in diesem Moment fühlten sie sich wie Schwestern. Beide konnte der Zorn eines Mannes gleichermaßen treffen. Und beide erkannten die Gefahr, die ihnen drohte, wenn sie sich gegen den mächtigen Jarl auflehnten.

Mit sanfter Gewalt schob Cymbra die Sklavin zum Eingang der Halle, wo Bruder Joseph wartete und Britas Arm ergriff. »Komm, Mädchen, Ulfrich braucht noch ein Fläschchen mit dieser ausgezeichneten Medizin.«

Mit Tränen in die Augen drehte sich Brita zu Cymbra um. »Ich habe sie noch nie allein zubereitet.«

»Aber du kannst es, zweifellos«, versicherte Cymbra und lächelte ermutigend. »Geh jetzt. Bei diesem scheußlichen Wetter werden viele Leute unsere Hilfe brauchen, und ich verlasse mich auf dich.«

Ihre Worte schienen die gewünschte Wirkung zu zeigen. Brita folgte dem Mönch, wenn auch widerstrebend. Erleichtert atmete Cymbra auf und eilte mit Mikal die Straße zur Stadt hinab. Die meisten Leute waren in ihren Häusern, so dass sie auf den glitschigen Steinen des Kais und den Holzplanken, die über schlammige Straßen führten, nur wenigen Passanten begegneten. Ein paar Schiffe lagen vor Anker, doch die regennassen Decks waren wie leer gefegt.

Dichter Nebel umhüllte die Felseninseln, die den Hafen schützend umgaben. Nicht einmal die kühnsten Kapitäne würden es wagen, Sciringesheal anzusteuern. Vom Wind gepeitscht, schlugen hohe Wellen gegen die Kaimauer. Cymbra schmeckte Salz auf den Lippen. Die Kapuze tief in die Stirn gezogen, lief sie neben dem Russen zu seinem Haus. Mikal öffnete die Tür und ließ der Lady den Vortritt.

Rasch sah sie sich um. Alles war in Ordnung, abgesehen von den Schneidebrettern mit den Frühstücksresten, die immer noch auf dem Tisch in der Mitte des Raums lagen. Offensichtlich hatte Nadja bis vor kurzem ihre Haushaltspflichten erfüllt.

»Hier entlang.« Nervös schob Mikal einen Vorhang beiseite, hinter dem ein Alkoven lag. Den Großteil des kleinen Raums nahm ein mit üppigen Schnitzereien verziertes Bett voller Pelze und Wolldecken ein, unter dem nur Nadjas bleiches, verzerrtes Gesicht zu sehen war.

»O Mylady, es tut mir so Leid!«, klagte sie. »Ich wollte in die Festung kommen, aber dann ging alles so schnell und …« Stöhnend streckte sie eine Hand aus, die ihr besorgter Mann sofort ergriff. »Ich habe solche Angst.«

Augenblicklich sanken die Qualen der Frau bleischwer auf Cymbras Seele herab, und sie musste nach Luft ringen. Die plötzliche Erkenntnis, dass ihre gewohnten Barrieren sie nicht vor dem Leid anderer schützen würden, ließ Panik in ihr aufsteigen. Um sich zu beruhigen, musste sie mehrmals tief durchatmen. »Schon gut, Nadja, das verstehe ich.« Sie stellte ihr Kästchen neben das Bett und legte ihren Umhang ab, während sie verzweifelt um ihre Fassung rang. Allmählich gelang es ihr, sich von den Gefühlen der Russin zu befreien. »Bitte, Mikal, erhitzt etwas Wasser.«

Er zögerte und sah seine Frau an. »Geh nur«, forderte sie ihn auf. »Jetzt ist die Lady hier, und alles wird gut.«

Mit einem letzten Blick auf Nadja verließ er den Alkoven. Die tiefe Liebe in seinen Augen krampfte Cymbras Herz zusammen.

Doch sie verbarg ihre Empfindungen und lächelte Nadja an, als sie vorsichtig die Decken beiseite schob und den gewölbten Bauch der werdenden Mutter betastete. »Mal sehen, was Euer Baby macht.« Während der nächsten Minuten stellte sie die Position des Kindes fest. Glücklicherweise war die Blutung nur leicht. Zwei Mal wurde Nadja von heftigen Wehen erfasst, und Cymbra wies sie an, dem Drang zu pressen zu widerstehen. Als die Wasserschüssel bereitstand, wusch Cymbra sich die Hände und untersuchte die Russin etwas gründlicher. Ihre Vermutung bestätigte sich. »In der Tat, die Wehen sind sehr stark, und das Kleine möchte mit aller Macht zur Welt kommen. Aber Ihr seid noch nicht bereit. Wenn Ihr es jetzt versucht, wird Euer Gewebe zerrissen werden und bluten. Bis zu einem gewissen Grad ist das schon geschehen, aber das Kind schwebt nicht in Gefahr, und Eure Wunden werden heilen.«

Sie half der Russin aufzustehen, stützte sie und wanderte mit ihr im Raum umher. Als Mikal noch mehr Wasser brachte, runzelte er verwirrt die Stirn, dann machte er sich daran, dafür zu sorgen, dass seine Frau auf den Beinen blieb. Inzwischen reinigte Cymbra ihre Instrumente, bedeckte das Bett mit einem sauberen Laken und wärmte eine weiche Wolldecke für den Säugling.

Als sämtliche Vorbereitungen getroffen waren, krümmte sich Nadja plötzlich schreiend zusammen. Cymbra und Mikal halfen ihr aufs Bett zurück. Zunächst wusste der Russe nicht, was er tun sollte, doch als er die Verzweiflung in den Augen seiner Frau sah, setzte er sich neben sie und umklammerte ihre Hand, um ihr Kraft zu geben.

Wenige Minuten später kam das Baby zur Welt. Mit einem ohrenbetäubenden Schrei glitt es aus dem Mutterleib, und Cymbra strahlte vor Freude. Eilig durchschnitt sie die Nabelschnur, wusch das Neugeborene, wickelte es in die weiche Decke und überreichte es den Eltern. Während sie ehrfürchtig das Wunder betrachteten, das sie gemeinsam vollbracht hatten, kümmerte sie sich um Nadja, wovon die junge Mutter, die völlig überwältigt vom Anblick ihres Sohnes war, nahezu nichts bemerkte.

Nachdem Cymbra all ihre Aufgaben erfüllt hatte, entspannte sie sich und freute sich mit den Eltern über das Kind, bewunderte den kräftigen kleinen Körper, das dichte dunkle Haar und den offensichtlich intelligenten Gesichtsausdruck.

Während Mikal, der vor Stolz beinahe platzte, in die Küche eilte, um eine Brühe zu kochen, ermutigte Cymbra seine Frau, den Säugling zum ersten Mal an die Brust zu legen. Erstaunt hielt Nadja den Atem an. »Oh, er weiß schon ganz genau, was er tun muss!«

»Nun, er ist ein kräftiger, gesunder Junge, und er hat zweifellos einen ausgezeichneten Appetit. In der nächsten Zeit braucht Ihr viel Ruhe, Nadja, und Ihr müsst auf nahrhafte Mahlzeiten achten. Jetzt werde ich eine Arznei für Euch vorbereiten, und während der nächsten zwei Wochen schicke ich Euch täglich ein Fläschchen davon.«

Mikal brachte seiner Frau eine Schüssel mit der Brühe,

und Cymbra machte sich an die Zubereitung der Medizin. Währenddessen öffnete sie einen hölzernen Fensterladen und schaute hinaus. Es regnete immer noch, wenn auch nicht mehr so stark. Trotzdem war es dunkler geworden, und ihr wurde schlagartig bewusst, wie viel Zeit seit ihrer Ankunft im Haus von Mikal verstrichen war.

Doch sie schob ihren Anflug von Besorgnis beiseite. Sie konnte erst in die Festung zurückkehren, wenn sie sich vergewissert hatte, dass weder Mutter noch Kind irgendwelche Gefahren drohten.

»Falls etwas Unvorhergesehenes geschieht, verständigt mich sofort«, bat sie den Russen. Angesichts seines Stirnrunzelns fügte sie rasch hinzu: »Nicht dass ich mit Schwierigkeiten rechne, schließlich ist die Niederkunft reibungslos verlaufen. Außerdem ist Euer Sohn kerngesund.«

Mikal seufzte erleichtert und griff nach seinem Umhang, als Cymbra sich zum Gehen wandte. »Natürlich begleite ich Euch, Mylady. Ihr dürft auf keinen Fall allein durch die Stadt gehen.«

»Und Ihr dürft Eure Frau und das Baby nicht allein lassen. Die beiden brauchen Euch.« Als er immer noch zögerte, fuhr sie eindringlich fort. »Wer würde mir schon etwas antun? Bei diesem grauenhaften Wetter wagt sich wohl kaum jemand ins Freie. Wen sollte ich denn fürchten?«

»Ich weiß es nicht, Mylady. Aber es geht ums Prinzip.«

»Erlaubt Ihr Eurer Frau, allein durch die Straßen zu wandern?«

Da blinzelte er verwirrt. »Gewiss, nur ...«

»Also habt Ihr weniger Vertrauen zu mir als zu ihr?«

»Keineswegs, Ihr seid viel vernünftiger ... doch das lässt sich nicht vergleichen. Da Ihr die Frau des Jarls seid, müsst Ihr stets beschützt werden. Zum Zeichen des Respekts.«

»Dieser Respekt gilt meinem Mann, nicht mir. Wenn man *mich* respektiert, würde man mir erlauben, unbehelligt meiner Wege zu gehen.«

Seufzend breitete Mikal die Arme aus. »Da müsste sich schon vieles in der Welt ändern, Mylady.«

»Ja, vielleicht. Aber lasst uns praktisch denken. Sogar in dieser fehlerhaften Welt würde niemand riskieren, den Zorn des Jarls auf sich zu ziehen.«

»Zorn?« Er starrte sie an, als hätte sie einen wilden Sturm, der das Blut in den Adern eines ganzen Heeres gefrieren ließ, als etwas beschrieben, das kaum stärker war als eine sommerliche Brise. »Hoffentlich bin ich niemals so töricht, Lord Wolf zu erzürnen.« Allein schon bei diesem Gedanken erschauerte er.

Welche Grausamkeit er ihrem Mann zutraute, wollte sich Cymbra lieber nicht ausmalen. Offenbar war dem russischen Kaufmann in diesem Augenblick erst aufgegangen, wie leichtfertig er gewesen war, die Lady aus der Festung zu holen.

Bruder Joseph, Ulfrich und Brita schienen Wolfs Anordnung, Cymbra dürfe die Festung nicht verlassen, zu kennen. Aber die Mikals wussten nichts davon. Cymbra hatte ihnen lediglich erklärt, Nadja solle in die Festung kommen, sobald die Wehen einsetzten. Ihr Stolz hatte sie daran gehindert, den beiden zu verraten, dass sie mehr oder weniger eine Gefangene war.

Nun erkannte sie, in welche Gefahr sie den russischen Kaufmann gebracht hatte, und gelangte zu einem Entschluss. Niemand außer ihr selbst sollte für den Verstoß gegen die Anweisungen des Jarls büßen. Falls er je davon erfuhr …

Von solchen Gedanken getrieben, beschleunigte sie ihre

Schritte auf dem Weg zur Festung, nachdem sie ein letztes Mal nach Nadja und dem Baby gesehen hatte. Inzwischen war es fast dunkel geworden.

Atemlos erreichte sie das Tor, das glücklicherweise immer noch offen stand. Sie huschte über den Hof, betraf Wolfs Haus und schloss erleichtert die Tür hinter sich. Sie stellte das Kästchen mit den Arzneien auf seinen Platz neben dem Tisch, dann legte sie den grauen Umhang ab und schüttelte ihn aus, bevor sie ihn an zwei Wandhaken hängte. In den Kohlenbecken loderten Flammen, erwärmten das Zimmer und verbreiteten goldenes Licht. Dankbar dachte sie an Brita, die zweifellos das Feuer entzündet hatte.

Ein paar Sekunden lang war sie versucht, ins Bett zu kriechen und sofort einzuschlafen, doch ihr Magen knurrte vernehmlich. Sie hatte den ganzen Tag fast nichts gegessen. Bald war es Zeit für das Abendessen, und Cymbra beschloss, in der Küche nach dem Rechten zu sehen. Vielleicht konnte sie dort ein paar Bissen zu sich nehmen, um ihren größten Hunger zu stillen.

Etwa ein Dutzend Frauen arbeiteten an verschiedenen Tischen, bereiteten das Fleisch vor, das über dem großen Herd in der Halle gebraten werden sollte, schuppten Fische und schälten Gemüse. Kinder rührten in brodelnden Töpfen, die köstliche Düfte verströmten. Während Cymbra sich umsah, wurden frisch gebackene Brotlaibe aus dem Ofen geholt und in Körbe gelegt, die zusammen mit goldgelbem Käse und saftigen Beeren in die Halle gebracht werden sollten.

Als Cymbra sich einen Augenblick unbeobachtet fühlte, schob sie ein paar Beeren in den Mund und genoss den süßen Geschmack. Und dann bemerkte sie die plötzliche

Stille. Verwirrt hob sie den Kopf und sah, dass alle sie anstarrten. Beschämt musterte sie ihre Hände, auf denen die Beeren Flecke hinterlassen hatten, und verbarg sie hinter dem Rücken. »Ich habe das Mittagessen versäumt«, erklärte sie verlegen.

Niemand antwortete oder bewegte sich. Wie Statuen standen sie alle da. Nur die Augen verrieten, was sie empfanden. Mitleid, Sorge, Angst.

Cymbras Herz begann zu hämmern. Sie schwankte und hielt sich an einem Tisch fest, als ihr plötzlich auffiel, was sie schon früher hätte bemerken müssen. Und was ihr auch zweifellos nicht entgangen wäre, hätten sie nicht der Hunger und ihre Erschöpfung so überwältigt.

Über dem breiten Bett im Haus ihres Mannes lag sein Umhang. Wolf war in sein Lager zurückgekehrt. In ihrer Abwesenheit. Während sie seinen Befehl missachtet hatte – trotz seiner ausdrücklichen Warnung.

Doch trotz ihrer Angst machte sich ein überwältigendes Glücksgefühl in ihr breit. Er war wohlbehalten heimgekehrt. Ihre Freude war so grenzenlos, dass sie sich weigerte, an die angedrohte Strafe zu denken.

Außerdem hatte sie richtig gehandelt. Das würde er verstehen. Entschlossen straffte sie die Schultern. Ja, sie würde ihm klarmachen …

»Hinaus!«

Ein donnernder Befehl zerriss die unnatürliche Stille. Töpfe klirrten, Messer fielen zu Boden, Schritte polterten.

Sekunden später war die Küche menschenleer – bis auf Cymbra. Langsam wandte sie sich dem Mann zu, dem sie Gehorsam gelobt hatte. Die kraftvollen Fäuste in die Hüften gestemmt, stand der wütende Wikinger breitbeinig auf der Schwelle.

14

Wieder einmal raubte ihr sein Anblick den Atem. Statt dem Helm und der ledernen Rüstung trug er eine schlichte Tunika und wirkte größer und stärker denn je.

Und ungepflegt. Offenbar hatte er in seinen Kleidern geschlafen und sich tagelang nicht rasiert. Dunkle Bartstoppeln bedeckten sein Kinn und seine Wangen. Ungekämmt fiel das dichte schwarze Haar auf seine Schultern.

Wie wundervoll er aussah – zornig, verführerisch, gefährlich …

»Du … du …«, war alles, was er zwischen seinen zusammengebissenen Zähnen hervorbrachte. Sie konnte nicht ertragen, was er ihr als Nächstes sagen würde, die Anklagen, die er ihr ins Gesicht schleudern würde. Sie hatte nichts verbrochen, sondern nur Gutes getan.

»Bitte, glaub mir – ich *musste* in die Stadt!«, platzte sie heraus. »Das Leben einer jungen Frau und ihres Babys stand auf dem Spiel.« Ehe er sie unterbrechen konnte, fuhr sie hastig fort: »Da Mikal nichts von deinem Befehl wussten, ist er ebenso unschuldig wie Nadja. Nur ich allein bin verantwortlich …«

So abrupt, wie sie zu sprechen begonnen hatte, verstummte sie und sah ihren Gemahl an. Sicher würde er ihre Handlungsweise verstehen. Sie dachte an all die Dinge, die sie geteilt hatten, und sagte sich, dass er sie niemals ernstlich verletzen würde.

»Ich habe dich gewarnt«, sagte er und trat vor sie. »Ich habe dir reichlich Gelegenheit gegeben, dein Verhalten zu ändern. Anscheinend war ich viel zu geduldig.« Nur einen Schritt von ihr entfernt blieb er stehen und schüttelte bedrückt den Kopf. »Nun lässt du mir keine Wahl, Cymbra.«

Fast alles hätte sie leichter verkraftet als die bittere Enttäuschung, die in seiner Stimme mitschwang – und seine sichtliche Entschlossenheit. Ja, er hatte sie gewarnt, und sie wusste, was ihr drohte.

Noch nie in ihrem Leben war sie geschlagen worden. Abgesehen von den körperlichen Schmerzen und der Demütigung bezweifelte sie, dass sie ihm sein mangelndes Verständnis jemals verzeihen würde.

»Wolf …« Mühsam suchte sie nach Worten. In ihrem Innern spürte sie nur Schmerz und Zorn – Gefühle, die keine Barriere einzudämmen vermochten. Sie war kaum in der Lage, ihre Lippen zu bewegen. »Wage – es – nicht …«

Er starrte sie an, als wäre sie ein Pferd, das plötzlich gesprochen hätte. Offenbar hielt er seine Frau, die ihm in einer solchen Situation immer noch trotzte, für ein nicht minder erstaunliches Geschöpf. Aber weder seine Verblüffung noch sein Bedauern stimmten ihn um. »Daran wirst du noch lange denken und dich nie wieder so töricht benehmen …«

In diesem Augenblick brachen die Barrieren endgültig zusammen. »Töricht? Ist es *töricht*, Menschen in ihrer Not beizustehen? Und hast du mir nicht aufgetragen, mich um alles zu kümmern? Erinnerst du dich nicht daran? Wärst du lieber zu einer Gemahlin zurückgekehrt, die in Tränen aufgelöst gejammert hätte, eine Frau und ihr Baby seien gestorben, weil sie ihnen dank deines Befehls nicht helfen konnte? Mein Leben lang würde es auf meinem Gewissen lasten. Wäre dir das lieber?«

Nein, es war kein gewöhnliches Pferd, das mit ihm sprach, sondern ein rosafarbenes Fabelwesen, das mit ausgebreiteten Schwingen durch den Raum schwebte. Wolf musterte sie mit so entgeisterter Miene, dass Cymbra beinahe angefangen hätte zu lachen – ehe ihr die Tränen in die Augen schossen.

Doch sie würde nicht weinen. Diese Genugtuung würde sie ihm nicht geben. Stattdessen … Ohne darüber nachzudenken, griff sie nach dem erstbesten Gegenstand, den sie auf dem Tisch fand, und warf ihn nach ihrem Gemahl.

Mit einem dumpfen Geräusch prallte der Käselaib gegen seine Brust und fiel zu Boden. Er beobachtete, wie er davonrollte und schließlich eingedellt liegen blieb. Als er sich wieder Cymbra zuwandte, war das beängstigende Dunkel in seinen Augen einem silbernen Feuer gewichen. »Bei unserer ersten Begegnung dachte ich schon, dass man dich beschmutzen müsste.«

»Was?«

»Du warst einfach zu vollkommen, um irdisch zu erscheinen.« Beiläufig sah er sich um und griff eine Schüssel, die er sekundenlang in einer Hand wog, ehe er den Inhalt in Cymbras Richtung schüttete.

Schreiend sprang sie zurück, doch es war zu spät. Zähflüssige Molke rann über ihre Wangen und ihr Haar und befleckte ihren Umhang. »Oh – du …« Ungläubig starrte sie an sich hinab. Sie packte eine Honigwabe und warf sie mitten in Wolfs Gesicht, wo sie kleben blieb, bis er sie entfernte und fallen ließ.

»Wenn du unbedingt kämpfen willst …« Honig triefte von seinem Kinn, doch er schenkte ihm keine Beachtung. Entschlossen stürzte er sich auf Cymbra und umschlang ihre Taille. »Diesen Gefallen erweise ich dir sehr gern.« Plötzlich drehte sich die Welt um Cymbra, und sie landete in einem Stapel Mehlsäcke. Sofort wollte sie aufspringen, aber ihr Ehemann warf sich auf sie und umfasste ihre Handgelenke. »Nun, bist du immer noch so kühn?«

Oh, sie würde ihm schon noch zeigen, aus welchem Holz eine Sächsin geschnitzt war. Glaubte er etwa, er könnte ihr Angst einjagen? Was für eine Frechheit – Molke in ihr Gesicht zu schütten! Die Fersen in die Mehlsäcke gestemmt, versuchte sie sich aufzubäumen. Immer fester presste sie ihre Füße gegen das Sackleinen – bis es platzte und eine weiße Wolke emporstob, die sie beide einhüllte.

Als sie Wolfs mit Mehl und Honig beschmiertes Gesicht sah, brach sie in Gelächter aus.

»Amüsierst dich das?«

Ihre Antwort war nicht besonders raffiniert, aber ehrlich – sie nickte.

Lächelnd schaute er in ihre Augen, und sie erinnerte sich, wie besorgt sie um ihn gewesen war, wie inbrünstig sie sich nach ihm gesehnt hatte. Endlich war er wieder bei ihr, und sie sollten ihre Zeit nicht mit solchen Dummheiten verschwenden. Stattdessen …

»Ooooh …«

Mit einem Mal floss Milch aus einem Eimer auf sie herab, den ihr unerträglicher Gemahl blitzschnell ergriffen hatte. Sie war nass bis auf die Haut, bedeckt von Molke, Mehl und Milch.

Sie sann auf Rache, bis ihr Blick auf einen Korb voller Eier fiel. Entschlossen stieß sie Wolf beiseite, der sich vor Lachen krümmte, und begann, ihn mit Eiern zu bewerfen. Dotter und Eiweiß verfilzten sein Haar, tropften von seiner Nasenspitze und verwandelten das Mehl an seiner Tunika in zähen Kleister.

Als Cymbra aufstand, bekam Wolf ihren Rock zu fassen, und sie landete erneut auf den zerrissenen Mehlsäcken, wo eine neuerliche weiße Wolke sie umhüllte. Wenige Sekunden später konnte sie wieder klar sehen und starrte ihren Gemahl an, der sich mit einer Hand voll reifer Beeren zu ihr herabbeugte.

»Mach den Mund auf!«, befahl er. Mit hämmerndem Herzen gehorchte sie. Er schob eine saftige Frucht zwischen ihre Lippen und beobachtete sie gespannt, während sie kaute.

Genüsslich fütterte der Jarl seine ungehorsame Ehefrau mit Beeren, inmitten des Chaos, das sie angerichtet hatten.

Bis die Beeren gegessen waren – und sich ihre Lippen fanden. Verzückt stöhnte Cymbra auf und schmiegte sich an Wolf, dessen Bartstoppeln ihre zarte Haut zerkratzten. Besitzergreifend glitten seine Hände über ihren Körper – drängend und dennoch kontrolliert. »Ich habe dich so vermisst«, flüsterte er an ihrem Mund.

»Und ich dich …« Ungeduldig zerrte sie an seiner Tunika, schamlos in ihrer Begierde. Er öffnete ihren Umhang und schob ihren Rock bis zur Taille hinauf.

»Eines Tages werde ich mir Zeit für dich nehmen«, kündigte er an und richtete sich auf, um die Verschnürung seiner Hose zu lösen.

»Aber nicht jetzt«, erwiderte sie, während sich ihre Finger in die harten Muskeln seiner Oberarme gruben. Sie schluchzte glücklich, als er ihre Beine spreizte und mit ihr verschmolz.

Er war so stark gebaut und füllte sie so restlos aus, dass sie einen Augenblick lang fürchtete, er sei zu groß für sie.

Doch ihr heißer Schoß gewöhnte sich rasch an ihn. Abwechselnd lockerte und spannte sie ihre Muskeln an und wurde mit einem heiseren Stöhnen belohnt.

Während er sich langsam in ihr bewegte, flüsterte er ihr

zu, wie schrecklich sie ihm in dieser letzten Woche gefehlt habe. Überwältigt klammerte sie sich an ihn, und er schlang ihre Beine um seine Hüften.

Immer tiefer drang er in sie ein. Sie hob sich ihm entgegen, ließ den Kopf nach hinten sinken, so dass Wolf ihren schönen weißen Hals betrachten konnte, der sich ihm so verletzlich entblößt darbot. Zärtlich berührten seine Lippen den Puls unter einer bläulichen Ader. Mit einem Mal übermannte ihn sein Verlangen, und er zerriss ihr Kleid, um ihre Brüste zu enthüllen. Hungrig saugte er an den Knospen und weckte Gefühle in ihr, die zwischen Schmerz und Ekstase schwankten. Nach einer Weile richtete er sich auf und schob seine Zunge in ihren Mund, immer wieder, im Rhythmus des Liebesaktes. Cymbra war verloren, die Welt um sie brach zusammen, und alles in ihr konzentrierte sich auf die exquisite Erfüllung. Trotzdem spürte sie die Hitze von Wolfs Höhepunkt, der ihr eigenes Entzücken steigerte – bis ihr die Sinne schwanden.

Wolf betrachtete das Gesicht seiner schlafenden Frau. Behutsam strich er mit einer Fingerspitze über die halbmondförmigen Schatten, die ihre Wimpern auf ihre Wangen warfen, das zierliche Kinn, die rosigen, leicht geschwollenen Lippen. Lächelnd dachte er darüber nach, dass einem Mann durchaus Schlimmeres passieren konnte, als die Ohnmacht einer leidenschaftlichen, von ihrer Lust überwältigten Ehefrau.

Halbherzig versuchte er, den Zorn heraufzubeschwören, den er bei seiner Heimkehr empfunden hatte, doch es gelang ihm nicht – ebenso wenig, wie er sich dazu durchringen konnte, Cymbra für ihren Ungehorsam zu bestrafen.

Wenn er seine Pflicht vernachlässigte, dann sollte es

eben so sein. Zum ersten Mal in seinem Leben war er glücklich und zufrieden. Nicht der mächtige Jarl, sondern einfach nur ein Mann, Cymbras Ehemann.

Grinsend erinnerte er sich, wie sie den Käse nach ihm geworfen hatte. Wie kühn sie war, seine sächsische Schönheit – kein Wunder, dass sie unter der Gunst der Göttin Frigg stand. In Cymbras Seele spürte er den Geist einer Göttin, während er selbst sich in ihren Armen wie ein Gott fühlte, der Welten zu erobern vermochte – wenn auch nur, um sie ihr zu Füßen zu legen.

Ein ungewohntes Geräusch lenkte ihn von der Betrachtung seiner Gemahlin ab, und er spähte über die Schulter. Aus einem umgekippten Krug, gegen den sie zweifellos im Liebeskampf gestoßen waren, floss Wasser. Ja – ein Liebeskampf zwischen ebenbürtigen Gegnern, in dem *beide* siegten …

Wolf erhob sich, stellte das Gefäß auf einen Tisch und wandte sich wieder Cymbra zu, die sich inzwischen auf die Seite gedreht hatte, ein nacktes Bein hochgezogen, einen Arm über den entblößten Brüsten. An ihrer Wange klebten Mehl und Molke, und an ihrem Kinn prangten rote Flecken von den saftigen Beeren.

Er selbst sah noch mitgenommener aus. Er sah an sich hinab und betrachtete seine Tunika, auf der sich Mehl und Eier und Honig mischten. Plötzlich begann er zu lachen. Der Herr und die Herrin von Sciringesheal liebten sich auf geplatzten Mehlsäcken, inmitten eines Durcheinanders, das sie so mutwillig erzeugt hatten! Der Jarl wusste nicht, wann er sich zum letzten Mal so würdelos benommen – und so köstlich amüsiert hatte.

Lächelnd hob er Cymbra auf die Arme, deren Lider flatterten.

»Wolf …?«

»Ich glaube, die Köchinnen wollen ihre Küche zurückhaben.«

Ein paar Sekunden lang starrte sie ihn verständnislos an, dann presste sie errötend ihr Gesicht an seine Brust. »O nein! Unglaublich, was wir getan haben! Was werden sie denken? Alle werden wissen …«

»Cymbra …«, begann er geduldig.

Da hob sie den Kopf. »Was?«

»Dass wir miteinander schlafen, wissen sie längst.«

»Aber nicht in der Küche – auf Mehlsäcken! Jeden Augenblick hätte jemand hereinkommen können …«

»Machst du Witze?«, unterbrach er sie und lachte leise. »Die Frauen hatten so große Angst, dass sie das Weite gesucht haben. Wenn sie herausfinden, was geschehen ist, werden sie erleichtert aufatmen.«

»Vielleicht merken sie es nicht und glauben, wir hätten nur geredet …« Doch als sie sich umsah, verstummte sie. Die Vandalen hätten nicht schlimmer in dieser Küche wüten können – ganz abgesehen von dem Abdruck zweier Körper auf den geplatzten Mehlsäcken.

Stöhnend vergrub sie erneut ihr Gesicht an Wolfs Brust, der noch immer lachte, während er sie aus dem Küchentrakt trug. Nun sollte seine sächsische Ehefrau ein weiteres Vergnügen kennen lernen.

Er ging in sein Haus, um ein paar Sachen zu holen. Dann trug er Cymbra den Hang hinauf, zu einem Gebäude, das wie ein riesiger Bienenstock aussah. »Die Sauna?« Erstaunt hob sie den Kopf. »Da drin war ich noch nicht.«

»Ich weiß.« Er stieß die hölzerne Tür auf und stieg ein paar Stufen hinab. »Deshalb sollst du diesen besonderen Genuss endlich erleben.«

»Du wirst mich auslachen.«

»Warum?«

»Auf Holyhood erklärte mir ein alter Mönch namens Bruder Chilton, nur Teufel könnten die Hitze einer Sauna ertragen. Seiner Meinung nach beweise das, was die Wikinger in Wirklichkeit sind.«

»Hast du ihm geglaubt?«

»Natürlich nicht. Ich dachte nur, in einer Sauna müsste es *schrecklich* heiß sein.«

»Keine Bange, wir fangen langsam an.« Seine Lippen streiften ihr Ohr, und ein wohliger Schauer rann über ihren Rücken. Wenn sie sich nicht vorsah, wäre sie eines Tages nur noch Wachs in den Händen dieses Mannes.

Große, starke Kriegerhände, schwielig von Zügeln und Schwertgriffen, sonnengebräunt ... und doch so sanfte Hände, die sie in einer kleinen Kammer auf die Füße stellten und einen Moment lang zärtlich ihre Hüften streichelten ...

Neugierig sah sie sich um. Die steinernen Wände verjüngten sich an der Decke zu einer kleinen Öffnung. Direkt darunter stand ein geschlossenes eisernes Feuerbecken mit einem Loch, das den Rauch nach oben zu der Öffnung lenkte. Ringsherum lagen mehrere glatte runde Steine, die groß genug waren, um in eine Männerhand zu passen. Planken bedeckten den Boden. An den Wänden standen Bänke. Die leicht rauchige Luft duftete intensiv nach Tannennadeln.

»Zieh dich aus!«, befahl Wolf und legte Zweige in das Becken.

Als das Feuer zu knistern begann, verriegelte er die Tür und sperrte das letzte Tageslicht aus. Nur der rote Flammenschein erhellte das Dunkel, an das sich Cymbras Augen nur langsam gewöhnten. Er schlüpfte aus den Stiefeln, zog seine Tunika und die Hose aus und warf alles auf eine der Bänke. Nackt stand er vor seiner Frau und streckte sich unbefangen, ehe er noch ein paar Zweige ins Feuer legte.

Cymbra schluckte und versuchte vergeblich ihren Blick vom wohl geformten Körper ihres Ehemannes abzuwenden.

»Ist es nicht schon … äh … heiß genug?«, stammelte sie.

Als er sah, dass sie immer noch angekleidet war, schüttelte er missbilligend den Kopf und legte einen Finger unter ihr Kinn. »Stimmt etwas nicht, Cymbra?«

Wie sollte sie ihm ihre plötzliche Verlegenheit erklären? Er kannte sie inzwischen so genau, und sie hatte das Gefühl, als sei ihr nichts geblieben, das sie vor ihm verbergen konnte. Das Leben hatte sie gelehrt, ihre Seele sorgsam abzuschirmen, doch Wolf hatte alle ihre Schutzwälle niedergerissen und sie in ein Meer voller Gefühle gestürzt, so dass sie sich kaum an der Oberfläche halten konnte.

Innerhalb einer knappen Stunde hatte er ihr Herz mit Angst und Zorn und Leidenschaft erfüllt. Und jetzt? Auf einmal empfand sie eine sonderbare Heiterkeit. Und völlige Verwirrung.

»Cymbra?«

Statt einer Erwiderung starrte sie ihn nur an. Er betrachtete die Schatten unter ihren Augen, als er sich daran erinnerte, mit welcher Absicht er die Küche betreten hatte, und tiefe Reue erfasste ihn. Vor kurzem erst hatte sie ein Kind ans Licht der Welt geholt. Nun brauchte sie Ruhe und Fürsorge – keine wilde Lust.

»Wenn du sauber bist, wird es dir besser gehen«, meinte er.

Da sie nicht widersprach, befreite er sie behutsam aus

ihrer Kleidung. Überrascht bemerkte er den Riss im Oberteil ihres Kleides. Dass er den Stoff zerrissen hatte, war ihm nicht bewusst gewesen, doch dieser Riss ließ auf die ungeheure Macht seines Verlangens schließen, das Cymbra immer wieder erregte – und das er jetzt zu zügeln gedachte.

Während er sie entkleidete, breitete sich angenehme Wärme in der Sauna aus, zumindest für seine Empfindung. Aber Cymbra stöhnte leise. »Wie heiß es hier ist ...« Auf ihren üppigen Brüsten perlten Schweißtropfen.

Wolf strich über ihren glatten, schlanken Arm. »Findest du die Hitze unangenehm?«

»Nein ...« Ihre Stimme erstarb, während sie wie gebannt in sein Gesicht starrte. Er griff nach der großen Kelle und goss Wasser auf die Steine. Hingerissen beobachtete sie seine geschmeidigen Bewegungen.

Plötzlich zischte Dampf. »Feuchte Hitze«, erklärte er und zog sie zu einer Bank, auf der sie sich niederließen. »Eine *trockene* Hitze würde nur den Knochen schaden.«

Cymbra nickte und spürte, wie der Dampf in der dunklen, halb in der Erde vergrabenen Kammer ihren Körper durchdrang. Sie sog den Duft der Tannennadeln so tief in ihre Lungen, dass ihr beinahe schwindlig wurde.

»Leg dich hin.« Wolfs Stimme schien wie aus weiter Ferne an ihre Ohren zu dringen. Aber Cymbra gehorchte. Er drehte sie auf den Bauch. Den Kopf seitwärts gewandt, beobachtete sie die züngelnden Flammen und hörte, wie er ein Fläschchen öffnete. Einen Augenblick später stieg ihr ein verführerisches Aroma in die Nase, das sie nicht zu benennen vermochte. »Patschuli«, verkündete er. »Aus dem Osten.«

Entzückt genoss sie die Berührung seiner Hände, die

das parfümierte Öl auf ihrem Rücken verteilten. Langsam und methodisch lockerte er die Anspannung der langen Tage und der nahezu schlaflosen Nächte.

Seine Finger wanderten über ihre Hinterbacken und ihre schlanken Beine, liebkosten die empfindsamen Innenseiten ihrer Schenkel, und Cymbra erschauerte wohlig. Sie begann zu stöhnen, während er seine Daumen in ihre Fußballen grub und jede Zehe einzeln knetete.

Schließlich drehte er sie auf den Rücken und schaute lächelnd in ihre verschleierten Augen. »Fühlst du dich jetzt besser?«

»Mhm ... bin *ich* jetzt an der Reihe?« Der Gedanke, seinen Körper von oben bis unten einzuölen, schürte die Glut ihrer Sinne.

»Vielleicht später.« Fasziniert beobachtete sie, wie er noch mehr Öl in seine Hände goss und auf ihrem Bauch verstrich. »Habe ich dir in letzter Zeit eigentlich gesagt, wie unglaublich schön du bist?«

»Seit der Nacht, als du dich mit Dragon betrunken hast, nicht mehr ...«

»Wir waren nicht betrunken, nur ein bisschen ...« Wolf verstummte und suchte nach dem passenden Wort.

»Beschwipst?« Als sie sah, dass dieser Begriff ihm zu missfallen schien, hob sie zu weiteren Vorschlägen an. »Berauscht? Angeheitert? Sternhagelvoll?«

Lachend schüttelte er den Kopf. »Also gut, wir waren betrunken. Aber ich brauche weder Ale noch Honigwein, um dir zu versichern, wie schön du bist.«

»Früher hat es mich gestört, wenn die Leute meine Schönheit priesen ...« Atemlos verstummte sie, als er ihre Brüste einölte und seine Daumen die harten Knospen streichelten. Unwillkürlich hob sie die Hüften.

»Was fühlst du jetzt?«, fragte er und fuhr fort, ihre Brüste zu reizen.

»Das … lässt sich nicht in Worte fassen …«

Im Feuerschein schimmerten seine weißen Zähne. »Weißt du, wie inständig ich mir immer wieder wünsche, dich zu erfreuen? Spürst du es, wenn ich tief in dich eindringe? Wenn ich mich mühsam zurückhalte und auf deinen Höhepunkt warte? Wenn ich dich dort berühre, wo du am empfindsamsten bist?«

Von seinen Worten und seinen Zärtlichkeiten gleichermaßen erregt, wand sie sich auf der Bank, während sich unter seinen Händen die Glut in ihr entzündete. Hilflos …

Nein, *nicht* hilflos. Ihre Fingernägel wanderten über seinen muskulösen Schenkel. »Eigentlich müsste ein kluger Mann erkennen, dass ihm seine Frau heimzahlen kann, wenn er so kühn mit ihr spielt.«

»Oh, ich liebe es, mit dir zu spielen«, erwiderte er, ohne auch nur einen Anflug von Reue zu zeigen. »Dich zu berühren – zu erforschen …« Seine Hand glitt zwischen ihre Schenkel – so behutsam, dass sie es kaum bemerkte – bis plötzlich sein Finger in sie eindrang und sein Daumen die geschwollene Perle der Lust liebkoste.

Bereits nach wenigen Sekunden wurde sie von einem überwältigenden Höhepunkt erschüttert. Scheinbar endlos jagten die Wellen heißer Ekstase durch ihren Körper. Noch bevor sie verebbten, hob er sie hoch, setzte sie rittlings auf seine eisenharten Schenkel und verschmolz mit ihr.

»*Jetzt* bist du dran«, flüsterte er heiser, und die Sehnen in seinem Hals traten deutlich hervor, als er um Selbstbeherrschung rang. Er legte seine Hände um ihre Hüften, und langsam und zögernd begann sie sich zu bewegen. Die

Arme um seinen Nacken geschlungen, genoss sie ihre Führungsrolle in vollen Zügen, richtete sich auf und sank erst wieder hinab, als es *ihr* gefiel.

Stöhnend lehnte er sich mit dem Kopf an die Wand der Sauna. Sie sah den Schweiß auf seiner gebräunten Haut glänzen, das Vibrieren der Muskeln in seinen breiten Schultern und den harten Glanz seiner Augen.

Sie lächelte und erhob sich wieder. Diesmal verharrte sie sehr lange über der Spitze seiner Männlichkeit, bevor sie sich wieder mit ihm vereinte. Sie presste ihren Mund auf seinen, saugte an seiner Zunge, biss vorsichtig in seine Unterlippe.

»Wie viel Spaß mir das macht …«, flüsterte sie. Mit beiden Händen umfasste sie seinen Kopf und küsste ihn wieder. Aufreizend rieb sie ihre Brüste an seiner Brust, immer schneller bewegten sich ihre Hüften, während sich ihre Zunge immer tiefer in seinen Mund grub. Sie spürte, wie das harte Zeichen seiner Begierde zu zucken begann, wie er sich gewaltsam zurückhielt.

Sie spannte ihre inneren Muskeln an und zwang ihn zur Kapitulation.

Als ihr Name über seine Lippen kam, war es ein Freudenschrei und zugleich ein Fluch. Jetzt übernahm er die Kontrolle, hob und senkte seine Hüften in immer schnellerem Rhythmus, bis Cymbra ihn zum Gipfel der Lust begleitete. Im duftenden, wirbelnden Dampf mischte sich ihr Schrei mit seinem.

15

Verblüfft starrte sie ihren Mann an. Er sprach mit ihr, und sie hörte seine Stimme, doch seine Worte ergaben keinen Sinn. Er hatte sich auf der Bank ausgestreckt – und sie lag auf ihm. Sie versuchte in seinen Augen zu lesen, ob er es ernst meinte. »Der Fluss? Da draußen?«

»Ja, das gehört zur Sauna. Erst lässt man sich vom Dampf erhitzen, dann läuft man hinaus und springt in den Fluss, um sich abzukühlen. Das ist sehr erfrischend …«

Da seine Erklärung etwas zögerlich klang, lachte sie. »Oh, natürlich! Geh ruhig, aber ohne mich!«

»Wenn du die ganze Wirkung der Sauna genießen willst, solltest du das auch tun.«

Entschieden schüttelte sie den Kopf. »Was ich bisher genossen habe, genügt mir völlig. Nun, vielleicht habe ich keine *normalen* Erfahrungen gesammelt, aber …« Sie unterbrach sich. »Und bitte zwing mich nicht zu schildern, was dir zustoßen wird, falls du auch nur daran denkst, mich hinauszutragen und ins Wasser zu werfen.«

Er schob einen Arm unter seinen Nacken und grinste sie an. »Etwas Schreckliches?«

»Etwas absolut *Grauenhaftes.*«

»Etwas zu Schlimmes, um darüber reden zu können?«

»*Viel* zu schlimm.«

Seufzend streichelte er ihre Hüften. »Nachdem du mir alle Kräfte geraubt hast, du *grauenhaftes* Biest, schwebst du nicht in Gefahr. Vorerst nicht.«

Eine Zeit blieben sie schweigend liegen und erholten sich, dann erhob sich Cymbra anmutig. »Außerdem habe ich eine bessere Idee.« Sie streckte sich, bis ihre Fingerspitzen die schräge Wand der Sauna berührten, während ihr Gemahl sie bewundernd beobachtete. Errötend durchsuchte sie die Sachen, die er mitgebracht hatte, fand eine duftende Seife und tauchte ihre Finger in einen der Wassereimer neben der Feuerstelle. »Genau richtig.« Sie seifte ihre Hände ein und begann sich zu waschen.

Auch Wolf erhob sich – überraschend schnell für einen angeblich kraftlosen Mann. »Das solltest du nicht selbst tun.« Hilfsbereit nahm er ihr die Seife aus der Hand und schäumte ihren gesamten Körper ein – sehr gründlich und voller Hingabe, ehe sie ihn nicht minder aufmerksam wusch. Mit der Kelle übergossen sie einander mit Wasser und spülten lachend die Seife ab. Schließlich verstummte das Gelächter, und sie ließen sich auf die Planken sinken, wo sie sich mit Händen, Lippen und ihren Körpern liebten, bis ihre wilde Ekstase langsam verflog.

Später, als das Feuer zu schwelender Asche herabgebrannt war und kein Dampf mehr von den Steinen aufstieg, trug der Jarl seine schlafende Gemahlin in sein Haus. Er legte sie ins Bett, kroch zu ihr unter die Pelzdecke und nahm sie in die Arme. Bevor der Schlummer auch ihn übermannte, dankte er Odin für diese Frau, die sein Herz und seine Seele gewonnen hatte.

Er verfügte über keine große Erfahrung mit Gebeten, da er sie nur bei Opferfesten vor den Schlachten und in den Augenblicken anwandte, wenn er den Göttern für seinen Sieg dankte. Doch das ließ sich nicht mit diesem Augenblick vergleichen. Anscheinend hatte sein Glück weder etwas mit Odin noch mit anderen Göttern zu tun, nicht einmal mit Frigg, obwohl er ihr ganz besonders zugetan war.

Trotzdem musste er sich irgendwie bedanken. Mit geschlossenen Augen dachte er plötzlich an den seltsamen

Christengott, der kein Schwert schwang und keine Donnerschläge zur Erde sandte. Nur ein Kreuz und ein leeres Grab kündeten von seinem Dasein. Ein merkwürdiger Gott, der gestorben war und dennoch weiterlebte, ein Gott, der kampflos siegte. Auf seltsame Weise passte das alles zusammen. Wolf flüsterte seine Dankesworte, dann schlief er ein, in der Gewissheit, dass irgendjemand ihm an irgendeinem Ort zugehört hatte.

Brita betastete den Umhang, musterte ihn und schaute Cymbra an, die im Bett saß. »Wisst Ihr vielleicht, woher dieser Fleck stammt, Lady?«

Verlegen blickte Cymbra von ihrem Frühstück auf, das ihr die dienstbeflissene Irin gebracht hatte und das sie voller Heißhunger verschlang. »Ich glaube, es ist Molke …«, erwiderte sie möglichst beiläufig und bemühte sich, nicht zu erröten.

»Ah, natürlich, Molke. Und das hier?«

»Milch.«

»Dann ist es nicht so schlimm.« Brita unterdrückte ein Lächeln. »Sicher lassen sich die Flecken leicht herauswaschen. Was Lord Wolfs Tunika betrifft …«

»Honig«, platzte Cymbra heraus. »Und Käse … und Eier … Tut mir wirklich Leid«, fügte sie beschämt hinzu, in der Hoffnung, dass Brita verstand, dass sie damit nicht nur die schmutzigen Kleider meinte, sondern auch das Chaos in der Küche.

»Bitte, Mylady, entschuldigt Euch nicht. Wir dachten nur … nun ja …« Hastig packte Brita die Sachen zusammen und legte sie beiseite. Zu Cymbras Erleichterung erwähnte sie den Riss in ihrem Kleid nicht weiter, stattdessen griff sie nach dem Kamm, der auf dem Tischchen neben dem Bett lag. »Soll ich Euer Haar entwirren, während Ihr frühstückt?«, erbot sie sich.

Wehmütig ließ Cymbra eine verfilzte Strähne zwischen ihren Fingern hindurchgleiten. »Damit wirst du dich auch noch beim Mittag- und Abendessen plagen müssen. Ich hätte nicht ins Bett gehen dürfen, ohne mich zu kämmen.«

»So etwas kommt schon mal vor«, meinte Brita taktvoll und setzte sich auf die Bettkante. Vorsichtig arbeitete sie sich mit dem Kamm durch das lange Haar ihrer Herrin – so behutsam, dass Cymbra nur ein oder zwei Mal aufstöhnte.

»Hast du heute Morgen was von den Mikals gehört?«, fragte sie und nahm sich noch ein warmes Honigbrötchen. Sie konnte sich nicht erinnern, jemals so hungrig gewesen zu sein.

»O ja, Mylady, Mutter und Kind sind wohlauf. Und Mikal freut sich so über das Geschenk, das der Jarl ihm geschickt hat. Er sagt, er hätte noch nie einen schöneren Kelch gesehen und würde ihn stets in Ehren halten.«

Cymbra lächelte verträumt. Also hatte ihr Gemahl dem russischen Kaufmann zu verstehen gegeben, dass er ihm sein Verhalten nicht verübelte. »Sehr gut … sind alle Krieger unverletzt heimgekehrt?«

»Ja, Mylady. Aber …« Abrupt verstummt Brita und beschäftigte sich angelegentlich mit dem Haar ihrer Herrin.

»Aber?« Als die Irin beharrlich schwieg, schaute Cymbra ihr forschend in die Augen. »Was ist geschehen?«

»Darüber dürfen wir eigentlich nicht sprechen. Es wäre an Lord Wolf …« Unbehaglich senkte Brita die Lider.

Cymbra beschloss das Mädchen nicht zu bedrängen. Mit wachsender Sorge kleidete sie sich an und verließ das Haus. Endlich hatte es zu regnen aufgehört, so dass sich statt der grauen Wolken ein leuchtend blauer Himmel über Sciringesheal wölbte.

Als sie stehen blieb und ihr Gesicht den warmen Strahlen entgegenhob, trat Ulfrich zu ihr. »Guten Morgen, Mylady! Welch eine Freude! Die Ernte ist gerettet, der Jarl zurückgekehrt – und alles in bester Ordnung.«

»Wenn Ihr mir versichert, dass Eure Brust nicht mehr schmerzt, will ich Euch zustimmen.«

»Oh, mir geht es so fabelhaft, dass ich mich am liebsten unter die jungen Männer auf dem Exerzierplatz mischen würde. Aber ich möchte sie nicht beschämen.«

Cymbra lachte. Arm in Arm überquerten sie den Hof.

»Guten Morgen, Mylady – Ulfrich!« Bruder Joseph trat aus der Kapelle und winkte die beiden zu sich. »Was für ein prächtiges Wetter! Ein paar Kinder haben sich erboten, Blumen zu pflücken und den Altar zu schmücken, und ich werde sie begleiten.« Nachdem er einen kurzen Blick mit dem alten Mann gewechselt hatte, fragte er: »Möchtet Ihr Euch anschließen, Mylady?«

»Eine großartige Idee!«, meinte Ulfrich. »Packen wir was zu essen ein und verbringen wir diesen schönen Tag an der frischen Luft.«

»Wundervoll!«, rief Bruder Joseph erfreut. »Kommst du auch mit, Brita?«

Erstaunt drehte sich Cymbra zu ihrer Gehilfin um. Weshalb war ihr das Mädchen gefolgt?

»Sehr gern«, antwortete Brita. »Dann könnten Lady Cymbra und ich ein paar Kräuter für unseren Garten sammeln.«

»Abgemacht!«, entschied der Mönch. »Brechen wir alle zusammen auf. Am besten sofort.«

Eifrig nickte Ulfrich. »So schnell wie möglich.«

»Geht doch schon mit den Kinder vor«, schlug Brita vor. »Ich packe das Mittagessen ein, dann komme ich in ein paar Minuten nach.«

Langsam schaute Cymbra von einem zum anderen. Diese Menschen waren ihre Freunde. Trotzdem spürte sie, dass sie ihr etwas verheimlichten. »Habt Ihr es etwa schon vergessen?«, fragte sie sanft. »Ohne Erlaubnis und bewaffneter Eskorte darf ich die Festung nicht verlassen.«

»Kein Problem.«

Cymbra fuhr herum und sah Dragon hinter sich stehen, der sich offenbar lautlos herangepirscht hatte. Er wirkte frisch und ausgeruht. Von den einstigen Schmerzen war ihm nichts mehr anzumerken.

»Selbstverständlich begleite ich Euch sehr gern, Cymbra. Und was die Erlaubnis betrifft, nun, mein Bruder wird Euch wohl kaum zürnen, wenn Ihr Blumen pflückt.«

»Also, machen wir uns auf den Weg«, drängte Ulfrich.

»Nein, wartet.« Cymbra musterte ihren Schwager argwöhnisch. »*Ihr* wollt uns begleiten? Wenn wir Blumen und Kräuter sammeln gehen?«

Lässig hob er die breiten Schultern. »Nun ja, ich werde Euch wohl kaum dabei helfen. Ich passe nur auf.«

»Wird Wolf nicht ärgerlich sein, wenn ich erst am Abend zurückkomme?«

»Gewiss nicht.«

»Vielleicht sollte ich ihn fragen. Wo ist er?«

»In der Halle«, erwiderte Dragon und runzelte die Stirn. »Aber er ist sehr beschäftigt und möchte nicht gestört werden.«

»Was macht er denn?«

Dragon, Bruder Joseph, Ulfrich und Brita wechselten kurze Blicke. »Nun ja – wir haben Gefangene hierher gebracht. Diese Männer fielen über die Siedlung her …«, antwortete Dragon, ehe er einen Moment lang zögerte, als müsste er überlegen, wie viel er verraten sollte. »Dafür müssen sie büßen.« Unbehaglich strich er über den Schwertgriff an seiner schmalen Hüfte. »Eigentlich war es Wolfs Idee, dass Ihr heute Blumen pflücken sollt, Cymbra. Weil Ihr die Festung für ein paar Stunden verlassen müsst.«

Wenigstens besaßen die anderen genug Anstand, eine verlegene Miene aufzusetzen, nachdem die Verschwörung enthüllt worden war.

»Gehen wir!«, murmelte Bruder Joseph.

Aber Cymbra rührte sich nicht von der Stelle. »Also war das alles Wolfs Idee, Dragon?«

»Glaubt mir, er denkt nur an Euer Wohl. Als der Dieb ausgepeitscht wurde, habt Ihr Euch schrecklich aufgeregt und …«

»Sollen die Gefangenen ausgepeitscht werden?«, unterbrach sie ihren Schwager.

Sekundenlang schloss er die Augen und zwang sich zur Ruhe. Offensichtlich war er nicht an den Umgang mit widerspenstigen Frauen gewöhnt. »Sie haben … mehrere Menschen getötet.«

Verwüstung. Brennender Schutt. Überall Leichen, manche zerstückelt. Frauen am Boden, die Beine gespreizt, vergewaltigt, ermordet. Kinder …

Cymbra schwankte. Die Vision ergriff ohne jede Vorwarnung von ihr Besitz, so lebendig, dass sie glaubte, sogar den Rauch lodernder Flammen riechen zu können. Einen schrecklichen Augenblick lang fürchtete sie, sie müsse sich übergeben.

Als sie ihr Gleichgewicht wieder fand, hielt Dragon ihren Arm fest. »Verdammt, genau deshalb müsst Ihr gehen!

Was immer Euch auch quält – Wolf und ich wissen nicht, was es ist. Ich glaube, das tut Ihr nicht einmal selbst. Jedenfalls müssen wir Euch wegbringen.«

»Sie hat die Gabe«, erklärte Brita, die ihre bebenden Finger ineinander verschlungen hatte, leise und starrte Cymbra an. »Ich habe es schon die ganze Zeit vermutet, doch nun bin ich mir sicher. Meine Mutter hat gesagt, dass alle bedeutsamen heilkundigen Frauen diese Anlage besitzen. Sie spüren das Leid anderer. Sie müssen sich davor schützen, sonst zerbrechen sie daran.«

»Stimmt das?« Eindringlich schaute Dragon in Cymbras Augen. »Spürt Ihr, was in anderen Menschen vorgeht?«

»Manchmal …« Sie wich vor ihm zurück und bekämpfte das Zittern, das ihren ganzen Körper zu erfassen drohte. Warum war ihr Geheimnis gelüftet worden? Was hatte sie falsch gemacht? Es gelang ihr nur mühsam, ihr Entsetzen zu verbergen. »Deshalb hat Hawk mich nach Holyhood geschickt. In der ersten Zeit durften nur Menschen in meiner Nähe bleiben, die stark und gesund waren. Falls jemand erkrankte oder einen Unfall erlitt, wurde er sofort weggebracht.«

»Dachte er, dieses Leben könntet Ihr bis zum Ende Eurer Tage führen?«, rief Dragon ungläubig.

»Was er erwartet hat, weiß ich nicht. Er wollte mich nur beschützen. Allmählich ging es mir besser. Wie Brita erklärt hat, habe ich gelernt, mich gegen fremdes Leid abzuschirmen.«

»Aber gerade eben ist es Euch misslungen«, betonte ihr Schwager.

»Ja«, gestand sie und schreckte vor der bösen Erinnerung zurück. »In letzter Zeit fällt es mir schwer, mich zu schützen, aber ich kann nicht ständig davonlaufen, wenn etwas Schlimmes geschieht.«

»Wenn Ihr mit uns Blumen pflückt, würdet Ihr nicht davonlaufen«, entgegnete Ulfrich.

»Seid vernünftig, Mylady«, flehte Bruder Joseph.

»Ja, bitte, Mylady.« Beschwörend legte Brita eine Hand auf Cymbras Arm.

Seufzend zuckte Dragon die Achseln. »So interessant das alles auch sein mag, aber wenn der Jarl sagt, Ihr sollt Blumen pflücken, dann werdet Ihr Blumen pflücken, Cymbra. Ihr könnt später mit ihm darüber reden. Gehen wir endlich! Wir haben schon genug Zeit vertrödelt.« Als er ihren Arm ergreifen wollte, sprang sie blitzschnell zur Seite. »Cymbra!«

Doch sie beachtete ihn nicht, sondern raffte ihre Röcke und lief zur Halle, während ihr langes Haar wie eine Fahne hinter ihr herflatterte.

Majestätisch saß der Jarl hinter seiner Tafel auf dem Stuhl mit der hohen Lehne. An seinen Armen schimmerten goldene Reifen, und an seinem Hals prangte das Emblem des Wolfs, dessen Augen aus blutroten Rubinen bestanden. Seine Gestalt strahlte unbeugsame Macht und Autorität aus. Und Gnadenlosigkeit.

Schweren Herzens blieb Cymbra an der Schwelle stehen. Wieder einmal hatte sie ihm den Gehorsam verweigert. Was sollte sie jetzt tun?

Jedenfalls musste sie die Schwäche bekämpfen, die es ihr verwehrte, den Tatsachen des Lebens ins Auge zu blicken. Der Jarl trug eine schwere Verantwortung, und es war die Pflicht seiner Frau, ihm beizustehen, statt zu flüchten und sich zu verstecken.

Trotz ihrer guten Vorsätze konnte sie sich nicht dazu durchringen, die Halle zu betreten, in der Männer mit grimmigen Gesichtern und nur wenige Frauen versammelt waren. Keines der Kinder, die sich normalerweise überall herumtrieben, war zu sehen. Offensichtlich hatte man alle zusammengetrommelt, um sie auf die Blumenwiese zu führen. So wie Lord Wolfs Gemahlin.

Also würden die Gefangenen eine grausame Strafe erleiden. Damit musste sie sich abfinden. Diese Männer hatten friedliche Menschen überfallen und barbarisch ermordet. Mit Fug und Recht betonte Wolf immer wieder, dass er für Zucht und Ordnung zu sorgen hatte, da sonst das Land im Chaos versinken würde. Er selbst hatte schon genug verloren – seine Eltern, sein Heim, beinahe alles außer seinem eigenen Leben und dem seines Bruders.

Ein Bruder, der Wolfs Befehle unerbittlich befolgte und nun unvermittelt mit grimmiger Miene neben Cymbra auftauchte, während er sich absurderweise um ein diskretes Verhalten bemühte. »Kommt mit mir, Cymbra!«, presste er zwischen zusammengebissenen Zähnen hervor.

Entschlossen schüttelte sie den Kopf, trat zur Seite und lehnte sich an die Wand. Er würde nichts unternehmen können, ohne die allgemeine Aufmerksamkeit auf sich zu ziehen.

»Wolf!« Offenbar machte es ihm weniger aus, Aufsehen zu erregen, als sie gehofft hatte. Mit weit ausholenden Schritten eilte er in die Mitte der Halle und rief: »Hier ist deine Gemahlin!«

Alle Blicke richteten sich auf Cymbra. In den einzigen Augen, die ihr etwas bedeuteten, schien ein silbernes Feuer zu glühen.

Langsam stand der Jarl auf und trat auf sie zu. Am liebsten wäre sie im Erdboden versunken, doch sie straffte die Schultern und brachte sogar ein Lächeln zustande. »Da liegt ein kleines Missverständnis vor, Wolf. Ich finde, dieser Tag eignet sich nicht zum Blumen pflücken.«

»Offenbar liegt hier tatsächlich ein Missverständnis vor«, bestätigte er und musterte sie von oben bis unten. »Das möchte ich hiermit beseitigen. Ich *wünsche*, dass du Blumen pflückst.«

»Sicher wird sich eine bessere Gelegenheit ergeben …«

»Widersprich mir nicht.« Hätte er sie im Befehlston angeherrscht, wäre es ihr vielleicht gelungen, sich zu behaupten. Doch seine Stimme war so leise und so sanft, dass Tränen in ihren Augen aufstiegen.

Sie blinzelte heftig. »Ich bin kein Schwächling.«

»Das habe ich nie behauptet. Du bist …« Unsicher verstummte er.

»Sie spürt das Leid anderer Menschen«, mischte sich Dragon ein. »Die irische Sklavin hat es uns gerade erklärt.«

In Wolfs Blick lag weder Verwunderung noch Erschrockenheit, sondern lediglich Neugier, obwohl sie sich nicht erklären konnte, warum. Er kannte sie doch ohnehin so gut. »Stimmt das?«

»Ja, aber diese Fähigkeit hindert mich nicht daran, meine Pflichten als seine Gemahlin zu erfüllen.«

»*Das* ist es also, was dir Sorgen bereitet?« Nun starrte er sie tatsächlich verblüfft an. »Du fürchtest, mich zu enttäuschen?«

»Natürlich! Wenn ich meiner Position nicht gewachsen bin, werden dir die Leute vorwerfen, es sei ein Fehler gewesen, mich zu heiraten. Und am Ende wirst du es selber glauben.« Eine Zeit lang starrten sie sich schweigend an, dann schnappte sie plötzlich nach Luft und schlug mit einer Faust auf Wolfs Brust. »Wage es ja nicht, mich auszulachen!«

»Das würde ich niemals … Also gut, *beinahe* hätte ich es getan. Tut mir Leid. Wie kannst du nur auf so eine Idee kommen – nach der letzten Nacht …« Gerade noch rechtzeitig fiel ihm das faszinierte Publikum ein, und er riss sich zusammen. Dann räusperte er sich und verkündete: »Lady Cymbra, meine Gemahlin, hat mich gebeten, an dieser Urteilsverkündung und -vollstreckung teilnehmen zu dürfen. Da ich ihren Mut und ihre seelische Kraft kenne, bin ich einverstanden.« Während anerkennendes Gemurmel erklang, flüsterte er Dragon zu: »Falls es Schwierigkeiten gibt, bringst du sie sofort hinaus.«

Grimmig und entschlossen, diese halsstarrige Frau notfalls gewaltsam zu bändigen, nahmen die Brüder Hakonson ihren Platz an der Tafel ein. Dragon rückte Cymbras Stuhl an Wolfs Seite zurecht und postierte sich hinter ihr – bereit, den Befehl des Jarls unverzüglich auszuführen, sobald es die Situation erfordern würde.

Dankbar setzte sie sich, da sie fürchtete, ihre Beine würden sie keine Sekunde länger tragen. Wolfs Verhalten erschien ihr unglaublich. Welch ein wunderbarer, verständnisvoller Mann …

Und skrupellos. Während die Gefangenen in die Halle geführt wurden, unterdrückte sie einen Schreckensschrei. Fünf große, kräftige Männer, die Hände auf den Rücken gefesselt, an hölzerne Stäbe gekettet, die quer auf ihren Schultern lagen, schmutzig und mit Blut befleckt … Offensichtlich waren sie über felsigen Boden geschleift worden. Ihre Lippen waren trocken und rissig, und in ihren Augen stand die kalte Angst. Sie alle schienen zu wissen, dass sie auf der Schwelle des Todes standen.

Verwüstung. Brennender Schutt. Überall Leichen, manche zerstückelt. Frauen am Boden, die Beine gespreizt, vergewaltigt, ermordet. Kinder …

Nur zu gut erinnerte sich Cymbra an die Vision, doch sie schwieg und bekämpfte den Impuls, angesichts des Bösen ihr gutes Herz zu zeigen.

Wolf hob eine Hand, und die Menge, die den Mördern wütende Flüche entgegengeschleudert hatte, verstummte augenblicklich.

In der Stille klang seine Stimme wie Donnerhall. »Ihr habt die friedliche Siedlung Vycoff überfallen und Männer, Frauen und Kinder niedergemetzelt. Weder den Alten noch den Jungen seid Ihr barmherzig begegnet. Niemand hat zuvor ein Verbrechen an Euch oder den Euren verübt, also hattet Ihr keinen Grund, Euch an diesen Menschen zu rächen. Ihr seid des niederträchtigen Massenmordes schuldig. Deshalb werdet Ihr sterben.«

Einige Gefangene stöhnten, andere zerrten vergeblich an ihren Fesseln, um flehend die Hände zu heben.

Der größte Mann schaute Cymbra an. Er war geschwächt vor Schmerzen, Hunger und Durst, doch bei ihrem Anblick hob er erstaunt die Brauen, und langsam verzogen sich seine Lippen zu einem lüsternen Grinsen. »Ah, die Sachsenhure!«, stieß er heiser hervor.

In dieser Sekunde brach ein Tumult aus. Mehrere Männer stürzten sich auf ihn und schlugen mit den Fäusten auf ihn ein. Noch während er stürzte, starrte er Cymbra an, die jedoch nicht einmal mit der Wimper zuckte. Zu dieser vornehmen Zurückhaltung war Dragon nicht fähig. Er fing einen Blick seines Bruders auf, bahnte sich einen Weg durch das Gedränge der erzürnten Wikinger und zerrte den Gefangenen auf die Beine.

Scheinbar ungerührt wandte sich Wolf an die Versammlung. »Dieser Mann versucht nur, seinen Tod zu beschleunigen. Dabei solltet ihr ihm nicht helfen.«

Beschämt senkten die Angreifer ihre Köpfe. Was ihrem schwachen Verstand entgangen war, hatte der weise Jarl erkannt. Warum sollte dieser Abschaum eines schnellen, gnädigen Todes sterben? Nein, er musste möglichst lange leiden.

Reglos saß Cymbra neben ihrem Mann und versuchte zu verkraften, was sie soeben gehört hatte. Nicht nur die Todesstrafe, sondern *Folterqualen* ... Und sie hatte darauf bestanden, an der Urteilsverkündigung teilzunehmen! Instinktiv suchte sie Schutz hinter den Barrieren, die sie jahrelang vor der grausamen Welt geschützt hatten, doch sie waren verschwunden, und es gab keine Zuflucht mehr für sie.

Wie rasend schlug ihr Herz. Einen Schwindel erregenden Moment lang fühlte sie sich allen Qualen auf Erden ausgeliefert, die sie am Ende vernichten würden ... Doch plötzlich gewann ein anderes Gefühl die Oberhand – starke Arme umfingen ihren bebenden Körper, Arme, die sie so gut kannte ...

Doch seltsamerweise saß Wolf noch neben ihr. Er berührte sie nicht, sondern sah sie nur an, und in seinem Blick las sie tiefes Mitleid und Verständnis. Das Grauen verflog.

Jetzt war *er* ihr Schutz, ihr Schirm, und seine starken Arme würden sie niemals loslassen. Sekundenlang schloss sie die Augen und gab sich dem Gefühl hin, besser beschützt zu sein denn je zuvor. Als sie die Lider wieder hob, war sie ruhig und gelassen – bereit für alles, was ihr bevorstand.

»Olaf!«, rief Wolf und stand auf. Der einäugige alte Mann, den Cymbra auf der Reise nach Sciringesheal ins Herz geschlossen hatte, trat vor und nickte seinem Herrn zu. »Hol die Axt.«

Heller Jubel brach in der Halle aus. Eifrige Hände packten die Mörder und zerrten sie hinaus in den Hof. Durch eine der offenen Türen sah Cymbra den alten Ulfrich mit ernster, grimmiger Miene neben dem Marterpfahl stehen. Bruder Joseph stand mit gesenktem Kopf an seiner Seite, und dazwischen Brita, zwar blass, doch fest entschlossen, ihre Herrin nicht im Stich zu lassen. Cymbra wollte sie wegschicken, doch ihre Kehle war wie zugeschnürt, und sie konnte nur ein stummes Gebet zum Himmel schicken, um Kraft bitten, damit sie nicht zusammenbrechen und ihrem Gemahl Schande bereiten würde.

Beklommen starrte sie den Marterpfahl an und dachte an den Dieb, der gnadenlos ausgepeitscht worden war, an all die Folterqualen, die Bruder Chilton geschildert hatte. Mit wachsender Verzweiflung versuchte sie, sich gegen das drohende Leid zu wappnen, als sie wieder die starken Arme spürte, die ihr augenblicklich ein Gefühl der Sicherheit gaben.

»Das sind keine Menschen!« Mit einer verächtlichen Geste zeigte Wolf auf die Mörder. »Nichts als Abfall!« Begierig hing die Menge an seinen Lippen. »Kein Mann sollte sich die Hände daran beschmutzen.«

Zustimmendes Gemurmel erklang.

Als er Olaf und Dragon zunickte, zerrten sie einen der Gefangenen vor, zwangen ihn niederzuknien und drückten seinen Oberkörper auf einen Holzblock. Dann ergriff Dragon die Axt, die Olaf ihm reichte, schwang sie empor und ließ sie herabsausen. Der Kopf rollte in den Staub, und die Zuschauer hielten den Atem an. Einer nach dem anderen starb – bis nur noch der große Mann übrig war, der es gewagt hatte, Cymbra zu beleidigen.

Wolf verließ die Halle und nahm Olaf die blutige Axt aus der Hand. »Knie nieder!«, befahl er dem Gefangenen und deutete auf den Holzblock. »Eins sollst du wissen, bevor du zur Hölle fährst. Nur um die Gefühle meiner sächsischen Frau zu schonen, gewähre ich dir einen schnellen Tod.«

Taumelnd gehorchte der Mann. Ein letztes Mal durchschnitt der Stahl die Luft, sang sein blutiges Lied, und die Erde trank durstig den roten Lebenssaft. Niemand regte sich, niemand sprach. Nur das Rauschen des Windes war zu hören, der den Ruf eines fernen Habichts herantrug.

16

Schau doch, er gähnt wieder!« Das Entzücken, mit dem Nadja ihren Sohn betrachtete, wurde nur von der Faszination seines Vaters übertroffen. Ohne von den Eltern und der belustigten Cymbra Notiz zu nehmen, riss der Säugling sein Mäulchen auf. Dann gab er ein schmatzendes Geräusch von sich und schlief mit zusammengekniffenen Augen ein. »So ein braver Junge!«, sagte seine Mutter und legte ihn behutsam in die Wiege. »Er weiß ganz genau, was er tun muss.«

»Trinkt er genug Milch?«, erkundigte sich Cymbra. Im Grunde war die Frage überflüssig, da das Baby ständig zunahm. Aber sie wollte sich vergewissern, dass Nadja keine Schwierigkeiten hatte, wenn sie das Kind stillte.

»O ja«, versicherte die stolze Mutter, »sein Appetit lässt nichts zu wünschen übrig.«

Das Glück der jungen Eltern wirkte ansteckend, und Cymbra blieb noch eine Weile bei ihnen. Schließlich verabschiedete sie sich und verließ das Haus.

Auf der Straße sah sie Olaf an einer Mauer lehnen. Als er sie entdeckte, richtete er sich sofort auf und nickte ihr freundlich zu. Vor ein paar Tagen, kurz nach der Hinrichtung, hatte er sich zu ihrer Eskorte ernannt. Zumindest ging sie davon aus.

Doch da sich ihr Gemahl unablässig in ihr Leben einmischte, konnte sie die Möglichkeit nicht ausschließen, dass der einäugige Wikinger lediglich dem Befehl des Jarls befolgte. Jedenfalls war Olaf ein idealer Begleiter, und sie fühlte sich in seiner Gesellschaft wesentlicher wohler als inmitten der bewaffneten Kriegerschar, die Wolf ihr früher aufgezwungen hatte. Der alte Mann hatte ihr anvertraut, dass er sich gern nützlich machte, was nicht so leicht sei, wenn man die besten Jahre hinter sich habe.

»Sicher weiß Lord Wolf Eure Weisheit und Erfahrung zu schätzen«, hatte Cymbra erwidert.

»Durchaus, wenn auch nur selten. Im Allgemeinen sind alte Leute nur eine Last, für andere und sich selbst.«

»Das dürft Ihr nicht sagen. Alte Menschen können uns so viel über das Leben lehren. Deshalb sollten wir sie achten. Ohne ihr Wissen, das sie an uns weitergeben, müssten wir immer wieder von vorn anfangen.«

»So kann man's natürlich auch sehen«, hatte Olaf zugestimmt. »Aber bedenkt bitte, die nordischen Länder sind hart und gnadenlos. Hier ist es schwierig, Obdach und Nahrung zu finden. Für viele Leute gibt es wenig zu essen, deshalb teilen sie nur ungern mit denen, die der Gemeinschaft nichts mehr nützen.«

Diese Worte kamen ihr nun in den Sinn, während sie

sich in der geschäftigen Straße umsah und das noch regere Leben und Treiben im Hafen beobachtete. Überall zeigte sich der Reichtum, den die Stadt der Macht des Jarls verdankte. Wohl genährt und gut gekleidet, stolz und voller Zuversicht eilten die Bewohner an soliden Häusern und üppig bestückten Läden vorbei.

Jenseits des Kais ankerten mehrere Schiffe. Da sie Sciringesheal eben erst angesteuert hatten, waren die Ladungen noch nicht gelöscht.

Eines der Schiffe erregte Cymbras Aufmerksamkeit, weil es sich mit seinem breiten Rumpf und den zwei Masten von den anderen unterschied, die alle aus dem Norden stammten. An den Seiten prangten zinnoberrote und goldene Streifen, während in der Takelage bunte Flaggen flatterten. Als sie den Hals reckte, sah sie dunkelhäutige Männer an Deck.

»Offenbar haben sie eine lange Reise hinter sich«, bemerkte sie.

Olaf folgte ihrem Blick und nickte. »Wahrscheinlich ist es der Maure. Kareem Ben heißt er oder so ähnlich. Aus Konstantinopel, ein alter Freund von Wolf und Dragon.«

Erfreut über die Aussicht, jemanden aus einem so weit entfernten Land kennen zu lernen, hielt sich Cymbra nicht länger in der Stadt auf, sondern kehrte in die Festung zurück. Das Tor stand offen, und unablässig strömten Menschen hinein und heraus – einige waren auf dem Weg zu den Feldern, wo die Ernte begonnen hatte, andere waren von den Handelsschiffen heraufgeeilt, um Geschäfte zu machen, bevor der Winter die Seewege nach Norden versperren würde.

Vor dem Hauptgebäude unterhielten sich einige Byzantiner mit Wikingern in jener polyglotten Sprache, die sämtliche Kaufleute in aller Welt beherrschten. Bei Cymbras Ankunft verstummten die Fremden abrupt und starrte sie mit jenen weit aufgerissenen Augen an, die sie längst gewöhnt war. Ein paar traten näher, und Olaf umfasste den Griff seines Schwertes – eine überflüssige Geste, weil die Neuankömmlinge von den Einheimischen zurückgehalten wurden.

Während Cymbra an ihnen vorbeiging, hörte sie ein warnendes Gemurmel. »Das ist Wolfs Frau.«

Prompt erstarrten die Byzantiner, als stünden sie am Rand eines Abgrunds, dann wichen sie hastig zurück.

In der Halle wehten ihr verlockende Düfte und fröhliches Gelächter entgegen. Wolf stand am anderen Ende des Raums, in ein Gespräch mit Dragon und einem Mann vertieft, von dem sie annahm, das er der Maure war.

Er war etwas kleiner als die Hakonson-Brüder, aber kräftig gebaut, und wirkte sehr imposant in seiner zinnoberroten Tunika, die seine dunkle Haut und den sorgsam gestutzten Bart betonte. Zufällig schaute er zu Cymbra herüber und riss ebenfalls die Augen auf. Doch er hatte sich sofort wieder in der Gewalt, weil er zu ahnen schien, wer sie war.

»Ah, Cymbra, da bist du ja!«, rief Wolf und winkte sie zu sich. »Komm und begrüße unseren alten Freund, Kareem ben Abdul. Kareem, das ist meine Gemahlin, Lady Cymbra.«

Höflich verneigte sich der Gast. »Die *legendäre* Lady Cymbra, würde ich sagen, mein Freund, denn ihr Ruf ist ihr weit vorausgeeilt.«

»Sir, Ihr übertreibt«, entgegnete sie sanft, worauf er verwundert blinzelte. Weshalb war er so überrascht? Darüber, dass sie sprechen konnte – oder darüber, dass sie es zu tun wagte? Wolf schlang einen Arm um ihre Taille. Was seine Frau betraf, würde er dem Mauren niemals irgendwelche Freiheiten gestatten, wie seine Miene nur zu deutlich verriet.

Beschwichtigend hob Kareem seine Hände. »Keine Bange, mein Freund, ich werde deine Gattin genauso ehren wie dich.«

»In dieser Hinsicht bin ich ein bisschen empfindlich. Dafür hast du sicher Verständnis.«

»Ja, gewiss. Welcher Mann wäre das nicht? Vielleicht möchte Lady Cymbra die Stoffe begutachten, die ich mitgebracht habe?«

Während Wolf großzügig zustimmte, zwang sie sich zur Geduld. Erst seit kurzem durfte sie in die Stadt gehen, wann es ihr beliebte, wenn auch nur in Begleitung von Olaf. Brauchte sie jetzt die Erlaubnis ihres Mannes, um ein paar Stoffe zu betrachten? »Später«, erklärte sie brüsk. »Jetzt will ich mich um das Abendessen kümmern.«

Sie wartete keine Antwort ab. Nach einem vernichtenden Blick in Wolfs Richtung verließ sie die Halle, aber nicht schnell genug, um den verwirrten Kareem fragen zu hören: »*Kochen* kann sie auch noch?«

»Sogar ganz ausgezeichnet«, entgegnete Wolf lachend.

»Wenn ich dir dein Glück auch gönne, doch auf dieser Welt gibt es keine Gerechtigkeit.«

Da die beiden offenbar beschlossen hatten, über Cymbra zu sprechen, als wäre sie nicht vorhanden, ergriff sie nur zu gern die Flucht.

Den restlichen Nachmittag verbrachte sie in der Küche und zeigte den Frauen, wie man einige Gerichte zubereitete, die sie noch nicht in der Halle ihres Gemahls serviert hatte. Das hatte sie ohnehin vorgehabt, und es hatte gewiss nichts mit seinem Stolz auf ihre Kochkünste zu tun – auf keinen Fall.

Bis zum Abend hatten sich beinahe alle Byzantiner in der Festung versammelt. Als regelmäßige Besucher wurden sie herzlich empfangen. Musikinstrumente wurden hervorgeholt, und bald hallten fröhliche Gesänge von den Deckenbalken der Halle wider. Neuigkeiten und Gerüchte wurden ausgetauscht, alte Bekanntschaften erneuert und Pläne für das nächste Jahr geschmiedet.

Für kurze Zeit verließ Cymbra die Küche, um zu baden und sich für die Mahlzeit anzukleiden. Sie wählte ein Kleid aus frühlingsgrünem Leinen, am Saum, am Oberteil und an den weiten Ärmeln war es mit Blüten bestickt. Wegen der milden Abendluft trug sie keine Tunika darüber. In weichen Wellen fiel ihr Haar bis zu den Knien hinab und war an den Schläfen mit Kämmen voller Juwelen festgesteckt. Bevor sie das Haus verließ, zögerte sie.

Das goldene Halsband mit dem Wolfsemblem, das der Jarl ihr zur Hochzeit geschenkt hatte, lag seit diesem Tag unberührt in ihrer Schmuckschatulle. Jetzt nahm sie es heraus und spürte das Gewicht in ihren Händen. Ehe sie ihren Entschluss ändern konnte, schlang sie das Geschmeide um ihren schlanken Hals.

»Einfach köstlich!« Kareem verzehrte den letzten saftigen Bissen seiner Hühnerkeule und warf den Knochen auf sein Schneidebrett. »So gut habe ich noch nie gegessen.«

Dragon, der seinen mit Pfeffer und Safran gewürzten Schweinebraten in vollen Zügen genoss, hielt kurz inne und stimmte zu. »Früher dachte ich, man würde am besten beim alten Hakim Bey in Alexandria speisen. Erinnerst du dich an ihn?«

»In der Tat«, erwiderte Kareem. »Ein sehr netter Mann. Am liebsten mochte er Mandeln.«

»Jetzt gebührt die Ehre der besten Küche weit und breit meinem vornehmen Bruder«, fuhr Dragon grinsend fort. »Bald muss jeder Feinschmecker erzählen können, er sei in Sciringesheal gewesen, sonst nimmt man ihn nicht mehr ernst.«

Belustigt schob Wolf sich eine Stange wilden Spargel in den Mund. Nachdem er sie hinuntergeschluckt hatte, wandte er sich zu Kareem. »Hoffentlich hast du viele Gewürze an Bord. Bis vor kurzem hielt ich alles, was sich nicht mehr bewegte, für eine ausreichende Nahrung, aber neuerdings bin ich ziemlich wählerisch.«

»In meinem Frachtraum lagert ein Sortiment, das nichts zu wünschen übrig lässt, mein Freund. Gewürze aus den fernsten Teilen der Erde, auch von Inseln hinter China.«

»Dass es hinter China noch etwas gibt, wusste ich gar nicht«, bemerkte Cymbra, die bisher geschwiegen hatte. »Manche Leute behaupten sogar, China sei nur ein Mythos.«

»Oh, China existiert wirklich«, erklärte Kareem freundlich. »Ich bin einigen Menschen begegnet, die aus diesem Land stammen.«

Wolf nickte. »In der Tat, meine Liebe, China existiert wirklich. Kareem ist Leuten begegnet, die aus diesem Land stammen.«

Verwirrt runzelte sie die Stirn. Obwohl ein ausgezeichneter sizilianischer Wein kredenzt wurde, trank ihr Mann nur wenig und Kareem überhaupt nichts davon, sein Glauben verbot es ihm. Trotzdem benahmen sich beide Männer ziemlich … sonderbar. »Sind die Augen der Chinesen wirklich anders geformt, Kareem?«

»Geschlitzt und an den äußeren Winkeln hochgezogen.«

»Geschlitzte Augen«, sagte Wolf zu seiner Frau. »An den äußeren Winkeln hochgezogen.«

»Sie erinnern mich beinahe ein wenig an die Mandeln, die Hakim Bey so liebt«, ergänzte Kareem.

»Wie Mandeln«, murmelte Wolf.

Cymbra starrte von einem zum anderen. Warum wiederholte ihr Gemahl alles, was der Gast sagte, als wäre sie schwerhörig? »Habt Ihr auch Mandeln an Bord, Kareem?«

»Wundervolle Mandeln und viele andere Nüsse. Es wird mir ein Vergnügen sein, morgen eine Kostprobe in die Festung zu bringen.«

»Kareem hat viele Nüsse zu bieten, mein Schatz«, verkündete Wolf. »Morgen wirst du sie probieren.«

»Und Stoffe?«, fragte sie.

»Etliche Dutzend verschiedener Art – herrliche Seide, prächtige Brokate, reinste Leinen …«

»Seide, Brokat, Leinen«, wiederholte Wolf. »Von allem nur das Beste.«

»Und Tiere? Wie gern hätte ich ein kleines Äffchen …«

»Damit kann ich leider nicht dienen. Ein Affe würde die weite Reise nicht überstehen.«

»Keine Tiere, *Elskling* …« Wolf unterbrach sich und hob die Brauen. »Warum wünschst du dir einen Affen?«

Er hatte sie wieder »Liebste« genannt, und diesmal war er nüchtern. Trotz des wachsenden Unmuts freute sie sich darüber. »Offen gestanden, ich möchte gar keinen Affen. Ich habe nur überlegt, wann du aufhören wirst, alles nachzuplappern, was unser Gast sagt.« Sie schenkte Kareem ein strahlendes Lächeln. »Ihr sprecht perfekt Norwegisch und mit einem weniger starken Akzent als ich. Also verstehe ich Euch sehr gut.«

»Es freut mich, dass deine Frau meine Sprachkenntnisse zu schätzen weiß, Wolf.«

Lachend winkte Dragon einen Diener heran und ließ die Kelche nachfüllen. »Kareem, ich glaube, du verwirrst Cymbra.« Nach einem kurzen Blick in ihre Richtung schnappte er in gespielten Entsetzen nach Luft. »Ich fürchte sogar, du ärgerst sie.«

»Unsinn, ich ärgere mich nicht«, protestierte sie. »Ich möchte nur verstehen, warum Kareem nicht direkt mit mir spricht.«

»Weil Ihr einem anderen Mann gehört, Cymbra«, erklärte Dragon freundlich. »Deshalb darf er nicht mit Euch reden. Das wäre genauso schlimm, als würde er Euch berühren.«

»Wie absurd ...« Doch nach wenigen Sekunden hatte sie sich wieder unter Kontrolle und wandte sich an den Mauren. »Tut mir Leid, ich will nicht unhöflich sein, aber so etwas habe ich noch nie gehört.«

»Im Osten ist es allgemein üblich«, warf Wolf ein.

»Eine sehr zivilisierte Gegend, der Osten«, meinte Dragon und grinste, als er den vernichtenden Blick seiner Schwägerin sah. In diesem Augenblick fiel sein Blick auf ihr Halsband. »Einerseits darf ich Euch nicht als Eigentum meines Bruders bezeichnen, andererseits tragt Ihr sein Emblem.«

»Es ist mein Hochzeitsgeschenk! Besteht tatsächlich kein Unterschied zwischen einer Ehefrau und – sagen wir mal – einem Pferd?«

Plötzlich erlitt Dragon einen Hustenanfall, der offenbar ansteckend war, denn auch Kareem begann zu husten. Nur

Wolf blieb verschont und verzog keine Miene, was ihm offenbar sehr schwer fiel.

»Ist es denn so abwegig, zu behaupten, man sollte eine Ehefrau nicht mit einem Pferd vergleichen?«

Bevor er seiner Stimme trauen konnte, schüttelte er mehrmals den Kopf. »Keineswegs, *Elskling*.«

Angesichts seiner kaum verhohlenen Belustigung verflogen die zärtlichen Gefühle, die sie eben noch gehegt hatte. Dann ging ihr plötzlich auf, warum dieser Vergleich durchaus vorstellbar war – beide wurden schließlich von den Männern geritten. Eine brennende Röte überzog ihre Wangen, und sie versuchte, ihre Empörung in Worte zu fassen.

Aber Wolf kam ihr klugerweise zuvor. »Im Osten herrschen andere Sitten als bei uns, die du nicht falsch beurteilen solltest. Dort werden die Ehefrauen respektiert und beschützt und mit allem erdenklichen Luxus umgeben. Also führen sie ein sehr angenehmes Leben.«

»Ganz recht«, bestätigte Kareem. »Die Tradition des Harems bedeutet uns sehr viel.«

»Was ist ein Harem?«, fragte Cymbra.

Bevor Wolf antworten konnte, sprang sein stets hilfsbereiter Bruder ein. »In diesem Gebäude wohnen die Frauen abgeschieden von der Welt und sehen keinen Mann außer ihren Herrn und Meister.«

»*Alle* Frauen des Haushalts«, ergänzte Kareem. »Alte und junge, Mütter, Tanten, Kusinen, Töchter und Ehefrauen – und kleine Jungen. Der Harem befindet sich innerhalb einer Residenz, aber mit eigenen Gärten, Höfen, Brunnen und solchen Dingen.«

»Und die Frauen dürfen den Harem nicht verlassen?«

»Doch, aber sie müssen sich verschleiern. Kein fremder

Mann soll sie sehen. Und sie gehen niemals ohne angemessene Eskorte aus. Das alles dient ihrem Schutz.«

»Ah, ich verstehe.« Lächelnd wandte sich Cymbra zu ihrem Mann. »Warum hast du mir nicht befohlen, einen Schleier zu tragen?«

»Oh, es gibt auch andere Harems«, erläuterte Dragon seiner Schwägerin, ohne dem strafenden Blick des Jarls Beachtung zu schenken. »Erinnerst du dich an Erik Leifson?«

»Dragon!«, warnte Wolf.

Doch Dragon fuhr ungerührt fort: »Er besaß eine Villa außerhalb von Konstantinopel in der Nähe des Strandes. Da wohnt er immer noch, so viel ich weiß.«

»Ja, natürlich, ich entsinne mich.« Kareem beugte sich vor. »In dieser Villa lebt er nach wie vor, und es geht ihm sehr gut.«

»Das kann ich mir vorstellen. Ein sehr großzügiger Gastgeber, der liebe Erik. Für seine Freunde war ihm nur das Beste gut genug.«

»Dragon, ich glaube nicht ...«, begann Wolf.

»Allein schon der Harem!«, fügte Dragon fröhlich hinzu. »Erik ist nicht nur ein Sammler, sondern auch ein Kenner.« Er stieß einen genussvollen Seufzer aus. »Da war eine Tscherkessin ... eine unglaubliche Frau mit feuerrotem Haar ... und eine Nubierin mit himmlischen Augen, sehr gelenkig ... Weißt du noch, warum wir damals von dort weggegangen sind, Wolf? Ich habe es vergessen.«

»Ich versuche mich gerade zu erinnern, warum ich dich nicht dort gelassen habe«, murmelte sein Bruder.

»Weil du mich brauchst, damit ich dich hin und wieder aufmuntere«, erwiderte Dragon, während Kareem auflachte. »Offen gestanden, würde ich lieber im Osten leben. Da weiß ein Mann immer, wo seine Frauen zu finden sind, und sie tanzen stets nach seiner Pfeife. Genauso, wie es sein soll. Und die Frauen kennen keinen anderen Gedanken, als Ihren Herrn und Meister zu erfreuen. Deshalb sind sie auch so glücklich.«

Diesen bedeutsamen Worten folgte tiefes Schweigen. Wolf starrte in seinen Weinkelch und schien mit dem Gedanken zu spielen, das kostbare Gefäß zu zertrümmern. Mit zufriedener Miene lehnte Dragon sich in seinem Stuhl zurück, während Kareem vergeblich versuchte, ein Grinsen zu unterdrücken.

Lächelnd faltete Cymbra die Hände im Schoß. »Sagt mir, Kareem, lagert Ihr in Eurem Frachtraum auch Arzneien?«

»Arzneien?«

»Er weiß nicht, was du …«, begann Wolf.

»Oh, ich habe ihn sehr gut verstanden«, unterbrach sie ihn. Alle drei starrten sie an. Ausnahmsweise freute sie sich, weil sie so mühelos männliche Aufmerksamkeit erregte. »Vielleicht Kräuter, wie zum Beispiel Belladonna. Oder Schierling, Stechapfel, Eisenhut. Oder Oleander, Milchstern, Rizinuspflanzen … Und da wäre noch die Kornrade, der Immergrüne Seidelbast, Lorbeer …«

»Lady Cymbra, die meisten dieser Pflanzen enthalten tödliches Gift!«, stieß der Maure hervor, der plötzlich die Schicklichkeit vergessen zu haben schien.

»Wenn man sie richtig anwendet, entfalten sie auch heilsame Kräfte!«, entgegnete sie mit einem liebreizenden Lächeln. »Übrigens gibt es noch viel mehr solcher Pflanzen, die man irrtümlich für ungenießbar hält. Hier ein Blatt, eine Wurzel da – wenn eine Köchin nicht aufpasst …« Sie seufzte tief auf, dann erhellte sich ihre Miene, als die Dienstboten mit schwer beladenen Tabletts zu den Tischen eilten. »Ah, der nächste Gang!« Unschuldig schaute sie ihre drei Tischherrn an. »Hoffentlich ist niemandem der Appetit vergangen ...«

Stunden später lag sie neben ihrem Mann im Bett und erinnerte sich lächelnd an die Wirkung ihres kleinen Streichs. Kareem hatte sie angestarrt, als gehörte sie einer Spezies an, der er nie zuvor begegnet war und der er auch nie wieder begegnen wollte. Dragon war so fassungslos gewesen, dass ihm sein Weinkelch entglitten war. Und Wolf war in schallendes Gelächter ausgebrochen. Doch dieses Mal hatte sie ihm seine Belustigung nicht übel genommen, weil sie seinen Stolz auf seine kluge Ehefrau bekundet hatte. »Jetzt weiß ich wieder, warum wir Eriks Harem verlassen haben. Zumindest, warum *ich* das Weite gesucht habe. Dort erinnerte mich keine einzige Frau an Frigg.« Wie sein glühender Blick verraten hatte, war dieser Mangel inzwischen behoben worden.

Also sah er eine Göttin in ihr. Für dieses Kompliment verdiente er eine Belohnung, und die bekam er auch, sobald sie in sein Haus zurückkehrten. Bei dieser Gelegenheit hatte Cymbra bewiesen, dass man auch Männer mit Pferden vergleichen konnte.

Jetzt brauchte sie ihren Schlaf, doch sie fand keine Ruhe. So viele Gedanken schwirrten ihr durch den Kopf, Bilder und Fragen ...

Welch ein süßes Baby Nadja bekommen hatte. Voller Sehnsucht nach einem Kind berührte Cymbra ihren flachen Bauch. Ein Söhnchen oder Töchterchen, das Wolf vergöttern würde – das wusste sie genau. Und dann noch weitere Kinder ... *Bitte, lieber Gott ...*

Sie dachte an den Mauren mit den schimmernden dunklen Augen und dem offenherzigen Lächeln, an seinen Bericht von fernen, exotischen Palästen in einer Welt, in der Frauen abgeschieden im Luxus lebten, nur zum Vergnügen der Männer … So etwas könnte sie niemals ertragen, aber die Visionen, die vor ihrem geistigen Auge entstanden, wirkten seltsam erregend.

Frauen, die nur für das Vergnügen der Männer lebten. In Byzanz hatte auch Wolf solche Frauen kennen gelernt, in der Villa eines großzügigen Mannes, eines Sammlers und *Frauenkenners*, wie Dragon betont hatte. Rothaarige Tscherkessinnen, gelenkige Nubierinnen … Plötzlich erschien vor ihrem inneren Auge das Bild ihres Ehemannes, der auf einem Sofa saß, die langen Beine ausgestreckt, und zwischen mehreren Schönheiten seine Wahl traf.

Wäre *sie* dabei gewesen, hätte er sich für sie entschieden?

Was für eine alberne Frage! Er hatte sie bereits gewählt. Nur ihretwegen war er nach Holyhood gereist.

Um Rache zu üben, um ein Bündnis zu schließen – was immer das Schicksal beschließen mochte, wenn Hawk nach Sciringesheal kam …

Energisch schob sie ihre Angst beiseite. Wolf strebte ein Bündnis an, und sie musste ihren Bruder nur überzeugen …

Warum ließ er nur so lange auf sich warten? Wenn Wolf ihn verständigt hatte, müsste er längst hier sein. *Wenn …* Noch hatte sie nicht zu fragen gewagt, weil sie so verzweifelt an der Illusion festhielt, sie würde eine ganz normale Ehe führen und wäre eine ganz normale Ehefrau. Jetzt schämte sie sich ihrer Feigheit. Seufzend drehte sie sich zur Seite, zog die Beine an und kämpfte mit den Tränen.

Nach wenigen Sekunden spürte sie eine warme Hand auf ihrer Schulter und hörte Wolfs schläfrige Stimme.

»Was bedrückt dich, Cymbra?«

Nur ein leiser Laut, eine kaum wahrnehmbare Bewegung … Trotzdem wusste er sofort, dass sie ihn brauchte. Ohne eine Antwort abzuwarten, drehte er sie zu sich herum und zog sie an seine Brust.

»Ein böser Traum?«, flüsterte er und streichelte beruhigend ihren Rücken.

Weil sie ihrer Stimme misstraute, schüttelte sie den Kopf und presste ihr Gesicht an seine Schulter. Erfolglos versuchte er, ihr Kinn zu heben.

»Hast du dich wirklich über Dragon geärgert, Cymbra? Er wollte dich nur ein bisschen necken.«

»Nein, das ist es nicht«, presste sie hervor.

»Hat Kareem dich gekränkt? Er ist so ein herzensguter Mann. Er würde dich sicher niemals wissentlich verletzen …«

»Das ist es auch nicht.«

Nach einer kurzen Pause holte er tief Atem. »Also bleibe nur *ich* übrig. Was habe ich verbrochen, *Elskling*?«

»Gar nichts …« Plötzlich begannen ihre Tränen zu fließen und benetzten ihre Wangen und seine Brust. Sie schluchzte und konnte nicht aufhören, während ihr besorgter Ehemann abwechselnd Trostworte murmelte und nach dem Grund ihres Kummers fragte.

Schließlich wischte sie die Tränen weg und schaute ihn an. »Tut mir Leid. Keine Ahnung, was mit mir los ist …« Schniefend beteuerte sie: »Es geht mir gut. Wirklich.«

Statt zu antworten, sprang er aus dem Bett. Splitternackt ging er zum Tisch vor dem Fenster und goss Wein in einen kostbaren, mit Edelsteinen besetzten Kelch, den er seiner Frau brachte. »Trink das.«

Gehorsam nahm sie einen Schluck, dann noch einen.

Wolf hielt ihr den Kelch an die Lippen, bis sie ihm bedeutete, dass sie nichts mehr wollte. Er stellte den Kelch beiseite, setzte sich an die Bettkante, ergriff ihre Hände. »Würdest du mir *bitte* verraten, was dich quält, *Elskling*?«

Wie besorgt er aussah ... so liebenswert mit der Locke, die ihm in die Stirn fiel, und den dunklen Bartstoppeln am Kinn. Er war ein Mann, den andere fürchteten, und dessen Name an vielen Orten halb ehrfürchtig, halb angstvoll geflüstert wurde. Aber jetzt saß er nackt auf der Bettkante, mitten in einer Nacht, die ihm nur wenig Ruhe gegönnt hatte, und flehte seine Gemahlin an, sie möge ihm ihr Leid klagen.

Kein Wunder, dass sie ihn so liebte ...

Bestürzt presste sie eine Hand auf den Mund. Sie begehrte ihn, sie respektierte ihn, sie mochte ihn – aber nicht nur das. Von ganzem Herzen *liebte* sie ihn, leidenschaftlich und bedingungslos. Ihre Liebe übertraf alles, sogar die Liebe zu ihrem eigenen Leben. Und sie hatte nicht einmal bemerkt, dass dieses tiefe Gefühl in ihrer Seele entstanden und aufgeblüht war wie eine Blume unter der Sonne.

»Ich liebe dich.« Ein Gebet, ein Lied, ein Freudenschrei, obwohl sie flüsterte. Drei kleine Worte, die alles sagten – wer sie war, wer sie immer bleiben und was sie bis ans Ende ihrer Tage empfinden würde. »Ich liebe dich!«, wiederholte sie triumphierend, von heißem Glück erfüllt. »O Wolf, ich liebe dich!«

»Nun, ich liebe dich auch«, erwiderte er sachlicher. »Aber ich verstehe nicht, warum dich das zum Weinen bringt.«

Sein erstaunliches Geständnis entlockte ihr neuerliche Tränen. *Er liebte sie.* Er nahm ihren Gefühlsausbruch so tapfer hin, wie man es von einem verwirrten Mann erwarten durfte. Zärtlich streichelte er ihren Rücken, versicherte ihr, wie wundervoll sie sei, und bemühte sich nach Kräften, sie zu besänftigen. Als er feststellte, dass seine Bemühungen fruchtlos waren, entschloss er sich zu einer anderen Taktik, die keine Worte erforderte und viel besser wirkte.

Viel später, nachdem Cymbra endlich eingeschlafen war, hielt er seine geliebte Frau in den Armen und fasste einen Entschluss. Was er so lange hinausgezögert hatte, musste möglichst bald geschehen. Am nächsten Morgen würde er Lord Hawk in die Falle locken.

17

Eine Woche, nachdem Kareem ben Abdul aus dem Hafen von Sciringesheal gesegelt war, versuchte Cymbra noch immer, Platz für all die Waren zu finden, die er zurückgelassen hatte. Scheinbar war seine gesamte Fracht in die Festung gebracht worden, was natürlich nicht stimmte. Auch die Stadtbewohner hatten eine Menge gekauft und die Besatzungen anderer Schiffe ihre eigenen Ladungen bereitwillig gegen exotische Schätze getauscht.

Trotzdem musste Cymbra jetzt eine ungeheure Menge an Stoffen, Gewürzen, Lebensmitteln und anderen Dingen unterbringen. Offenbar war ihr Ehemann noch reicher, als sie vermutet hatte. Einige verschlossene Truhen in seinem Haus, um die sie sich nie gekümmert hatte, enthielten Goldmünzen und Juwelen von unschätzbarem Wert.

Auch Dragon war ein wohlhabender Mann. Gemeinsam beherrschten die Brüder Hakonson ein Handelsimperium, das sich vom Norden bis zu den Mittelmeerländern und darüber hinaus erstreckte.

Als Cymbra ihre Überraschung bekundete, zuckte Wolf nur die Achseln. »Ein starker Arm und ein kluger Kopf vereinen sich nur selten. Wenn ein Mann beides besitzt, findet er so manche Gelegenheit.«

Welch eine Untertreibung, dachte sie. Die Kampfkraft des *starken Arms* wurde in aller Welt gefürchtet. Und in seinem *klugen Kopf* steckten ein stets hellwacher Geist und bewunderswerter Scharfsinn.

Nun lagen prächtige Seiden- und Leinenstoffe, Satin und Brokate auf dem Bett, auf Tischen und Stühlen und hingen zum Boden hinab. Im gleißenden Sonnenlicht, das durch die Fenster hereinfiel, schimmerten die Farben wie Edelsteine.

Kunstvoll geschnitzte Kästchen, mit Gold oder Bronze beschlagen, reihten sich aneinander und enthielten verschiedene duftende Gewürze. Cymbra öffnete eine kleine Schublade mit kostbaren Zimtsamen. In anderen Fächern lagen Senfkörner, die ein scharfes Aroma verströmten, und zarte Safranfäden in solchen Mengen, dass ihr Atem stockte, denn dieses Gewürz war das seltenste und teuerste von allen. Während sie in die anderen Schubladen spähte, sagte sie sich, dass diese Vorräte wahrscheinlich bis an ihr Lebensende reichen würden.

»Für die Küche brauchen wir ein großes Kästchen«, erklärte sie Brita, die ihr half, die Gewürze zu sortieren.

Die Irin nickte. »Eins, das wir versperren und im Boden verankern können. Unsere Leute sind zwar grundehrlich, aber wenn ein Fremder vorbeikommt, gerät er womöglich in Versuchung.«

»Da hast du Recht«, stimmte Cymbra zu. Eine Hand

voll Gewürze ließ sich leicht verstecken und später verkaufen. Dafür würde so mancher Mann mehr bekommen, als er in einem Jahr verdiente. »Und dann müssen wir Platz für all die Stoffe finden. Im Haus meines Mannes kann ich sie nicht verwahren.«

Fasziniert hielt Brita einen dunkelblauen, mit silbernen Spiralen bestickten Brokat in die Höhe, der die Illusion tanzender Sterne am Himmel heraufbeschwor. »Habt Ihr so etwas jemals gesehen?«

»Oh, ich habe schon viele schöne Stoffe gesehen, aber noch nie so viele auf einmal. Leider weiß ich nicht, wie wir sie alle verwerten sollen. Für praktische Kleidung eignen sie sich nicht.«

Brita kicherte und breitete aprikosefarbene Gaze auf dem Bett aus. »Also, dieser Stoff erscheint mir sehr nützlich, Lady.«

»Glaubst du wirklich, jemand würde so etwas anziehen?« Mochte die Gaze auch wunderbar schimmern, allein schon der Gedanke, sich in ein solches Kleid zu hüllen, ließ Cymbra erröten. Was die Trägerin damit bezwecken würde, wäre viel zu offensichtlich.

»O ja. In Hedeby habe ich Geschichten über die Frauen im Osten gehört, die angeblich ihre Scham rasieren und parfümieren. Wusstet Ihr das?«

»Nein …« Die offenherzigen Worte der Sklavin überraschten Cymbra. Doch dann erwachte die Neugier, denn sie erinnerte sich an die schönen Erinnerungen, die Dragon – und zweifellos auch ihr Ehemann – aus dem Osten mitgebracht hatten.

»Außerdem bemalen sie ihre Brustwarzen mit roter Farbe und lassen kleine Blumen auf ihre Weiblichkeit tätowieren. Oh, und sie benutzen alle möglichen Spielsachen …«

Um ihren Schock zu verbergen, räusperte sich Cymbra. *»Spielsachen?«*

»Da staunt Ihr, nicht wahr?« Brita lachte. »Zum Beispiel gibt es Futterale, die sich ein Mann überstreift, um größer und kräftiger zu wirken. Einige sind mit Noppen versehen, die eine Frau ganz besonders erregen. Oder sie schiebt kleine Kugeln in ihren Schoß, um sich selbst zu reizen. Manchmal umwindet der Mann seine Männlichkeit mit einem Band, damit sie länger hart bleibt.«

Cymbra lauschte so verblüfft, dass sie ihre Verlegenheit vollkommen vergaß. »Werden solche Dinge tatsächlich verwendet?«

»Ja, und noch viele andere. Man reibt gewisse Körperstellen mit Salben ein, die verschiedene Wirkungen hervorrufen. Oder man bringt sich mit Elixieren, Gesängen und magischem Weihrauch in Stimmung. Ich weiß, das alles klingt unglaublich. Aber die menschliche Fantasie scheint keine Grenzen zu kennen – zumindest nicht, wenn es um den Liebesakt geht.«

»Offenbar nicht …« Und Cymbra hatte geglaubt, in den wenigen Wochen ihrer Ehe hätte sie alles über sinnliche Freuden gelernt. Verträumt betrachtete sie die hauchdünne Gaze, deren Farbe ihr ausgezeichnet stehen würde. Vielleicht sollte sie darüber nachdenken …

Doch vorerst fand sie keine Zeit dafür. Kaum hatte sie entschieden, was mit all den neuen Sachen geschehen sollte, klopfte es an der Tür, und eine Dienerin kam herein.

»Mylady, Lord Wolf wünscht Euch sofort zu sehen«, verkündete sie atemlos und zeigte in die Richtung des Hauptgebäudes.

Was mochte so eilig sein, dass es keinen Aufschub duldete? In der Halle stieß sie auf die Brüder Hakonson, die an der Tafel saßen und sich angeregt unterhielten. Als Cymbra hereinkam, standen sie auf, und Wolf rückte ihr einen Stuhl zurecht. Verwundert setzte sie sich und blickte von einem zum anderen. »Stimmt was nicht?«

»Alles in Ordnung«, erwiderte ihr Gemahl, worauf sich Dragon demonstrativ räusperte. »Ich habe beschlossen, die anderen Lords von Vestfold zu einer Versammlung in Sciringesheal einzuladen, weil wir über Angelegenheiten von gemeinsamem Interesse reden sollten.«

Cymbras Gedanken überschlugen sich. Also musste sie für mehrere Gäste ein großes Festmahl vorbereiten – wahrscheinlich nicht nur eine Mahlzeit. Zweifellos würden sie einige Tage hier bleiben. Nur das Allerbeste durfte aufgetischt werden, und sie hoffte inbrünstig, dieser schwierigen Aufgabe gewachsen zu sein.

»Wann erwartest du die Lords?«, erkundigte sie sich.

»Ich habe soeben die Einladungen überbringen lassen. Ich nehme an, sie werden in einer Woche ankommen.«

»In einer *Woche*?« Wie sollte sie in so kurzer Zeit die nötigen Vorbereitungen treffen. »Wie viele werden es sein?«

»Die Jarls, ihre Söhne und das Gefolge, die üblichen Eskorten … nur ein paar Hundert.«

»Ein paar *Hundert*?« Ungläubig starrte sie ihn an. Sie liebte ihn von ganzem Herzen. Er war stark, gütig und wundervoll, er beglückte und beschützte sie, dennoch hinderte es sie nicht daran, ihn zu fragen: »Bist du *verrückt*?«

»Habe ich dir nicht gesagt, sie würde sich kein bisschen freuen?«, erinnerte Dragon seinen Bruder, sichtlich zufrieden, weil er Recht behielt.

Wolf warf ihm nur einen kurzen, eisigen Blick zu, bevor er sich wieder an seine Frau wandte. »Mach dir keine Sorgen, *Elskling*, wir alle werden dir helfen.«

Immer noch nicht besänftigt, runzelte sie die Stirn. Typisch Mann. Vermutlich hatte er gar nicht darüber nachgedacht. »Wo sollen die Leute schlafen? Was werden sie essen? Wie willst du sie unterhalten, wenn ihr nicht über diese furchtbar wichtigen Angelegenheiten sprecht, worum auch immer es gehen mag. Ein paar Hundert Männer müssen verköstigt, komfortabel untergebracht und unterhalten werden – und du gibst mir nur eine Woche Zeit?«

»Beruhigt Euch, teure Schwägerin«, bat Dragon grinsend. »Heute beginnen wir mit dem Bau von zwei Häusern am Hang. Dort werden unsere Gäste wohnen. Und was die Unterhaltung betrifft, nun, was gibt es Besseres als die Jagd, die noch einen zusätzlichen Vorteil bringt, nämlich die Bereicherung des Speiseplans. Und um die Vergnügungen braucht Ihr Euch nicht zu kümmern. Die Neuigkeit hat sich bereits wie ein Lauffeuer verbreitet.«

»Großartig!«, rief Cymbra. »Ein paar hundert Wikinger-Lords und sämtliche Huren aus der näheren und weiteren Umgebung! Das ist wahrlich ein Grund zu überschwänglicher Freude!« Nach einer kurzen Pause fügte sie hinzu: »Wenn diese Zusammenkunft ein Erfolg werden soll, müssen alle Stadtbewohner mithelfen.« Aber noch während sie sprach, wurde sie von plötzlicher Begeisterung erfasst. Sie liebte Herausforderungen, und diese erschien ihr besonders interessant. Außerdem würde sie keine bessere Gelegenheit finden, um ihrem Mann zu beweisen, wozu sie fähig war.

»Natürlich«, bestätigte er, »und du wirst die Aufsicht führen. Kauf ein, was wir benötigen, und leite alles in die Wege, was du für richtig hältst.«

Angesichts des Vertrauens, das er in sie setzte, verzieh sie ihm, dass er ihr nur wenig Zeit für die Vorbereitungen ließ. Hastig trommelte sie die Frauen zusammen und erklärte ihnen, was geschehen musste.

Während der nächsten Woche galt ihre Aufmerksamkeit lediglich den Lords von Vestfold – und nichts anderem.

»Wann wirst du es ihr sagen?«, fragte Dragon ein paar Tage später. Nachdem die Brüder im Fluss geschwommen waren, saßen sie am Ufer zwischen den Resten des Mittagessens, das Cymbra heruntergeschickt hatte und das aus warmem Brot, reifem Käse, Äpfeln und Beeren in verschwenderischer Fülle sowie Hühner- und Rebhuhnkeulen bestand. Heißhungrig hatten sich die Männer darauf gestürzt, die gemeinsam mit Wolf und Dragon die beiden Holzhäuser für die Gäste einrichteten. Da sie jeden Tag bis spät in die Nacht hinein gearbeitet hatten, waren die Gebäude fast fertig.

Doch die Ruhepause durfte nicht zu lange dauern, denn sie mussten ausreichend Vorräte für die festlichen Mahlzeiten herbeischaffen. Bald würden sie ein Lager in den Wäldern aufschlagen, um zu jagen, während die Dienstboten die Beute in regelmäßigen Abständen in die Festung bringen würden, wo sie von den Frauen und Kindern geschmort oder gebraten werden sollten. Von blitzenden Speeren und schnellen Pfeilen getroffen, würden Hirsche und Eber zusammenbrechen, und die jüngeren Burschen würden dem Kleinwild Fallen stellen.

Fischer ruderten aufs Meer und warfen ihre Netze aus, um Dorsche und Heringe zu fangen. Unaufhörlich brannten die Räucherflammen. Vom Fluss wurden große Eisblöcke heraufgeschleppt, die bereits den Winter ankündigten und in unteriridischen Kammern die Speisen kühlten. Einige wurden eingesalzen, andere sauer eingelegt. Keiner der Wikinger-Lords würde sich über die Gastfreundschaft des Jarls von Sciringesheal beschweren können.

Splitternackt lag Wolf in der Sonne und ließ sich von der warmen Brise trocknen während er über die Frage seines Bruders nachdachte. »In der allerletzten Minute. Wann sonst?«

Dragon brach in lautes Gelächter aus. »Offenbar hast du in deiner kurzen Ehe schon einiges gelernt.«

»Zumindest versuche ich es, obwohl es ziemlich anstrengend ist. Aber vielleicht wird sie sogar erleichtert sein, wenn ich ihr von meinem Entschluss erzähle.«

»Warum?«, fragte Dragon skeptisch.

»Denk doch mal mach. Ein paar Hundert Männer stopfen sich die Bäuche voll, betrinken sich, singen fröhlich, erzählen Kriegsgeschichten und treiben es mit den Huren. Wahrscheinlich kommt es sogar zu Messerstechereien. Das wird Cymbra nicht gefallen.«

»Warum nicht? Das ist doch ein sehr netter Zeitvertreib.« Grinsend erwiderte Dragon den vorwurfsvollen Blick seines Bruders. »Aber du hast Recht, eine Lady kann sich wohl kaum dafür begeistern. Es sei denn, die bewusste Lady hat sich die Finger wund gearbeitet, um das alles vorzubereiten, und ist beleidigt, weil sie nicht dabei sein darf.«

»Ob es ihr passt oder nicht, sie muss sich fern halten. Bei Odin, Bruder, du weißt doch, welche Wirkung sie auf die Männer ausübt! Die Jarls sollen an den Besprechungen teilnehmen, statt meine Frau anzustarren und sich wie geifernde Narren aufzuführen.«

»Hast du das bedacht, als du auf die Idee gekommen bist, diese Versammlung einzuberufen? Wenn ich meine schöne Schwägerin auch gern ein bisschen provoziere, aber sie muss wirklich beschützt werden, vor allem vor sich selbst.« Erstaunt schüttelte Dragon den Kopf. »Sie scheint nicht einmal zu ahnen, wie sehr sie die Männer bezaubert.«

Seufzend starrte Wolf zum Himmel hinauf. Als er beobachtet hatte, wie eifrig seine Frau die Vorbereitungen für das große Fest traf, waren seine Schuldgefühle noch größer geworden. Aber er ließ sich nicht von seinem Entschluss abbringen, weil er keine andere Möglichkeit sah. »Ich glaube, was sie sich am meisten wünscht, wird sie niemals haben können.«

»Und das wäre?«

»Ein normales Leben, das Leben einer ganz gewöhnlichen Frau, die ganz gewöhnliche Dinge tut. Danach hat sie sich vermutlich schon immer gesehnt.«

Dragon ließ sich ins weiche Moos sinken. »Wie launisch die Götter sind … Sie verwehren uns ihre Geschenke nach Belieben, oder sie überhäufen uns so verschwenderisch damit, dass sie uns nicht erfreuen, sondern belasten.«

Sie dachten eine Weile über diese Theorie nach. Doch schließlich mussten sie die Mittagspause beenden. Sie standen auf und zogen sich an. Dragon sah nach den Pferden, und Wolf ging zu Cymbra, die er in seinem Haus antraf.

Er beobachtete, wie sie versuchte, eine Truhe unter dem Bett hervorzuzerren. Sie war so in ihre Tätigkeit versunken, dass sie seine Schritte nicht gehört hatte und ihm den erfreulichen Anblick ihres runden Hinterteils bot, das sich hin und her wand.

»Brauchst du meine Hilfe?«, fragte er freundlich.

Beim Klang seiner Stimme zuckte sie zusammen und spähte über die Schulter, ohne die Truhe jedoch loszulassen. »Nein, gleich habe ich es geschafft. Ich muss nur noch …« Sie zerrte so fest an dem Messinggriff, dass er plötzlich ihren Händen entglitt und sie auf dem Körperteil landete, den Wolf soeben bewundert hatte.

Ehe sie aufstehen konnte, hob er sie hoch, stellte sie behutsam auf die Füße und musterte sie besorgt. Doch als er sah, dass sie unverletzt und nur verärgert war, lachte er und drückte sie an sich. Zärtlich streichelte er ihre misshandelte Kehrseite. »In Zukunft musst du besser aufpassen«, mahnte er, ehe er in gespielter Verärgerung hinzufügte: »Ich mag es nicht, wenn mein Eigentum beschädigt wird.«

»Keine Bange, die Truhe ist unversehrt. Ich bin nur ausgerutscht …« Plötzlich verstand sie, was er meinte, und aus ihren Augen schienen Funken zu sprühen. »Dein Eigentum, Wolf? Beanspruchst du mich auch als Besitz, wenn ich dein Emblem *nicht* trage?«

Wütend versuchte sie, sich loszureißen, aber er presste sie noch fester an seine Brust. »Selbst wenn du gar nichts trägst, würde ich dich beanspruchen. Dann macht es mir ganz besonders Spaß.«

Mit dieser Provokation handelte er sich einen vernichtenden Blick ein, der ihn erst recht belustigte. Nicht nur Dragon genoss es, Cymbra zu hänseln.

Mit hochroten Wangen starrte sie ihn so empört an, dass er seinen Lachreiz kaum zu zügeln vermochte. Mit einem heißen Kuss verschloss er ihr den Mund. Nur sekundenlang wehrte sie sich, dann öffnete sie die Lippen und nahm seine Zunge auf. Aufreizend wanderten seine Hände über ihren Körper, bis sie stöhnte und ihn ungeduldig zum Bett zog.

Während der letzten Nächte hatten sie eng umschlungen unter den Pelzdecken gelegen und die wenigen Stunden bis zum Morgengrauen ausgekostet. Widerstrebend waren sie aufgestanden, um sie zu trennen und weitere Vorbereitungen für das Fest zu treffen. An diesem Nachmittag hatte Wolf geplant, sich möglichst schnell von Cymbra zu verabschieden, doch nun hatte er es sich anders überlegt – obwohl sich die Männer, die Pferde und Jagdhunde bereits im Hof versammelten.

Aber sein Verlangen besiegte das Pflichtgefühl, und Cymbras Glut stand seiner in nichts nach. Entschlossen zerrte er ihre Röcke nach oben, und als er sie liebkoste, seufzte sie entzückt. Wie ihre feuchte Hitze deutlich bekundete, war sie bereit.

Hastig schob er sie zum Bett. Jede kostbare Sekunde musste genutzt werden. Er drehte sie herum und zwang sie mit sanfter Gewalt, sich auf die Matratze zu knien. Unsicher versteifte sie sich, aber er besänftigte sie mit einer erregenden Berührung. »Ganz ruhig«, flüsterte er heiser, »es wird dir gefallen.« Mit einer Hand entblößte er ihre Hinterbacken, während er mit der anderen die Verschnürung seiner Hose löste. »Spreiz deine Beine ein bisschen weiter, Liebling.«

Als sie gehorchte, beugte er sich über ihren Rücken nach vorn, glitt zwischen ihre Schenkel und begann sich an ihr zu reiben. Nach wenigen Augenblicken schob sie ihm ihre Hüften entgegen, worauf er sie mit einem Arm umschlang und die empfindsamste Stelle ihrer Weiblichkeit zu streicheln begann. Erst als ihren leisen Lustschrei vernahm, drang er in sie ein, vom Feuer getrieben, das in seinen Adern pulsierte. Sie stieß einen Seufzer der Erleichterung aus, und ihre inneren Muskeln umschlossen ihn. Ihre Hüften zwischen den Händen, stieß er erneut zu. Sobald er ihre Zuckungen spürte, küsste er ihren Nacken und biss behutsam in die zarte Haut.

Schreiend genoss sie ihren Höhepunkt und jagte auch ihn zum Gipfel der Erfüllung empor. Sein Herz hämmerte so schmerzhaft gegen seine Rippen, dass er kaum atmen konnte. Erschöpft sanken sie aufs Bett.

Es dauerte eine Weile, bis der Jarl wieder an die Männer denken konnte, die auf ihn warteten. Seufzend stand er auf und schloss seine Hose. Cymbra lang auf der Seite. Im schwachen Licht, das durch die Ritzen der geschlossenen Fensterläden hereinfiel, schimmerten ihre Schenkel weiß, und ein Lächeln umspielte ihre schönen Lippen. Sie schlief tief und fest.

Kraftlos stolperte die Geißel der Sachsen in den Tag hinaus. Verdammt, sagte sich Wolf, ich bin ein starker, unbesiegbarer Mann. Bevor er zu seinen Leuten eilte, die bereits in den Sätteln saßen, musste er mehrmals tief Luft holen.

Dragon hielt das Pferd seines Bruders am Zügel. Grinsend beobachtete er, wie Wolf aufstieg. »Das ging aber schnell.«

Der Jarl war noch immer zu benommen, um eine Antwort zu geben.

»So ist es am besten«, meinte Dragon und lächelte unschuldig. »Bloß kein langer Abschied. Umso mehr freuen sich die Frauen aufs Wiedersehen.«

Wolf brach in Gelächter aus und schaute zum Himmel auf, dessen intensives Blau in seinen Augen schmerzte. Er war noch immer von den Freuden der Sinneslust erfüllt, doch da war noch etwas anderes – eine überwältigende Freude an der ganzen Welt, weil eine bemerkenswerte Frau darin lebte.

Er griff nach den Zügeln und grub seine Fersen in die Flanken des Rappen. »Glaub mir«, rief er seinem Bruder über die Schulter zu, »meine Frau musste nichts entbehren!«

Dragons Gelächter folgte ihm durch das Tor und den Hang hinab.

Im wilden Triumph ließ Wolf seinen Hengst in Galopp verfallen, so dass Erdklumpen unter den Hufen des großen, kräftigen Tieres emporwirbelten. Mit sich und der Natur im Einklang, preschten Ross und Reiter dem Wald entgegen.

18

Cymbra zählte die Fässer im Lagerschuppen ein letztes Mal, dann ritzte sie die Zahl in ihr Kerbholz und nickte. »Ich glaube, wir sind fertig.«

Erleichtert seufzte Brita auf, und das müde Lächeln des halben Dutzends anderer Frauen verriet, dass sie ähnlich empfanden.

Es war fast Mitternacht, und am nächsten Morgen würden die ersten Gäste eintreffen. So lange blieben die Frauen nur selten auf, denn um diese Stunde trieben die Geister ihr Unwesen, und vernünftige Leute lagen im Bett. Doch sie hatten sich bemüht, ihre Angst vor der Finsternis zu ignorieren, wofür Cymbra ihnen dankbar war. Ebenso für vieles andere.

Tagelang hatten sie und ihre Helferinnen hart gearbeitet, um eine ungeheure Aufgabe zu bewältigen, die normalerweise einen ganzen Monat erfordern würde und nicht nur eine Woche. Nun war das Werk vollbracht.

»Geht schlafen.« Gerührt umarmte sie alle Frauen. Sie standen vor dem Lagerschuppen, und der frische Meereswind kühlte ihre erhitzten Gesichter. Am dunkelblauen

Firmament schimmerten unzählige Sterne, während von den eingedämmten Feuerstellen in den Küchenräumen und der großen Halle vereinzelte Rauchschleier herüberwehten. Vögel bewegten sich raschelnd im Schlaf auf den Strohdächern. In der Ferne kreischte eine Eule. »Ruht Euch aus. Das habt ihr wahrlich verdient. Ich wünschte, ich könnte Euch tagelang schlafen lassen, aber leider gibt es noch eine ganze Menge zu tun.«

»Sorgt Euch deshalb nicht, Mylady«, sagte eine der Frauen. »Wir müssen nur noch das Essen vorbereiten und servieren, die Kelche und Trinkhörner füllen und nach den Mahlzeiten aufräumen. Nach allem, was wir in dieser Woche geleistet haben, ist das ein Kinderspiel.«

Zustimmend nickten die anderen, ehe sie in ihre Häuser eilten, von der Aussicht auf das absehbare Ende der Plackerei getröstet.

Brita begleitete ihre Herrin ein Stück den Hang hinauf, bevor sie zur Frauenhalle ging, wo die unverheirateten weiblichen Haushaltsmitglieder schliefen. Den Männern war der Zutritt nicht gestattet. Dafür hatte Cymbra gesorgt, was die Frauen zu schätzen wussten, da es früher oft zu Missverständnissen gekommen war, vor allem nach dem reichlichen Genuss von Ale und Honigwein.

Als sie allein war, blieb Cymbra stehen und sah zu den Sternen hinauf. Die kühle Nachtluft kündigte den baldigen Abschied des Sommers an. Sie hüllte sich etwas fester in ihren Umhang, während sie die vertrauten Konstellationen betrachtete. Sie hielt nach Orion Ausschau, dem Jäger, der über den Himmel wanderte, stets bereit, sein Schwert zu zücken.

Verträumt fragte sie sich, ob auch Wolf draußen im Wald in seinem Nachtlager in diesem Moment zu den Sternen aufsah. Erstaunt bemerkte sie, dass sie seine Nähe spüren konnte, selbst wenn viele Meilen sie trennten. Es war als müsste sie nur die Augen schließen, und ihr Herz könnte ihn erreichen …

Sie hoffte, dass er sich ausruhte. Nach der Menge des erlegten Wildes zu schließen, das die Diener in die Festung gebracht hatten, brauchte er seinen Schlaf. Nun besaßen sie genug Fleisch für die festlichen Mahlzeiten und den Winter. Was sie mit dem Eber anfangen sollte, wusste sie allerdings nicht. Jedenfalls musste er kräftig gewürzt werden, dachte sie. Wie ihr Gemahl dieses gefährliche Tier angegriffen hatte, wollte sie sich lieber nicht vorstellen.

Seufzend spähte sie zum Erdwall hinüber und sah die dunklen Silhouetten der Wachtposten. Im Gegensatz zu Holyhood waren sie alle hellwach – hartgesottene Männer mit scharfen Augen, jederzeit bereit, blitzschnell ihre Schwerter zu ziehen. Einige hatten sich von den Wegen abgewandt, die zur Festung führten, und beobachteten Cymbra, zweifellos auf Wolfs Befehl hin. Sie würden den Blick nicht von ihr abwenden, bis sie die Tür hinter sich geschlossen hatte und in Sicherheit war.

Schließlich betrat sie das Haus ihres Mannes. Wie immer, wenn sie allein war, erschien ihr das Bett viel zu groß und wenig einladend. Hastig zog sie sich aus, faltete die Kleider zusammen und legte sie beiseite. Aus einem Impuls heraus öffnete sie den Schrank, ergriff eine von Wolfs Tuniken und streifte sie sich über den Kopf. Sie kicherte, als sie sah, dass der Saum bis zu ihren Fußknöcheln reichte.

Das Gewand war so groß, dass es beinahe von ihren Schultern glitt, doch sie wickelte es eng um ihren Körper, bevor sie unter die Pelzdecken kroch. Ihre Fingerspitzen strichen über den fein gewebten Stoff, während sie sich ausmalte, er verhülle nicht sie, sondern den muskulösen Körper ihres Mannes. Sie spürte seine Kraft und seine Stärke, die sie schützend umgab, und schon bald versank sie in tiefen Schlaf.

Wenige Stunden später, noch vor dem Morgengrauen, machte sie sich wieder an die Arbeit. Als Erstes musste Brot gebacken werden. Die Frauen rührten Teig in gewaltigen Mengen an, kneteten ihn und ließen ihn aufgehen, ehe sie ihn ein zweites Mal kneteten. Einen Teil des Teigs vermischten sie mit kostbarem Kümmel und Fenchelsamen, andere mit den verschiedensten Kräutern.

Cymbra backte ihr Lieblingsbrot, das auch ihrem Gemahl schmeckte – kleine runde Laibe mit süßem Kardamom gewürzt. Die Luft war von köstlichen Düften erfüllt. Nachdem sie die Brotlaibe in den Backofen geschoben hatte, wurde sie von einem plötzlichen Schrei zur Küchentür gelockt. Auf dem Erdwall standen mehrere Männer und wiesen zum Meer.

Neugierig eilte Cymbra hinüber und kletterte auf den Wall. Sie beschattete ihre Augen mit einer Hand und blickte in die angezeigte Richtung. Ein stolzes Schiff steuerte den Hafen an. Wie sie dem Emblem am Segel und den Bemerkungen der Wachtposten entnahm, handelte es sich um die ersten Gäste.

Ehe sie besorgt überlegen konnte, wie sie die Wikinger-Lords in Wolfs Abwesenheit empfangen konnte, lenkte der Ruf eines Wächters ihre Aufmerksamkeit auf eine Reihe von Reitern, die in Richtung der Festung galoppierten. An der Spitze der Schar flatterte ein Banner mit dem Wolfsemblem. Erleichtert kehrte Cymbra in die Küche zurück und befahl den Frauen, Wasser zu erhitzen, damit der Jarl ein Bad nehmen konnte. Dann lief sie in sein Haus und legte saubere Kleidung für ihn bereit.

Kurz danach trat er ein und brachte den frischen Geruch des Waldes mit. Cymbra fiel ihm so ungestüm um den Hals, dass er lachte. »Vorsicht, meine Süße, ehe ich gebadet habe, bin ich nicht gesellschaftsfähig.«

Strahlend ignorierte sie die Schmutzflecken auf seiner Tunika, die auf der ausgedehnten Jagd unvermeidlich gewesen waren. Nachdem einige Frauen Eimer mit heißem Wasser ins Haus geschleppt, nur mühsam ein wissendes Lächeln unterdrückt und sich entfernt hatten, half sie ihm beim Auskleiden.

Aber als sie die Seife ergriff und ihn waschen wollte, schüttelte er den Kopf. »Vier Tage musste ich es ohne dich aushalten. Wenn du jetzt meinen nackten Körper anfasst, muss der arme Dragon unseren Gästen erklären, warum ich sie nicht begrüße. Mich würde es nicht stören, aber sie, und ich möchte keine Schwierigkeiten heraufbeschwören.«

Dieses vernünftige Argument überzeugte sie, dennoch fühlte sie sich durch seine unverhohlene Begierde geschmeichelt. »Also gut«, erwiderte sie und drückte ihm die Seife in die Hand. »Aber versprich mir, die Gastfreundschaft nicht zu übertreiben. Bleib nicht allzu lange in der Halle. Lass die Lords nach Herzenslust essen und trinken. Und wenn sie berauscht sind, komm zu mir.«

Sein glühender Kuss bewies, dass genau dies seine Absicht gewesen war. Danach ließ sie ihn allein und ging davon aus, dass sie ihn erst beim Festmahl wiedersehen würde.

Doch zu ihrer Überraschung betrat er noch vor der Begrüßung der Gäste die Halle, wo sie gerade die Kelche und die reich verzierten Messer – Wolfs Geschenke an die Lords – auf den Tischen verteilte. Bei seinem Anblick flüchteten die Frauen, die soeben letzte Anweisungen von ihrer Herrin entgegengenommen hatten. Erfreut wandte sie sich ihm zu und musterte seine majestätische Erscheinung. Ein goldenes Band hielt sein dichtes, ebenholzschwarzes Haar aus der Stirn. Auch die Tunika aus dunkelroter Wolle war mit goldenen Symbolen bestickt, die seine Macht bekundeten. Auf goldenen Armreifen prangten die gleichen Symbole, und die Augen des Wolfsemblems an seinem Hals funkelten blutrot im Licht der Nachmittagssonne.

Bekümmert überlegte Cymbra, wie viele Stunden es dauern würde, bis er Zeit für sie finden würde. Mit einem tiefen Seufzer legte sie ihre Hand auf seine breite Brust. »Dieses Gewand steht dir ausgezeichnet.«

Mit einer knappen Verbeugung nahm er das Kompliment zur Kenntnis, aber seine Miene wirkte seltsam zurückhaltend. Er nahm ihren Ellbogen und führte sie zu einer Wand. »Danke für alles, was du getan hast. Keiner anderen Frau wäre das so gut gelungen.«

Sekundenlang starrte sie ihn an, erstaunt über seine innere Anspannung, die sie deutlich spürte. Dann lächelte sie. »Was ich wirklich geleistet habe, weißt du gar nicht. Du bist noch nicht lange genug hier.«

»Ich muss es mir nicht erst mit eigenen Augen ansehen, weil ich dir vertraue.«

Ihr Atem stockte. Als sie in seine Silberaugen blickte, durchströmte sie ein heißes Glücksgefühl. Nur zu gern hätte sie ihm ihre Empfindungen gestanden oder, besser noch, gezeigt. Aber verschiedene Pflichten trennten ihre

Wege. Wolf musste die Gäste begrüßen und seine Frau sich umkleiden, ehe sie ihnen entgegentrat.

Also begnügte sie sich mit einem flüchtigen Kuss auf seine Lippen. »Danke, das bedeutet mir sehr viel.«

Erneut erschien jener seltsame Ausdruck in seinen Augen. War es Reue? Seine Brauen zogen sich zusammen, und sie spürte, wie er ihren Ellbogen noch etwas fester umfasste. »Glaub mir, Cymbra, ich weiß zu würdigen, was du zu Stande gebracht hast. Doch von jetzt an musst du in unserem Haus bleiben, bis die Versammlung vorbei ist.«

Obwohl er sehr leise sprach, hörte sie, was er sagte. Dennoch verstand sie den Sinn seiner Worte nicht. Sie sollte im Haus bleiben? Sie schüttelte den Kopf, als müsste sie einen Nebelschleier aus ihrem Gehirn verscheuchen. Verwirrt schaute sie ihren Mann an und las unbeugsame Entschlossenheit in seinem Blick. »Also muss ich allein zu Hause sitzen, statt am Festmahl teilzunehmen?«

»So ist es am besten.« Unerbittlich zog er sie zur Tür, wo Dragon bereits wartete. Offensichtlich sollte er seine Schwägerin nach Hause geleiten, während sein Bruder die Gäste empfing. Hinter ihm standen mehrere Krieger, den Blick geflissentlich abgewandt. Allem Anschein nach würden sie Cymbra streng bewachen. Wie in einem dieser Harems, von denen Kareem erzählt hatte. Oder eher in einem Gefängnis. »Diese Besprechung der Jarls ist zu wichtig«, fuhr Wolf fort. »Deshalb dürfen sie nicht von deinem verführerischen Anblick abgelenkt werden.«

Von ihrem verführerischen Anblick? War es denn *ihre* Schuld, wenn sich die Männer nicht beherrschen konnten? Mühsam unterdrückte sie ihren Zorn über diese Ungerechtigkeit. Ihr Stolz verbot ihr, vor Dragon und den anderen eine Szene zu machen, deshalb verzichtete sie auf einen Protest, der ihr ohnehin nichts nutzen würde. Was sich ihr Gemahl in den Kopf gesetzt hatte, würde geschehen. »Lass mich los«, flüsterte sie. »Da ich keine Wahl habe, werde ich deine Wünsche erfüllen«, versicherte sie, als sie sein Zögern sah, ehe sie voller Bitterkeit hinzufügte: »Eins möchte ich noch wissen. Hast du das von Anfang an geplant?«

Widerstrebend ließ er ihren Arm los. »Ja. Diese Versammlung ist mehr als nur ein freundschaftliches Treffen. Ich habe sie einberufen, um gewisse Gerüchte zu zerstreuen.«

Gegen Cymbras Willen erwachte ihre Neugier. »Welche Gerüchte?«

Einige Sekunden verstrichen, ehe er antwortete. »Angeblich bin ich so vernarrt in meine sächsische Gemahlin, dass mein Wille geschwächt und meine Autorität gefährdet ist. Deshalb wäre meine Festung leicht zu erobern. Und genau das hätte ich auch verdient, denn einem Wikinger, der sich von einer Sächsin betören lässt, darf man nicht trauen.« Entrüstet wollte sie widersprechen, aber er brachte sie mit einer knappen Geste zum Schweigen. »Die Männer, die Vycoff angegriffen haben, waren keine Dänen, wie ich ursprünglich annahm, sondern Norweger. Sie sahen eine günstige Gelegenheit und nutzten sie. Als Abschreckung verurteilte ich sie zum Tode. Aber weil ich sie zu schnell sterben ließ, gab ich den Gerüchten neue Nahrung.«

Entsetzt presste sie die Lippen zusammen. Nur ihr zuliebe hatte er den Gefangenen einen barmherzigen Tod gegönnt. Nur weil sie auf ihrer Anwesenheit bei der Urteilsverkündigung und der Vollstreckung bestanden und er sich verpflichtet gefühlt hatte, ihre Gefühle zu schonen.

Niemals hätte sie erwartet, dass seine Handlungsweise auf *diese* Weise gedeutet werden würde. Alle Farbe wich aus ihrem Gesicht.

Mit sanfter Stimme erinnerte er sie: »Ich habe dich gewarnt. Dies ist ein hartes Land, und wir sind ein hartes Volk. Hier muss man seine Macht stets aufs Neue beweisen, um sie zu wahren.«

»Und jetzt willst du deine Macht über die Sächsin zeigen, indem du sie gefangen hältst?«

Ungeduldig winkte er ab. »Übertreib nicht, unser Haus ist wohl kaum ein Gefängnis. Die Jarls werden meinen Entschluss verstehen. Nachdem sie von deiner Schönheit gehört haben, müssten sie meine Klugheit respektieren und mir das Recht zubilligen, mein Eigentum zu schützen. Daraus werden sie eine Lehre ziehen und erkennen, dass ich meinen übrigen Besitz ebenso streng bewache. In Zukunft wird man nie mehr an meiner Autorität zweifeln.«

Seine Autorität … Sie hatte geglaubt, ihn zu kennen, und ihm vertraut. Doch sie war keine Ehefrau, die man an seiner Seite sehen sollte, die man ehrte und achtete. Stattdessen benutzte er sie, um seine Position zu demonstrieren.

Warum war sie so überrascht? Warum schnürten ihr Tränen die Kehle zu? Tränen, die sie jedoch niemals vergießen würde. Lieber wollte sie sterben. Hatte er sie nur geheiratet, um sich zu rächen, ein Bündnis zu schließen – und sich mit ihr zu vergnügen? Offensichtlich. Vor allem die letztere Erkenntnis schmerzte, als wäre ein Messer in ihr Herz gerammt worden.

»Wie dumm ich war …«, wisperte sie. »Dumm genug, um zu vergessen …« Plötzlich musste sie wieder an Wolfs grausige Drohung vor der Hochzeit denken. »Natürlich, du stehst auf der Seite der Norweger – und stellst dich gegen die Sachsen.« Tiefe Verzweiflung drohte sie zu überwältigen, doch es gelang ihr ihre schlimmste Angst in Worte zu fassen. »*Deshalb* hast du die Jarls eingeladen, nicht wahr? Um weitere hilflose Menschen anzugreifen, um den Tod meines Bruders zu planen und deine blutrünstigen Götter zu befriedigen?«

Auf seinen hohen Wangenknochen erschienen rote Flecken, und seine Augen funkelten gefährlich. »Ich *bin* ein Norweger. Wenn dir das missfällt, bedaure ich es, denn es lässt sich nicht ändern. Aber du müsstest wissen, dass ich den Frieden anstrebe, denn sonst hätte sich nichts von all dem ereignet, was zwischen uns geschah.« Langsam wanderte sein Blick über ihre Gestalt und verweilte auf ihren Brüsten und Hüften. »Ich nahm dich gefangen, doch dann habe ich dich geheiratet. Und ich bin stets sehr sanft mit dir umgegangen. Daran solltest du dich erinnern – und auch daran, dass dein Schicksal auch anders hätte aussehen können.« Ehe sie antworten konnte, blickte er über ihre Schulter hinweg und beobachtete, wie die Wachtposten auf dem Erdwall lebhaft gestikulierten. »Bring meine Frau in mein Haus, Dragon.« Dann wandte er sich wieder zu Cymbra. »Nun musst du deinen Zorn allein ertragen, Lady. Ich habe keine Zeit mehr für dich.«

Ohne ein weiteres Wort verließ er die Halle.

Stirnrunzelnd betrachtete sie den Blutstropfen, von dem sie den Eindruck hatte, er wäre von selbst entstanden. Erst nach einer kleinen Weile bemerkte sie, dass sie sich in den Finger gestochen hatte, denn der leichte Schmerz war angesichts der Seelenqualen, die sie seit drei Tagen peinigten, kaum von Bedeutung. Seufzend ließ sie den hübschen blauen Wollstoff sinken, aus dem sie eine Tunika für ihren

Gemahl nähte, und starrte die gegenüberliegende Wand an. Ob die Sonne wohl schien? Sie wusste es ebenso wenig wie an den beiden vorangegangenen Tagen. Nur eins stand fest – es hatte nicht geregnet, denn das hätte sie trotz der verschlossenen Fensterläden bemerkt. Durch die schmalen Ritzen drang kaum Tageslicht ins Zimmer. Um ihre Augen bei der Handarbeit nicht zu ermüden, brauchte sie das Licht, das die Kohlenbecken verströmten. Doch das Feuer erhitzte den Raum, so dass es unerträglich warm war. Vor dem Fenstern summten Bienen.

Als die Tür aufschwang und Brita mit einem Tablett eintrat, schloss Cymbra, vom plötzlichen Lichtstrahl geblendet, die Augen – wenn auch nicht schnell genug, um den Wachtposten zu übersehen, der draußen stand.

Brita stellte das Tablett auf den Tisch und lächelte schüchtern. »Mylady, ich bringe etwas von dem Kardamombrot, das Ihr so gern esst. Und diesen wunderbaren Eintopf habe ich so zubereitet, wie Ihr ihn am liebsten mögt, mit Hühnerfleisch und Rosmarin.«

Gleichmütig zuckte Cymbra die Achseln. Sie verspürte keinen Appetit. Dreimal täglich trug Brita die Tabletts hinaus, nachdem ihre Herrin nur wenige Bissen zu sich genommen hatte, und die Sorge der Sklavin wuchs.

»Soll ich Euch etwas anderes bringen? Vielleicht Gänseleber auf warmem Brot?«

Allein der Gedanke daran ließ Cymbra erschaudern. Neuerdings litt sie an einem empfindlichen Magen, was sie auf ihre Gefangenschaft zurückführte. »Nein, danke, ich bin nicht hungrig. Wie verlaufen die festlichen Mahlzeiten?«

»Diese Jarls sind einfach nicht satt zu kriegen. Welch ein

Glück, dass Ihr einen so großzügigen Speiseplan zusammengestellt habt, Mylady! Alles, was sie sehen, schlingen sie in sich hinein. Nur ihr Durst übertrifft ihren Bärenhunger.«

»Heute sind sie wieder ausgeritten. Ich hörte die Hufschläge.« Wie Donnergrollen hatten sie die Wände des Hauses erschüttert.

»Ja, egal ob sie betrunken oder nüchtern sind, sie jagen für ihr Leben gern. Bisher sind nicht allzu viele vom Pferd gefallen. Und die wenigen, die es erwischt hat, haben sich dank ihrer harten Schädel nicht verletzt.«

»Und der Mann, der letzte Nacht von einem Messerstich getroffen wurde?« Davon hatte Brita beim Frühstück erzählt. Dieser Kampf war bislang der einzige gewesen, was alle für ein gutes Zeichen hielten.

»Ulfrich sagt, er wird es überleben. Offenbar hat Eure Salbe Wunder gewirkt, Mylady.«

Cymbra legte die Näharbeit beiseite und stand auf. Infolge der mangelnden Bewegung fühlten sich ihr Nacken und die Schultern ungewohnt steif an. Sonderbarerweise war sie müde, trotz des tagelangen Müßiggangs. Aber vielleicht war das gar nicht so seltsam, denn sie hatte kaum geschlafen. »Und sonst?«, fragte sie.

»Nun ja, wenn die Lords abgereist sind, wird es in dieser Gegend nur noch steinreiche Huren geben.«

Das war nicht weiter verwunderlich. Bis in die Nacht hinein hörte Cymbra kreischende Frauenstimmen, die sich in das laute Grölen der Männer, die Trommelschläge und die Flötenmusik mischten. Und die Jarls amüsierten sich nicht nur in der Halle, manchmal stolperten Betrunkene auch an Cymbras Haus vorbei. Und eines Nachts hatte jemand seine Gespielin draußen an die Hauswand gepresst, um sein Verlangen zu stillen. Doch die beiden waren schon nach wenigen Minuten von einem Wachtposten verscheucht worden.

Alle paar Stunden wurden die Wachtposten abgelöst. Offenbar sorgte Wolf dafür, dass die Männer stets aufmerksam und ausgeruht waren. Oder er fürchtete, ein unglücklicher Krieger könnte den Tücken der schönen Sächsin zum Opfer fallen. Glaubte er, sie würde einen Fluchtversuch wagen? Wohin sollte sie denn schon gehen?

Vielleicht hätte sie ihm diese Frage gestellt, wenn sie die Gelegenheit dazu gehabt hätte. Aber seit dem Streit in der Halle hatte er sich nicht mehr bei ihr blicken lassen. Weder in jener Nacht noch in der nächsten war er ins Haus gekommen. Unglücklich hatte sie dem Gelächter gelauscht und überlegt, auf welche Weise sich ihr Ehemann wohl amüsierte.

»Wie ich gehört habe, beklagen sich die Huren«, berichtete Brita. »Die schönsten kämpfen um die Gunst des Jarls, aber er beachtet sie nicht.«

Cymbra wünschte sich von ganzem Herzen, sie könnte der Irin glauben. Wenn sie sich vorstellte, Wolf wäre mit einer anderen zusammen … Nein, das würde sie nicht ertragen.

Nachdem Brita sie gedrängt hatte, endlich etwas zu essen, verließ sie das Haus. Cymbra starrte das Tablett an, doch sie brachte keinen Bissen hinunter. Inzwischen war es so dunkel geworden, dass sie ihre Näharbeit nicht fortsetzen konnte. Sie verspürte keine Lust, für sich selbst auf der Laute zu spielen, und vorerst musste sie keine Arzneien zubereiten. Sie hatte ihre kostbaren Schriftrollen inzwischen so häufig gelesen, dass sie jede Zeile auswendig kannte. Und ansonsten gab es nichts zu tun.

Die Nacht brach herein, und der Lärm in der Halle schwoll an. In der warmen, stickigen Luft, die das Haus erfüllte, vermochte Cymbra kaum zu atmen. Sie sprang auf und begann, im Zimmer auf und ab zu wandern. Aber die Schritte linderten das Unbehagen nicht, deshalb ließ sie sich nach kurzer Zeit wieder in den Sessel neben dem Tisch sinken. Durch die Ritzen der Fensterläden nahm sie eine Bewegung wahr, beugte sich vor und spähte hinaus, wobei sie hoffte, dass niemand ihren Schatten sehen konnte. Bei einem so demütigenden Zeitvertreib erwischt zu werden, würde sie nur noch mehr beschämen.

Im Licht der Fackeln, die den Hof erhellten, sah sie Brita zur Frauenhalle gehen. Offenbar wollte sich die Irin zurückziehen. Darüber freute sich Cymbra, denn ihre fleißige Gehilfin hatte wahrlich ein bisschen Ruhe verdient.

In diesem Augenblick sah Cymbra drei Betrunkene vorbeitorkeln, die stehen blieben, als sie Brita entdeckten.

»Genau das brauchen wir jetzt – eine Hure!«, rief der größte des Trios, ein dunkelhaariger junger Bursche, der seine schöne, kostbare Tunika von oben bis unten beschmutzt hatte.

Eifrig nickte der Zweite, der etwas kleiner und stämmig gebaut war. »War ja auch ziemlich dumm von uns, die Halle ohne Begleiterin zu verlassen.«

»Macht nichts, jetzt haben wir eine gefunden!« In der Stimme des dritten Mannes, der etwas älter aussah, schwang ein grausamer Unterton mit, der einen Schauer über Cymbras Rücken jagte.

Eine Hand auf den Mund gepresst, beobachtete sie mit wachsender Empörung das Szenario. War das der Dank für die Gastfreundschaft des Jarls von Sciringesheal? Bildeten sie sich ein, jede Frau innerhalb der Festungsmauern sei eine verfügbare Hure? Sie sprang auf, um Brita zu warnen. Aber bevor sie die Stimme erheben konnte, hörte sie die Irin angstvoll schreien. Kurz entschlossen rannte Cymbra zur Tür und stürmte hinaus, wobei sie beinahe gegen den Wachtposten gestoßen wäre, der sie ungläubig anstarrte.

»Mylady …«, schrie Brita und wehrte sich vergeblich gegen die drei Burschen, die sie um die Ecke der Frauenhalle zerrten.

»Geht zu ihr!«, herrschte Cymbra den Krieger an, den sie als einen von Wolfs Begleitern bei seiner Reise nach Holyhood wiedererkannte, einen höflichen jungen Mann, dessen Wachsamkeit bedauerlicherweise niemals nachzulassen schien. Wie hieß er doch gleich? »Magnus! Seht Ihr denn nicht, dass sie Hilfe braucht?«

Zögernd spähte er über seine Schulter und beobachtete Britas verzweifelten Kampf. Das Oberteil ihres Kleids war zerrissen, ihre Brüste halb entblößt, der Schleier von ihrem Haar geglitten.

»Geht wieder ins Haus, Mylady!«

Ungläubig blinzelte sie. Wie konnte er in so einem Augenblick … »Helft ihr!«

Zu ihrem Entsetzen schüttelte er den Kopf. »Ich darf meinen Posten nicht verlassen.«

Wütend stieß sie seine Hand weg, als er sie ins Haus zu schieben versuchte. »Wollt Ihr tatenlos zusehen, wie Brita Gewalt angetan wird?«

Er sah wieder zur Frauenhalle hinüber. Inzwischen war das Mädchen verschwunden. Aber sein Entschluss stand fest. »Ich muss den Befehl des Jarls befolgen, Lady. Wenn ich mich von der Stelle rühre, verliere ich mein Leben.«

»Und *Britas* Leben?«, fauchte Cymbra. Die verzweifelten Hilferufe des Mädchens waren immer noch zu hören. Sie fasste einen Entschluss. An Magnus würde sie nicht vorbeikommen, also lief sie ins Haus zurück, warf die Tür hinter sich zu und schob den Riegel vor.

Während der Wächter verblüfft nach ihr rief, öffnete sie die Läden eines Fensters im hinteren Teil des Hauses, raffte ihre Röcke, kletterte über den Sims und sprang hinab.

Sie landete ein wenig unsanft auf beiden Füßen, fand jedoch ihr Gleichgewicht sofort wieder und lief um das Haus herum. Als Magnus sie bemerkte, rief er ihr zu, sie solle stehen bleiben. Aber sie beachtete ihn nicht, sondern hastete zu der Ecke der Frauenhalle, hinter der Brita verschwunden war. Magnus würde ihr folgen müssen, wie sie beabsichtigt hatte.

Hinter der Frauenhalle befanden sich die Stallungen mit den spitzen Dächern, und das Wiehern verschreckter Pferde wies Cymbra den richtigen Weg. Inzwischen waren Britas Schreie verstummt. Cymbra sah sie bewusstlos in einer leeren Box liegen. Aus einer Stirnwunde quoll Blut, und ihre Röcke waren bis zur Taille hochgeschoben, die Beine gespreizt. Zwischen ihren Schenkeln kniete einer der drei Angreifer und zerrte an seiner Hose.

»Elender Abschaum!« Mit aller Kraft warf sich Cymbra auf den Burschen und stieß ihn zur Seite.

»Verdammtes Biest! Schafft sie weg!« Wütend bäumte er sich auf und versuchte, sie abzuschütteln. Aber sie hielt ihn eisern fest. Der Zorn verlieh ihr ungeahnte Kräfte. Erst als sie eine Hand hob, um sein Gesicht zu zerkratzen, gewann er die Oberhand, packte sie an den Schultern und schleuderte sie gegen die Stallwand. Ihr Kopf prallte gegen einen hölzernen Pfosten, und vor ihren Augen tanzten grelle Lichter. Als sie wieder klar sehen konnte, stand

Magnus mit gezücktem Schwert vor ihr und starrte sie erschrocken an.

Plötzlich schien die Zeit sich zu verlangsamen. Den Bruchteil einer Sekunde lang, der ihr wie eine Ewigkeit erschien, beobachtete sie, was ihn dieser Augenblick der Unaufmerksamkeit kostete. Die drei Schurken mochten betrunken sein, doch sie waren gut ausgebildete Krieger. Mit erhobenen Schwertern stürzten sie sich auf Magnus, der sie zu spät erblickte, so dass ihm keine Zeit blieb, sich zu wehren.

Hastig hielt Cymbra nach einem Gegenstand Ausschau, den sie als Waffe benutzen konnte. Als sie nichts Passendes fand, lief sie zu einem der Angreifer und trommelte mit beiden Fäusten gegen seinen Rücken. Fluchend stieß er sie beiseite, so dass sie zu Boden stürzte. Durch ihre Schulter fuhr ein heftiger Schmerz, und sie hob gerade noch rechtzeitig den Kopf, um zu beobachten, wie die Klingen den hilflosen Magnus trafen. Die Erste bohrte sich in seinen Waffenarm, während die Zweite seinen Schenkel durchstieß. Aus beiden Wunden strömte Blut, und er brach zusammen. Kurz bevor ihm die Sinne schwanden, erwiderte er Cymbras verzweifelten Blick.

»Fesselt ihn!«, befahl der älteste Bursche, offensichtlich der Anführer des Grüppchens.

Der stämmige Mann zögerte. Anscheinend hatte der Kampf ihn ernüchtert. »Er blutet ziemlich stark …«

»Und wenn schon!«, rief der Älteste, den Cymbra als denjenigen erkannte, der zuvor zwischen Britas Schenkeln gekniet hatte. Als sein Blick auf Cymbra fiel, sah sie voller Entsetzen die wilde Lust in seinen Augen aufflammen. Als er ihre Angst bemerkte, verzog er höhnisch die Lippen. »Vergessen wir die da!«, entschied er und wies mit dem Kinn auf Brita. »Erteilen wir der anderen eine Lektion!«

Seine beiden Gefährten zauderten nicht lange. Mit weit aufgerissenen Augen musterten sie Cymbras Schönheit – zunächst ungläubig, dann in wachsender Begierde.

Taumelnd stand sie auf. Da es keinen Fluchtweg gab, konnte sie nur zur Wand zurückweichen. Sie musste ihren ganzen Mut, ihren ganzen Stolz aufbieten, um die Panik, die sich in ihr ausbreitete, zu bekämpfen. »Ich bin Lord Wolfs Frau«, erklärte sie und hob das Kinn. »Wenn Ihr mir auch nur ein Haar krümmt, wird er Euch töten.«

Zu ihrer Bestürzung brach der Älteste in Gelächter aus. »Erst mal müsste er herausfinden, wer es getan hat. Vielleicht bringen wir Euch ja für immer zum Schweigen.«

Blitzschnell packte er sie und riss ihr Kleid vom Kragen bis zur Taille entzwei. Während sie versuchte, den Stoff vor ihren Brüsten zusammenzuhalten, warf er sie zu Boden und stürzte sich auf sie.

»Haltet ihre Beine fest!«, rief er den beiden anderen zu. Cymbra wollte schreien, aber er presste eine Hand auf ihren Mund. Als sie in seinen Finger biss, zuckte er zurück und schlug sie ins Gesicht. Vor ihren Augen tanzten erneut Sterne. Wie aus weiter Ferne hörte sie ihren Peiniger zischen: »Verdammte Sachsenhure! Zu etwas anderem seid Ihr nicht zu gebrauchen. Macht die Beine breit!«

Jemand zerrte an ihren Fußknöcheln. Mit letzter Kraft wehrte sie sich. Eine dunkle Wolke schien sie einzuhüllen und der Gestank von Ale und Schweiß stieg ihr in die Nase, vermischt mit der Ausdünstung männlicher heißer Lust. Der Angreifer hielt ihr immer noch den Mund zu, und seine Fingerknöchel bohrten sich in ihre Nasenlöcher, so dass sie keine Luft mehr bekam. Schmerzhaft rangen ihre Lungen nach Atem. Ihr letzter Gedanke glich einem lautlosen Schluchzen, das in ihrer Kehle aufstieg – *Wolf*.

19

Vor ihren geschlossenen Lidern bewegte sich helles Licht, das so grell war, dass sie zusammenzuckte. Irgendwo erklangen Stimmen. Eine Hand berührte ihre Stirn.

»Ganz ruhig, Mylady. Alles ist in Ordnung. Jetzt seid Ihr in Sicherheit.«

Langsam öffnete sie die Augen und schloss sie sofort wieder, von flackerndem Fackelschein geblendet. Dann blinzelte sie.

»Ulfrich …?« War das ihre Stimme, die so schwach und heiser klang?

Sein sorgenvolles Gesicht verzog sich zu einem Lächeln. Erleichtert seufzte er auf. »Ja, ich bin's, Mylady. Wie schön, dass Ihr mich erkennt!« Er schob einen Arm unter ihre Schultern. »Nun solltet Ihr Euch mit meiner Hilfe aufsetzen. Wenn Euer Kopf zu heftig schmerzt, müsst Ihr es mir sofort sagen.«

In ihren Schläfen dröhnte es, und sie hielt sich an ihm fest, während er sie behutsam aufrichtete. Sie roch süßes Heu und Hafer. Offenbar befand sie sich immer noch im Stall.

Ihre Augen gewöhnten sich allmählich an das Licht, und sie erkannte die Umrisse anderer Männer, die teils in ihrer Nähe, teils im Hintergrund standen. Plötzlich flammte eine Fackel auf, und ihr Widerschein beleuchtete Dragons grimmiges Gesicht. Als er ihren Blick erwiderte, glaubte sie Verblüffung in seiner Miene zu lesen, vermischt mit Erleichterung. Dann verschwand er aus ihrem Gesichtsfeld, und sie ließ den Kopf an die Stallwand sinken und schloss erschöpft die Augen.

»Lord …« Wieder Ulfrichs Stimme – zögernd und bekümmert …

Neben ihr bewegte sich etwas, und sie spürte die vertraute Aura einer überwältigenden Kraft. Zitternd streckte sie eine Hand aus, die sofort ergriffen und an eine muskulöse Brust gepresst wurde. »Wolf …«

Wortlos nahm er sie in die Arme und streichelte ihr Haar – so zärtlich, dass Tränen in ihre Augen aufstiegen. Seine Berührung wirkte wie Balsam. Erstaunlich, wie sicher sie sich auf einmal fühlte … Nein, das überraschte sie nicht. Sie fühlte sich nicht mehr einsam, denn sie genoss wieder die Nähe dieses Mannes, mit dem sie sich enger verbunden fühlte, als sie es je für möglich gehalten hätte. Früher wäre sie sogar davor zurückgeschreckt, im Glauben, nur hinter den schützenden Mauern in ihrer Seele leben zu können. Doch nun wusste sie, dass das nicht stimmte, und diese Erkenntnis erfüllte sie mit großer Freude.

Sie versuchte sich aufzurichten, während ihr Gemahl sie noch immer behutsam umfangen hielt. »Brita – Magnus …?« Ihre Stimme bebte.

»Beide werden genesen«, beteuerte Ulfrich. »Brita wurde bewusstlos geschlagen, aber inzwischen ist sie wieder zu sich gekommen, und sie würde sich gern selbst um Euch kümmern, Mylady, wenn wir es zuließen. Magnus hat viel Blut verloren, doch er wird sich ebenfalls wieder erholen.«

Cymbra sandte ein stummes Dankgebet zum Himmel. Trotz der schrecklichen Ereignisse in dieser Nacht hatte der Allmächtige Gnade gezeigt. Was genau geschehen war, verstand sie noch immer nicht. »Wolf, wie hast du uns gefunden?«

Er musterte sie mit unergründlicher Miene. Nur eine heftig pulsierende Ader an seinem Kinn zeugte von seinen tiefen Gefühlen. »Ich hörte dich schreien.«

Verwirrt runzelte sie die Stirn. Der Stall lag viel zu weit vom Hauptgebäude entfernt, und er konnte ihren Hilferuf über den Lärm des Zechgelages in der Halle hinweg unmöglich gehört haben. Trotzdem war er zu ihr gekommen, um sie zu retten.

Als ihr bewusst wurde, was das bedeutete, erschauerte sie. Nur vage nahm sie wahr, wie er sie hochhob und ins Freie trug, während hinter ihnen das Stimmengewirr verhallte. Kühle Nachtluft streichelte Cymbras Wangen. Den Kopf an Wolfs Schulter gelegt, weigerte sie sich, an irgendetwas zu denken.

In seinem Haus stand eine Wanne mit dampfendem Wasser. Behutsam setzte der Jarl seine Frau aufs Bett, kniete nieder und begann sie auszuziehen. Zu seiner Erleichterung protestierte sie nicht. Beim Anblick ihres zerrissenen Kleids hielt er kurz inne, doch er sagte nichts. Er spürte ihre Verwirrung und wollte ihr Zeit geben, über alles nachzudenken und zu verkraften, was geschehen war. Ihr Vertrauen zu ihm war ein Segen, für den er den Göttern zu gegebener Zeit danken würde.

Zunächst musste er sich um andere Dinge kümmern.

Er steckte Cymbras langes Haar mit Nadeln auf dem Hinterkopf fest, wie er es zuvor bereits beobachtet hatte, dann hob er sie vorsichtig in die Wanne. Seufzend lehnte sie sich zurück, und Wolf sah zum ersten Mal, was ihr die Schurken angetan hatten. Bläuliche Flecken bedeckten ihre Arme und Beine. Zwischen den Brüsten zeugten rote Kratzspuren von dem zerrissenen Kleid und ihre rechte Wange, die von einer harten Faust getroffen worden war, begann anzuschwellen.

Langsam und methodisch begutachtete er jede einzelne Verletzung. Allein der Gedanke daran, dass sie noch schlimmere Qualen hätte erleiden können, half ihm, seinen heißen Zorn zu bezähmen.

Während er den geschundenen Körper mit Lavendelseife wusch, schloss sie zufrieden die Augen, und er spürte, wie sie sich unter seinen Händen entspannte, was er als einen weiteren Beweis ihres Vertrauens deutete.

Nachdem er sie von Kopf bis Fuß gesäubert hatte, hob er sie aus der Wanne, stellte sie auf die Füße und trocknete sie ab. Als er niederkniete und das Badetuch zwischen ihre Schenkel schob, zuckte sie zusammen. Die Schatten unter ihren Augen und die ungewohnte Passivität verrieten ihm, das ihre anfängliche Erleichterung verflogen war und allmählich dem Grauen wich, das der brutale Angriff ausgelöst hatte.

Mittlerweile konnte sie sich an die Einzelheiten erinnern – eine Erfahrung, die er nach seinen blutigen Schlachten selbst schon gemacht hatte. Und er wusste, dass die schrecklichen Visionen immer wieder zurückkehren würden – vielleicht jahrelang.

Unbarmherziger Zorn auf die brutalen Angreifer umhüllte ihn wie ein roter Nebel, und er war für einen Augenblick nicht in der Lage, etwas anderes wahrzunehmen als die rasenden Schläge seines Kriegerherzens. Doch seine Willensstärke und die übergroße Liebe zu Cymbra halfen ihm, die Wut zu zügeln und seine Gedanken auf die Dinge zu richten, die erledigt werden mussten.

Am liebsten hätte er sich mit seiner Frau ins Bett gelegt und sie schützend den Rest der Nacht in den Armen gehalten. Aber für den Moment mussten die Wünsche des Ehemanns hinter den Pflichten des Jarls zurückstehen.

Als er ihr ein sauberes Kleid über den Kopf streifte, sah er die Verblüffung in ihren Augen – und die Erkenntnis, dass der Zwischenfall noch nicht abgeschlossen war. Die Missetäter mussten bestraft werden. Inständig hoffte er, dass ihr noch nicht klar geworden war, was die meisten Bewohner von Sciringesheal bereits wussten – Lord Wolfs sächsische Gemahlin hatte ihm wieder einmal den Gehorsam verweigert.

Während er die Nadeln aus ihrem Haar löste, atmete er den süßen Duft ihrer Haut ein. Die langen kastanienbraunen Locken glitten durch seine Finger und ließen ihn an die erste Begegnung in Holyhood denken. Sie war die Treppe zum Verlies herabgestiegen, eine schlanke, anmutige Silhouette, deren wundervolles Haar im Fackelschein geschimmert hatte. Damals war er tief beeindruckt von ihrer stolzen Haltung gewesen. Obwohl sie die gefangenen Wikinger gefürchtet haben musste, war ihre Entschlusskraft nicht ins Wanken geraten. Nie zuvor war er einer so tapferen Frau begegnet, und er betete, dass der Mut sie auch jetzt nicht verließ.

»Komm«, sagte er leise, ergriff ihre Hand und führte sie aus dem Haus.

Vor dem Hauptgebäude drängte sich eine große Menschenmenge, da nicht alle Platz in der Halle gefunden hatten. Fackeln flackerten auf hohen Pfosten und bildeten einen Kreis, in dem die rötliche Glut unheimliche Schatten entstehen ließ. Am Rand des Lichtscheins wartete Dragon.

Wolf übergab Cymbra der Obhut seines Bruders und trat in die Mitte des Kreises. Langsam wanderte sein Blick über die Versammlung. Unter seine eigenen Leute – Krieger und Stadtbewohner mit ihren Frauen – hatten sich auch die Gäste aus ganz Vestfold gemischt. Sämtlichen Anwesenden war der Schock und die Wut deutlich anzusehen, doch zugleich auch der Loyalitätskonflikt. Was als Fest der Versöhnung gedacht war, drohte plötzlich, einen Krieg auszulösen.

Reglos stand Wolf da, die Beine leicht gespreizt, die Fäuste in die schmalen Hüften gestemmt. Im Fackelschein vibrierten die kraftvollen Muskeln seiner bronzebraunen Arme. Er überragte sämtliche anwesenden Männer außer Dragon und strahlte eine Autorität aus, die niemand anzweifeln konnte. Alle Stimmen verstummten, und Stille senkte sich über den Platz. Gebieterisch hob er eine Hand. »Bringt sie her!«

Als sich die Menge teilte, führten einige Wachtposten die drei Angreifer in den Kreis. Man hatte ihnen die Waffen abgenommen und ihre Hände auf den Rücken gefesselt. Dem kleinen, stämmigen Burschen und dem größten der drei war die Angst deutlich anzusehen. Lediglich der Älteste, den Cymbra für den Anführer hielt, grinste höhnisch, was dem Jarl nicht entging. Seine Silberaugen verengten sich.

Neben Wolf sah Cymbra mehrere Wikinger, die sie nicht kannte. Einer von ihnen sah auffällig bekümmert aus, obwohl er versuchte, es zu verbergen, während die anderen zornig wirkten. Ihr Unmut schien sich gegen die drei

Schurken zu richten, von denen sie sich mit angewiderter Miene abwandten, nachdem sie ihnen einen kurzen Blick zugeworfen hatten.

Auch Brita trat in den Kreis, von Bruder Joseph begleitet, der ihr offenbar beistehen wollte. Cymbra hielt besorgt den Atem an, doch dann spürte sie die innere Kraft der Irin, die herausfordernd den Kopf hob. Ohne eine Miene zu verziehen, musterte sie die Männer, die ihr um ein Haar Gewalt angetan hätten.

Schließlich wurde Magnus in den Kreis getragen. Bleich lag er auf seiner Trage, und sein mit einem blutbefleckten Verband bedeckter Arm ruhte auf der Wolldecke. Ulfrich trat neben ihn, ohne ihn auch nur eine Sekunde aus den Augen zu lassen.

Nachdem sich alle Beteiligten eingefunden hatten, wandte sich Wolf an Brita: »Erzähl uns, was geschehen ist«, forderte er sie mit sanfter Stimme auf.

Mit klarer Stimme schilderte sie die Ereignisse. »Ich war auf dem Weg zur Frauenhalle. Plötzlich fielen diese Männer über mich her und zerrten mich in den Stall. Wer mir mit der Faust auf den Kopf schlug, weiß ich nicht. Jedenfalls verlor ich die Besinnung. Deshalb kann ich nicht sagen, was sich danach zutrug. Als ich das Bewusstsein wiedererlangte, war alles vorbei.«

Die Menge begann zu murmeln, schwieg aber sofort wieder, als Wolf sich seinem verletzten Krieger zuwandte. Der junge Mann versuchte, sich von der Bahre zu erheben. Doch der Jarl bedeutete ihm, liegen zu bleiben. Ulfrich kniete nieder und ermahnte seinen Schützling: »Mutet Euch nicht zu viel zu.«

Stockend berichtete Magnus, was er gesehen hatte. »… dann erklärte ich der Lady, ich dürfe meinen Posten nicht verlassen. Sie kehrte ins Haus zurück, und ich dachte, damit sei die Sache erledigt.«

Bei der Erinnerung an seine Dummheit runzelte er die Stirn, und Wolf ermunterte ihn mit einem mitfühlenden Blick, weiterzusprechen. Natürlich war es nicht so einfach, dem Jarl mitzuteilen, wie sich seine Frau verhalten hatte.

»Wenige Minuten später erkannte ich meinen Fehler, denn sie rannte an mir vorbei zur Frauenhalle. Ich folgte ihr. Und als sie den Stall betrat …« Magnus unterbrach sich, um Atem zu schöpfen, was ihm augenscheinlich Schmerzen bereitete, »schlugen sie die Lady nieder. Ich war so entsetzt, dass ich etwas zu lange zögerte – und mich überrumpeln ließ.« Beschämt ließ er den Kopf sinken. »Verzeiht mir, Lord Wolf.«

Beklommen presste Cymbra die Lippen zusammen, um sich daran zu hindern, lauthals zu verkünden, dass den jungen Mann keine Schuld traf, sondern nur sie selbst. Wolf kniete neben ihm nieder und strich ihm das Haar aus dem Gesicht. »Mach dir keine Vorwürfe. Du warst allein gegen drei. Es gibt nichts, wofür du dich entschuldigen müsstest. Du hast deine Pflicht getan.«

Magnus' offensichtliche Erleichterung ließ Tränen in Cymbras Augen aufsteigen, die sie hastig wegwischte. Erschrocken fuhr sie zusammen, als ihr Gemahl sie aufforderte, als Nächste zu sprechen.

Nein, nicht ihr Gemahl. Dieser Mann mit der ausdruckslosen Miene war nicht derjenige, der sie so leidenschaftlich umarmt und dessen Herz im Gleichklang mit ihrem geschlagen hatte. Plötzlich wurde ihr bewusst, dass sie vor dem mächtigsten Kriegsherrn des Nordens stand, vor einem allseits gefürchteten Jarl, dessen Autorität vom Ungehorsam seiner sächsischen Frau gefährdet wurde. Keine

Sekunde lang zweifelte sie an der harten Strafe, die ihr drohte.

Während sie in den Kreis trat, bemerkte sie die Erregung der Menge. Viele dieser Männer sahen sie zum ersten Mal und rissen verwundert die Augen auf, während andere nickten, als verstünden sie mit einem Mal den Aufruhr.

Mit einem tiefen Atemzug versuchte sie, ihre Nerven zu besänftigen. »Nur ich konnte Brita helfen. Und so verließ ich das Haus.« Zu Magnus gewandt, fügte sie hinzu: »Es tut mir sehr Leid, dass Ihr verletzt wurdet.«

Diese unerwartete Entschuldigung der Frau, die mit seinem Jarl verheiratet war, ließ ihn noch blasser werden. Ohne Cymbra anzuschauen, murmelte er: »Das müsst Ihr nicht bedauern, Lady. Ich wünschte, ich hätte Euch beistehen können.«

Seinen Worten folgte tiefe Stille. Langsam, von ein paar Hundert neugierigen Augenpaaren verfolgt, trat der Jarl von Sciringesheal vor seine rebellische sächsische Frau, die ihren ganzen Mut aufbringen musste, um nicht vor ihm zurückzuweichen. Als er ihr Kinn umfasste, erstarrte sie, ohne jedoch seinem Blick auszuweichen, in dem ein beängstigendes Feuer flackerte. »Du wusstest, dass du das Haus nicht verlassen durftest.«

Obwohl dies keine Frage war, antwortete sie: »Ja.«

»Und du wusstest auch, warum.«

»Weil du dachtest, mein Erscheinen würde deine Gäste beunruhigen.«

»Trotzdem hast du meinen Befehl missachtet.«

»Ja. Um meine Freundin zu retten. Und ich würde es jederzeit wieder tun.«

Sie hörte, wie das Publikum nach Luft schnappte und missbilligend zu murmeln begann. Doch allein die Hand zählte, die ihr Kinn fest und sanft zugleich umschloss, allein der Blick, der in ihre Seele zu dringen schien …

Als wären sie beide allein auf der Welt, flüsterte sie: »Glaubst du, ich hätte falsch gehandelt?«

Ein schwaches Lächeln umspielte seine Mundwinkel. Bewunderte er ihren Mut? Nach einer Weile ließ er ihr Kinn los. »Ich verlange zwar Gehorsamkeit von meiner Frau, doch ich will zugeben, dass es Umstände gibt, unter denen es wichtigere Pflichten gibt. Eine Freundin zu retten, ist eine davon.« Erneut war Gemurmel zu hören, das allgemeine Zustimmung bezeugte. Die Weisheit eines so starken, mächtigen Mannes, der erkannte, wann es richtig war, gegen seine eigenen Gesetze zu verstoßen, verdiente Bewunderung.

»Selbstverständlich hast du die richtige Entscheidung getroffen, Cymbra.« Sie atmete auf – doch zu früh, wie sich herausstellte. »Aber auch ein richtiger Entschluss zieht Konsequenzen nach sich«, fuhr er fort. Sein Blick streifte die drei Gefangenen, ehe er sich an die Menge wandte. »Wäre Brita missbraucht worden, müssten die Missetäter Bußgeld zahlen. Da sie im Dienst meiner Frau steht, gilt die Beleidigung meinem Haushalt, und die Summe wäre umso höher. Ein solcher Betrag könnte einen Mann ruinieren und ihn zwingen, seinen Lebensunterhalt zu bestreiten, indem er seine Kampfkraft verkauft. Doch er würde nicht mit seinem Leben bezahlen.«

Damit sprach er aus, was alle wussten. Und selbst jene, die es wie Cymbra für ungerecht hielten, dass die Missetäter mit einem Bußgeld davonkommen sollten, meldeten sich nicht zu Wort.

Und dann durchschnitt Wolfs Stimme die Nachtluft wie die großen Eisblöcke das nördliche Meer. »Aber nicht nur

Brita wurde überfallen. Diese Schurken …« Als er sich zu den drei Gefangenen umdrehte, schienen Höllenflammen in seine Augen zu lodern. »Diese niederträchtigen Schurken haben sich an meiner Frau vergriffen. *An meiner Frau.*«

Blutroter Stahl funkelte plötzlich im Fackelschein. Und das Schwert – so legendär wie der Mann, der es schwang – richtete sich auf die drei Übeltäter.

»Euer Leben ist verwirkt!«, rief er und musterte den jüngsten der drei Burschen. »Dieser Meinung ist auch dein Vater.« Sein Blick glitt zu den beiden anderen. »Ebenso wie Eure Onkel. Nicht nur mein Haus habt Ihr beschämt, sondern auch Eure Familien. Dafür werdet Ihr sterben.« Während ihn die beiden Jüngeren angstvoll und ungläubig anstarrten, grinste der Ältere immer noch hochmütig. »Aus Achtung vor Euren Verwandten werde ich Euch den Weg nach Walhalla nicht versperren.« Er wandte sich den älteren Männern zu, die in seiner Nähe standen und schweigend nickten. »Gebt ihnen die Waffen!«

Jubelnd bekundeten die Zuschauer ihre Zustimmung. Jetzt würden sie etwas erleben, das sogar die alten Göttersagen übertraf. Ein Mann gegen drei. Ein Mann, der mit der Spitze seines Schwertes Gerechtigkeit und Vergeltung suchte, ein Mann, der sich auf die einzig richtige Weise behauptete – im Kampf.

Zahlreiche Umstehenden trampelten auf die fest gestampfte Erde und brachen in Beifallsstürme aus. Im ohrenbetäubenden Lärm ging Cymbras Schrei unter.

»Nein!« Lieber Gott, flehte sie, lass ihn nicht gegen drei Männer kämpfen, weil ich ungehorsam war! Sie hatte doch nur versucht, einer Freundin zu helfen. So grausam konnte der Allmächtige nicht sein. Bald würde sie aus einem bö-

sen Traum erwachen ... all das *durfte* nicht wirklich geschehen ...

Unerbittlich schlang Dragon seinen eisenharten Arm um ihr Taille und zog sie zum Rand des Lichtkreises zurück. Als sie sich verzweifelt wehrte, flüsterte er in ihr Ohr: »Meine süße Schwägerin, Ihr werdet diesen Ort nicht verlassen, ehe das Werk vollbracht ist. Und Ihr werdet Euch auch nicht einmischen. Das hat mein Bruder entschieden.«

Da sie keine andere Wahl hatte, gab sie sich geschlagen. Voller Entsetzen beobachtete sie, wie die grimmigen älteren Männer die Fesseln der Missetäter durchschnitten und ihnen Schwerter überreichten, die sie mit erschütterter und zugleich hoffnungsvoller Miene entgegennahmen.

Drei gegen einen! Selbst wenn dieser eine Mann der mächtige Jarl von Sciringesheal war, würden sie diese Nacht möglicherweise überleben – und Ruhm ernten. Wer den stärksten aller Krieger besiegte, würde hohes Ansehen genießen.

Doch zuvor mussten sie um ihr Leben kämpfen. Der Anführer erteilte den beiden anderen einen Befehl, worauf sie sich verteilten, um Wolf von drei Seiten angreifen zu können.

Während die Schwerter aufblitzten, stieg ein neuer Schrei in Cymbras Kehle auf. Aber sie fand keinen Atem, um ihn auszustoßen. Entsetzt sah sie, dass ihr Ehemann reglos mit gesenktem Schwert dastand und die Angreifer beobachtete. Es war unglaublich, er sah sogar belustigt aus. Als die Angreifer nur noch eine Schwertlänge entfernt waren, hob er endlich seine Waffe, warf den Kopf in den Nacken und sandte einen Schrei zum Himmel hinauf, der das Blut in Cymbras Adern gefrieren ließ.

Das Geheul des Wolfs ... Gespenstisch hallte das Echo seiner Stimme im Hof. Mit beiden Händen umklammerte er den Schwertgriff, sprang geschmeidig vor und schlug zu – einmal, zweimal, dreimal. So schnell, dass sich die drei Gegner nicht zu wehren vermochten.

Verwirrt starrten sie die dünne Blutspur an, die aus einer Wunde an ihrer Brust rann. Die Wunde war erstaunlich harmlos, wenn man bedachte, dass die gewaltigen Schwerthiebe sie eigentlich hatten entzweischneiden müssen. Offenbar war das den Schurken ebenfalls nicht entgangen. Der Anführer erholte sich als Erster von seiner Überraschung und griff den Jarl an, der ihn ebenso mühelos in Schach hielt wie die beiden anderen. Mit drei weiteren Schwertstreichen zerschnitt er ihre rechten Wangen.

Plötzlich erkannte Cymbra seine Absicht und hielt den Atem an. Die Kratzer zwischen ihren Brüsten, der Schlag auf ihre Wange ... Er brachte den Schurken an den Stellen Wunden bei, an denen sie seine Frau verletzt hatten. Während sie ihn töten wollten, spielte er mit ihnen. Verzweifelt versuchte sie, sich Dragons Griff zu entwinden. »Haltet ihn zurück! Er vergeudet seine Kraft, und sie werden ihn töten ...«

»Schaut nicht hin!« Dragons große Hand umfasste ihren Hinterkopf und drückte ihr Gesicht an seine Brust.

»Wolf ...«

»Nein, nein, ihm wird nichts zustoßen. Wartet nur ab ...«

Energisch befreite sie sich und sah ihren Mann mit gezücktem Schwert zwei Angreifern gegenüberstehen.

Zwei? Also bedeutete die blutige Gestalt am Boden ... »Oh, mein Gott«, wisperte sie. In ihrer Kehle stieg bittere Galle auf. Trotzdem konnte sie den Blick nicht von ihm abwenden. Diesen Wolf hatte sie nie zuvor gesehen. Kein Ehemann, kein Liebhaber, kein Jarl, nicht einmal der bedrohliche Fremde, der er einst gewesen war … Im Fackelschein glich er dem Tier, dessen Namen er trug, ein Dämon aus einem Albtraum.

Seine markanten Züge wirkten wie gemeißelt, sein Körper bewegte sich mit übermenschlicher Kraft. Jetzt hob er erneut den Kopf zu den Sternen und aus seiner Kehle drang ein gellender Schlachtruf, ehe das Lied des Stahls von neuem erklang.

Blutüberströmt brach der zweite Mann zusammen. Nur einer war noch übrig – der Anführer, der Wolf hasserfüllt anstarrte, geduckt und kampfbereit. Von seinem Kinn tropfte Speichel. Cymbra spürte, wie eine Woge aus bösartiger Energie durch ihre Adern strömte, eine Welle, die nach Gewalt und Tod stank, nach wilder, grausamer Wut. Krampfhaft rang sie nach Luft.

Mit einem teuflischen Schrei stürzte sich der Mann auf Wolf und schwang sein Schwert so schnell, dass Cymbra fürchtete, nichts würde dieser tödlichen Klinge entrinnen. Aber der Jarl war noch schneller, ein dunkler, gnadenloser Schatten, eins mit der Nacht.

»Schließt die Augen«, befahl Dragon. Als sie nicht gehorchte, presste er seine Hand auf ihre Lider. Aber ihr Gehör konnte er nicht ausschalten. Entsetzliche Geräusche drangen an ihr Ohr, zersplitternde Knochen, zerfetzendes Fleisch und eine qualvolle, kaum verständliche Stimme, die um den Tod flehte.

Ein letztes Mal sauste das Schwert herab, dann herrschte tiefe Stille – doch nur ein paar Sekunden lang, bevor die Menge in hellen Jubel ausbrach. Begeisterte Menschen umringten Wolf, priesen seine Heldentat und schworen ihm ewige Treue. Von dieser überschwänglichen Freude erschüttert, schien sogar die Erde zu beben.

Erst jetzt nahm Dragon seine Hand von den Augen seiner Schwägerin, die sich jedoch nicht rührte. Es fiel ihr schwer genug, sich auf den Beinen zu halten und ihre Übelkeit zu bekämpfen. In ihrer Seele wütete immer noch der Schrecken des Todes, den sie so deutlich wahrnahm, als sei es ihr eigenes Blut, das in den Staub sickerte.

Dragon ergriff ihren Ellbogen und stützte sie. Sie spürte seine Besorgnis, doch sie konnte sich nicht überwinden, ihn anzusehen. Unverwandt starrte sie zu dem barbarischen Wikinger hinüber, der immer noch sein blutiges Schwert hochhielt. Ihre Blicke trafen sich. Entschlossen schob er die Gratulanten beiseite und ging zu ihr.

Sie hörte nicht, was er zu seinem Bruder sagte, ebenso wenig wie die Worte, die er an die Menge richtete. Er griff nach Cymbras Arm, zog sie aber nicht an sich. Beißender Blutgestank stieg ihr in die Nase, so dass sie einen Augenblick lang fürchtete, in Ohnmacht zu fallen. Benommen blinzelte sie.

Als sie wieder klar denken konnte, war die Haustür hinter ihnen geschlossen, und sie war mit Wolf allein.

20

Inzwischen musste das Badewasser erkaltet sein. Sie sollte anbieten, ihm heißes Wasser zu holen oder die Frauen darum bitten – oder sonst irgendetwas tun. Doch sie stand einfach nur da und brachte kein Wort hervor.

Auch Wolf schwieg. Er nahm ein Tuch und ein Ölfläschchen aus einem Schrank und begann, methodisch sein Schwert zu reinigen, bevor er es in die lederne Scheide steckte und auf den Tisch am Fenster legte. Dann zog er die Stiefel und die blutbeschmierte Tunika aus.

Ohne Cymbra zu beachten, stieg er in die Wanne und wusch seinen Körper ebenso sorgfältig, wie er zuvor die Waffe gesäubert hatte. Schließlich tauchte er den Kopf ins Wasser und seifte sein Haar ein. Nachdem er den Schaum herausgespült hatte, stand er auf. Glänzende Tropfen rannen über seine gebräunte Haut. Er trocknete sich ab und warf das Badetuch zu der schmutzigen Tunika, die am Boden lag. Splitternackt trat er auf seine Frau zu und berührte ihre unversehrte Wange. »Jetzt musst du dich ausruhen.«

Die Stimme ihres Mannes. Wieder *ihres Mannes*. Als sie aufsah, las sie Besorgnis in seinen Augen – und Wachsamkeit. Aber auch Feuerschein und Blut, Leid und Tod, Gerechtigkeit und Rache. Er hatte gesiegt. Nie wieder würde jemand den Fehler begehen, seine Macht zu unterschätzen.

Doch was noch viel wichtiger war – er lebte, und er war bei ihr. Sie ergriff seine Hand, küsste jeden einzelnen Finger und presste ihre Lippen auf die schwielige Handfläche.

Nun verriet sein Blick Verblüffung. Und noch etwas. Erleichterung? Nein, noch etwas anderes. Hoffnung. Was erhoffte er sich? Es fiel ihr nicht schwer, diese Frage zu beantworten. Inbrünstig wünschte er sich, dass die Ereignisse dieser Nacht sie nicht veranlassten, ihrem Gemahl angeekelt den Rücken zu kehren, dass sie bewahren könnten, was sie zuvor verbunden hatte, und dass sie ihn so akzeptierte, wie er war.

Von tiefer Zärtlichkeit erfüllt, betrachtete sie sein Gesicht. *Diesen* Wolf kannte niemand außer ihr – nicht den unbezwingbaren Krieger, den mächtigen Anführer, sondern den Mann, der ihre Sehnsucht teilte. Sie schlang ihre Finger in seine und betrachtete, wie seine starke, sehnige, braun gebrannte Hand die ihre umschloss.

Diese tödliche Hand vermochte sie so sanft zu berühren wie eine kostbare, verletzliche Blume.

Sie stellte sich auf die Zehenspitzen und küsste ihn. Als ihre Zunge mit seiner spielte, entrang sich seiner Kehle ein leidenschaftliches Stöhnen. Als er sie an sich ziehen wollte, nahm sie seine Hand, führte ihn zum Bett und schenkte ihm das Lächeln einer Göttin, das seine Sinne betörte.

Mit sanfter Gewalt drückte sie ihn auf die Bettkante und trat einen Schritt zurück. Langsam, ohne ihren Blick von ihm abzuwenden, streifte sie ihr Kleid über ihre Schultern. Sie musste seine Besorgnis zerstreuen, und sie wollte seinen Sieg mit ihm feiern, Dank sagen für alles, was sie verband. Sie nahm all ihren Mut zusammen und hielt ihr Kleid einige Sekunden fest, bevor sie es fallen ließ. Mit leisem Rascheln glitt es über ihre hoch angesetzten Brüste mit den harten Knospen hinab, über die schlanke Taille und die sanft geschwungenen Hüften. Als es zu ihren Füßen lag, stieg sie heraus und schüttelte ihr Haar, das ihren Körper wie ein seidener Schleier umgab.

Wolfs Reaktion auf den Anblick, den sie ihm bot, war nicht zu übersehen und ermutigte sie. Lächelnd folgte er der Richtung ihres Blickes. In diesem Augenblick wirkte er um Jahre jünger, und der barbarische Krieger, den sie zuvor gesehen hatte, erschien ihr plötzlich wie eine Illusion. »Männer sind so … unaufdringlich«, meinte er, und sie lachte leise.

Anmutig kniete sie vor ihm nieder und streichelte seine muskulösen Beine. Die feinen dunklen Härchen kitzelten ihre Handflächen, und ihr Herz schlug schneller. Mit sanfter Gewalt schob sie seine Schenkel auseinander.

»Unaufdringlich?«, wiederholte sie und liebkoste ihn mit ihren Augen. »So würde ich dich wahrlich nicht nennen.« Großartig, faszinierend, erregend – so viele Worte würden ihr einfallen, um ihn zu beschreiben, doch sie wollte jetzt nicht darüber nachdenken.

Sie senkte den Kopf, und ihr Haar verhüllte seine Beine. Wenig später stöhnte er. Er wollte Cymbra an sich ziehen, doch sie entzog sich ihm. »Lass mich ...«, flüsterte sie – halb befehlend, halb bittend.

Nach kurzem Zaudern ließ er sich auf die Pelzdecken sinken, streckte die Arme aus und umklammerte die Bettpfosten. Entschlossen bezwang er den Drang, Cymbras Liebesspiel zu beenden und sofort mit ihr zu verschmelzen. Seit drei Tagen kümmerte er sich ausschließlich um seine Gäste, und die Jagd zuvor hatte vier Tage gedauert. Eine volle Woche war er von seiner Frau getrennt gewesen, doch nun wollte er endlich wieder in ihrer weichen Hitze versinken, den Puls ihrer Erfüllung spüren, der seine eigene beschleunigen würde.

Andererseits wünschte er sich, sie würde ihre intimen Zärtlichkeiten fortsetzen – und wenn sie ihn verdammt noch mal töteten. Ihre Kühnheit entzückte ihn und schürte seine Leidenschaft. Schweißperlen begannen auf seiner bronzefarbenen Haut zu glänzen. Keuchend rang er nach Luft und spannte sämtliche Muskeln an.

Als Cymbras Zunge die Spitze seiner Männlichkeit umkreiste, verlor er beinahe die Beherrschung. Dann schloss sie ihre Lippen vollends darum, und er bäumte sich auf, um gleich darauf mit einem lustvollen Schrei zurückzusinken. Kurz bevor sie ihn zum Höhepunkt jagte, küsste sie die samtige Spitze ein letztes Mal und legte sich zu ihm.

»Wie gern ich dich mit meinen Lippen berühre – überall«, wisperte sie. »Du bist so stark. Deshalb überrascht es mich, dass du mir niemals wehtust. Und ich liebe es, wenn du mir das Gefühl gibst, ich wäre dir hilflos ausgeliefert – und zugleich geborgen.« Sie hauchte zarte Küsse um seinen Nabel herum, dann wanderte ihr Mund über die Brust nach oben zu seinem markanten Kinn. Während sie halb über ihm lag, gestand sie. »Und ich spüre dich so gern auf mir, deine ganze Kraft und Begierde, wenn du dich mit mir vereinst, aber auf diese Weise gefällt es mir auch. Und die Wahl fällt mir schwer.« Lächelnd blickte sie in sein angespanntes Gesicht.

»Entscheide dich in aller Ruhe«, stieß er heiser hervor. »Lass dir nur Zeit.«

Viel, viel später richtete sie sich auf und betrachtete ihren Mann, der endlich eingeschlafen war. Nicht zum ersten Mal bewunderte sie seine Ausdauer. In ihrem Körper pulsierte immer noch das wilde Entzücken, das er immer wieder in ihr erregt hatte.

Sanft zeichnete sie die Konturen seiner Lippen nach. Was für ein wunderbarer Mann er war, im Körper und im Geist vollkommen. Dass man so wunschlos glücklich sein konnte, hätte sie nie geglaubt.

Mit diesem erfreulichen Gedanken sank sie ins Kissen zurück und schloss die Augen, als ein knurrendes Geräusch sie erschrocken hochfahren ließ. Verwirrt hob sie den Kopf und starrte auf ihren Magen hinab. Plötzlich erinnerte sie sich, wie wenig sie in den letzten Tagen gegessen hatte.

Wenn sie ihren Hunger nicht sofort stillte, würde sie womöglich einen Bettpfosten anknabbern. Seufzend erhob sie sich, ergriff ihr Kleid, das am Boden lag, und schlüpfte hinein. Auf Zehenspitzen schlich sie zur Tür und öffnete sie vorsichtig. Im nächsten Augenblick war Wolf wach, sprang aus dem Bett und fragte, wohin sie wollte, während sie gleichzeitig beinahe über das Tablett stolperte, das vor dem Haus stand.

Liebe, gute Brita, dachte sie lächelnd und trug das Tablett ins Zimmer. »Ich wollte nur etwas holen«, sagte sie und begann zu lachen, als sie ihren Ehemann sah, der splitternackt vor ihr stand, die Hände in die Hüften gestemmt, und verschlafen und wütend zugleich aussah. »Du hast vielleicht keinen Appetit, aber ich *sterbe* vor Hunger.«

Er murmelte etwas über die Befriedigung eines Bedürfnisses, dem bald ein neues folgen würde, und kehrte ins Bett zurück, wo er, von mehreren Kissen gestützt, belustigt Cymbra beobachtete. Im Widerschein der brennenden Kohlenbecken glänzte seine breite Brust.

Als Cymbra das Tuch vom Tablett zog, seufzte sie entzückt. Brita hatte an alle Lieblingsspeisen gedacht – das Kardamombrot, die Zimtäpfel, den saftigen gelben Käse, kalte Hühnerbrüste mit Senf, eingelegtes Weißkraut und Rotkohl. Sogar eine Flasche Apfelwein stand auf dem Tablett, den sie lieber trank als Ale oder Honigwein. Und auch den Jarl hatte sie nicht vergessen, einen Krug mit Ale gefüllt und die Rindfleischscheiben mit Pfefferkörnern zubereitet, die er so gern aß. Cymbra stellte das Tablett aufs Bett, und Wolf schüttelte verwundert den Kopf. »Davon könnten vier Leute satt werden.«

»Glaubst du?« Lächelnd zog sie ihr Kleid aus und setzte sich zu ihm.

Bald musste er seine Meinung ändern, während sein schlanke, zart gebaute Frau die üppigste Mahlzeit verschlang, die er sie jemals hatte essen sehen. Sie genoss jeden einzelnen Bissen in vollen Zügen. Zuerst verschwanden die Zimtäpfel, gefolgt von der Hühnerbrust und einem Großteil des Käses. Hätte er sich nicht rechtzeitig ein paar Scheiben Rindfleisch und etwas Brot gesichert, wäre er leer ausgegangen. Als sie ihm einen vorwurfsvollen Blick zuwarf, fragte er: »Soll ich dir noch was aus der Küche holen?«

Zuerst schien sie ernsthaft darüber nachzudenken, doch dann schüttelte sie den Kopf, sank ins Kissen zurück und tätschelte ihren Bauch. »Nein, ich bin satt.« Mit einem Blick auf das Rindfleisch fügte sie hinzu: »Zumindest glaube ich es.«

Seufzend reichte er ihr den Teller. »Hast du in letzter Zeit nichts gegessen?«, fragte er mit ernster Miene.

Cymbra schob den letzten Bissen in den Mund und starrte die gegenüberliegende Wand an. »Nein, ich war nicht hungrig.«

»Warum nicht?«

»Einfach so.«

Mit jenem typischen Seufzer, mit dem Männer die Götter um Geduld ersuchen, schloss er die Arme um sie. Sie versuchte, sich ihm zu entziehen, doch ohne Erfolg. Nach wenigen Augenblicken schmiegte sie sich an ihn. »Warum warst du nicht hungrig?«

»Weil es nichts zu tun gab, deshalb hatte ich keinen Appetit.«

»Weil du eingesperrt warst?«

Verdammt, musste er denn *alles* wissen? »Also gut, *deswegen*. Ich *hasse* es, wenn man mich gefangen hält. In meiner Kindheit wollte Hawk mich von allen Menschen fern halten, damit mich niemand … verletzen würde. Aber nach einer Weile wurde ihm klar, dass er damit nur neue Schwierigkeiten heraufbeschwor.«

Zum ersten Mal war sie bereit, über ihre seltsamen Fähigkeiten zu sprechen, und Wolf nutzte die Gelegenheit. »Wie alt warst du, als du bemerkt hast, dass du … anders bist?«, fragte er sanft.

Erstaunt nahm sie das Wort »anders« zur Kenntnis, das ihre Mitmenschen stets vermieden hatten. Die wenigen, die Bescheid wussten, sprachen stets nur von der »Gabe«. Doch die so genannte »Gabe« war nicht nur ein Segen, sondern auch ein Fluch, und die Bezeichnung »anders« kam der Wahrheit wesentlich näher. »Das weiß ich nicht genau. Jedenfalls gab es keine Zeit, in der ich es *nicht* spürte. Also muss ich die Fähigkeit, das Leid anderer zu empfinden, von Anfang an besessen haben. Ich kann mich an die ersten Jahre kaum mehr erinnern, Hawk dagegen umso besser. Manchmal war es so schlimm, dass er mich mit Opium betäuben musste, damit ich die Qualen ertrug. Natürlich war das keine Dauerlösung.«

»Und deshalb hielt er die Außenwelt von dir fern.«

»Ja, so gut es ging. Später erzählte er mir, in den sicheren Mauern einer Festung würde es mir gelingen, Schutzwälle in meiner Seele zu errichten. Das tat ich, und ich bewundere die weise Voraussicht meines Bruders.«

»Hat auch er die Gabe?«, fragte Wolf, um etwas mehr über den Mann zu erfahren, der ihm schon bald gegenüberstehen würde.

Cymbra zögerte. »Nun, er ist ein kluger, starker Anführer, und seine Leute folgen ihm rückhaltlos. Vielleicht, weil er so großes Verständnis für sie aufbringt. Auch in dir erkenne ich diese Fähigkeit. Ja, im Grunde ist es wohl dieselbe Gabe, wenn auch in einem völlig anderen Ausmaß.«

»Warst du verärgert, als er dich wegschickte?«

»Nein, ich habe es nur bedauert. Glücklicherweise besuchte er mich oft, vor allem, als ich noch klein war. Mit der Zeit ging es mir besser, deshalb durfte ich regelmäßig ein paar Wochen in Hawkforte verbringen.«

»Hast du ihn nie an den Hof begleitet?«

»Nein. Offenbar dachte er, dass es Schwierigkeiten geben würde.« Lächelnd schaute sie in die Augen ihres Mannes. »Auch du willst mich der Öffentlichkeit vorenthalten. In dieser Hinsicht scheint ihr euch zu gleichen.« Sie wartete, in der Hoffnung, er würde das Gespräch über ihren Bruder fortsetzen und erklären, warum er so lange gezögert hatte, ihn zu verständigen.

»Diese Nacht muss schrecklich für dich gewesen sein. Glaub mir, diese Entscheidung fiel mir sehr schwer. Ob sie richtig war, weiß ich noch immer nicht«, sagte er stattdessen leise.

Erstaunt hob sie die Brauen. »Das weißt du nicht? Nach allem, was geschehen ist?«

Wolf zuckte die Achseln. »Jedenfalls werden keine weiteren Probleme auftauchen.«

Sonderbar, wie gleichmütig er über die grausame Hinrichtung dreier Männer sprach ... »Bist du müde?«

»Eigentlich sollte ich müde sein. Aber ich bin's nicht.«

»Ich auch nicht. Komm, ich will dir etwas zeigen.« Er stieg aus dem Bett und reichte ihr seine Hand.

»Hör auf!«, rief sie und bespritzte ihn mit schäumender Gischt, was er ihr sofort heimzahlte. Lachend rannte sie den Strand entlang, dicht gefolgt von ihm.

Noch nie war sie nachts an einem Strand gewesen. Noch nie hatte sie gesehen, wie wundervoll der Sand unter dem Sternenhimmel schimmerte. Als Wolf ihr erklärt hatte, wohin sie gehen würden, war ihre Neugier augenblicklich erwacht. Er bestand darauf, dass sie einen Umhang über dem Kleid trug. Hand in Hand eilten sie über den Hof.

Falls die Wachtposten das Verhalten des Jarls befremdlich fanden, ließen sie sich nichts anmerken und öffneten gehorsam das Tor. Ihnen war durchaus bewusst, wie wenig ratsam es wäre, irgendjemandem von den Possen ihres Herrn zu erzählen, der mit seiner sächsischen Gemahlin am Strand umhertollte.

Cymbras Augen brauchten länger als seine, um sich an die Finsternis zu gewöhnen, während er so mühelos wie sein Namensvetter den Weg zwischen den Felsen fand. Als sie den Strand erreicht hatten, sprang er von einer Klippe in den Sand hinab und breitete die Arme aus. Lachend hatte sie sich an seine Brust geworfen.

Jetzt lachte sie immer noch, während sie die Küste entlanglief. Bald holte er sie ein. Atemlos drehte sie sich zu ihm um, legte ihren Kopf in den Nacken und betrachtete die Sterne. »Hier könnte ich bis in alle Ewigkeit bleiben.«

Erfreut über ihre Begeisterung, hauchte er einen Kuss auf ihre Lippen. In diesem Augenblick erkannte er, wie dringend sie ihre Freiheit brauchte. Sie glich einem gefangenen Vogel, dessen Käfig man plötzlich geöffnet hatte. »Was würdest du tun, wenn es zu regnen anfinge?«

»Dann würde ich klatschnass werden, von oben bis unten«, erwiderte sie und zeigte auf ihren feuchten Rocksaum.

»Und du müsstest irgendwo Zuflucht suchen.« Er griff

nach ihrer Hand und zog sie den Strand hinauf. »Komm mit mir!«

Hinter einer Klippe wuchsen dichte Büsche. Als er sie in eine dunkle Felsspalte zog, zögerte sie einen Augenblick. Er sah über seine breite Schulter und lächelte aufmunternd. »Hier wird es dir gefallen. Diese Höhlen habe ich schon vor vielen Jahren entdeckt.« Wenig später betraten sie eine kleine Felskammer, deren steinerne, mit Moos bewachsenen Wände im Sternenlicht, das durch die Öffnung hereinfiel, kaum zu sehen waren. Wie zahllose winzige Sterne funkelten Lichtpunkte im Schatten.

Wolf zeigte in einen pechschwarzen Gang. »Siehst du diesen Weg? Er führt so tief ins Innere des Hügels, dass ich das Ende nie erreicht habe.«

»Hast du danach gesucht?«, fragte Cymbra besorgt. In der Nähe von Holyhood befand sich ein Höhlenlabyrinth, in dem sich immer wieder Menschen verirrten und nie mehr auftauchten.

»Ja, mit einer Fackel. Weiter hinten liegen großartige Höhlen, die so schön sind wie die Prunksäle eines Palastes.«

Trotzdem wollte sich Cymbra nicht weiter vorwagen – und sich auch nicht vorstellen, wie Wolf erneut in dieses gespenstische Reich eindrang. »Und wenn die Fackel erloschen wäre?«

Grinsend zog er ihre Hand an die Lippen. »Außerdem hatte ich eine Zunderbüchse und einen Flintstein bei mir. Bist du immer so ängstlich?«

»Nein«, entgegnete sie und wunderte sich selbst über ihre übertriebenen Bedenken. »Aber wenn du verletzt würdest, könnte ich es nicht ertragen.«

Wolf zog sie zärtlich an sich. Um alle Menschen, die sie

liebte, sorgte sie sich, und diese Erkenntnis bestärkte ihn in der Gewissheit, dass er den richtigen Entschluss gefasst hatte. Wann immer sie von ihrem Bruder sprach, war ihr anzumerken, wie viel er ihr bedeutete. Offensichtlich wurden diese Gefühle erwidert, denn Hawk hatte sich in all den Jahren liebevoll um sie gekümmert. So sehr sich Wolf auch dagegen sträubte, er musste dem grimmigen Sachsen danken, dem er bald gegenübertreten würde. Ebenso wie seine Frau, die er bis zuletzt im Ungewissen ließ, damit sie sich nicht länger als nötig um beide Männer sorgte …

»Früher kam ich oft hierher, wenn ich allein sein wollte«, erklärte er. »Und ich empfand nie zuvor den Wunsch, jemanden in diese Höhlen zu führen.«

Gerührt strich sie über seine Wange, dann legte sie den Kopf an seine Schulter. Plötzlich fühlte sie sich erschöpft. Die Ereignisse dieser Nacht forderten ihren Tribut. Vergeblich versuchte Cymbra, ein Gähnen zu unterdrücken.

»Hätte ich dich bloß nicht aus dem Bett gezerrt!«, seufzte er zerknirscht.

»Mach dir keine Vorwürfe. Es ist so schön in deinen Höhlen.«

»Trotzdem brauchst du deinen Schlaf.« Wolf nahm seinen Umhang ab und breitete ihn auf dem Felsbrocken aus. Dann streckte er sich aus, nahm sie in die Arme und hüllte sie in den Wollstoff.

Mit einem zufriedenen Seufzen schmiegte sie sich an ihn. Es gab so vieles, was sie ihm sagen wollte – wie sehr sie ihn liebte, wie glücklich sie war. Was sie sich von der Zukunft erhoffte … So viele Gedanken … Doch sie wurden schon bald von süßen Träumen verdrängt.

Heller Sonnenschein drang in die Höhle, und eine milde, frische Brise weckte Cymbra. Blinzelnd hob sie den

Kopf. Ihr Mann stand vor dem Eingang und blickte aufs Meer.

Hastig stand sie auf, wischte den Sand von ihrem Umhang und trat neben ihn. Er legte einen Arm um ihre Schultern und deutete wortlos auf die blaugrauen Wellen und die Felseninseln, wo einige Seelöwen spielten.

Sie kniff die Augen zusammen und sah ein Schiff am Horizont, das sich rasch näherte. Ein plötzlicher Windstoß blähte das Segel, und sie erkannte das Emblem des Habichts, das sie wochenlang herbeigesehnt und zugleich gefürchtet hatte – Hawks Wappen.

Mit weit ausgebreiteten Schwingen flog der Habicht zum Bau des Wolfs, um sich auf seine Beute zu stürzen.

21

Die Schilde, die Wolfs persönliche Wache hochhielt, spiegelten das Sonnenlicht wider. Auf dem steinernen Kai standen zwei Dutzend Männer in Reih und Glied. Ihre Schwerter steckten in den Scheiden, doch sie waren jederzeit zur Hand, falls sich die erwarteten Schwierigkeiten tatsächlich einstellen sollten. Und sämtliche Krieger rechneten damit, wie ihre grimmigen Mienen bewiesen.

Die Straßen und Gassen von Sciringesheal hinter ihnen waren menschenleer. Wie ein Lauffeuer hatte sich die Nachricht verbreitet, wer den Hafen ansteuerte, und alle Stadtbewohner versteckten sich in ihren Häusern. Nur ein paar wohl genährte Hunde trotteten gemächlich auf der Straße umher. Dragon war in der Festung geblieben und sorgte für den raschen Aufbruch der Lords und ihrer Gefolge – eine Aufgabe, die ihm durch den allgemeinen Wunsch erleichtert wurde, den Jarl nicht zu erzürnen.

Als das sächsische Schiff keine Anstalten machte, das Tempo im gefährlichen Kanal zwischen den Felseninseln zu drosseln, hielt Cymbra den Atem an.

Wolf lächelte verkniffen. »Entweder ist dein Bruder ein erprobter Seemann, oder er wird den Hafen nicht erreichen.«

Ehe er dem Kommandanten der Wache befehlen konnte, eine Rettungsaktion vorzubereiten, legte Cymbra eine Hand auf seinen Arm. Ohne ihren Blick von dem Schiff abzuwenden, erklärte sie: »Hawk stand mit drei Jahren zum ersten Mal an einem Ruder. Er erinnert sich noch heute genau an diesen Tag. Einmal hat er mir erzählt, dieses Erlebnis hätte ihn so begeistert, dass er tagelang behauptet habe, er könne ein Boot fliegen lassen.«

Aufmerksam beobachtete Wolf die geschickten Manöver des Steuermanns. »Nun ja«, gab er widerstrebend zu, »für einen Sachsen segelt er ganz gut.«

Cymbra drückte lächelnd seinen Arm. Inzwischen war das Schiff herangekommen, und sie sahen die Männer an Bord. Obwohl sie sich dem Hafen näherten, ruderten sie immer noch mit voller Kraft, bis sie einem lautstarken Befehl gehorchten und die Riemen einholten. Gleichzeitig wurde das Segel geborgen, und das Schiff legte mustergültig an der Landebrücke an. Cymbra hörte das Klirren des Ankers, der ins Wasser fiel, spürte wie sich die Wachtposten hinter ihr anspannten und hörte das Kreischen der Möwen über ihr. Doch all das verlor jede Bedeutung, sobald sie den Mann erblickte, der geschmeidig auf den Steg sprang und zum Kai eilte.

In der frischen Brise flatterte seine kurze dunkelgraue

Tunika, und ein heftiger Windstoß zerzauste das kastanienbraune Haar. Seine Augen leuchteten ebenso tiefblau wie ihre. Wie vertraut ihr die markanten Züge waren, die jetzt so wütend und entschlossen wirkten …

Hawk, ihr geliebter Bruder! Seit seinem letzten Besuch in Holyhood vor einem halben Jahr hatte sie ihn nicht mehr gesehen. Aber er erschien ihr unverändert – so groß wie Wolf, mit den gleiche breiten Schultern und kraftvollen Beinen und mit derselben Aura eines unbeugsamen Willens.

Einem Willen, dem seine frostige Miene unmissverständlich Ausdruck verlieh. Cymbra schluckte gegen den plötzlichen Kloß in ihrem Hals an und trat einen Schritt vor. »O Hawk, wie wundervoll!«, rief sie, schlang die Arme um seinen Hals und drückte sich an ihn, um seine zielstrebigen Schritte zu bremsen. Immerhin bewog ihn die überschwängliche Begrüßung, kurz innezuhalten und erleichtert festzustellen, dass er seine unversehrte kleine Schwester umarmte.

»Cymbra!« Überglücklich hob er sie hoch und schwenkte sie im Kreis. Dann stellte er sie auf die Füße und betrachtete liebevoll ihr Gesicht – liebevoll und mit wachsendem Zorn. Vorsichtig berührte er den bläulichen Fleck unter ihrem rechten Auge, und sie erriet seine Gedanken.

»Nein, Hawk!«

Ehe sie ihn daran hindern konnte, prallte seine Faust gegen Wolfs Kinn. Wie Donnerhall schienen die umliegenden Hügel das Knacken des Kieferknochens zurückzuwerfen. Sofort zogen die Wachtposten ihre Schwerter und rückten vor. Auch die Sachsen zückten ihre Waffen, sprangen von Bord und stürmten zum Kai.

»Halt!«, schrie Wolf, um das drohende Blutbad zu verhindern. Wolfs hervorragend ausgebildete Männer erstarrten mitten in der Bewegung, während Hawks Truppe angriffslustig die Schwerter schwenkte, bis er ebenfalls die Hand hob. »Wartet!« Mit gezückter Waffe wandte er sich wieder Wolf zu, der den Griff seines Stahls nicht berührte. Der Fausthieb hätte den meisten Männern die Besinnung geraubt, doch der Jarl schien ihn kaum bemerkt zu haben. Nachdenklich rieb er sich das Kinn und lauschte seinem erbosten Widersacher. »Diebischer Bastard ... Wikinger-Abschaum ...«

Verzweifelt warf sich Cymbra zwischen die beiden Männer, die sie blitzschnell packten. Die beiden mächtigen, gleichermaßen besorgten Kriegsherrn zerrten an ihr, jeder in seine Richtung, um sie in Sicherheit zu bringen.

Wolf ließ sie zuerst los. Doch er behielt seine Frau im Auge, und Hawk schob sie hinter seinen Rücken, ohne seine Verblüffung zu verhehlen. Diesen Vorteil nutzte der Jarl. »Eurer Schwester ist kein Leid geschehen, und die Männer, die ihr etwas antun wollten, sind tot.«

Immer noch wütend, spähte der sächsische Lord über seine Schulter, starrte in Cymbras bleiches, aber anscheinend furchtloses Gesicht und fragte ungläubig: »Stimmt das?«

Hastig nickte sie. Ehe sie sprechen konnte, wandte er sich wieder Wolf zu.

»Wer hat sie getötet?«

In den Silberaugen flackerte ein Feuer, das die Erinnerungen an Blut und Rache heraufbeschwor. »Ich.«

Während Hawk über diese Mitteilung nachdachte, nutzte Cymbra die Zeit, stellte sich vor ihren Bruder und sah ihm eindringlich in die Augen. »Steck dein Schwert in die Scheide«,bat sie sanft. »Ich bin glücklich verheiratet, und alles hat sich zum Guten gewendet. Wenn du es erlaubst …«, sagte sie und ergriff lächelnd Wolfs Hand, »… werden mein Gemahl und ich dich willkommen heißen, so wie es dir gebührt.« Nach einem kurzen Blick auf die sichtlich misstrauischen Sachsen fügte sie rasch hinzu: »Dein Gefolge natürlich auch.«

Hawk musterte das Paar – seine zierliche Schwester an der Seite des hoch gewachsenen, kräftig gebauten Wikingers, dessen Tod er inbrünstig herbeisehnte, nachdem er vor wenigen Tagen über Cymbras Verbleib informiert worden war. Verwirrt sah er ihre schmalen Finger, die von der großen, narbigen Hand des Nordländers umschlossen waren, und beobachtete, wie sie instinktiv näher zu ihrem Gemahl trat und Hilfe suchend zu ihm aufblickte.

Ihr Gemahl! Unvorstellbar. Für Hawk war sie immer noch das kleine Mädchen, das er seit dem Verlust der Eltern so liebevoll umsorgt hatte, als er selbst doch noch ein halbes Kind gewesen war. Inzwischen war sie zu einer bildschönen Frau herangewachsen. Schon vor langer Zeit hatte er beschlossen, sie niemals zu einer Heirat zu zwingen. Und da sie das Thema kein einziges Mal angeschnitten hatte, hatte er ebenfalls keinen Gedanken mehr daran verschwendet.

Bis jetzt. Nach all den Wochen voller Angst um ihr Leben, Wochen voller schrecklicher Visionen von Vergewaltigung und Höllenqualen sah er sie wieder – allem Anschein nach wohlbehalten und sogar glücklich. Das musste er erst einmal verkraften.

Hatte sich wirklich alles zum Guten gewendet? Das bezweifelte er.

Nur widerstrebend erfüllte er Cymbras Wunsch und

steckte sein Schwert in die Scheide, ohne jedoch den Griff loszulassen. Nach kurzem Zögern rief er seinen Männern zu: »Wir bleiben eine Weile hier.« Wieder zu seiner Schwester gewandt, hob er die Brauen. »Bald werden wir sehen, ob du wirklich so glücklich bist, wie du behauptest.«

Der herausfordernde Unterton in seiner Stimme entging ihr nicht. Aber sie lächelte, hängte sich bei den beiden ein und führte die beiden mächtigen Krieger zur Festung hinauf, während Wolfs Wache ihr mit den Sachsen folgte – eine sonderbare Prozession, zwei Kriegertruppen, scheinbar gefügig im Schlepptau einer schönen Frau. Doch sie wechselten misstrauische Blicke, und ihre Hände entfernten sich keine Sekunde lang von den Griffen der Schwerter.

»Hier leben wundervolle Menschen, Hawk«, erklärte Cymbra, als sie den Hof betraten. »Einige stammen sogar aus Russland – Nadja und Mikal. Vor kurzem bekamen sie einen Sohn, und ich verhalf ihm ans Licht der Welt. Und neulich besuchte uns ein Maure, der in Konstantinopel lebt. Kannst du dir das vorstellen? Er brachte fabelhafte Stoffe und Gewürze mit … Oh, du musst unbedingt Dragon kennen lernen, Wolfs Bruder. Stundenlang erzählt er faszinierende Geschichten …«

Über ihren Kopf hinweg schauten sich die beiden Männer an.

»So viel hat sie früher nicht geredet«, seufzte Hawk.

»Wirklich nicht?« Wolf verdrehte die Augen. »Also dürfen wir hoffen, dass sie irgendwann verstummen wird?«

Abrupt blieb sie stehen und starrte erst den einen an, dann den anderen. Als sie das Zucken in ihren Mundwinkeln sah und den gutmütigen Spott in beiden Gesichtern las, lachte sie erleichtert. »Darauf solltest du dich nicht zu früh freuen«, ermahnte sie ihren Gemahl. »Für mich ist Sciringesheal immer noch so neu und so interessant, dass ich in Worte fassen muss, was ich hier erlebt habe.«

Wolf stöhnte theatralisch und schenkte seiner Frau ein liebevolles Lächeln, das ihr das Blut in die Wangen trieb, was Hawk ebenfalls nicht entging. Trotzdem hegte er immer noch gewisse Zweifel. Er musste herausfinden, warum Cymbras Wange verletzt war. Gut und schön, der Wikinger hatte die Männer getötet, die seiner Frau zu nahe getreten waren – aber warum hatte er sie nicht besser beschützt? Und warum trug sie feuchte, zerknitterte Kleider voller Sand? Waren die Dienstboten, die sich um sie kümmerten, unfähig?

Außerdem beunruhigten ihn die Schatten unter ihren Augen, die auf schlaflose Nächte hinwiesen. Beim Gedanken an die Forderungen, die der bärenstarke Wikinger zweifellos im Ehebett stellte, wuchs Hawks Groll aufs Neue.

Nein, sie war kein kleines Mädchen mehr. Doch er musste herausfinden, ob sie nur die glückliche Ehefrau spielte, weil sie ein Blutvergießen vermeiden wollte. Um das Leben anderer Menschen zu retten, würde sie sich bereitwillig opfern. Und als ihr Bruder war es seine Aufgabe, sie notfalls vor sich selbst zu schützen. Während er darüber nachdachte, betrachtete er den hohen Erdwall, der die Festung umgab, die Wachttürme und die Positionen der Krieger.

Sein Interesse blieb nicht unbemerkt. »Wollt Ihr die Verteidigungsanlagen besichtigen?«, schlug Wolf trocken vor.

Beklommen hielt Cymbra den Atem an und fürchtete, ihr Bruder würde die Frage sarkastisch finden. Aber er nickte zustimmend. »Ja, vielleicht. Wie ich vor einiger Zeit feststellen musste, weisen meine eigenen erhebliche Mängel auf.«

Wolf neigte mitfühlend den Kopf. »Auf meinen Reisen habe ich zahlreiche Befestigungen studiert und bin zu der Überzeugung gelangt, dass selbst die höchsten Mauern nur so gut sind wie die Männer, die darauf stehen.«

»Ich dachte eigentlich dasselbe«, sagte Hawk, ehe er grimmig hinzufügte: »Unglücklicherweise entpuppte sich der Mann, dem ich das Kommando von Holyhood anvertraut hatte, als unfähiger Trottel.«

Angesichts seiner eisigen Miene wagte Cymbra kaum zu sprechen, doch sie musste die Wahrheit erfahren. »Was ist mit Sir Derward geschehen? Hast du ihn zur Rechenschaft gezogen? Ich meine, hast du …«

»Er erhängte sich«, fiel er ihr ins Wort. »Zweifellos ein barmherziger Tod.«

»Barmherzig? Mit diesem Selbstmord hat er sein Seelenheil verwirkt …«

»Lassen wir's dabei bewenden«, mischte sich Wolf hastig ein und warf seinem Schwager einen warnenden Blick zu. »Offenbar hätte das Spatzenhirn … äh, Sir Derward sein Leben ohnehin verloren, also spielen die Einzelheiten keine Rolle.«

»Spatzenhirn?«, wiederholte Hawk. »Welch ein passender Name …«

Großartig, wie gut sich die beiden plötzlich verstehen, dachte Cymbra erbost. »Und die anderen Männer? Wolf sagte, er habe sie gefesselt liegen lassen.«

»Beruhige dich, niemand wurde bestraft«, erwiderte Hawk. »Nur ein Einziger hat seine Pflicht vernachlässigt – und er hat dafür gebüßt.« An seinen Gastgeber gewandt, fuhr er fort: »Da wir gerade beim Thema sind – ich wüsste gern, wie das alles geschehen konnte? Warum seid Ihr nach Holyhood gekommen? Wieso habt Ihr meine Schwester entführt und hierher gebracht? Und das sind nicht die einzigen Fragen.«

Bevor Wolf antworten konnte, mischte Cymbra sich ein: »Zu gegebener Zeit wirst du sämtliche Einzelheiten erfahren. Lass dich erst einmal in dein Quartier führen. Auch für deine Männer wird gesorgt. Du möchtest sicher ein Bad nehmen. Inzwischen werde ich ein Festmahl vorbereiten.« Nach den turbulenten letzten Tagen wirkte die Festung erstaunlich still. Offensichtlich hatten die Gäste bei der Ankunft des sächsischen Schiffs das Weite gesucht. »Anscheinend sind die Wikinger-Lords verschwunden, Wolf. Wie schön, dann können wir im Familienkreis feiern.«

Die beiden Männer starrten sie so entgeistert an, dass sie beinahe in Gelächter ausgebrochen wäre. Einzig die immer noch ungewisse Situation hinderte sie daran. Es ging nach wie vor um Leben und Tod.

»Ja, im Familienkreis«, bekräftigte sie. »Und da wir gerade darüber reden – hier kommt ein weiteres Familienmitglied. Dragon.« Warmherzig lächelte sie ihren Schwager an. »Nun kann ich Euch endlich mit meinem Bruder bekannt machen. Ist das nicht wundervoll?«

»Wundervoll«, wiederholte Dragon pflichtschuldig und warf Hawk einen kurzen Blick zu. »Ist es wundervoll?«

»Bisher schon ...«, entgegnete Wolf gedehnt. Die drei großen Krieger bildeten einen Halbkreis rings um Cymbra, die sich plötzlich wie eine Zwergin fühlte. Wussten sie, wie ähnlich sie einander waren – die Hände auf den Griffen ihrer Schwerter, die Beine leicht gespreizt, die Augen wachsam? Jeder ein geborener Kämpfer, an tödliche Gefahren gewöhnt. Und jeder ein mitleidiger Beschützer aller Schwachen und Bedürftigen. Unter anderen Umständen wären sie die besten Freunde – daran zweifelte sie keine Sekunde lang. Und sie *würden* Freundschaft schließen. Dafür würde sie sorgen.

Dennoch erschien es ihr in diesem Moment klüger, ihren Entschluss nicht zu erwähnen. Sie berührte Hawks Arm. »Würdest du mir folgen? Ich möchte dir deine Unterkunft zeigen.«

Bereitwillig nickte er, erfreut über die unverhoffte Gelegenheit, allein mit seiner Schwester sprechen und ihr ungestört Fragen stellen zu können. Aber Wolf trat zwischen sie, nahm Cymbras Hand vom Arm ihres Bruders und legte sie auf seinen eigenen. »Nicht nötig. Kümmere dich lieber um das Festmahl, Cymbra. Dragon wird deinen Bruder und seine Leute zu ihren Quartieren führen.«

Mit einem Lächeln das durchaus auch als gefletschte Zähne hätte bezeichnet werden können, postierte sich Dragon zwischen seiner Schwägerin und dem sächsischen Lord. Ehe Hawk protestieren konnte, rief Cymbra: »Ja, natürlich, du hast Recht, Wolf. Wir sehen uns bald wieder, mein lieber Bruder.«

Ohne seine Antwort abzuwarten, lief sie zum Küchentrakt. Ihr Herz schlug wie rasend. Sie hoffte voller Inbrunst, dass Hawk und Dragon nicht übereinander herfielen. Oder Hawk und Wolf. Oder irgendwelche Wikinger und Sachsen. Vielleicht würden sie ihre Kampflust ja wenigstens bezähmen, bis Cymbra sie mit einem ausgezeichneten Festmahl erfreuen konnte, bis das Ale ihre Stimmung hob oder ihnen, was am allerbesten wäre, die Besinnung raubte …

»Mylady!« Brita kam ihr mit verängstigter Miene entgegen. »Gerade hörten wir …«

»Ja, mein Bruder ist soeben in den Hafen gesegelt«, unterbrach Cymbra die junge Irin. »Oh, ich freue mich schrecklich! Schnell, an die Arbeit! Es gibt so viel zu tun.«

In der Küche eilten ihr mehrere Frauen entgegen, die ihre Anweisungen eifrig befolgten. Ebenso wie der Herrin war ihnen bewusst, dass die männlichen Gemüter besänftigt werden mussten. Mit vereinten Kräften wollten sie ihr Bestes tun, um den Frieden zu bewahren. Abgearbeitete Hände umfassten die Amulette, die an der Weltesche gehangen hatten, ehe sie sich bekreuzigten – nur, um sicherzugehen. Wie jede kluge Frau wusste, brauchte man göttlichen Beistand, wenn man das unberechenbare Temperament der Männer beeinflussen wollte.

»Möge es dem Allmächtigen gefallen!«, rief Bruder Joseph feierlich. »Danken wir ihm für seine Güte, und erfreuen wir uns an der Zusammenkunft zweier Familien, die unter diesem Dach vereint sind und gemeinsam ihr Brot brechen.«

Fragend sah er Cymbra an. Vor der Mahlzeit hatte sie ihn um einen besonderen Segen gebeten, und nun wollte er wissen, ob sie Gefallen an seinen Worten fand. Dankbar nickte sie ihm zu, und er ließ sich erfreut auf seinen Stuhl sinken.

Nach seinem gefühlvollen Gebet breitete sich drückendes Schweigen in der Halle aus, bis Cymbra energisch »Amen!« sagte. Die Sachsen, allesamt gute Christen, folgten ihrem Beispiel. Nur Hawk zögerte. Seine Schwester musterte ihn mit schmalen Augen. »Habe ich schon erwähnt, dass Wolf so freundlich war und Bruder Joseph gestattet hat, uns zu trauen – natürlich zusammen mit Ulfrich?« Lächelnd schaute sie zu dem alten Mann hinüber, den sie bereits mit ihrem Bruder bekannt gemacht hatte.

»Amen«, murmelte Hawk mit einem spöttischen Blick auf die neuen Familienmitglieder. Dann hob er ein Trinkhorn, das ein Diener soeben gefüllt hatte, und wandte sich an den Mönch. »Sicher kennt Ihr die Bedenken, die unsere Kirche gegen erzwungene Ehegelübde hegt, Bruder Joseph.«

Der junge Geistliche verschluckte sich um ein Haar am Ale, das er soeben gekostet hatte. Aber er erholte sich sehr schnell, und obwohl er einem allseits gefürchteten Kriegsherrn gegenübersaß, antwortete er in seinem üblichen liebenswürdigen Ton: »Gewiss, Lord Hawk. Und ich versichere Euch, ich würde niemals eine Trauung vornehmen, gegen die eine der beteiligten Personen protestiert.«

»Oh, das freut mich. Und wie erkennt Ihr, dass alle Beteiligten einverstanden sind? Habt Ihr vor der Zeremonie mit meiner Schwester gesprochen?«

Bruder Joseph erbleichte, dennoch hielt er Hawks forschendem Blick stand und antwortete in gottgefälliger Demut: »Dazu fand ich keine Gelegenheit, Mylord. Aber ich gewann nicht den Eindruck, dass sie Lord Wolf nur notgedrungen heiratete.« Mit einem freundlichen Blick in Cymbras Richtung fügte er hinzu: »Von Anfang an bewunderte ich ihren Mut und ihre Tugend.«

»Wie einfühlsam Ihr seid ...«, meinte Hawk gedehnt. »Vielleicht überseht Ihr, dass ein so edler Charakter eigene Interessen, oder gar die persönliche Sicherheit, hintanstellen könnte, um höheren Zielen zu dienen.«

»Das mag sein«, stimmte Bruder Joseph in sanftem Ton

zu. »Aber sollten wir nicht alle höhere Ziele verfolgen? Welch ein schlechter Mönch wäre ich, würde ich jemanden daran hindern, ein solches Ziel zu erreichen …«

»Ein einleuchtendes Argument«, gab Hawk zu. »Und für Euch sicher sehr bequem. Vielleicht *zu* bequem.« Er wandte sich seiner Schwester zu. »Hast du den Wikinger freiwillig geheiratet?«, fragte er unvermittelt.

Cymbra zögerte und verbarg ihren inneren Konflikt. Sollte sie den geliebten Bruder belügen? Aber wie sollte sie ihm von Wolfs Drohung erzählen? Selbst die geringste Andeutung würde die Schwerter zum Klirren bringen. Also wählte sie ihre Worte sehr sorgfältig. »In meinem Herzen gab es keinen Zweifel. Ich – *wollte* Wolf heiraten.«

Nach einem kurzen Blick auf seinen Schwager wandte sich Hawk wieder ihr zu, und seine Finger umklammerten das Trinkhorn, das er noch immer nicht an die Lippen gehoben hatte, etwas fester. »Wie ungewöhnlich … Du warst sofort bereit, einen Mann zu heiraten, den du nicht kanntest. Einen Mann, der dich aus deinem Heim entführt und gewaltsam hierher gebracht hat?«

Um Zeit zu gewinnen, bedeutete sie den Dienstboten, den ersten Gang zu servieren. Insgeheim bereute sie, dass sie kein Schlafmittel ins Essen gemischt hatte. So, wie sich die Dinge entwickelten, würde noch während der Mahlzeit ein Kampf ausbrechen. Schließlich senkte sie seufzend die Lider.

»Hawk, du bringst mich in Verlegenheit. Muss ich dir wirklich erklären, warum ich unbedingt heiraten wollte?« Hingerissen lächelte sie ihren Mann an, der neben ihr saß und anerkennend die Braue hob, sichtlich entzückt von ihrer Strategie. Kleidsame Röte stieg ihr in die Wangen, nicht vor weiblicher Scheu, sondern aus hellem Zorn über den

Eigensinn und die Provokation der Männer. Doch das brauchte niemand zu wissen.

Zumindest hatte sie ihren Bruder vorerst zum Schweigen gebracht, und das Essen konnte serviert werden. Doch für ihn war das Thema noch lange nicht erledigt.

Während Wolf ein saftiges Stück Gänsebraten mit dem Messer aufspießte, bemerkte Hawk: »In England gibt es eine wunderbare Sitte. Wenn eine Heirat in Erwägung gezogen wird, verhandeln die beiden Familien miteinander. Dabei einigen sie sich auf einen Ehevertrag. Erst dann – und nur dann – spendet die Kirche dieser Ehe ihren Segen. Die Familie der Braut nimmt an der Zeremonie teil. Seltsam, ich dachte immer, das sei im Norden gleichermaßen üblich.«

Langsam legte Wolf das Messer auf sein Schneidebrett und bedeutete seinem Bruder, der sich halb erhoben hatte, wieder Platz zu nehmen. Nur widerstrebend gehorchte Dragon. »Zufällig entspricht diese Sitte auch unseren Traditionen, Lord Hawk«, sagte der Jarl lächelnd.

Hawk nickte, und Cymbra fürchtete, seine verkrampften Kiefer würden jeden Moment bersten. Plötzlich stieß er die Spitze seines Messers in die Tischplatte und sprang auf. »Wenn das so ist, Lord von Sciringesheal, muss ich Euch fragen, warum Ihr die Traditionen unserer beiden Völker missachtet und meine Schwester entführt habt?«

»Von einer solchen Missachtung kann keine Rede sein. Nachdem Ihr meinen schriftlichen Heiratsantrag abgelehnt und Euch geweigert habt, ein Bündnis mit mir zu schließen …«

»Welchen Heiratsantrag meint Ihr? Ich verstehe nicht …«

»Doch, das wisst Ihr ganz genau. In Eurem Brief stand,

Eure Schwester würde niemals einen schmutzigen, barbarischen Wikinger heiraten. Dabei habt Ihr den Eindruck entstehen lassen, das seien Cymbras Worte. Deshalb segelte ich nach Holyhood, um sie für ihre Arroganz und Selbstsucht zu bestrafen, und wenig später fand ich heraus …«

»Bestrafen?«, brüllte Hawk und riss sein Messer aus der Tischplatte. »Meine Schwester? Unerträglicher Bastard! Wie könnt Ihr es wagen …«

Auch Wolf stand mit dem Messer in der Hand auf, während sich sämtliche Männer an seiner Tafel erhoben.

»Lasst diesen Unsinn!«, rief Cymbra und stieß ihren Stuhl zurück. »Offensichtlich liegt ein bedauerliches Missverständnis vor. Und wenn ihr euch gegenseitig umbringt, werdet ihr es nicht ausräumen.« Verzweifelt starrte sie ihren Bruder an, dann wanderte ihr Blick zu ihrem Ehemann. »Ihr beide behauptet, ihr würdet mich lieben und beschützen. Wie könnt ihr das, wenn der eine das Blut des anderen vergießt? Um Himmels willen, wollt ihr das alles nicht in Ruhe besprechen?« Als sie sich nicht rührten, sondern einander zornig musterten, befahl sie: »Setzt euch! Oder ich schwöre, ich werde die nächste Mahlzeit mit Alaun würzen!«

Verwirrt runzelte Wolf die Stirn. »Und was würde dann geschehen?«

»Nichts Besonderes, teurer Gemahl«, fauchte sie. »Du wirst dich nur stundenlang übergeben und inständig hoffen, dein Magen müsste nie mehr irgendetwas verdauen.«

»Klingt verlockend«, murmelte Wolf und setzte sich.

»Vielleicht war es ein Fehler, dir eine so gute Ausbildung zu ermöglichen«, murrte Hawk und nahm ebenfalls Platz. Hastig folgten die anderen Männer dem Beispiel der beiden Lords.

Cymbra fing Britas Blick auf und bedeutete ihr, die Trinkhörner wieder zu füllen. Je eher das Ale die Gehirne der Tischgesellschaft benebeln würde desto besser.

Mühsam zwang sich Hawk zur Ruhe. »Ihr habt vorhin einen schriftlichen Heiratsantrag erwähnt, Lord Wolf, doch etwas Derartiges ist nie in meine Hände geraten. Warum soll ich glauben, dass Ihr mir jenen Brief geschickt habt?«

»Deshalb.« Wolf zog die Schriftrolle aus seiner Tunika, die er Cymbra an Bord des Drachenschiffs gezeigte hatte, und überreichte sie seinem Schwager. »Wie mir Eure Schwester versichert hat, könnt Ihr lesen. Außerdem hat sie Euer Siegel identifiziert. Welche Erklärung habt Ihr dafür?«

Aufmerksam studierte Hawk das Schreiben und zog die dunklen Brauen zusammen. »Das ist nicht meine Handschrift. Und ich habe niemanden beauftragt, diese Zeilen zu schreiben.«

»Aber Ihr erkennt Euer Siegel?«

Hawk hielt das Pergament ins Licht und betrachtete aufmerksam den Abdruck im Wachs. Widerstrebend nickte er. »Sieht so aus.«

Sichtlich verblüfft, gab er dem Jarl den Brief zurück. »Also wolltet Ihr tatsächlich ein Bündnis vorschlagen?«

»Allerdings. Der Mann, der Euch die Botschaft überbrachte, kam nie zurück. Von seinem Schicksal weiß ich nichts. Ich nahm an, Ihr hättet ihn getötet, Lord Hawk. Diese Antwort ...«, sagte er und deutete auf die Schriftrolle, »... erhielt ich von einem kornischen Kaufmann, der unseren Hafen regelmäßig ansteuert. Er behauptet, er sei bezahlt worden ...«

»Bezahlt?«, fiel Hawk ihm ins Wort. »Von wem?«

»Von einem Mann, der in Euren Diensten stand und Eure Farben trug.«

»Ich habe keinem meiner Männer einen solchen Auftrag erteilt, und ich weiß auch nichts von Eurem Boten.« Die Falten in Hawks Stirn vertieften sich. »Da stimmt etwas nicht. Ich nehme an, irgendjemand wollte ein Bündnis zwischen uns verhindern.«

»Allem Anschein nach. Doch wer könnte das sein?«

»Vermutlich unsere gemeinsamen Feinde, die Dänen. Dennoch verstehe ich nicht, wieso sie Gelegenheit dazu fanden.« Dieses Rätsel muss möglichst schnell gelöst werden, beschloss Hawk. »Ein Bündnis zwischen uns wäre vorteilhaft«, räumte er ein. »Trotzdem ist mir das Wohl meiner Schwester wichtiger.«

»Habe ich nicht versichert, wie glücklich ich bin?«, mischte sich Cymbra hastig ein. »Warum sollte ich dich belügen?«

Ihr Bruder lächelte, aber die Sorge um ihr Schicksal war ihm noch immer anzusehen. »Dafür gäbe es einen guten Grund. Du warst stets bestrebt, anderen Menschen zu helfen, notfalls auf deine eigenen Kosten. Vielleicht verfolgst du dieses Ziel auch jetzt.«

»Nein. So etwas darfst du nicht denken. Ich liebe Wolf. Und er liebt mich.«

Darauf gab Hawk keine Antwort. Nachdenklich blickte er von einem zu anderen, bevor er sich wieder der ausgezeichneten Mahlzeit widmete. Kurz darauf bewegte sich das Tischgespräch in unverfänglichen Bahnen.

22

Nennt mir nur einen stichhaltigen Grund, wozu man die Männer braucht.« Cymbra schlug so heftig auf den Brotteig ein, den sie gerade knetete, dass der Küchentisch erzitterte. Ringsum versuchten die Frauen nicht einmal den Anschein zu erwecken, sie würden sich auf ihre Arbeit konzentrieren. Stattdessen wechselten sie verständnisvolle Blicke und warteten, was ihre Herrin als Nächstes sagen würde.

Brita unterdrückte ein Kichern. »Nun ja, *ein* Grund fällt mir ein. Aber ich glaube, denn kennt Ihr schon, Mylady.«

Verächtlich winkte Cymbra ab. »Ja, gewiss – und sie bilden sich ein, damit könnten sie uns so betören, dass wir den Unsinn, den sie ansonsten treiben, nicht bemerken. Aber sie unterschätzen die Klugheit der Frauen.« Der Teig erbebte erneut. »Diese verdammten, starrsinnigen Kerle ...« *Zack.*

»Wollt Ihr nicht lieber die Fische ausnehmen, Mylady?«, fragte Brita und brachte den Teig hastig in Sicherheit.

Dieser Vorschlag war durchaus verlockend, wenn auch nur, weil Cymbra für diese Tätigkeit ein Messer benötigen würde. Trotzdem schüttelte sie den Kopf, hörte auf, den Brotteig zu misshandeln, und trat ans Fenster. Vor ihrem geistigen Auge erschien die Szene, als die Männer im Morgengrauen davongeritten waren. »Jetzt jagen sie wieder.«

Die Irin und die anderen Frauen wussten bereits davon, seufzten aber trotzdem mitfühlend.

»Nur Eber, Mylady«, erinnerte Brita ihre Herrin. »Ich hörte Lord Dragon sagen, der Jarl sei für nichts anderes in Stimmung. Und Eberfleisch können wir einsalzen, so dass nichts vergeudet wird.«

In den Vorratskammern lagerte bereits ausreichend Fleisch für den Winter, sogar nach all den festlichen Mahlzeiten der letzten Tage. Deshalb würde man sich überlegen müssen, was mit der neuen Jagdbeute geschehen sollte. Seit einer Woche ritten die Wikinger und die Sachsen gemeinsam in die Wälder und wetteiferten um die blutrünstigsten Methoden zur Erlegung der Beute. Tag für Tag kamen sie blutbespritzt in die Festung zurückgaloppiert und überließen die erlegten Tiere den Frauen. Dann gingen sie in die Sauna, um herauszufinden, wer am meisten Hitze vertrug, die ungeheuerlichsten Geschichten erzählte und mehr Ale trank als alle anderen. Wenn sie nicht gerade Ringkämpfe austrugen und sich im Speerwerfen oder anderen Waffenübungen maßen. An diesem Morgen wäre es beinahe zu einer Messerstecherei gekommen, weil einer von Wolfs Kriegern behauptet hatte, er könne weiter pinkeln als sämtliche Sachsen.

Das muss möglichst bald ein Ende finden, dachte Cymbra erschöpft. Eine der älteren Frauen, die etwas mehr Erfahrung auf diesem Gebiet besaß, hatte ihr erklärt, wenn sich die Männer auf diese Weise aufführten, würden sie einander besser kennen lernen. Man müsse dieses Vorhaben hinnehmen, weil es nun einmal ihre Art sei, doch Cymbra wollte nicht noch länger warten, bis sie entscheiden würden, ob sie gute Freunde oder tödliche Feinde waren.

Außerdem spürte sie, das sich unterschwellig irgendetwas abspielte, das sie nicht einschätzen konnte. Einige Sachsen, besonders die Stellvertreter ihres Bruders, schienen einander an Freundlichkeit zu überbieten. Fast jeden Tag gingen sie in die Stadt hinab, gaben eine Menge Geld aus und unterhielten sich mit den Leuten.

»Sehr nette Männer«, hatte Nadja versichert, als Cymbra sie besucht und nach dem Baby gesehen hatte. »Mikal sagt, alles sei in Ordnung und man müsse sich keine Sorgen machen.«

Wie gern würde Cymbra diese Meinung teilen ... Aber sie kannte ihren Bruder zu gut. Nur weil er nichts dem Zufall überlassen hatte, war er zu einem der mächtigsten Lords von England geworden, der allein König Alfred verantwortlich war.

Mehrmals hatte er versucht, allein mit ihr zu sprechen, doch Wolf oder Dragon waren stets dazwischengetreten. Wann immer sich Hawk in der Nähe seiner Schwester aufhielt, ließen sie sie keinen Moment aus den Augen. Selbst wenn sie einfache, harmlose Fragen nach den Bewohnern von Holyhood stellte – zum Beispiel nach Miriam, der es glücklicherweise gut ging –, hörte der Jarl aufmerksam zu.

Darüber ärgerte sich Cymbra, weil es überflüssig war, obwohl ihr nichts anderes übrig blieb, als einer Auseinandersetzung aus dem Weg zu gehen, da sie schließlich Hawk von ihrem Eheglück zu überzeugen versuchte. Noch schlimmer allerdings war, dass Wolf ihr Dilemma bemerkte und schamlos seinen Nutzen daraus zog.

Beim Abendessen am vorherigen Tag hatte er verkündet, die Wikinger sollten möglichst viele Sächsinnen heiraten, denn diese Frauen seien so freundlich und nett und vor allem – Cymbra hätte sich beinahe an ihrem Honigwein verschluckt – so *gehorsam*. Und dann hatte er Hawk seinen Glückwunsch ausgesprochen, dass er seine Schwester so gut erzogen hatte. Während sie sich ein Lächeln abgerungen hatte, hätte sie ihrem Gemahl am liebsten einen Krug Ale über den Kopf gegossen.

Und Hawk hatte einfach nur dagesessen und zu diesen »klugen« Worten zustimmend genickt. Cymbra stöhnte verächtlich. Wenn die Männer wenigstens *einmal* versuchen würden, nicht mit dem Körperteil zwischen ihren Beinen zu denken, sondern mit dem zwischen den Ohren …

Nein, das war ungerecht. Das Problem lag in der unübersehbaren Tatsache, dass Wolf, Hawk und Dragon viel zu gründlich über die Dinge nachdachten. Bald würden sie zu einer endgültigen Meinung voneinander gelangen. Und Cymbra konnte nur hoffen, dass das Ergebnis dieser Überlegungen ihren Wünschen entsprach.

Hoffen und alles in ihrer Macht Stehende tun, um das Bündnis entstehen zu lassen, das alle Beteiligten anzustreben behaupteten.

An diesem Abend wartete Cymbra auf jene Pause während des Tischgesprächs, die unweigerlich eintrat, wenn die Männer satt und zufrieden waren. Um diese Zeit pflegte Wolf nach dem Skalden zu rufen. »Glaubst du, ihr könntet für eine Weile auf die Jagd verzichten?«, fragte sie, ehe er die Stimme erheben konnte, und ließ ihren Blick von einem Mann zum nächsten schweifen, als wäre ihr dieser Gedanke soeben erst in den Sinn gekommen.

Wolf lehnte sich in seinem Stuhl zurück und musterte sie nachsichtig, ehe er die allgemeine Verwirrung in Worte fasste. »Warum sollten wir das tun?«

»Nun wir haben genug Fleisch, um unsere Gäste und die Festungs- und Stadtbewohner den ganzen Winter hindurch und darüber hinaus zu sättigen. Deshalb dachte ich, vielleicht würdet ihr gern etwas anderes unternehmen.«

»Zum Beispiel?«, fragte Hawk.

Nicht ständig zu wetteifern und Euch unablässig heraus-

zufordern, dachte sie. Aber diese Antwort wäre sinnlos gewesen. »Können wir nicht segeln?«, schlug sie munter vor.

»Segeln?«, wiederholte Dragon, als hätte er dieses Wort noch nie gehört.

»Ja, segeln«, bestätigte sie. »Hawk liebt Boote, ebenso wie ihr anderen. Sicher wäre es interessant, etwas mehr von der Küste zu sehen. Nach meiner Ankunft war ich ganz begeistert, weil sie so schön ist. Und ich dachte …«

»Ein Wettsegeln!«, rief Wolf in der Annahme, er hätte endlich verstanden, was seine Frau meinte.

Eifrig nickte Hawk. »Ja, Euer Schiff gegen meines!«

»O nein«, protestierte Cymbra, »so habe ich mir das nicht vorgestellt. Habt ihr einander nicht lange genug erprobt? Möchtet ihr euch nicht ein bisschen entspannen und ausruhen?«

Ihr Ehemann und ihr Bruder starrten sie an, als hätte sie in einer Fremdsprache gesprochen, und Dragon schüttelte lachend den Kopf. »Gebt es auf, liebe Schwägerin. Indem wir einander auf die Probe stellen, *entspannen* wir uns. Wir genießen das. Aber ein Wettsegeln ist eine ausgezeichnete Idee!« Grinsend wandte er sich Hawk zu. »Wie viel Vorsprung braucht Ihr?«

»Vorsprung? Warum sollte ich das wollen?«

»Nun, Ihr kennt diese Gewässer nicht. Zudem seid Ihr nur ein Sachse. Deshalb wäre es ungerecht …«

Mit diesen Worten löste Dragon ein erbittertes Wortgefecht aus. Nur mühsam widerstand Cymbra der Versuchung, sich einzumischen. Nach einer Weile erinnerten sich die Männer wieder an ihre Anwesenheit, und Wolf versuchte, die Situation zu retten. »*Elskling*, schick doch eine Dienerin in unser Haus, damit sie deine Laute holt. Du könntest uns etwas vorspielen.«

»O ja«, pflichtete Hawk seinem Schwager bei. »Seit Monaten habe ich dich nicht mehr musizieren gehört. Es hat mir wirklich sehr gefehlt.«

Erfreut, aber auch erstaunt, weil sie einen so beschaulichen Zeitvertreib den blutrünstigen Geschichten der Skalden vorzogen, erfüllte Cymbra diesen Wunsch. Aber nachdem sie die ersten Töne angeschlagen hatte, bemerkte sie Hawks gerunzelte Stirn.

»Das ist nicht deine Laute. Was geschah mit dem Instrument, das du in Holyhood hattest?«

Sie freute sich über die willkommene Gelegenheit, die Fürsorge ihres Ehemannes zu erwähnen. »Leider ist meine alte Laute zerbrochen, und Wolf war so freundlich, mir diese hier zu schenken.«

Hawk lächelte liebenswürdig. »*Bevor* er dich von dem Mann am Marterpfahl wegzerrte oder *danach*?«

»Woher weißt du …« Bestürzt wandte sie sich zu ihrem Gemahl. »Hast du es ihm erzählt?«

»Nein.« Eine Zeit lang schwieg er, dann musterte er seinen Schwager argwöhnisch. »Wie habt Ihr es herausgefunden?«

Hawk zuckte die Achseln. »Das könnt Ihr Euch doch wohl denken. Die Leute reden eben.«

»Besonders, wenn irgendwelche Besucher mit Geld um sich werfen und interessiert zuhören?«

»Vielleicht. Aber Cymbra hat meine Frage nicht beantwortet. War es davor oder danach?«

»Davor«, erklärte sie hastig, um zu verhindern, dass Wolf an ihrer Stelle sprach. »Vermutlich kennst du die näheren Umstände nicht, Hawk. Der Mann war ein Dieb, der den Lebensunterhalt zweier Familien bedroht und somit ein schweres Verbrechen begangen hat. Nachdem er bestraft worden war, durfte ich ihn nicht behandeln. Stattdessen hat sich Ulfrich um ihn gekümmert.«

»Also hast du nicht unter diesen Erlebnissen gelitten?«

Da sie weder lügen konnte noch wollte, zögerte sie einen Moment lang. »Gegen solche Szenen wurde ich stets abgeschirmt – du weißt, warum. Aber mein Mann ist ein gerechter Herrscher und verantwortlich für den Schutz seiner … unserer Leute.«

»Das verstehe ich. Und es freut mich, dass du inzwischen gelernt hast, solche Ereignisse zu ertragen, vor allem, weil sie offensichtlich zum Alltag von Sciringesheal gehören. Und was empfandest du bei der Hinrichtung jener Männer, die eine Siedlung überfallen hatten?«

Cymbra presste die Lippen zusammen und warf ihrem Mann einen kurzen Blick zu, der seine langen Beine ausgestreckt hatte und mit einem Trinkhorn mit Ale in der Hand dasaß und spöttisch die Brauen hob. »Offenbar habt Ihr Euch gründlich umgehört, Hawk. Oder besser gesagt, Eure Männer.«

Hawk, der nicht minder gelassen wirkte, ging sogar noch einen Schritt weiter und begann zu lachen. »Oh, ich bin nur interessiert. Gibt es etwas daran auszusetzen?«

»Natürlich nicht. Habt Ihr auch erfahren, *wie* diese Männer starben?«

»Ja, zufällig. Wäre ich an Eurer Stelle gewesen, hätte ich mich für eine noch abschreckendere Methode entschieden.«

»Da sind wir einer Meinung. Ursprünglich hatte ich das auch vor, doch in letzter Minute besann ich mich anders.«

»Tatsächlich? Warum?«

»Weil Cymbra darauf bestand, an der Urteilsverkündigung teilzunehmen. Sie glaubte, als Gemahlin des Jarls dazu verpflichtet zu sein. Selbstverständlich wollte ich ihr keinen Kummer bereiten, deshalb schlugen wir den Männern einfach die Köpfe ab, und zwar so schnell wie möglich.«

»Wie *freundlich* von Euch! Dafür wolltet Ihr an den drei Männern, die Ihr gleichzeitig bekämpft habt – übrigens höchst eindrucksvoll – ein umso grausigeres Exempel statuieren, nicht wahr?«

»So könnte man es nennen.«

»Und Ihr habt Cymbra gezwungen, das Gefecht mit anzusehen. Euer Bruder hielt sie sogar fest. Auf Euren Befehl!«

»Nein, so war es nicht!«, mischte sich Cymbra ein. »Dragon sorgte dafür, dass ich ... die schlimmsten Ereignisse nicht mit ansehen musste.« Sie war bestürzt über all die Dinge, die Hawk in Erfahrung gebracht hatte, und wie er sie deutete. »Deine Männer sollten sich keine Klatschgeschichten anhören!«, platzte sie heraus.

»Findest du? Und was sollten sie stattdessen tun?«

Beklommen schaute sie ihn an und sprach den erstbesten Gedanken aus, der ihr in den Sinn kam. »Segeln, wie ich bereits vorschlug.«

In seinen Augen las sie eine seltsame Mischung aus Zärtlichkeit, Verblüffung und Argwohn. Doch sie ignorierte seinen Blick und griff wieder zu ihrer Laute. Die Männer wollten sich doch an ihrer Musik erfreuen, oder?

Am nächsten Morgen segelten sie aufs Meer hinaus. Zuvor hatten sie Cymbra jedoch erklärt, dass sie an dieser wilden, gefährlichen Fahrt nicht teilnehmen könnte, was sie mit einem gezwungenen Lächeln zur Kenntnis genommen hatte. Und sie lächelte immer noch, als sie Stunden später zurückkehrten, die Tuniken mit salziger Gicht bespritzt, die Gesichter vom Wind gerötet und offensichtlich in bester Stimmung.

»Unentschieden«, berichtete Wolf, der offenbar verblüfft darüber war. »Hawk und ich haben je zwei Wettrennen gewonnen.« Lachend versetzte er seinem Schwager einen Schlag auf die Schulter, der einen schwächeren Mann zweifellos in die Knie hätte gehen lassen. Aber Hawk zuckte nicht einmal mit der Wimper. »Gar nicht so übel. Treten wir morgen noch einmal gegeneinander an?«

Das taten sie, ebenso wie am übernächsten Tag. So dankbar Cymbra auch war, nachdem die Parade der blutigen Jagdbeute ein Ende genommen hatte, ärgerte sie sich, weil sie in der Festung bleiben und *Frauen-Aufgaben* erledigen musste, während sich die Männer vergnügten.

Fast zwei Wochen nach Hawks Ankunft saß sie in Wolfs Haus, eine Näharbeit im Schoß, der sie jedoch keine Beachtung schenkte. Sie fühlte sich vernachlässigt. Natürlich war das absurd, und sie gestand sich nur widerstrebend ein, was sie empfand. Sie war von Menschen umgeben, die sie liebten. Vor allem ihr Ehemann und ihr Bruder sorgten sich rührend um ihr Wohl. Sie führte einen wohl geordneten Haushalt, nutzte ihre Heilkunst, und ausgefüllte Tage reihten sich aneinander. Und die Nächte …

Obwohl sie allein war, errötete sie. Ohne Rücksicht auf die vielfältigen Abenteuer, die Wolf tagsüber bestand, oder die späte Stunde versäumte er es niemals, sich voller Leidenschaft seiner Ehefrau zu widmen. Manchmal weckte er sie sogar im Morgengrauen, um sie mit neuen Liebesfreuden zu beglücken. Sie lebte in einem Kokon sinnlicher Lust, sanfter Fürsorge, sicher und geborgen.

Trotzdem ärgerte sie sich. Was für eine seltsame Frau sie war, so voller Widersprüche.

Wehmütig schaute sie durchs Fenster. Auf dem Meer funkelte goldenes Sonnenlicht, und zwischen den Felseninseln, die den Hafen abschirmten, tollten Seelöwen umher. Und weiter draußen, wo der Himmel und das Meer verschmolzen, sah sie stolze Segel, die regelrecht über das Wasser zu fliegen schienen.

Während die Schiffe den Hafen ansteuerten, legte Cymbra die Tunika ihres Mannes beiseite, die sie gerade flickte, und ging in den Hof, um die Heimkehrer zu begrüßen.

»Schon so bald ...«, murmelte Cymbra und bereute ihre Worte sofort. Sie benahm sich wie ein verwöhntes Kind, das immer noch mehr wollte, als ihm ohnehin schon geboten wurde.

»In zwei Wochen bin ich wieder hier«, erwiderte Hawk lächelnd. »Doch nun muss ich nach Essex zurück.« Liebevoll berührte er ihre Wange. »Das verstehst du doch?«

»Ja, natürlich, und ich bin froh, dass du so lange bleiben konntest. Daheim warten Pflichten auf dich, die du nicht länger versäumen darfst.«

»Dein Bruder ist mir jederzeit willkommen, *Elskling*«, betonte Wolf.

»Und ich würden euch beide gern auf Hawkforte begrüßen«, erklärte Hawk. »Aber nun muss ich König Alfred Bericht erstatten. Was ich in Sciringesheal erlebt habe, wird ihn zweifellos interessieren.«

Viel zu schnell verstrichen die letzten Stunden, die Cymbra mit ihrem Bruder verbringen konnte. Zu früh wurde das festliche Abschiedsmahl beendet, zu kurz dauerte die letzte Umarmung, und dann verhallte das Echo ihrer Abschiedsworte. Sie stand neben Wolf am Kai und beobachtete, wie das Schiff mit dem Habichtsemblem im Dunst zwischen den Felseninseln verschwand. Über dem Wasser ertönte der Klageruf einer einsamen Möwe.

Plötzlich fielen Cymbra wieder die Worte ihres Bruders ein, doch erst in diesem Augenblick wurde ihr klar, wie seltsam sie gewesen waren. König Alfred würde sich für die Ereignisse in Sciringesheal *interessieren*. Träfe es nicht eher zu, dass das norwegisch-sächsische Bündnis ihn *erfreuen* würde?

Sie dachte eine Zeit lang darüber nach, ehe sie sich schließlich sagte, dass es wahrscheinlich nichts zu bedeuten hatte. Die Abreise des geliebten Bruders bekümmerte sie, und sie würde ihn schmerzlich vermissen. Andererseits war sie erleichtert, denn endlich könnte sie damit aufhören, sich vor dem Albtraum zu fürchten, der seit dem ersten Tag ihrer Ehe auf ihrer Seele gelastet hatte. Ihr Bruder und ihr Ehemann würden einander nicht bekämpfen. Statt die Feindschaft zu vertiefen, hatte es sogar so ausgesehen, als wären sie Freunde geworden. Der Wind frischte auf, und sie schmiegte sich fröstelnd an ihren Mann, der sie, einen Arm um ihre Schultern gelegt, an sich drückte. Seite an Seite kehrten sie in die Festung zurück.

Am nächsten Morgen erwachte sie mit einem seltsamen Gefühl angespannter Stille, die sich beinahe wie die Ruhe vor dem Sturm anfühlte. Doch der wolkenlose Himmel und die gleißende Sonne wiesen auf nichts Derartiges hin. Cymbras erster Gedanke galt der Trennung von ihrem Bruder, der ihr fehlen würde. Doch sie bezwang ihre Sehnsucht und konzentrierte sich auf ihre Pflichten.

Jetzt, wo die Festivitäten beendet und die Vorratskammern bis oben gefüllt waren, durften sich die Frauen erholen, wenn auch nicht zu lange, denn sie hatten die Arbeit in der Weberei während der letzten Wochen vernachlässigt.

Und Cymbra wollte noch einige Kräuter, Wurzeln und Blumen für den Winter sammeln. Ihr Garten gedieh prächtig, und sie freute sich schon auf den Frühling, wenn sie ihn noch vergrößern könnte. Außerdem brauchte sie einige wilde Pflanzen, die die Wirkung ihrer gezähmten Schwestern noch ein wenig verstärken sollten.

Tatendurstig ging sie auf die Suche nach ihrem Mann. Sie begegnete ihm auf dem Hof, als er gerade vom Exerzierplatz zurückkam, und lächelte glücklich. Irgendwie hatte sie das Gefühl, als fange ihre Ehe erst an diesem Tag richtig an, nachdem ihr Bruder abgereist war und die Angst vor einer Konfrontation ein Ende gefunden hatte. Liebevoll legte sie eine Hand auf Wolfs Arm. »Ich hoffe, du überanstrengst dich nicht.«

Mit erhobenen Brauen erwiderte er ihr Lächeln. »Hast du noch nicht bemerkt, dass ich nur in deiner Nähe zu gewissen Exzessen neige, teure Gemahlin?«, erwiderte er und lachte, als er beobachtete, wie ihr das Blut in die Wangen stieg. Neckend schlug sie nach ihm und wich ihm behände aus, als er sie zu packen versuchte. Wie üblich taten Dragon und die anderen Männer so, als würden sie nichts bemerken. Aber die Possen des Jarls und seiner Frau entlockten ihnen ein nachsichtiges Grinsen.

»Wolltest du irgendwas?«, fragte er, als er sie einholte und an sich presste. Sie atmete den Geruch von Leder und Pferden und seinen unverwechselbaren Duft ein, und musste sich zwingen, ihre Gedanken auf das zu richten, weshalb sie ihn aufgesucht hatte.

»O ja, ich brauche noch ein paar wilde Pflanzen für den Garten, die ich trocknen möchte. Brita und Olaf werden mich begleiten. Wenn du es erlaubst …« Die letzten Worte fügte sie beiläufig und in kokettem Ton hinzu. Aber zu ihrer Verblüffung schien er ernsthaft darüber nachzudenken. Warum zögerte er? »Wolf ...«

Eine Zeit lang starrte er sie schweigend an. Wieder einmal hatte sie das unheimliche Gefühl, als könnte er in ihre Seele blicken. Dann holte er tief Luft, und ein angedeutetes Lächeln erhellte seine Züge. »Natürlich. Bleib nicht zu lange weg. Vor dem Essen möchte ich noch ein bisschen mit dir zusammen sein.«

Der Vorschlag lag ihr auf der Zunge, sofort ein wenig Zeit zusammen zu verbringen, doch Brita und Olaf erwarteten sie bereits, und im Hof standen einige Kaufmänner, die mit dem Jarl sprechen wollten. Seufzend versprach sie, rechtzeitig heimzukehren. Bevor sie sich abwenden konnte, zog er ihre Hand an die Lippen, und sie war erneut versucht, ihre Pläne zu ändern. Doch dann eilte sie lachend davon und spürte den liebevollen Blick, mit dem er ihr nachsah.

Gemeinsam mit Brita und dem stets wachsamen Olaf verbrachte sie einen angenehmen Vormittag auf den Hängen und in den Wäldern oberhalb der Stadt. Um die Mittagszeit wanderten sie zum Strand hinab, wo Cymbra Seetang sammelte – ein Heilmittel gegen Lungenbeschwerden und Hautausschlag. Als sie Olaf von der heilsamen Wirkung dieser Pflanzen erzählte, runzelte er skeptisch die Stirn. Aber er war bereits in den Genuss von Cymbras Heilkunst gekommen, schließlich hatte ihre Salbe die Schmerzen in seinen Gelenken gelindert. Deshalb wollte er ihr durchaus Glauben schenken.

»Wenn der Seetang wirklich nützt, seid Ihr sicher die Einzige im meilenweiten Umkreis, die etwas damit anfangen kann, Mylady.«

Mit einem Lächeln dankte sie ihm für das Kompliment.

Wenig später traten sie den Rückweg zur Festung an. Da der Winter die Seewege schon bald versperren würde, wimmelte es in Sciringesheal von Kaufleuten, von denen zahlreiche den Weg in die Festung des Jarls fanden. Auf den Wachttürmen glaubte Cymbra mehr Posten als normalerweise zu sehen. Doch da sie sich nicht sicher war, maß sie diesem Gedanken keine besondere Bedeutung bei.

Während des Nachmittags bereitete sie das Abendessen vor. Sobald sie die nötigen Anweisungen erteilt hatte und die Frauen sich selbst überlassen konnte, eilte sie nach Hause, um vor der Begegnung mit ihrem Gemahl zu baden.

Von einem seltsamen Gefühl erfasst, hielt sie plötzlich inne. Ein Mann kam auf sie zu. Er war hoch gewachsen und trug einen langen braunen Umhang, der seinen Kopf und sein Gesicht verbarg. Einen Augenblick lang fragte sie sich, wer es wohl wagen würde, ihr so unverblümt gegenüberzutreten, doch er ging an ihr vorbei, ohne seine Schritte zu verlangsamen. »Komm mit mir, Cymbra!«, flüsterte er ihr plötzlich zu.

Hawk.

Entgeistert rang sie nach Atem. Er konnte nicht hier sein, schließlich hatte sie ihn abreisen sehen. Trotzdem erkannte sie seine Stimme. Und er hatte sich verkleidet, um sie zu entführen …

Bei dieser Erkenntnis drohte ihr Blut in ihren Adern zu gefrieren. Trotz all ihrer Mühe und seiner scheinbaren Zufriedenheit glaubte er nicht an ihr Eheglück.

Und deshalb war er zurückgekommen, um sie zu holen. Er war in die streng bewachte Festung eingedrungen, vorbei an den Wächtern, ins Zentrum des Wolfsbaus, um zu stehlen, was der Wolf sein Eigen nannte …

Dafür würde er sterben. *Ihretwegen.*

Voller Angst, dass irgendjemand Verdacht schöpfen könnte, folgte sie dem vermummten Mann auf unsicheren Beinen hinter den Stall.

Als sie vor neugierigen Blicken geschützt waren, streifte er die Kapuze ab. Besorgt musterte er seine bleiche, zitternde Schwester, nahm sie in die Arme und versuchte, sie zu trösten. »Keine Bange, ich bringe dich weg. Das verspreche ich dir.«

»Nein!« Entsetzt riss sie sich los. »Um Himmels willen, Hawk, was hast du getan? Ich dachte, es wäre alles geregelt und du würdest meine Ehe akzeptieren. Nun kommst du zurück und riskierst Wolfs Empörung?«

Seine Miene verdüsterte sich. »Gewiss, der verdammte Wikinger darf nicht erzürnt werden. Um das zu verhindern, würdest du alles sagen – und alles tun.«

»Ja – nein! So meine ich es nicht. Er ist mein Mann, und ich liebe ihn. Selbstverständlich will ich ihn nicht ärgern. Und ich schwöre, ich habe dich nicht belogen, Hawk.«

Eindringlich schaute er in ihre flehenden Augen. »Wiederhole diese Worte an Bord meines Schiffs, wenn du nicht mehr in seiner Gewalt bist. Dann werde ich dir glauben. Vorher nicht.«

»Aber ich *kann* dich nicht begleiten!«

»Dann muss ich hier bleiben«, erwiderte er und zuckte die breiten Schultern. »Ohne dich gehe ich nicht.«

Welch eine Närrin war sie nur gewesen! Wie dumm von ihr, sich einzubilden, sie hätte ihn von ihrem Glück überzeugt. Dieser Mann hatte die kleine Cymbra tage- und nächtelang in den Armen gehalten und ihr gellendes Schluchzen gehört, wenn sie von den Qualen anderer Menschen gepeinigt worden war. Um sie zu retten, hatte er sie gegen die Außenwelt abgeschirmt. Im Schutz der Mauern von Holyhood war sie unbehelligt zur Frau herangewachsen. Ihr Bruder, der ihr die Eltern ersetzt hatte, ihr Freund, ihr Beschützer, ihr Herr …

Und sie hatte tatsächlich geglaubt, er würde einfach davonsegeln und sie verlassen?

»Du musst sofort verschwinden«, flüsterte sie und fürchtete, die Tränen, die sie nicht zu vergießen wagte, würden ihre Stimme ersticken. »Sicher weißt du, was mit dir geschieht, wenn man dich findet.«

»Dann komm mit mir, Cymbra«, drängte er. Er spürte ihre tiefe Liebe zu ihm und war entschlossen, sich diesen Umstand zu Nutze zu machen. »Sofort! In einer knappen Stunde sind wir auf hoher See.«

Was er von ihr verlangte, erschien ihr ungeheuerlich. Ohne Wolfs Erlaubnis würde sie die Festung verlassen müssen, ohne Eskorte außer dem Bruder, der die Gesetze der Gastfreundschaft verletzte. Wenn ihr Mann davon erfuhr …

Darüber wollte sie nicht nachdenken. Hawk hatte Recht, es würde nicht lange dauern. Auf seinem Schiff könnte sie ihm glaubhaft machen, dass alles in bester Ordnung war, und er würde abreisen, ohne dass irgendjemand bemerkte, was geschehen war.

»Wo ankert dein Schiff?«, fragte sie hastig, um keine kostbare Sekunde zu verschwenden.

»Nicht weit von hier.« Ein ironisches Lächeln umspielte seine Lippen. »Dank unserer ausgedehnten Segelfahrten kenne ich diese Bucht ebenso gut wie die Küste von Essex. Deshalb fiel es mir nicht schwer, auf ein paar Umwegen noch einmal hierher zu kommen und einen verborgenen Ankerplatz zu finden.«

Folglich hatte er seine Rückkehr von Anfang an geplant – und der Beteuerung seiner Schwester, sie sei glücklich verheiratet, keine Sekunde lang Glauben geschenkt. »Also gut«, stimmte sie verzweifelt zu, »aber wir müssen uns beeilen. Es wäre mir lieber, Wolf würde nichts davon merken.« Als sie seinen frostigen Blick sah, fügte sie hinzu: »Nicht aus den Gründen, an die du jetzt denkst. Nur weil ich die Freundschaft zwischen euch nicht zerstören will.«

Statt zu antworten, hob er viel sagend die Brauen. Dann zog er die Kapuze wieder über seinen Kopf und reichte Cymbra einen ebenso voluminösen Umhang, den er unter seinem eigenen hervorgezogen hatte. »Zieh das an.«

Vom ständigen Kommen und Gehen der Händler geschützt, eilten sie unerkannt zum Tor hinaus, doch erst am Fuß des Hügels wagte Cymbra aufzuatmen. Sie bogen von der Hauptstraße ab, die in die Stadt führte, und folgten dem schmalen Weg, der sich um den Hügel herumwand. Bald waren sie aus dem Blickfeld der Wachtposten verschwunden.

Nach ein paar Meilen erreichten sie eine abgeschiedene Bucht im Norden der Stadt, und Cymbra sah das Schiff ihres Bruders vor Anker liegen. Besorgt schaute sie zur Sonne auf, die sich allmählich dem Horizont näherte. »Muss ich wirklich an Bord gehen? Jetzt befinde ich mich nicht mehr in Wolfs Gewalt. Glaubst du mir, wenn ich dir versichere, dass ich es niemals war?«

»Das glaube ich dir erst, wenn du auf dem Deck meines Schiffs stehst.«

Plötzlich schöpfte sie einen schrecklichen Verdacht. Sie grub ihre Fersen in das weiche Erdreich und weigerte sich, auch nur einen Schritt weiterzugehen. »Hawk, du hast doch die Wahrheit gesagt. Du sagtest, wenn ich dich überzeugt hätte, würdest du mich gehen lassen und ohne mich abreisen ...«

Verwundert runzelte er die Stirn. Ihre sichtliche Angst, er würde sie zwingen, ihn nach Essex zu begleiten, gab ihm offenbar zu denken. Zum ersten Mal schien er zu ahnen, dass sie tatsächlich bei ihrem Gemahl bleiben wollte. »Beruhige dich, ich werde deine Entscheidung akzeptieren. Nachdem ich mir Gewissheit verschafft habe.«

Da ihr nichts anderes übrig blieb, folgte sie ihm den grasbewachsenen Hang hinab in die geschützte Bucht. Seine Männer begrüßten den Lord und seine Schwester erleichtert. Zweifellos hatte ihnen der Entschluss ihres Herrn, allein in die feindliche Festung einzudringen, nicht sehr gefallen.

Sobald Hawk und Cymbra den Kiesstrand erreichten, wurde der Anker gelichtet und das Segel gehisst. In dem Augenblick, als er seine Schwester an Deck heben wollte, erklangen donnernde Hufschläge.

23

Wie ein zorniger nordischer Gott sprang Wolf aus dem Sattel. Noch bevor seine Füße den Boden berührten, hatte er sein Schwert aus der Scheide gezogen. Das Gesicht eine versteinerte Maske des Zorns, stürmte er auf Cymbra und Hawk zu, jenseits aller Vernunft, jenseits aller Selbstkontrolle. Seine Augen schimmerten wie der kalte, harte Stahl, den er mit zusammengepressten Lippen schwang. An seinem Hals pulsierten angespannte Muskeln.

Sein Furcht erregender Anblick raubte Cymbra den Atem. In diesem Moment erkannte sie das volle Ausmaß seiner Macht und verstand, warum ihn nur wenige Männer herauszufordern wagten. Entsetzt wich sie zurück. Aber ihre Angst änderte nichts an ihrer Liebe. Getrieben von ihrem verzweifelten Wunsch, ihn zu besänftigen, streckte sie instinktiv eine Hand aus. »Nein, Wolf – *nicht* …«

Auch Hawk ließ sich von seinen Instinkten leiten, die ihm befahlen, die Schwester um jeden Preis zu schützen. Deshalb missachtete er ihren Protest, zerrte sie hinter sich und zog sein Schwert, ohne den Reitern, die hinter ihrem Anführer den Hang herabgaloppierten, einen Blick zu gönnen.

Seine ungeteilte Aufmerksamkeit galt einem einzigen tödlichen Feind, der unerbittlich auf ihn zukam. »Halt, Wikinger! Oder der Friede, den du angeblich willst, wird ein jähes Ende finden!«

Wolfs Lippen verzogen sich zu einem höhnischen Grinsen, das deutlich verriet, wie abgrundtief der Verrat für ihn war, den man an ihm verübt hatte. »Nur Narren können an einen Frieden zwischen unseren Völkern glauben. In Wirklichkeit regiert der Krieg – und das …« Er stürzte sich so schnell auf Hawk, dass dieser es allein seiner bewundernswerter Geistesgegegenwart verdankte, dass er am Leben blieb. Drückende Stille senkte sich auf den Strand herab, nur vom Klirren der Waffen unterbrochen, während die beiden mächtigen Krieger einander bekämpften.

Die Männer auf beiden Seiten sahen ihnen fasziniert zu. Kein einziger mischte sich ein. In ihr wütendes, verbissenes Gefecht verstrickt, schwangen Wolf und Hawk die Schwerter mit so gewaltiger Kraft, dass Cymbra die Ereignisse nur hilflos verfolgen konnte. Sie war wie gelähmt.

Der Schrei, der in ihrer Kehle stecken blieb, drohte sie zu ersticken. Mit eisigen Fingern schien das wachsende Entsetzen ihre Seele zu durchdringen. Sollte ihr schlimmster Albtraum Wirklichkeit werden? Würden die zwei Menschen, die sie am meisten auf dieser Welt liebte, einander zu töten versuchen?

In ihrem Innern schien sich ein schwarzer Abgrund aufzutun. Einer der beiden würde sterben. Wie sollte sie weiterleben, wenn ihr Ehemann oder ihr Bruder *ihretwegen* den Tod fand? Wie könnte sie die langen Jahre überstehen, die noch vor ihr lagen, wenn ihr Leid niemals ein Ende fände?

Sie *musste* ihnen Einhalt gebieten. Aber angesichts der rasenden Kampflust, die Hawk und Wolf gleichermaßen anspornte, fühlte sie sich machtlos.

Bestürzt hielt sie den Atem an, als Wolf seine Waffe emporschwang. Nur mit knapper Not entrann ihr Bruder dem Hieb, der ihn zweifellos getötet hätte, ehe er nicht minder entschlossen angriff, wobei er den Schwertarm des Jarls nur um Millimeter verfehlte. Ringsum rückten die Männer näher, so gebannt von dem mörderischen Gefecht, als würden sie selbst die Klingen kreuzen. Es schien, als hätten sie alles andere vergessen, auch die Frau, die den Konflikt verursacht hatte, die beide Widersacher innig liebte.

»Halt!« Plötzlich spiegelte nicht der Stahl der Krieger die sinkende Sonne wider, sondern der Dolch, den Cymbra aus der Scheide an ihrer Taille gezogen hatte. Mit beiden Händen umklammerte sie den Griff und richtete die Spitze auf ihre Brust. Eine Todsünde – ewige Verdammnis … Krampfhaft schluckte sie ihre Tränen hinunter, bezwang

ihre Panik und betete so inbrünstig wie nie zuvor. »Halt!«, schrie sie noch einmal, und die grünen Hügel warfen das Echo ihres gellenden Schreis zurück. »Ich liebe euch beide! Wenn einer von euch stirbt, will ich nicht mehr leben. Und bevor ich dieses Grauen mit ansehe, töte ich mich selbst!«

Für ein paar Sekunden, die eine Ewigkeit zu dauern schien, verharrten Wolf und Hawk reglos voreinander. Nur die unverhohlene Furcht in ihren Augen verriet, dass sie die Worte gehört und den Dolch erblickt hatten.

»Ich meine es ernst! Lasst die Schwerter fallen! Sonst wird sich diese Schneide in mein Herz bohren – ich schwöre es!«

Wolfs Lider zuckten, worauf Dragon einen Schritt vortrat. Darauf war Cymbra vorbereitet, denn sie wusste um das enge Band zwischen den Brüdern, die sich ohne Worte verstanden.

»Zurück!«, befahl sie, und Dragon gehorchte widerstrebend, während er Cymbra mit derselben Ungläubigkeit anstarrte wie der Rest der Männer. Ohne die Tränen zu beachten, die über ihre bleichen Wangen strömten, drückte sie die Spitze des Dolchs zwischen ihre Brüste. *»Hört auf! Sofort!* Runter mit den verdammten Waffen!«

Keuchend bahnte sich Bruder Joseph, der den ganzen Weg von der Festung bis zu diesem abgeschiedenen Strand im Laufschritt zurückgelegt hatte, einen Weg durch die Menge. Als er Cymbra sah und ihre Absicht erkannte, sank er auf die Knie und bekreuzigte sich. »Tut es nicht, mein Kind!«, flehte er. »Ihr wisst, was es bedeuten würde – Eure Seele ...«

»Ich bin so oder so verdammt«, schluchzte sie. »Wenn einer von beiden meinetwegen stirbt ...«

Durch einen Tränenschleier sah sie Wolfs verzerrtes Gesicht. Wie sehr sie ihn liebte … Ohne Zögern würde sie ihr Leben für seines opfern. Ebenso wie für ihren Bruder.

Wolf wandte sich ihr zu, ohne dem Mann, dem er eben noch nach dem Leben getrachtet hatte, weitere Beachtung zu schenken. »Wenn du den Dolch weglegst, lasse ich mein Schwert fallen, Cymbra. Tun wir's gemeinsam.«

»Du auch, Hawk«, würgte sie hervor.

Hastig nickte ihr Bruder und beugte sich ein Stück vor, um seine Waffe in den Sand zu legen. Wolf trat auf Cymbra zu. Hawk hielt sein Schwert noch immer in den Händen, während Dragon sich von der anderen Seite näherte. Langsam ließ sie den Dolch ein Stück sinken. Ihr Herz hämmerte in ihrer Brust, dass sie fürchtete, es würde ihr im nächsten Augenblick aus der Kehle springen.

Plötzlich geschah alles auf einmal. Wolf ließ sein Schwert fallen und stürmte zu seiner Frau. Verwirrt von der plötzlichen Bewegung und unsicher, was sie bedeuten mochte, richtete Hawk sich mit der Waffe in der Hand auf, während Dragon sein Schwert zog, um seinem Bruder den Rücken zu decken. Cymbra, die den Dolch noch immer in der Hand hielt, erstarrte mitten in der Bewegung. Erst in diesem Augenblick wurde ihr klar, wie nahe ihr Mann war. »Nein!«, schrie sie.

Graue Augen starrten sie voller Überraschung an. Dann blickte er auf seine Hände hinab und taumelte nach hinten. Zwischen seinen Fingern, die den Griff des Dolchs umfassten, quoll Blut hervor, rann an seiner Tunika hinab und versickerte im Sand.

»Nein!«, schrie sie erneut. Sie wollte ihrem Gemahl zu Hilfe eilen, doch Dragon stieß sie beiseite. Augenblicklich wurde Wolf, der sich schwankend auf den Beinen hielt, von seinen Kriegern umringt, während Hawk versuchte, seine Schwester zu erreichen.

Doch es war zu spät. Auch er war bereits umzingelt. Innerhalb weniger Sekunden hatten ihn die Wikinger entwaffnet und zu Boden geworfen.

»Nehmt sie alle gefangen!«, befahl Dragon.

Ihrer Waffen beraubt, die Hände auf den Rücken gefesselt, ließen sich die zutiefst erschütterten Sachsen den Hang hinauf zur Festung führen.

Cymbra schlang die Arme um sich und starrte auf die Wand der Zelle. Sie zitterte am ganzen Körper und konnte sich kaum auf den Beinen halten. Um nicht zusammenzubrechen, musste sie ihre letzten Kräfte aufbieten.

Aus der angrenzenden Zelle, die durch einen steinernen Wall von der ihren getrennt war, drangen die Stimmen ihres Bruders und seiner Männer herüber. Er hatte nach ihr gerufen und versichert, er würde nicht zulassen, dass ihr ein Leid geschah. Doch die Worte, die sie trösten sollten, schürten ihre Angst nur noch mehr.

Lieber würde er sterben, als seine Schwester verletzt zu sehen. Daran zweifelte sie nicht. Sobald sich die Gelegenheit bot, würde er alle Schuld auf sich nehmen, und das musste sie verhindern.

Noch größer jedoch war ihre Sorge um Wolf. Seit sie in die Festung zurückgebracht worden war, hatte sie nichts von ihm gehört. Zweifellos kümmerte sich Ulfrich bereits um ihn, doch sie musste um jeden Preis seine Wunde selbst behandeln, obwohl ihr klar war, dass ihr dies nicht gestattet würde.

Also konnte sie nichts anderes tun als zu warten, während sich scheinbar endlose Stunden dahinzogen. Draußen verwandelte die Dämmerung die Welt in ein graues Schattenreich. Durch das vergitterte Fenster sah Cymbra ein paar Sterne funkeln und das Licht, das aus den offenen Türen der Halle fiel.

Unzählige Menschen drängten sich im Hof. Sie stellte sich auf die Zehenspitzen und umklammerte die Gitterstäbe, spähte hinaus und lauschte angestrengt. Sie hörte ihre ärgerlichen Stimmen, ohne jedoch die genauen Worte verstehen zu können.

Schließlich teilte sich die Menge, und Cymbra sah ihren Schwager die Halle verlassen und in Richtung der Zellen gehen. Hawk, der ihn ebenfalls erkannte, rief seinen Namen, doch Dragon beachtete ihn nicht und befahl stattdessen einem Wachtposten, Cymbras Zellentür aufzusperren.

Wortlos packte Dragon ihren Arm und zerrte sie in den Hof hinaus. Obwohl sie ihn verzweifelt anflehte, schwieg er beharrlich. »Bitte, sag mir doch – ist Wolf schwer verletzt? Blutet er immer noch? Hat Ulfrich die Wunde genäht? Oder …«

Als er ihr einen verächtlichen Blick zuwarf, verstummte sie. Um mit ihm Schritt zu halten, musste sie laufen, so dass sie nur flüchtig die finsteren, wutverzerrten Gesichter der Zuschauer sehen konnte, die sich um sie versammelten.

Dragon zerrte sie in die Halle, in der sich mehr Menschen versammelt hatten als je zuvor. Ihre aufgebrachten Stimmen verstummten abrupt, als Cymbra hereingebracht wurde.

Die Leute traten beiseite, um Dragon und der Gefangenen Platz zu machen. Erleichtert sah sie Wolf an seiner Tafel sitzen. Seine blutige Tunika war durch eine saubere ersetzt worden. Aufrecht saß er da – bleich und sichtlich entschlossen, die Schmerzen nicht zu zeigen, die ihm seine

Wunde bereiten musste. Am liebsten wäre sie zu ihm gelaufen, doch sein eisiger Blick hinderte sie daran. Dragon ließ ihren Arm los und trat zurück.

Sekundenlang schwankte sie und fürchtete, ihre Beine würden unter ihr nachgeben. Nur ihr Stolz half ihr, neue Kräfte zu sammeln. Ohne Wolf aus den Augen zu lassen, ging sie langsam zum Tisch, wo sie vor ihrem Gemahl, ihrem Herrn – ihrem Richter stehen blieb. An den Wänden flackerten Fackeln und warfen tanzende Schatten auf die hohe, gewölbte Balkendecke. Wie Geister stiegen Rauchwolken aus dem sterbenden Feuer im Herd. Ein paar Hunde trotteten mit gesenkten Köpfen umher und suchten zwischen den dicht gedrängten Zuschauern einen Weg ins Freie. Unbehaglich traten die Leute von einem Fuß auf den anderen. Niemand sprach. Es gebührte allein dem Jarl, das Schweigen zu brechen.

»Weißt du noch«, begann er, »wie ich dir erklärt habe, dass man unter gewissen Umständen wichtigere Pflichten vor sämtliche anderen Überlegungen stellen müsste?« Seine Stimme klang kühl und gleichmütig, doch er konnte Cymbra nicht täuschen. Sie spürte nicht nur seinen körperlichen Schmerz, sondern das Leid seiner Seele – wie eine gewaltige Welle, die ihr nahezu die Sinne raubte.

Trotz ihrer Benommenheit verstand sie seine Frage. Da es wichtiger gewesen war, Brita beizustehen, hatte er seiner Frau den Ungehorsam verziehen. Das hätte ein anderer Mann nicht getan. Kein anderer hätte sie in derselben Nacht so zärtlich umarmt, mit ihr gelacht und gescherzt und ihr so viel gegeben, während er einzig und allein – was? – von ihr erwartete. Ihr Vertrauen, trotz allem, was zwischen ihnen stand, was die Sächsin vom Wikinger trennte … Feinde, die den Frieden ersehnten …

»Ja, ich erinnere mich«, bestätigte sie und straffte die Schultern.

»Bei unserer Hochzeit versprach ich meinen Göttern und deinem Gott, dich zu beschützen. Aber ich bin nicht nur dein Ehemann, sondern auch ein Jarl und damit für das Wohl meiner Leute verantwortlich.«

Das wusste sie. Ihr zuliebe hatte er diese Verantwortung beiseite geschoben und den Mördern von Vycoff einen schnellen, barmherzigen Tod gegönnt. Seither hatte sie ihm reichlich Gelegenheit geboten, seine Großmut zu bereuen. »Ich wollte niemals, dass du diese Pflicht vergisst, Wolf.«

»Dann erklär mir, was geschehen ist.« An seinem Kinn zuckte ein Muskel. Für einen kurzen Augenblick ließ er die Maske fallen und zeigte ihr, wie groß sein Kummer hinter der Fassade seiner Selbstbeherrschung war. Krampfhaft unterdrückte Cymbra ein Schluchzen und beobachtete, wie er seine ganze Willenskraft aufbot, um seine Fassung wiederzuerlangen. »Hast du die Rückkehr deines Bruders erwartet? Bist du ihm freiwillig zu seinem Schiff gefolgt?«

Sie zögerte. Wenn sie die Wahrheit gestand – dass Hawk ohne ihr Wissen zurückgekommen war und sie gezwungen hatte, ihn zu begleiten –, würde Wolf ihn zum Tod verurteilen. Hawk hatte das Bündnis verletzt, auf das er nur zum Schein eingegangen war. Um diesen Verrat zu rächen, würde Wolf ihn mit Fug und Recht töten. Das würde sein Volk von ihm verlangen.

Aber wenn Cymbra die Schuld auf sich nahm und ihre Strafe akzeptierte, würde sie das Leben ihres Bruders retten. Tapfer blickte sie in die Augen ihres Ehemannes. Er hatte um ihr Vertrauen gebeten, das sie ihm in diesem Augenblick rückhaltlos schenkte. Mit ihrer ganzen Liebe und Loyalität legte sie ihr Leben in seine Hände. »Ja, ich ging freiwillig mit ihm.«

Er zuckte zusammen, als hätte sie ihn geschlagen. Voller Schmerz spürte sie, wie seine letzten schwachen Hoffnungen schwanden und wie der kalte, entschlossene Krieger die Oberhand gewann. »Wenn eine Frau ihren Ehemann verletzt, verstößt sie gegen unsere Gesetze. Gilt das auch für die Sachsen?«

Sie fürchtete, ihre Stimme würde ihr nicht gehorchen, deshalb nickte sie nur. Sie durfte sein Leid nicht noch größer machen, indem sie eigene Verzweiflung verriet, gleichzeitig jedoch wollte sie nicht, dass er das Schlimmste glaubte. »Ich wollte dich mit diesem Dolch nicht verletzen – es war ein Unfall.«

Ungeduldig zuckte er die Achseln, als wäre die Wunde, die ihn fast getötet hätte, völlig belanglos. »Das werfe ich dir nicht vor.«

Also ersparte er ihr eine Anklage, die ihren sicheren Tod bedeuten würde, eine Entscheidung, die den meisten Anwesenden missfallen würde. Doch sie wagten nicht, dem Jarl zu widersprechen.

Langsam stand er auf, wobei er für den Bruchteil einer Sekunde die Tischkante umklammerte. In der atemlosen Stille, die den großen Raum erfüllte, drang Wolfs leise Stimme bis in den hintersten Winkel. »Ohne das Wissen oder die Erlaubnis deines Mannes hast du die Festung verlassen – in der Absicht, mit deinem Bruder davonzusegeln. Dafür musst du bestraft werden.«

Von wachsender Angst erfasst, suchte sie Trost in ihrem Vertrauen – in ihrer Liebe. Eine Zeit lang rührte sich niemand. Dann trat Dragon vor und ergriff ihren Arm.

Schweigend führte er sie aus der Halle, doch nicht zu den Zellen, sondern in die entgegengesetzte Richtung, wo der Marterpfahl stand.

Cymbras Wange berührte das raue Holz, lederne Riemen umschlangen ihre Handgelenke. Von zahlreichen Fackeln erwärmt, streifte eine leichte Brise ihren nackten Rücken. Wolf hatte ihr Kleid selbst geöffnet, die Verschnürung durchschnitten und den Stoff über ihre Schultern gezogen – nicht tiefer. Sie hatte seinen stockenden Atem gehört, die Augen geschlossen und sich gegen die Wogen der Qual gewappnet, die aus seiner Seele in ihre gedrungen waren.

Obwohl die Menge schwieg, spürte sie die zwiespältigen Gefühle der Menschen hinter sich – rachsüchtige Vorfreude unter die sich Verwirrung, Bedauern und Entsetzen mischte. Keiner von ihnen hatte je gesehen, wie die Frau eines Jarls ausgepeitscht worden war. Dass so etwas jemals geschehen würde, hätte sich nie jemand vorstellen können. Aber Cymbra hatte ihren Gemahl verraten, und das Gesetz sprach eine eindeutige Sprache. Cymbra wurde von einer Woge der Angst erfasst. Dann hatte sie das seltsame Gefühl, als stünde sie abseits und beobachtete, was der Frau am Marterpfahl widerfuhr. Plötzlich fragte sie sich, ob Wolf die Strafe selbst vollstrecken würde. Dabei könnte seine Wunde erneut aufreißen – sie musste ihn warnen … Dieser absurde Gedanke holte sie in die Wirklichkeit zurück, und auf einen Schlag war ihr bewusst, was man mit ihr tun würde. Verzweifelt presste sie ihr Gesicht an das Holz und betete um innere Kraft.

Hawk, der die Ereignisse durch das Fenster seiner Zelle verfolgte, betete nicht. Vergeblich hatte er versucht, die

Gitterstäbe aus der steinernen Mauer zu reißen und sich heiser geschrien, sich selbst beschuldigt und verlangt, Cymbras Platz einzunehmen, ehe er am Ende finstere Morddrohungen ausgestoßen hatte.

Auch Brita hatte sich zu Wort gemeldet und den Jarl angefleht, ihre Herrin zu verschonen, bis sie von einigen Freundinnen beiseite gezerrt wurde, die offenbar um das Schicksal der jungen Irin bangten und fürchteten, Lord Wolf würde sie ebenfalls bestrafen.

Bruder Joseph stand in Cymbras Nähe, und sie hörte sein leises Gebet. Doch als sie den Kopf zur Seite drehte, sah sie nicht den Mönch, sondern den Mann, der den Dieb ausgepeitscht hatte. Sekundenlang trafen sich ihre Blicke, ehe er hastig wegsah, wenn auch nicht schnell genug, um sein Grauen zu verhehlen. Die langen schwarzen Lederriemen, die aus seiner Hand herabhingen, waren ihr nicht entgangen. Cymbra spürte, wie eine Woge der Übelkeit über sie hinwegspülte und begann mit zusammengepressten Lippen erneut zu beten.

Wolf spürte die Hand seines Bruders auf seinem Arm und tauchte aus der Betäubung auf, die seit der Rückkehr vom Strand von ihm Besitz ergriffen hatte. Nur vage nahm er die schmerzende Wunde und das Schwächegefühl infolge des Blutverlusts wahr. All das war unbedeutend im Vergleich zu dem Leid, das seine Seele quälte. *Sie war freiwillig mit Hawk gegangen …*

Bis zu Cymbras Geständnis hatte er sich an seine Hoffnung geklammert und geglaubt, sie würde ihre Unschuld beteuern, ihre Liebe und Loyalität, und schwören, dass sie ihn niemals hatte verlassen wollen. Dann müsste er ihr nicht wehtun – zumindest nicht körperlich. Nur Hawk wäre der Schuldige. Er wusste nicht, wie er dieses Problem gelöst hätte, ohne Cymbras Herz zu brechen, doch er hätte es zumindest versucht.

Doch nun gab es keinen Ausweg. Mit ihrem Bekenntnis hatte sie ihr eigenes Urteil gefällt. Eigentlich müsste er außer sich sein vor Wut über ihren Verrat. Hatte sie ihre liebevollen Worte und Zärtlichkeiten ernst gemeint? War alles nur Heuchelei gewesen, von Anfang an? Doch es gelang ihm nicht, die Wut, die sich immer wieder in ihm breit machte, aufrecht zu erhalten, denn seine tiefe Verzweiflung besiegte jedes andere Gefühl.

Seit dem Tod seiner Eltern war er nicht mehr so unglücklich gewesen, denn selbst damals hatte er sich auf lebenswichtige Dinge konzentriert und keine Zeit für die Trauer gefunden – ganz im Gegensatz zu *diesem* Moment. Würde er den schmerzlichen, zerstörerischen Verlust jemals überwinden?

Doch die Welt wartete auf niemanden. Dragons stumme Ermahnung erinnerte ihn an seine Pflicht. Auch eine weitere Verzögerung würde nichts ändern – sie wäre nur grausam.

Plötzlich wollte er die Qual möglichst schnell hinter sich bringen. Aber wie? Der Gedanke, die Peitsche selbst zu ergreifen, beschwor ein so maßloses Entsetzen in ihm herauf, dass er ihn augenblicklich verwarf. Seinem Bruder durfte er die schwere Last genauso wenig aufbürden.

Wie sollte er der Falle entrinnen, die er sich zum Teil selbst gestellt hatte? Während er unschlüssig vor sich hinstarrte, trat Olaf vor. »Da du deine Frau in meine Obhut gegeben hast, Wolf …«, begann er mit leiser Stimme und streckte seine Hand aus. »Überlass es *mir*.«

Wolf holte tief Atem und betrachtete das faltige Gesicht des alten Mannes, dem er bedingungslos vertraute und in dessen Augen er nun tiefes Mitleid und Verständnis las.

Wortlos deutete der Jarl auf die Peitsche.

Über Olafs zerfurchte Wangen rann Schweiß und tropfte in den dichten grauen Bart. Die Peitsche mit den langen, verschlungenen schwarzen Riemen in der Hand, stand er etwa zwanzig Schritte vom Marterpfahl entfernt. In der Menschenmenge war kein Laut zu hören.

Cymbra wappnete sich gegen die grausame Strafe, so gut sie es vermochte. Auf keinen Fall wollte sie feige erscheinen. Doch noch stärker als ihr Stolz war der Wunsch, den Schmerz ihres Mannes zu lindern.

Ein letztes Mal betete sie, das Grauen möge ein schnelles Ende finden, und kniff die Augen zusammen. Langsam trat Olaf näher und hob seinen Arm, dessen noch immer kraftvolle Muskeln sich anspannten. Mit einem lauten Knall sauste die Peitsche durch die Luft und kam dicht vor Cymbras Rücken auf dem Boden auf. Leises Gemurmel machte sich breit, das weder enttäuscht noch zornig, sondern eher mitfühlend klang. Offenbar verstanden Männer und Frauen gleichermaßen, wie schwer es dem alten Mann fiel, seine Aufgabe zu erfüllen.

Er wischte über seine schweißnasse Stirn und trat noch einen Schritt näher. Wieder knallte die Peitsche. Diesmal berührten die schwarzen Lederspitzen Cymbras Rücken, und sie zuckte zusammen, eher verblüfft als gequält. Warum spürte sie so wenig? Auch der nächste Peitschenhieb traf ihre Haut nur ganz sanft. Verwirrt schüttelte sie den Kopf. Wenn das so weiterging, würde die Strafe stundenlang dauern.

»Genug!«, rief Wolf mit einer Stimme, die sich der Tiefe seines Herzens zu entringen schien. Olaf seufzte erleichtert auf und ließ die Peitsche sinken. Auch die Zuschauer schienen aufzuatmen.

Der Jarl ging zu seiner Frau, und sie hielt den Atem an, als er ihr Kleid behutsam über die Schultern nach oben schob. Ein Blick fiel auf die zwei dünnen roten Striemen als einzige Spuren der Lederriemen. »Wie es das Gesetz erfordert«, verkündete er heiser, »wird die Strafe erst im Morgengrauen beendet.«

Also würde sie die ganze Nacht am Marterpfahl stehen. Die Luft war mild und der Himmel klar. Sicher war es nicht angenehm an diesen Pfosten gefesselt bis zum Sonnenaufgang auszuharren – aber längst nicht so schlimm, als tatsächlich ausgepeitscht zu werden.

Ehe die Qualen richtig begonnen hatten, waren sie auch schon vorbei gewesen. Dankbar dachte sie an ihren Gemahl, dem sie mit gutem Grund vertraute, denn er hatte sie verschont und Gnade vor Recht ergehen lassen. Gab es einen edleren, ehrenwerteren Mann? Kein Wunder, dass sie ihn so heiß und innig liebte …

Lautlos zerstreute sich die Menge. Cymbra hörte ihren Gemahl mit Olaf sprechen, doch sie verstand die leisen Worte nicht. Dann kehrten sie mit Dragon in die Halle zurück. Nur Bruder Joseph blieb bei ihr, mit der Erlaubnis des Jarls.

Unauffällig drehte sie ihre Handgelenke in den Fesseln, in der Hoffnung, die Stricke lockern und herausschlüpfen zu können. Doch ihre Bemühungen waren erfolglos, was sie erwartet hatte. Über ihre Schulter spähte sie zu Bruder Joseph hinüber, der mit gesenktem Kopf und gefalteten Händen auf dem Boden saß. Leise stöhnte sie, während

Schuldgefühle in ihr aufstiegen, weil sie ihn beim Gebet störte.

Wenig später näherten sich seine Schritte. »Mylady?«

Sie stöhnte erneut und ließ sich zusammensacken, als würden ihre Beine sie nicht länger tragen. Eine weitere Aufforderung brauchte er nicht. Hastig raffte er seine Robe und rannte davon, um Hilfe zu holen.

Nach ein paar Minuten kehrte er zurück. »Lord Wolf, ich fürchte, sie wird krank. Vorhin stöhnte sie, und als ich mit ihr sprach, gab sie keine Antwort.« Seufzend fügte der Mönch hinzu: »So widerstandsfähig wie die Männer sind die armen Frauen nicht.«

Wahrscheinlich hatte er noch nie eine Geburt miterlebt, dachte Cymbra. Mit geschlossenen Augen spürte sie, wie Wolf ihre Wange berührte. »Cymbra …?«

Die tiefe Sorge und das Bedauern in seiner Stimme rührten sie zu Tränen, die sie nur mühsam unterdrückte. Kurz entschlossen durchschnitt er die Fesseln und hob seine Frau auf die Arme. Aus Angst, seine Wunde könnte sich öffnen, hätte sie ihrem Täuschungsmanöver beinahe ein Ende gesetzt. Aber er trug sie sicheren Schrittes zu seinem Haus, und seine ungebrochene Kraft beruhigte sie.

Deshalb ließ sie die Augen geschlossen, während er zum Bett ging und sie vorsichtig auf den Bauch legte.

Leise sagte er ihren Namen. Als sie sich nicht rührte, streifte er das Kleid von ihrem Rücken, und sie fühlte seinen forschenden Blick. Er entfernte sich, kehrte aber nach wenigen Augenblicken zurück und bestrich die beiden dünnen roten Striemen mit einer kühlenden Salbe.

Angesichts seiner liebevollen Fürsorge wäre Cymbra beinahe schwach geworden. Am liebsten hätte sie sich zu ihm umgedreht und ihre Arme um seinen Hals geschlungen. Nur der Gedanke an Hawk, der in seiner Zelle einem ungewissen Schicksal entgegenblickte, hielt sie zurück.

Obwohl sie ihre Heuchelei verabscheute, stöhnte sie wieder. Wolf breitete eine Decke über ihren Körper und streichelte ihr Haar, bevor er das Haus verließ.

Allein mit ihrem Kummer, konnte sie endlich weinen. Nachdem sie ihre Tränen stundenlang bekämpft hatte, strömten sie ihr nun über das Gesicht und benetzten das Kissen. Nach einer Weile verebbte ihr Schluchzen schließlich, und sie hob den Kopf und lauschte. Kein Laut drang zu ihr, nichts wies auf einen Krieger hin, der vor der Tür Wache hielt.

Ehe ihr Entschluss ins Wanken geraten konnte, stand sie hastig auf, hüllte sich in einen Umhang und öffnete ihr Kästchen mit den Arzneien, wo sie in kürzester Zeit fand, was sie suchte.

Bis zum Morgengrauen würden die Wachtposten vor den Zellen alle paar Stunden eine Mahlzeit und Apfelwein erhalten. Cymbra, nur ein grauer Schatten im Dunkel der Nacht, schlüpfte aus dem Haus und schlich zum Küchentrakt, neben dessen Tür das Apfelweinfass stand. Vorsichtig zog sie den Stöpsel heraus und schüttete ein Pulver in die Öffnung. Die gleiche Droge hatte sie Dragon verabreicht, um ihm während seiner Fieberkrankheit einen erholsamen Schlaf zu ermöglichen.

Nachdem sie den Stöpsel wieder in das Loch gesteckt hatte, schüttelte sie das Fass, dann versteckte sie sich hinter der Tür des Rübenkellers. Ein paar Minuten später erschien ein älterer Krieger. Cymbra hörte, wie er einen Krug mit Apfelwein füllte und einen Imbiss vorbereitete, und wagte erst wieder zu atmen, als er den Raum verlassen hatte. Erleichtert eilte sie zum Fenster und schaute zu den Zellen hinüber. Die Männer aßen und tranken und unterhielten sich, doch schon nach kurzer Zeit verstummte das Gespräch, und Cymbra vernahm ein gleichmäßiges Schnarchen.

Fast geräuschlos schloss sie die Tür des Küchentrakts hinter sich und lief über den Hof zu den Zellen. Auf der Suche nach dem Schlüssel zitterten ihre Hände so heftig, dass sie fürchtete, er würde ihnen entgleiten. Aber sobald sie das kalte Metall berührte, beruhigten sich ihre Nerven.

Das massive Schloss knirschte, bevor es nachgab. Erschrocken schaute sie über die Schulter. Nichts rührte sich. Offenbar hatte keiner der Krieger auf den Wachttürmen das Geräusch gehört. Sie wandte sich wieder zur Tür und sah das bleiche Gesicht ihres Bruders hinter den Gitterstäben, die er umklammert hielt.

Ungläubig starrte er sie an. »Gott sei Dank, Cymbra! Geht es dir gut?«

»Ja … Du musst mir etwas versprechen.«

»Was?«

»Du darfst die Wachtposten nicht töten. Auf Holyhood hat Wolf unseren Männern kein Haar gekrümmt, er hat sie nur gefesselt. Schwörst du es mir?«

Hawk sah auf die bewusstlosen Männer vor der Tür hinab. »Wie mutig du bist …«, murmelte er bewundernd.

Obwohl sie sich über das Lob freute, schüttelte sie den Kopf. »Nein, nur verzweifelt. Also? Versprichst du es mir?«

»Natürlich«, stimmte er zu und winkte seine Männer zu sich. Als sie die Tür geöffnet hatte, nahm er sie in die Arme, vorsichtig zwar, dennoch entging ihr seine Erleichterung nicht. Er erteilte seinen Leuten einige Befehle, worauf sie aus der Zelle strömten und im Schutz der Dunkelheit auf die Wachttürme zusteuerten.

Die Sachsen überrumpelten die Wachen, die lautlos zusammenbrachen, und im nächsten Moment schwang das Hoftor auf.

Cymbra hauchte einen Kuss auf die Wange ihres Bruders. Wann und ob sie ihn jemals wieder sehen würde, wusste sie nicht, und dieser Gedanke lastete bleischwer auf ihrer Seele. Trotzdem gelang ihr ein Lächeln. »Ich liebe dich von ganzem Herzen, und ich danke dir für alles, was du für mich getan hast.« Ihre Stimme drohte zu versagen. »Jetzt geh – und bring dich in Sicherheit!«

Zärtlich strich er ihr das Haar aus der Stirn. »Du bist so tapfer, Cymbra – stets bereit, dich für andere zu opfern …«

Bevor sie ihn erneut zur Flucht drängen konnte, presste er eine Hand auf ihre Lippen und schlang einen Arm um ihre Taille. Zu spät erkannte sie seine Absicht – und ihren eigenen schrecklichen Fehler. »Aber ich würde dich niemals hier zurücklassen, Cymbra.«

Mit aller Kraft wehrte sie sich, doch ihr Bruder war ebenso stark wie ihr Ehemann. Er drückte sie an seine Brust, so dass sie keinen Laut hervorbrachte, und trug sie schnell wie der Wind, der ringsum rauschte, aus der Festung des Wikinger-Lords.

Im Schatten des Hauptgebäudes stand ein Mann und sah ihnen nach. Er ballte die Hände zu Fäusten und versuchte den heißen Wunsch zu zügeln, sein Eigentum zurückzuholen.

Gehörte sie wirklich ihm? Gewaltsam war sie entführt und mit tödlichen Drohungen zur Hochzeit gezwungen worden. In seiner Arroganz hatte er geglaubt, er könnte sie beschützen. Aber das Bild seiner Gemahlin, hilflos an den

Marterpfahl gebunden, würde ihn bis ans Ende seiner Tage verfolgen.

Seine Liebe zu Cymbra übertraf alles, was er in seinen schönsten Träumen jemals ersehnt hatte. Und weil er sie so sehr liebte, musste er ihr die Freiheit schenken. Wolf sah die schemenhaften Gestalten durch das Tor verschwinden. Reglos blieb er stehen, und die Tränen in seinen Silberaugen spiegelten das Sternenlicht wider.

24

Ehe Dragon die Halle betrat, schüttelte er den Schnee von seinem Umhang, dann reichte er das Kleidungsstück einem Diener und nickte Ulfrich zu, der ihm gefolgt war. »Wie geht es ihm?«

Sie setzten sich vor den Herd und wärmten ihre Hände. Dieses Jahr war der Winter früher ins Land gezogen als erwartet, der Herbst war gleichsam über Nacht gekommen und wieder verschwunden. Es schneite unaufhörlich. Vor vierzehn Tagen hatten die Schiffe, die nicht in Sciringesheal überwintern, den Hafen verlassen.

»Besser«, antwortete Ulfrich. »Zumindest ist das Fieber nicht mehr ausgebrochen.«

Erleichtert wechselten sie einen kurzen Blick. Auf das Fieber, das Wolfs Wunde verursacht hatte, waren sie gefasst gewesen – nicht aber auf eine so schwere, langwierige Krankheit. Eine Zeit lang war der Zustand des Jarl so bedenklich gewesen, dass nur seine engsten Freunde davon erfahren hatten, während alle anderen glaubten, der nordische Wolf säße zufrieden in seinem vereisten Bau – umso glücklicher, nachdem er seine lästige sächsische Ehefrau losgeworden war.

Insgeheim war Dragon zu der Überzeugung gelangt, dass das Fieber nur so heftig im Körper seines Bruders wüten konnte, weil Wolf sich nicht dagegen wehrte.

Die Angst vor den möglichen Folgen dieser Schwäche hatte Dragon bewogen, vorerst in Sciringesheal zu bleiben, obwohl er normalerweise um diese Zeit nach Westen in seine eigene Festung zurückgekehrt wäre, oder den Winter in einem milderen südlichen Klima verbracht hätte. Stattdessen bekämpfte er die Dämonen, die Wolf peinigten, woher immer sie auch stammen mochten.

Aber letzten Endes musste er sich eingestehen, dass nur die fast übermenschliche Kraft seines Bruders die Genesung herbeiführte – obwohl er vielleicht nicht einmal weiterleben wollte. Ein beklemmender Gedanke, der Dragon noch quälte, nachdem sich Ulfrich verabschiedet hatte …

Inzwischen deckten die Dienstboten die Tische für das Abendessen, ohne den Mann zu stören, der nachdenklich vor dem Feuer saß. Doch dann nahm er eine Bewegung an seiner Seite wahr und hob den Kopf. Überrascht erkannte er die Irin – wie hieß sie doch gleich? Sie hatte Cymbra gedient, und inzwischen war sie Ulfrichs Gehilfin. »Was willst du?«

Als sie tief Luft holte, bemerkte er ihre Nervosität. Ihr von dunklem Haar umrahmtes Gesicht wirkte unnatürlich bleich.

»Setz dich«, fügte er etwas freundlicher hinzu, doch sie zögerte einen Moment, ehe sie ihm gegenüber auf einer Bank Platz nahm. »Du bist Brita, nicht wahr? Die Heilkundige?«

Verblüfft starrte sie ihn an. »So möchte ich mich nicht nennen, Lord Dragon, wenn ich auch ein bisschen von der Heilkunst verstehe. Das verdanke ich Lady Cymbra, die immer so gut zu mir war.«

Die Kühnheit der Irin überraschte ihn. Seit Cymbras Abreise hatte keine einzige Frau gewagt, den Namen der einstigen Herrin auszusprechen. Nach der Flucht der Sachsen hatte er selbst nur ganz kurz mit seinem Bruder über die Lady geredet, und Wolf hatte unmissverständlich klar gemacht, dass sie nie wieder erwähnt werden durfte.

»Nun, und was führt dich zu mir?«

Brita biss sich auf die Lippen, starrte auf ihre im Schoß gefalteten Hände hinab und schluckte. »Mittlerweile ist Lord Wolfs Körper geheilt, nicht aber seine Seele.«

Seine Augen verengten sich. Wie viel mochte sie wissen? Ulfrich hatte Wolf allein gepflegt, nur mit Dragons gelegentlicher Hilfe. Niemand anderen hatten sie in seine Nähe gelassen. »Dem Jarl geht es gut. Wolltest du dich danach erkundigen?«

»Nein, ich möchte Euch etwas mitteilen ... Eigentlich nicht Euch, sondern Lord Wolf ...«

Forschend betrachtete er ihr ängstliches Gesicht. »Lord Wolf sollte etwas wissen?«

Brita nickte und schlang ihre bebenden Finger noch fester ineinander. In der Kunst, aufgeregte Frauen zu beruhigen, war er ein Meister – allerdings nur in völlig anderen Situationen. »Soll ich meinem Bruder erzählen, was er erfahren müsste?«, schlug er mit etwas sanfterer Stimme vor.

»Bitte, Lord Dragon – mir würden die Worte fehlen, wenn ich ihm gegenüberstünde. Und ich habe keine Ahnung, was er empfinden wird ...«

»Weil es um Lady Cymbra geht?«

»Ich will ihn auf keinen Fall erzürnen.« Ihre Stimme wurde zu einem Flüstern. »Aber ich darf nicht länger schweigen.«

Mit einiger Mühe verbarg Dragon seine Besorgnis. Eine Neuigkeit, die seinen Bruder erzürnen würde, war das Letzte, was er gebrauchen konnte. Andererseits wäre Wolf genauso wütend, wenn ihm etwas Wichtiges verheimlicht wurde. »Da hast du sicher Recht, Brita. Vertrau dich mir an, und ich rede mit dem Jarl.«

»Vielen Dank, Lord Dragon«, erwiderte sie und seufzte tief, als hätte er ihr eine schwere Last von der Seele genommen. »Glaubt mir, ich will nur das Beste – für jeden …«

»Das rechne ich dir hoch an. Natürlich wissen wir alle deine harte Arbeit und deine Loyalität zu schätzen.«

»Ich meine nicht nur Euren Bruder und Euch …«

»Auch Lady Cymbra?«

»Sie war so freundlich und großzügig. Welch ein Leben ich ohne ihren Beistand heute führen würde, weiß ich nicht. Ja, für sie wünsche ich mir ebenfalls das Beste.« Eindringlich schaute sie in Dragons Augen. »Sie bedeutet mir sehr viel, ebenso wie Lord Wolf …«

»Und?«

Eine Zeit lang schwieg sie, und er hatte den Eindruck, sie würde beten. Dann begann sie leise zu sprechen. Als sie wieder verstummte, saß er zusammengesunken und leichenblass in seinem Sessel und starrte blicklos vor sich hin.

Wolf blickte zum Stalltor und nickte seinem Bruder zu, der gerade hereinkam, ohne das Striegeln des schwarzen Hengstes zu unterbrechen. Trotz der winterlichen Kälte war es warm im Stall, denn die Tiere strahlten ihre Körperwärme aus, die von dicken Mauern bewahrt wurde. Frisches Stroh bedeckte den Boden, und die Futtertröge waren reich gefüllt.

»Wie geht es seiner Fessel?«, fragte Dragon.

In der vorhergehenden Woche war Wolfs Lieblingspferd auf dem vereisten Boden ausgerutscht.

»Inzwischen hat er sich gut erholt. Schneit es immer noch?«

»Ja, und daran wird sich heute Nacht wohl nichts mehr ändern.« Auf einen umgestülpten Bottich gestützt, musterte Dragon seinen Bruder. Obwohl Wolf das Fieber eben erst überstanden hatte, wirkte er so kräftig wie eh und je, doch seine düstere Miene und seine glanzlosen Augen kündeten von schmerzlichen Gedanken. »Auch du scheinst zu genesen.«

Wolf zuckte die Achseln. »Um mein Fieber wurde viel zu großes Aufheben gemacht.«

»Vielleicht.« Dragon ahmte die gleichmütige Haltung des Jarls nach. »Um solche Dinge haben wir uns nie gekümmert ...« Er wartete, bis Wolfs Aufmerksamkeit wieder dem Rappen galt, ehe er fortfuhr. »... bis Cymbra zu uns kam.«

Beim Klang dieses Namens erstarrte Wolf ein paar Sekunden lang und warf seinem Bruder einen vernichtenden Blick zu, von dem sich Dragon jedoch nicht entmutigen ließ. »Was meinst du? Könnte sie gelogen haben?«

Zunächst blieb die Frage unbeantwortet, und Dragon wollte die Hoffnung schon aufgeben. Aber nachdem Wolf den Eimer entleert und den Striegel beiseite gelegt hatte, wandte er sich seinem Bruder zu. Trotz seiner Seelenqual sprach er mit scharfer Stimme. »Wovon redest du?«

Immerhin eine Reaktion … Dragon verbarg seine Freude und bemühte sich, nur leidlich interessiert zu wirken. »Weißt du noch, was sie am Strand gesagt hat? Weder du noch Hawk solltet ihretwegen sterben.« Mit einem Anflug von Schuldbewusstsein sah er Wolf zusammenzucken, ehe er sich sagte, dass dieses Gespräch lediglich dem Wohl seines Bruders diente.

»Ja, ich erinnere mich«, murmelte Wolf, hängte den Eimer an einen Wandhaken und streute frisches Stroh auf den Boden.

»Und danach erklärte Cymbra, sie sei Hawk freiwillig aus der Festung gefolgt.«

»Worauf willst du hinaus?«

Wolfs mühsam beherrschter Zorn ermutigte Dragon. Verdammt wollte er sein, wenn er dem Jarl erlaubte, die Liebe zu dieser wundervollen, von Frigg gesegneten Sächsin in der Gruft seines Herzens zu vergraben. »Nun, wenn sie euch beide so sehr liebte, dass sie sterben wollte, um euch daran zu hindern, euch gegenseitig zu ermorden, warum sollte sie dich dann verlassen? Vielleicht behauptete sie nur, sie habe Hawk freiwillig begleitet, um die Schuld auf sich zu nehmen und ihn zu schützen. Schließlich gibt es so etwas wie Familienloyalität, auch wenn es uns nicht gefällt. Und wenn Hawk nicht zurückkam, weil Cymbra ihn darum gebeten hatte, sondern wenn es sein eigener Entschluss war, deine Gastfreundschaft zu missbrauchen und das Bündnis zu zerstören? Was wäre dann?«

»Keine Ahnung«, gab Wolf zu, der seine Arbeit beendet hatte und neben seinen Bruder trat. »Das habe ich mich oft gefragt.«

»Zweifellos hat Cymbra befürchtet, du würdest ihn töten. Nach allem, was sie am Strand mit ansehen musste …«

Angesichts der schmerzlichen Erinnerung an den Dolch, den Cymbra gegen ihren Brust gerichtet hatte, zuckte Wolf zusammen. Doch Dragon fuhr ungerührt fort: »Vermutlich dachte sie, du würdest sie nicht so hart bestrafen wie ihn. Damit hatte sie Recht, nicht wahr?« Wortlos nickte der Jarl. »Und möglicherweise belog sie dich nur zum Teil, als sie erklärte, sie sei freiwillig mit Hawk gegangen. Sie folgte ihm nur bis zum Schiff, hatte aber nicht vor, an Bord zu gehen.«

»Das ergibt doch keinen Sinn.«

»Wirklich nicht? Hawk war vierzehn Tage hier, und Cymbra tat ihr Bestes, um ihn von ihrem Eheglück zu überzeugen. Bedauerlicherweise durften die beiden nie miteinander reden. Vielleicht glaubte er, sie würde ihm etwas vormachen, weil wir sie unter Druck gesetzt haben. Und er hoffte, auf seinem Schiff würde sie freimütig und ungezwungen sprechen.«

»Was für eine abenteuerliche Geschichte!«, stieß Wolf hervor. »Mit deiner regen Fantasie würdest du einen großartigen Skalden abgeben.«

Dragon widerstand dem Impuls, seine Faust in Wolfs Gesicht zu rammen. »Wären wir beide an Hawks Stelle gewesen, hätten wir nicht auch versucht, alle Zweifel auszuräumen?«

Nach einer langen Pause erwiderte Wolf: »Deine Argumente haben nur einen Haken.«

»Und welchen?«

»Cymbra ist nicht mehr hier. Wie willst du das erklären, wenn sie gar nicht die Absicht hatte, mit ihrem Bruder davonzusegeln.«

»Das verstehe ich auch nicht«, seufzte Dragon. »Aber vergiss nicht, dass er gesehen hat, wie sie ausgepeitscht wurde. Wie sollte er wissen, was nach seiner Abreise mit ihr geschehen würde? Ganz egal, was *sie* wollte, wie hätte er sie unter diesen Umständen zurücklassen sollen?«

Eine Zeit lang starrte Wolf seinen Bruder wortlos an, ehe er sich wieder den Strohballen zuwandte. Dragon verließ den Stall, keineswegs entmutigt, denn immerhin hatte er seinem Bruder zu denken gegeben.

Im Schneetreiben blieb er stehen und schaute zum Meer hinab, wo sich die Eisberge aneinander drängten. Bis der Winter seinen kalten, tödlichen Griff lockern würde, konnte man nichts tun als nachzudenken.

»Geht vom Fenster weg, Mylady!«

Schuldbewusst zuckte Cymbra zusammen, schloss die Fensterläden und ließ den Vorhang aus Ochsenfell darüber fallen, der die winterliche Kälte abhalten sollte. Dann wandte sie sich lächelnd der alten Frau zu, die missbilligend ihre Stirn runzelt. »Ich wollte nur ein bisschen frische Luft schnappen, Miriam. Heute scheint es etwas wärmer zu sein.«

»Trotzdem schadet Euch die Nachtluft.« Miriam trat neben Cymbra, nahm ihre Hand und zog sie zu den eisernen Kohlenbecken, die auf Dreifüßen standen.

Im warmen, rötlichen Lichtschein standen zwei Sessel mit hohen Lehnen und weichen Kissen. Ein reich verziertes Bett, geschnitzte Truhen und zahlreiche andere Gegenstände boten jeden erdenklichen Luxus, doch Cymbra schien sie kaum zu beachten.

»Ich weiß nicht, was in Euch vorgeht«, schalt die Dienerin. »Beim Abendessen habt Ihr kaum einen Bissen zu Euch genommen. Und jetzt sehe ich Euch aus dem Fenster lehnen, obwohl die Nacht kalt genug ist, um die Nase der schrecklichen Daria abzufrieren …« Beschämt unterbrach sie sich. »Verzeiht mir, Mylady, ich bin eine alte Frau und rede viel Unsinn …«

Erfolglos unterdrückte Cymbra ihren Lachreiz. »Die schreckliche Daria?« Ein nicht gerade damenhaftes Kichern drang über ihre Lippen. »Wird sie so genannt?«

»Tut mir Leid, Mylady, ich weiß, sie ist Eure Halbschwester …«

»Schon gut, du brauchst dich nicht zu entschuldigen«, unterbrach Cymbra ihre Kinderfrau, nahm Platz und wies einladend auf den Sessel an ihrer Seite. »Ich kenne sie erst, seit ich nach Hawkforte kam. Da sie aus der ersten Ehe meines Vaters stammte, ist sie viel älter als Hawk und ich. Bei meiner Geburt war sie längst erwachsen. Und sie schien sich zu freuen, weil sie ihren eigenen Haushalt führen konnte, nachdem unser Vater zum zweiten Mal geheiratet hatte.«

»Schade, dass ihr Mann nicht mehr lebt und sie an einem anderen Ort beschäftigt hält«, seufzte Miriam. »Natürlich ist man, wenn man sich gegen den König stellt, einem frühen Tod geweiht.«

»Gewiss, der arme Mann war schlecht beraten«, stimmte Cymbra zu.

Vor vielen Jahren hatte Darias Gemahl an einem vereitelten Aufstand gegen den Herrscher, der schon damals Alfred der Große genannt worden war, teilgenommen, und auf dem Schlachtfeld sein Leben ausgehaucht. Bei jenen Kämpfen hatte ein junger Ritter namens Hawk seine ersten Ruhmeslorbeeren geerntet und an der Seite des Königs gefochten, in der Hoffnung, dem Frieden zu dienen.

»Ich glaube, nachdem sie Witwe wurde, fühlte sich mein

Bruder verpflichtet, die einsame Frau in ihr Elternhaus zurückzuholen. Zu jener Zeit lebte ich bereits auf Holyhood, deshalb lernte ich sie nicht kennen.« Eine Tatsache, für die Cymbra, seit sie mit ihrer Halbschwester unter einem Dach lebte, täglich dem Himmel dankte.

»Nach allem, was ich gesehen habe, führt sie den Haushalt recht ordentlich«, gab Miriam widerstrebend zu. »Wenn sie sich nur einmal in der Woche zu einem Lächeln durchringen könnte, könnte man sie eher ertragen.«

»Welch ein Glück, dass du mich hierher begleitet hast! Wäre ich auf Daria angewiesen, wüsste ich nicht, was ich tun sollte.«

»Macht Euch keine Sorgen deswegen. Alles wird gut. Wollt Ihr nicht ein bisschen Suppe essen?«

Obwohl Cymbra keinen Appetit verspürte, stimmte sie zu, um ihrer alten Kinderfrau eine Freude zu bereiten. Nach ihrer Entführung aus Holyhood war die arme Miriam völlig verzweifelt gewesen, und seit Hawk seine Schwester nach Hause gebracht hatte, kannte die Dankbarkeit der alten Dienerin keine Grenzen.

»Was für ein schönes Baby Ihr wart ...«, bemerkte sie etwas später, während ihre Herrin auf der Bettkante saß und ihr langes kastanienbraunes Haar flechten ließ. Manchmal dachte Cymbra darüber nach, ob sie es abschneiden sollte, doch dann entsann sie sich jedes Mal, wie gern Wolf ihre Locken gestreichelt hatte. Viel war ihr nicht von ihm geblieben – außer ... »Und so klug wart Ihr!«, fuhr Miriam fort. »Von Anfang an habt Ihr Euch für alles interessiert ... und den ganzen Tag nur gelächelt.«

»Wahrscheinlich verzog ich die Lippen, weil ich Blähungen hatte«, erwiderte Cymbra belustigt.

»Keineswegs! So einen Unsinn dürft Ihr nicht glauben,

mein Kind. Babys wissen sehr gut, was sie tun. Das werdet Ihr schon noch sehen.«

Danach verstummten die beiden Frauen. Cymbra versank in ihren eigenen Gedanken, während Miriam sie voller Sorge beobachtete.

Als die alte Kinderfrau längst schlief und die Flammen in den Kohlenbecken herabgebrannt waren, saß Cymbra immer noch auf dem Bettrand, lauschte dem Klagen des Windes jenseits der starken Mauern von Hawkforte und schickte ihre Gedanken auf die Reise. Wie so oft, wenn sie keinen Schlaf fand, versuchte sie sich vorzustellen, was Wolf gerade tun mochte. Inbrünstig betete sie um sein Wohlbefinden, während sie hoffte – obwohl sie diesen Gedanken jedes Mal so schnell wie möglich verdrängte –, er möge allein in seinem Bett liegen.

Jede Nacht suchte sie Zuflucht in den Erinnerungen an die gemeinsamen Wochen. So viele Bilder erschienen vor ihrem geistigen Auge – wie er sie zum Bad in der heißen Quelle überredete, wie er sie auf starken Armen durch die Stadt zu seiner Festung hinauftrug, wie er sie in der Hochzeitsnacht von ihrer Angst befreite ... die Szene in der Küche, wo sie einander mit Honig und Milch überschüttet, mit Käse und Eiern beworfen hatten ... die Liebesnacht in der Sauna ... Wolfs Gelächter, seine Zärtlichkeit, sein fester Entschluss, Frieden zu stiften und schließlich sein Zorn, als er am Strand geglaubt hatte, sie wäre freiwillig mit ihrem Bruder geflohen ...

Zürnte er ihr immer noch? Hielt er sie für eine lieblose Ehefrau, eine Verräterin? Oder hatte er sie gänzlich aus seinen Gedanken verbannt?

Stöhnend kroch sie unter die Bettdecke und vergrub ihr Gesicht in den Kissen. Inzwischen hatte der Wind aufgefrischt, und die Fensterläden knarrten, während das düstere Licht des Kohlenbeckens flackernde Schatten an die Wände warf.

Nach einer Weile stand Cymbra auf, um sich zu vergewissern, dass alle Vorhänge zugezogen waren, ehe sie über den kalten Steinboden zum Bett zurücklief und sich in die warme Decke hüllte. Endlich schlief sie ein, während die Tränen auf ihren Wangen langsam trockneten.

Am Morgen erschien ihr die Erinnerung an die Nacht vollkommen unwirklich, und der strahlende, wolkenlose Himmel verscheuchte alle trüben Gedanken: Endlich schneite es nicht mehr, obwohl die Schneewehen immer noch mannshoch emporragten.

Vergeblich versuchte Miriam, ihre Herrin zurückzuhalten, doch Cymbra wählte ein langärmeliges, violettes Wollkleid, über das sie einen Umhang zog, den sie selbst leuchtend grün eingefärbt hatte. In den Farben des ersehnten Frühlings eilte sie die Treppe hinab, um den schönen Tag zu genießen.

Als sie die Halle durchquerte, nickten ihr einige Dienstboten höflich zu. Im Freien musste sie erst einmal stehen bleiben, damit sich ihre Augen an das grelle Sonnenlicht gewöhnen konnten, das die Schneehaufen widerspiegelten. Zwischen dem Haupthaus und den Nebengebäuden waren etliche Wege frei geschaufelt worden. Eifrig gingen die Leute ihrer Arbeit nach, ohne sich von dem prachtvollen Wetter besonders beeindrucken zu lassen.

In einer Ecke des Hofs balgten sich kleine Kinder im Schnee wie übermütige Hündchen. Bei diesem Anblick musste Cymbra lachen. Doch als sie aus einem Impuls heraus zu der fröhlichen Schar hinüberlief, hielten sie augenblicklich respektvoll inne.

»Guten Morgen, Mylady«, murmelte ein etwa sechsjähriger Junge mit lockigem dunklem Haar und neugierigen Augen, der ein wenig kühner zu sein schien als die anderen.

»Guten Morgen«, erwiderte Cymbra lächelnd. »Ist der Schnee nicht wundervoll?« Endlich blickten auch die anderen auf und nickten. Plötzlich kam ihr ein Gedanke. »Soll ich euch etwas zeigen?« Ehe sie antworten konnten, warf sie sich der Länge nach mit zusammengepressten Beinen und ausgestreckten Armen in den Schnee und bewegte ihre Arme in den Flocken hin und her, während die Kinder sie verblüfft beobachteten. Als sie vorsichtig aufstand, um ihr Werk nicht zu zerstören, war der Abdruck eines geflügelten Wesens zu sehen. »Ein Schneeengel!«, erklärte sie. »Wollt ihr es auch mal ausprobieren?«

Die Kinder zögerten nur für ein paar Sekunden, und schon bald war der Hof von Schneeengeln in verschiedenen Größen und Formen übersät. Die Kinder warfen sich unentwegt in den Schnee, und Cymbra spielte begeistert mit.

Cymbra hatte gerade wieder einen Schneeengel entstehen lassen, als ein Schatten über die kleine Gruppe fiel. Ihre Halbschwester musterte sie missbilligend. »Was treibst du denn da?«

Widerstrebend wischte Cymbra sich den Schnee von den Ärmeln. Obwohl sie den Kindern beruhigend zulächelte, stoben sie so schnell davon wie Flocken im Wind. Sie sah ihnen mit gerunzelter Stirn nach, während sie versuchte, ihre Verärgerung zu verbergen. Wie immer, wenn sie ihrer Halbschwester gegenüberstand, fiel es ihr schwer, ihre Abneigung zu verhehlen. In Darias Seele spürte sie so viele Gefühle – Zorn, Enttäuschung, Bitterkeit. Doch da war noch etwas – etwas, das Cymbra instinktiv zurückschrecken ließ, als stünde sie am Rand eines Abgrunds. Auch jetzt strahlte die hagere Gestalt ihrer Halbschwester eine unangenehme Anspannung aus. »Oh, wir haben nur gespielt. Daran gibt es doch nichts auszusetzen, oder?«

Auf dem langen, schmalen Gesicht erschien ein höhnischer Ausdruck. »Glaubst du das? Was für ein Beispiel gibst du den Leuten, wenn du wie ein Wildfang herumtobst? Lange genug musste ich mich anstrengen, um ihnen Respekt und Disziplin beizubringen. Wenn sie eine Lady sehen, die ihre Stellung vergisst – was meinst du wohl, was sie denken werden?«

»Dass ich auch nur ein Mensch bin …«, entgegnete Cymbra sanft. Sie wollte ihre Halbschwester nicht verabscheuen, denn immerhin gehörte sie zur Familie. Außerdem wusste Cymbra, dass ihre Anwesenheit auf Hawkforte Daria irritierte, die stets bemüht war, nicht nur ihr eigenes Leben unter Kontrolle zu halten, sondern auch das von jedem anderen, der dumm genug war, ihre anmaßende Einmischung zu dulden.

»Erspar mir deine albernen Scherze!«, fauchte Daria. »Heb sie dir lieber für deinen Bruder auf. In seinen Augen kannst du ja ohnehin nichts falsch machen. Warum er dich hierher gebracht hat, begreife ich noch immer nicht. Womöglich werden wir eines Tages alle ermordet in unseren Betten liegen.«

Cymbra unterdrückte einen Seufzer. Seit ihrer Ankunft prophezeite Daria unablässig die entsetzlichsten Katastrophen. Sie schien es geradezu zu genießen, diese Visionen heraufzubeschwören – von Wikingern, die gnadenlos über Hawkforte herfielen, ungeheure Gräueltaten verübten und keinen Mann, keine Frau und kein Kind am Leben ließen.

Niemand in der Festung schenkte ihren Weissagungen Beachtung, was ihre Fantasie nur noch mehr zu beflügeln schien. Doch ihre Schauergeschichten stellten für Cymbra eine unablässige Erinnerung an einen bestimmten Wikinger dar, nach dem sie sich leidenschaftlich sehnte – obwohl sie fürchtete, dass er sie längst aus seinem Herzen gerissen hatte.

»Sicher ist deine Sorge unbegründet«, erwiderte sie. »Und was Spiel und Spaß betrifft, solltest du es auch einmal damit versuchen. Das bessert die Laune.«

In heller Empörung richtete Daria sich so kerzengerade auf, dass Cymbra fürchtete, das Rückgrat der Halbschwester würde im nächsten Moment brechen. »Um *meine* Stimmung brauchst du dich nicht zu kümmern. *Ich* habe genug zu tun – *ich* bin kein verzogenes Kind, das dauernd verhätschelt wurde.«

Diesen Vorwurf würde eine Frau nicht hinnehmen, die aus ihrem Heim entführt, mit Todesdrohungen zur Heirat gezwungen, in heißer Sinnenlust verzaubert und mit übergroßer Liebe beschenkt worden war – und die verzweifelt ihr Leben aufs Spiel gesetzt hatte, um Frieden zwischen zwei Männern zu stiften. »Dein unhöfliches Benehmen werde ich nicht länger ertragen, Daria.« Sogar Frigg hätte sie um ihre kalte Verachtung beneidet. »In Zukunft sollten wir uns aus dem Weg gehen.«

Verblüfft über diese eisige Haltung wich Daria einen Schritt zurück. Sie wollte protestieren, fand aber keine Worte. Schließlich stieß sie ein entrüstetes Schnauben aus und hastete davon.

Cymbra versuchte, den unangenehmen Zwischenfall möglichst schnell zu vergessen. Diesen schönen Tag wollte sie sich nicht von ihrer Halbschwester verderben lassen.

Stattdessen verbrachte sie ein paar heitere Stunden in der Küche, wo die Mägde sie herzlich willkommen hießen. Nach ihrer anfänglichen Verblüffung über den Arbeitseifer der Lady hatten sie sich mittlerweile an ihre Anwesenheit gewöhnt.

Gerade hatte sie die Zutaten für einen Apfelkuchen mit Rosinen und Zimt, Hawks Lieblingsspeise, bereitgelegt, als Hufschläge im Hof ihre Aufmerksamkeit erregten. Hastig wischte sie sich die Hände ab, spähte durchs Fenster und sah ihren Bruder heimkehren.

Nach seinem zweiwöchigen Aufenthalt am königlichen Hof in Winchester wirkte er müde und tief in seine Gedanken versunken. Lächelnd ging sie hinaus und begrüßte ihren Bruder, dessen Züge sich bei ihrem Anblick erhellten. Er schwang sich aus dem Sattel, übergab die Zügel einem Stallknecht und umarmte seine Schwester. »Geht es dir gut?« Seine Stimme klang freundlich, doch der Ausdruck in seinen Augen blieb besorgt.

Ebenso wie Cymbra dachte er an den Konflikt, der die Reise von Sciringesheal nach Hawkforte und die darauf folgenden Wochen überschattet hatte. Voller Zorn hatte sie ihm den Missbrauch ihres Vertrauens vorgeworfen und verlangt, er solle sie zu ihrem Mann zurückbringen, den sie innig liebte. Doch er hatte ihr nicht geglaubt und behauptet, ihre Liebe sei nur eine Illusion und ihr Urteilsvermögen von all den Ereignissen beeinträchtigt gewesen. Angesichts ihrer Verzweiflung hatte er allmählich und nur widerstrebend die Einsicht gewonnen, dass all ihre Emotionen tatsächlich aufrichtig waren, die er bisher für unvorstellbar gehalten hatte.

Doch zu diesem Zeitpunkt hatten sie Hawkforte bereits erreicht, und der Winter versperrte die Seewege. Während ihrer langen Gespräche hatte er erkannt, dass er Wolf falsch beurteilt und einen schweren Fehler begangen hatte, den er um jeden Preis wieder gutmachen wollte. Aber zuerst musste er für Cymbras Sicherheit sorgen. Und er war dem Himmel unendlich dankbar für ihre Großmut gewesen, die sie bewogen hatte, ihm zu verzeihen.

»Ja, mir geht es gut«, antwortete sie auf dem Weg über den Hof. »Und dir?«

Seufzend schnitt er eine Grimasse. »Den Umständen entsprechend … Allem Anschein nach braucht Alfred keinen Schlaf, und er scheint zu glauben, dass alle anderen Menschen ebenfalls darauf verzichten können. Unter den üppigen Mahlzeiten, die seine wetteifernden Köche allabendlich servieren, biegen sich die Tische. Und zwischen den einzelnen Gängen drehen sich die Gespräche um Politik, Mode oder Musik.«

»Armer Hawk!«, neckte sie ihn. »Falls du hoffst, deine Qualen hätten jetzt ein Ende, irrst du dich. Du musst mir unbedingt erzählen, welche Kleider die Ladys tragen und ob Alfreds Ärzte interessante neue Heilmittel entdeckt haben. Hast du mir Bücher mitgebracht?«

»Vier, allesamt von Alfreds Schreibern kopiert. Übrigens lässt er herzlich für die Arznei danken, die du ihm geschickt hast, und er war bitter enttäuscht, weil du ihn nicht besuchen wolltest.«

»Hast du ihm erklärt, warum ich im Augenblick nicht reisen möchte?«

Er nickte und warf einen Blick auf Cymbras gewölbten Bauch, der bereits unter dem weiten Umhang sichtbar war, und schlang seinen Arm noch fester um ihre Schulter. »Übrigens habe ich ihm alles erzählt, und wir beschlossen, im Frühling noch einmal darüber zu reden.«

Im Frühling, wenn die Seewege wieder frei waren, wenn das lange Warten ein Ende nehmen und sie herausfinden würde, ob die Liebe, die sie genauso nährte wie das Kind unter ihrem Herzen, die Seele des Mannes zu erreichen vermochte, zu dem sie beide gehörten …

Lächelnd hob sie ihr Gesicht der Sonne entgegen. Im Wind tanzten ein paar vereinzelte Schneeflocken, doch weit und breit zeigte sich keine Wolke. An der Dachrinne des Stalls hingen Eiszapfen, aus denen sich funkelnde Wassertropfen lösten.

25

Das Rotkehlchen landete am Rand des Nests und wurde von zwitschernden Vögelchen begrüßt. Nachdem die Mutter Futter in die gierig geöffneten Schnäbel gestopft hatte, flog sie wieder davon.

Cymbra sah ihr nach, ehe sie sich langsam erhob. Ihr Rücken schmerzte, und sie presste ihre Hand darauf, während sie sich im Sonnenzimmer umsah. Durch das offene Fenster wehte der Duft feuchter, fruchtbarer Erde herein. Unten im Hof vertrieben die Sonnenstrahlen den Morgennebel. Obwohl immer noch ein paar Schneehaufen in schattigen Winkeln lagen, war der Winter besiegt.

Am anderen Ende des großen Raums saß Daria mit den Ehefrauen und Töchtern von Hawks Stellvertretern. Sie nähten und schwatzten, doch Cymbra wollte sich nicht zu ihnen gesellen.

Stattdessen wanderte sie lieber umher und massierte ihren Rücken. In der vergangenen Nacht hatten die Schmerzen eingesetzt und ihr den Schlaf geraubt. Zuerst hatte sie ihnen keine besondere Bedeutung beigemessen, doch nun erschienen ihr die Beschwerden seltsam beharrlich.

»Ist es schlimmer geworden?«, fragte Miriam, die seit Tagen nicht von Cymbras Seite gewichen war und sogar darauf bestand, im Zimmer ihrer Herrin zu übernachten.

»Es ist nicht so schlimm ...«, versicherte Cymbra und streichelte verträumt ihren gewölbten Bauch. Irgendwo da drin strampelten winzige Beinchen. Während der ersten Monate hatte ihr die Schwangerschaft keine Unannehmlichkeiten bereitet, doch das hatte sich in den letzten Wochen dramatisch geändert.

»Bald ist Eure Zeit gekommen«, meinte Miriam lächelnd.

»Oh, daran zweifle ich«, entgegnete Cymbra. »Es würde bedeuten, dass ich ...« Errötend verstummte sie, ehe sie sich sagte, eine Heilkundige dürfte keine falsche Scham zeigen. »... dass ich das Baby schon in einer der ersten Nächte empfing. Und das glaube ich nicht.«

»Aber Ihr wisst es nicht, richtig?« Die braunen Augen der alten Frau funkelten. »Wie ich vermute, habt Ihr Euch nicht darum gekümmert.«

»Nicht direkt«, gab Cymbra zu. »Da meine Monatsblutung stets unregelmäßig eintraf, dachte ich nicht ...« Sie zuckte die Achseln und entsann sich verlegen, wie erstaunt sie gewesen war, als sie kurz nach der Ankunft auf Hawkforte ihre Schwangerschaft festgestellt hatte. Da sie sich so gut in der Heilkunst auskannte, sollte man annehmen, ihr Zustand wäre ihr viel früher bewusst geworden.

»Vielleicht nehmt Ihr die Gefühle anderer Menschen deutlicher wahr als Eure eigenen.«

»Mag sein«, stimmte Cymbra zu. »Trotzdem rechne ich erst in einigen Wochen mit der Geburt.«

Miriam nickte, doch das Lächeln, das ihre Züge erhellte, wurde noch breiter. Dann griff sie wieder nach dem winzigen Hemdchen, das sie gerade nähte.

Langsam verstrich der Vormittag. Jenseits der hohen Mauern löste sich der Nebel auf, und Cymbra sah Möwen kreisen. Offenbar suchten sie ebenfalls Nahrung für ihre Jungen, denn sie tauchten immer wieder zur heranströmenden Flut hinab.

Von der anderen Seite des Zimmers drangen die Stimmen ihrer Halbschwester und der anderen Frauen herüber. Doch sie hörte ihnen nicht zu, bis ihr plötzlich ein Mädchen auffiel, das verwirrt aus dem Fenster starrte. »Was – was ist das?«, stammelte es.

Eine der Frauen folgte der Richtung ihres Blicks und runzelte die Stirn. »Ich weiß es nicht … Oh!« Entsetzt presste sie ihre Hand auf den Mund.

»Da sind noch mehr!«, rief das Mädchen bestürzt. »Großer Gott!«

Daria schob sich zwischen die beiden Frauen, spähte hinaus, und ihre Züge schienen zu versteinern. Sekunden später hallte ihr schriller Schrei von den Wänden wider.

»Wikinger! Die Teufel des Nordens! Zu Tausenden! Jetzt ist es um uns geschehen!«

Nicht der Aufschrei ihrer Halbschwester ließ Cymbra nach Atem ringen, sondern der stechende Schmerz, der sich einen Weg von ihrem Rücken zu ihrem Bauch bahnte. Sie krümmte sich vor Schmerz zusammen, während im selben Moment Wasser zwischen ihren Beinen hinabrann. Ihr leises Stöhnen ließ die Frauen einen Augenblick lang die Blicke vom Fenster abwenden.

»Was ist?«, fragte Daria, erbost über die Störung dieser dramatischen, erschreckenden Augenblicke.

Schwerfällig stand Miriam auf, trat an ein Fenster und sah aufs Meer hinaus. Aus den letzten Nebelschleiern tauchten die kühnen Drachenbüge zahlreicher Wikinger-Kriegsschiffe auf, die schnell wie der Wind das Meer durchpflügten und den Strand von Hawkforte ansteuerten. Inzwischen waren sie so nahe herangefahren, dass sie die Männer an den Rudern erkennen konnte, deren muskulöse Arme sich rhythmisch bewegten.

Auf den Wachtürmen ertönten bereits die Signalhörner, und Männer und Frauen liefen in die Festung, um ihre Kinder und ihr Vieh in Sicherheit zu bringen. Mitten im Hof stand Hawk, der sich auf sein Schwert gestützt hatte und sich mit seinen Kriegern beriet.

Mit einem Schulterzucken verkündete die alte Dienerin, was ohnehin alle wussten. »Da kommt der nordische Wolf.« Sie wandte sich zu Cymbra um, die verwirrt nach Luft schnappte. »Und sein Kind.«

Plötzlich brach ein Tumult aus. Hin und her gerissen zwischen dem Wunsch, Cymbra beizustehen, und ihrer Angst vor den Wikingern, liefen die Frauen ziellos im Zimmer umher. Einige versuchten sich nützlich zu machen, was ihnen in ihrer Aufregung jedoch nicht gelang.

Schließlich ergriff Miriam die Initiative und führte Cymbra aus dem Zimmer. »Verständigt Lord Hawk!«, rief sie über ihre Schulter. »Sagt ihm, heute wird seine Nichte oder sein Neffe geboren. Dann lasst uns heißes Wasser aus der Küche bringen. Außerdem brauchen wir saubere Decken. Es gibt viel zu tun!«

Da die Ankunft eines neuen Erdenbürgers wichtiger

war als alles andere, beruhigten sich die Frauen und liefen davon, um die Aufträge auszuführen. Nur Daria blieb stehen und starrte aus dem Fenster, von einem berauschenden Triumphgefühl erfüllt, das sie nur mühsam hinter ihrer ängstlichen Fassade zu verbergen vermochte.

Nun würde das Verhängnis über diese Narren hereinbrechen, das sie wahrlich verdienten, und sie würden ihre Strafe bekommen, nachdem sie es versäumt hatten, Darias weise Voraussicht ernst zu nehmen und zu respektieren. Ihr hätte *alles* zugestanden – ein kluger Ehemann, der sich nach ihren Wünschen richtete und genug Mut aufbrachte, um die Macht zu erringen, die Alfred innehatte. Einen Mann, der sie dankbar über sämtliche anderen Frauen stellte und sie zu seiner Königin erhob. Das war es, wofür sie geschaffen war. Stattdessen erwartete man, sie würde sich glücklich schätzen, weil sie in den Genuss der Mildtätigkeit ihres Bruders kam.

Doch sie wusste nur zu gut, was er von ihr hielt, dafür hasste sie ihn abgrundtief. Nun würde endlich das Blut aller fließen, die ihr den gebührenden Respekt versagt hatten. Doch sie würde überleben, denn schon vor langer Zeit hatte sie ihren Fluchtplan geschmiedet. Bald würde sie den versprochenen Lohn für das vereitelte Bündnis zwischen den Norwegern und den Sachsen erhalten. Welch ein Glückstag, an dem sie Wolfs Brief an ihren Bruder abgefangen und Hawks Siegel lange genug entwendet hatte, um eine Antwort zurückzuschicken, die nicht zum Frieden, sondern zum Krieg führen würde …

Niemand hörte ihr Hohngelächter. Alle waren verschwunden, keiner beachtete sie – ein weiteres Vergehen, für das sie büßen würden …

»Was siehst du?« In ein frisches Nachthemd gehüllt, hatte sich Cymbra widerwillig ins Bett gelegt – fest entschlossen, genauestens über die Ereignisse informiert zu werden. Ständig kamen und gingen die Frauen, bleich und nervös, aber so eifrig und hilfsbereit, dass sie es nicht übers Herz brachte, sie wegzuschicken.

Miriam legte die Windeln beiseite, die sie zusammengefaltet hatte, trat ans Fenster und sah ohne großes Interesse hinaus. »Da ist Euer Mann.«

Vor Freude konnte Cymbra kaum atmen und musste sich an der Bettdecke festklammern, um nicht aus dem Bett zu springen, nach unten zu laufen und sich in Wolfs Arme zu werfen. Obwohl sie sich eingestehen musste, dass sie bestenfalls ein Watscheln zustande bekäme. »Was macht er?«

Mit einem mahnenden Stirnrunzeln brachte Miriam die Frau zum Schweigen, die antworten wollte. »Er spricht mit Lord Hawk, offenbar sehr freundschaftlich. Und jetzt vergesst die beiden und kümmert Euch um Eure eigenen Angelegenheiten.«

Von plötzlichen Schmerzwellen gequält, erkannte Cymbra, wie vernünftig dieser Ratschlag war. Miriam eilte an ihre Seite und ergriff ihre Hand.

»Keine Bange, meine liebste Kleine, alles wird gut. Atmet ruhig und gleichmäßig, wenn die Wehen beginnen, und versucht, Euch dazwischen zu entspannen.«

»Meine Liebste«, murmelte Cymbra, als die Schmerzen verebbten und unterdrückte die Tränen, die nichts mit den Wehen zu tun hatten. »So hat er mich auch genannt.«

»Wie hat er Euch genannt?«

»*Elskling* – meine Liebste.«

»Was für ein netter Mann«, meinte die alte Kinderfrau

und vergaß die Flüche, die sie nach der Entführung gegen den Wikinger ausgestoßen hatte.

»O ja …«, stöhnte Cymbra, von neuerlichen Krämpfen erfasst. »Nett und gütig und freundlich – und immer so vernünftig, so verständnisvoll.«

Tröstend redete Miriam auf sie ein und wischte ihr den Schweiß von der Stirn, während sich der Abstand zwischen den Wehen zusehends verringerte.

Inzwischen stand der nette, gute, freundliche Mann vor dem Tor von Hawkforte. In voller Rüstung, mit glänzendem Helm, das Schwert in der Hand, das im Sonnenlicht schimmerte, schrie die Geißel der Sachsen: »Stein um Stein! Balken um Balken! Nichts wird von dieser Festung übrig bleiben! Bringt sie sofort heraus!«

Über die Brustwehr hinweg musterte Hawk den wütenden Krieger, der soeben gedroht hatte, seinen Besitz in Schutt und Asche zu verwandeln. Unwillkürlich empfand er Bewunderung für seinen Schwager. Hinter Wolf drängte sich ein beeindruckendes Wikinger-Heer, das nach Hawks Schätzung aus mindestens tausend Mann bestand. Dieser Kampfstärke war seine eigene Garnison gewachsen, außerdem genoss er den zusätzlichen Vorteil hoher Mauern. Trotzdem bezweifelte er keine Sekunde lang, dass der Wikinger seine Drohung wahr machen würde. Und falls er das ernsthaft in Erwägung zog, konnte er es ihm nicht einmal verübeln.

Glücklicherweise waren die beiden Männer einer Einigung näher, als Wolf ahnen konnte. Davon würde Hawk ihn überzeugen müssen. Über die Mauer gebeugt, rief er: »Im Augenblick ist Cymbra beschäftigt! Kommt herein, dann reden wir!«

Die Wikinger brachen in spöttisches Gelächter aus und

schlugen ihre Schwerter gegen die Schilde. Wolf wandte sich seinem Bruder zu, der neben ihm stand: »Eine sonderbare Antwort ... Sie ist beschäftigt? Was zum Teufel meint er damit?«

Achselzuckend wich Dragon dem Blick des Jarls aus. »Jedenfalls hat er nicht Nein gesagt.«

Als Wolf wieder zur Brustwehr hinaufblickte, bemerkte er, dass Hawk ihn aufmerksam, aber weder besorgt noch kampflustig betrachtete. Doch so etwas ließ sich nicht immer zweifelsfrei feststellen.

»Eine ziemlich riskante Sache«, meinte Dragon fröhlich. »Du allein gegen tausend Sachsen. Gewiss, du bist ein guter Krieger, aber vielleicht nicht *so* gut.«

»Habe ich eine Wahl?«, seufzte Wolf. »Wenn ich versuche, diese verdammte Festung einzunehmen, könnte Cymbra verletzt werden. Daran hat Hawk wahrscheinlich schon gedacht.«

»Sieht so aus, als hätte er dich drangekriegt.« Dragon schlug seinem Bruder ermutigend auf die Schulter. »Mach dir keine Sorgen, ich werde mich hier draußen um alles kümmern.«

Einen kurzen Moment lang wunderte sich Wolf, dass sein Bruder ihn so bereitwillig in den Rachen des Todes gehen ließ, dann nickte er. Hawk erteilte den Wachtposten am Tor einen Befehl, worauf es aufschwang, um den Wikinger einzulassen. Die unzähligen Sachsen im Hof starrten ihn an, blieben jedoch auf Distanz, wohl wissend, dass sie einer Legende gegenüberstanden.

Hawk hingegen sprang von der Brustwehr herab und eilte zu seinem Schwager. Ohne sein Schwert zu ziehen, blieb er vor seinem Gast stehen und sprach aus, was seine Ehre und seine Vernunft geboten. Obwohl es ihm alles andere als leicht fiel, meisterte er die schwierige Aufgabe besser als erwartet. »Es war ein Fehler, Cymbra aus Sciringesheal zu entführen, und ich bitte Euch um Verzeihung.«

Entgeistert starrte Wolf ihn an. Er hätte sich niemals träumen lassen, dass der stolze Sachse sein falsches Verhalten zugeben und sich entschuldigen würde. Seine innere Anspannung ließ ein wenig nach. »Dann soll sie herauskommen, und wir segeln nach Hause!«, erwiderte er, noch immer auf dem Hof.

Hawk zögerte. »Vorher gibt es noch einiges zu besprechen – zum Beispiel das Bündnis. Das wolltet Ihr doch von Anfang an, oder? Habt Ihr Euch inzwischen anders besonnen?«

Noch vor wenigen Minuten hätte Wolf die Frage bejaht. Allein schon der Gedanke an ein Bündnis mit den Sachsen wäre ihm wie ein schlechter Scherz erschienen. Doch nun lagen die Dinge anders. Hawk hatte ihn in sein Haus eingeladen und sich entschuldigt. Also gebot es seine Ehre, die alte Feindschaft beiseite zu schieben und wenigstens zu versuchen, einen neuen Anfang zu wagen. »Nun, ich wäre bereit, darüber nachzudenken.«

»Ausgezeichnet!«, rief Hawk lächelnd und führte den Jarl zur Halle. »Hattet Ihr Schwierigkeiten hierher zu kommen?«, fragte er im Plauderton.

»Wie?« Die Silberaugen blinzelten.

»Nun, Ihr seid erstaunlich früh hier. Sicher sind die Seewege immer noch vereist.«

Gleichmütig zuckte Wolf die Achseln. »Wir sind um die Eisberge herumgesegelt.« Mit dieser lässigen Erklärung spielte er sein seemännisches Geschick herunter, das an sich schon legendär war.

»Sehr gut.« In der Halle gab Hawk den Dienstboten einige Anweisungen, die sich trotz ihrer Angst vor dem gefährlichen Wikinger anschickten, Erfrischungen zu kredenzen. »Essen wir zusammen und reden wir über unsere Differenzen.«

»Zuerst will ich Cymbra sehen.«

»So sehr ich es auch bedauere, im Augenblick ist sie nicht abkömmlich. Also reden wir.«

Hawk hatte bereits Platz genommen und wartete, dass sein Gast seinem Beispiel folgte. Ungeduldig riss Wolf den Helm von seinem Kopf, schleuderte ihn auf den Tisch und machte es sich bequem, während er das Bedürfnis bekämpfte, seinen Gastgeber in Stücke zu reißen. Was Cymbra betraf, konnte er nur annehmen, dass sie sich weigerte, ihren Ehemann wiederzusehen. Daraus konnte er ihr keinen Vorwurf machen. Und wenn er ihre Gunst zurückgewinnen wollte, war es ratsam, ihren Bruder am Leben zu lassen.

Ein kreidebleicher Diener schenkte Honigwein ein, wobei er ein paar Tropfen verschüttete. Doch das bemerkten die beiden Kriegsherrn nicht. Während sie tranken, musterten sie einander über die Ränder ihrer Kelche hinweg. Danach wurde eine Mahlzeit serviert, der Wolf jedoch keinerlei Beachtung schenkte. »Warum habt Ihr Cymbra aus Sciringesheal weggebracht?«

»Warum?«, stieß Hawk hervor. »Wie konnte ich sie zurücklassen, nachdem sie eine grausame Peitschenstrafe ertragen musste?«

»Sie wurde nicht verletzt«, presste Wolf zwischen den Zähnen hervor. »Das solltet Ihr inzwischen wissen.«

»Damals wusste ich es aber nicht.«

Ein erster Hoffnungsschimmer begann in seinem Inneren zu glimmen. »Und was war vorher, als Ihr vorgegeben habt, Ihr würdet abreisen, und zurückgekommen seid? Hat Cymbra Euch darum gebeten?«

»Nein, natürlich nicht!«, rief Hawk überrascht. »Sie hatte keine Ahnung. Und sie kam nur mit zum Schiff, weil ich ihr gesagt hatte, meiner Meinung nach könnte sie nur an Bord frei und ungezwungen sprechen.« Interessiert beobachtete er, wie alle Farbe aus dem Gesicht seines Gastgebers wich. »Stimmt etwas nicht?«, fragte er freundlich.

»Genau das hat Dragon vermutet …«, erwiderte Wolf. »Obwohl er nur ihr Schwager ist, hat er ihr vertraut, während ich, ihr Ehemann, geglaubt habe …«

»Was?«

Wolf atmete tief durch. »Dass ich sie verloren hätte.«

Voller Inbrunst dankte Hawk dem Schicksal, das ihn bislang vor den Qualen wahrer Liebe bewahrt hatte. »Das müsst Ihr beide unter Euch ausmachen. Doch zuerst muss ich König Alfreds Auftrag erfüllen und mit Euch über die Einzelheiten unseres Bündnisses verhandeln.«

Widerstrebend konzentrierte sich Wolf auf dieses bedeutende politische Problem. »Also ist er informiert?«

»Ja. Vor ein paar Monaten war ich am Hof von Winchester und erstattete dem König Bericht. Er ist sehr interessiert an diesem Bündnis, und er will sein Bestes tun, damit es zum Erfolg führt.«

Um keine weiteren Schwierigkeiten heraufzubeschwören, erwähnte Hawk nicht, dass er Alfred auch von dem gefälschten Brief erzählt hatte – der Antwort auf Wolfs Heiratsantrag und den Vorschlag eines Bündnisses. Nach Ansicht der Königs waren die Dänen dafür verantwortlich, doch die näheren Zusammenhänge mussten noch geklärt werden.

Die beiden Männer machten sich an die Arbeit. Die

Dienstboten brachten ihnen Pergament und Tinte, und als die Sonne im Westen versank, wurden Fackeln entzündet, während im Hof und vor den Mauern zwei Heere darauf warteten, ob Frieden einkehren oder ein Krieg ausbrechen würde.

Und oben im Turm kämpfte ein neues Leben darum, in der Welt willkommen geheißen zu werden.

Keuchend erduldete Cymbra jede neue Schmerzwelle. Jetzt folgten die Wehen so rasch aufeinander, dass sie sich dazwischen kaum noch erholen konnte. Krampfhaft presste sie und fürchtete, ihre Kräfte wären der schweren Aufgabe nicht gewachsen. So vielen Frauen sie auch im Kindbett beigestanden hatte – was eine Niederkunft bedeutete, wusste sie erst jetzt. Tief in ihrem Inneren spürte sie, wie der alte Instinkt, ein Leben zur Welt zu bringen, alles andere übertrumpfte – selbst den eigenen Überlebenswillen.

Als sich ihr Unterleib erneut verkrampfte, schrie sie zum ersten Mal seit vielen Stunden auf.

Unten in der Halle hörte Wolf den gellenden Schrei. Sofort sprang er auf, verließ den Tisch, auf dem der Entwurf des sächsisch-norwegischen Bündnisses lag, und stürmte zur Treppe, wo sich zwei bewaffnete Krieger ihm leichtsinnigerweise in den Weg stellten. Wolf stieß sie einfach beiseite und stürzte die Treppe hinauf, immer zwei Stufen auf einmal nehmend. Hinter ihm griff Hawk nach seinem Kelch und leerte ihn in einem Zug, ohne seine zitternde Hand zu beachten.

Als Wolf das oberste Stockwerk erreichte, hielt er inne. Er wusste nicht, in welche Richtung er sich wenden sollte, doch ein weiterer Schrei erklang und wies ihm den Weg. Atemlos lief er den Korridor entlang und riss die Tür am anderen Ende auf.

»Cymbra!«

Von qualvollen Wehen gepeinigt, starrte sie ihren Mann an, der ihr nach all den Monaten voller Sehnsucht in diesem Augenblick wie eine Vision erschien. Bedrohlich und bewaffnet – und trotzdem so wundervoll …

Dann streckte sie zitternd ihre Arme aus. »Wolf …«

Mit wenigen Schritten war er an ihrer Seite und erkannte bestürzt, was vor sich ging.

»Helft ihr, sich aufzurichten, Mylord«, wies Miriam ihn an. Trotz seiner Verwirrung war er geistesgegenwärtig genug, um zu gehorchen. Verzweifelt klammerte sich Cymbra an ihn, und er versuchte, ihr Kraft zu spenden. »Presst noch stärker, Mylady!«, befahl die alte Dienerin. Und Cymbra tat ihr Bestes.

Schrilles Gebrüll belohnte ihre Mühe.

Einige Sekunden später strahlte Miriam über das ganze Gesicht. Hastig säuberte sie den Säugling und überreichte ihn dem tief bewegten Vater. »Mylord, Ihr habt einen Sohn bekommen.«

Wolfs Knie fühlten sich so weich an, dass er sich klugerweise erst einmal auf die Bettkante sinken ließ, bevor er die kostbare Bürde entgegennahm.

Dann wanderte sein Blick von dem Baby in seinen Armen zu der Frau, die neben ihm lag. Von überwältigender Liebe erfasst, konnte er sich eine Zeit lang weder rühren noch etwas sagen, ja, er vermochte kaum zu atmen. Schließlich blickte er in Cymbras Augen und flüsterte das einzige Wort, das ihm angesichts dieses Wunders in den Sinn kam. »Danke.«

Müde und glücklich zugleich kämpfte sie mit den Tränen, richtete sich im Kissen auf und berührte die Wange ihres Mannes. »Ich danke dir«, wisperte sie.

Taktvoll wandte sich Miriam ab, um der jungen Familie ein paar ungestörte Augenblicke zu gönnen. Sie scheuchte die anderen Frauen aus dem Zimmer, dann eilte sie nach unten, um Lord Hawk zu unterrichten, dass er Onkel eines prächtigen kleinen Wikingers geworden war.

Derselbe Onkel ließ diskreterweise eine halbe Stunde verstreichen, ehe er an die Tür von Cymbras Zimmer klopfte. Die junge Mutter war eingeschlafen, und Wolf bedeutete ihm, einzutreten. Inzwischen hatte er sein Schwert und die Rüstung abgelegt und hielt, mit seiner Tunika bekleidet, seinen Sohn im Arm.

»Wie geht es Cymbra?«, fragte Hawk.

»Gut.« Aus diesem einen Wort sprach Wolfs ganze Erleichterung. »Sie ist sehr stark.«

Ein paar Minuten lang verharrten die beiden Männer in andächtigem Schweigen über das Wunder der Geburt. Dann musterte Hawk das Baby, das herzhaft gähnte. »Kräftiger kleiner Bursche.«

»Und eine fabelhafte Kombination«, meinte Wolf und grinste stolz. »Sachsen- und Wikingerblut.«

Hawk nickte. »Erzählt das Euren Freunden da draußen. Ich glaube, sie werden allmählich unruhig.«

Erst jetzt wurde dem Jarl bewusst, dass er sich schon seit Stunden in der sächsischen Festung aufhielt, und er wunderte sich, dass es seinem Bruder gelungen war, die Krieger so lange im Zaum zu halten. Hastig wickelte er das Baby in eine Decke und folgte seinem Schwager die Treppe hinab.

Als das Tor von Hawkforte aufschwang, blinzelten die Wikinger ins Licht der sinkenden Sonne. Am Firmament funkelten bereits die ersten Sterne.

Hoch aufgerichtet stand der nordische Wolf vor seinen Männern und den sächsischen Wachtposten auf den Zinnen und Türmen. Er streckte seine kraftvollen Arme in die Höhe, in denen das Neugeborene ruhte. *»Ich habe einen Sohn!«*, rief er so laut, dass alle ihn hören konnten.

Oben im Turmzimmer hallte das Jubelgeschrei der Krieger durch Cymbras Träume. Zufrieden schmiegte sie ihre Wange ins kühle Leinen des Kissens und lächelte.

26

Im Morgengrauen durchbrach ein schriller Schrei die Stille und riss Wolf aus dem Schlaf. Sofort sprang er aus dem Bett und ergriff sein Schwert, als ihm bewusst wurde, dass er keinem wahnwitzigen Feind gegenüberstand, sondern einer hageren Frau mit verzerrtem Gesicht.

»Wikinger!«, kreischte sie. »Möge uns der Himmel bewahren …«

»Was um alles in der Welt …«, murmelte Cymbra schläfrig, richtete sich auf und sah von ihrem erzürnten Ehemann zu ihrer tobsüchtigen Halbschwester. »Daria, das ist mein Gemahl, Lord Wolf Hakonson. Er ist Gast in diesem Haus, also solltest du ihn auch behandeln, wie es ihm gebührt.«

Mit glasigen Augen erwiderte die ältere Frau, in deren Mundwinkeln sich Speichel sammelte, Cymbras Blick. Stundenlang hatte sie sich eingeredet, nicht einmal ihr nichtsnutziger Bruder würde so weit gehen und Frieden mit den Wikingern schließen – nur weil diese dumme Kuh für einen dieser Teufel die Beine gespreizt und ihm einen Sohn geschenkt hatte. Doch es war geschehen, wie sie schließlich in ihrer blinden Wut erkannt hatte. Und so musste sie sich ihr Versagen eingestehen. Aber sie ließ sich keineswegs entmutigen, denn sie war klüger als alle anderen. Nur ein kleiner Fehlschlag, sagte sie sich, denn letzten Endes würde sie siegen. Doch um dieses Ziel zu erreichen, musste sie dafür sorgen, dass sie am Leben blieb. Und sie musste sich so schnell wie möglich dem forschenden Blick dieser blauen Augen entziehen, die sie in wachsender Verwirrung musterten.

»Ein *Gast*?«, schrie sie. »Hier? Genügt es nicht, dass die verdammten Wikinger zu Tausenden da draußen lagern? Müssen sie auch noch in die Festung eindringen?«

Cymbra zwang sich zur Geduld, was ihr dank ihrer überschwänglichen Freude nicht allzu schwer fiel. Es gelang ihr kaum, ihren Blick von Wolf abzuwenden. In der Nacht war er zu ihr zurückgekehrt und hatte das Baby in ihre Arme gelegt. Als er das Zimmer verlassen wollte, hatte sie ihn mit sanfter Stimme gebeten, bei ihr zu bleiben. Nach der langen Trennung brauchte sie ihn so dringend. Also hatte er neben ihrem Bett geschlafen, ohne sich auszukleiden. Irgendwann während der Nacht hatte er sie geweckt, damit sie den Säugling stillen konnte. Überglücklich hatten sie die ersten Stunden ihres Familienlebens genossen.

Doch nun drang die Außenwelt in ihre Idylle ein. »Bald werden wir *alle* Wikinger in Hawkforte begrüßen«, erklärte Cymbra ihrer Halbschwester mit ruhiger Stimme. »Hawk möchte die Geburt seines Neffen und das Bündnis feiern.«

»Unfassbar – Wikinger in unseren Mauern …«, jammerte Daria. »Und ein Fest? Unmöglich! Wie sollen wir so viele Leute bewirten? An alldem bist nur *du* schuld!« Sie starrte Cymbra mit zusammengekniffenen Augen an. »Wie lange willst du noch im Bett liegen? Steh auf und …«

Was immer sie noch sagen wollte, sollte Cymbra nicht hören, denn der wutentbrannte Wikinger neben ihr zeigte zur Tür. *»Hinaus!«*

Mit einem letzten verächtlichen Blick auf ihre Halbschwester suchte Daria das Weite, und Cymbra hatte sie augenblicklich vergessen.

Lächelnd sank sie in die Kissen. »Wie gut du das kannst …« Als er fragend die Brauen hob, fügte sie hinzu: »Erinnerst du dich an den Abend, als du die Frauen aus der Küche gescheucht hast?«

»O ja …« Zu ihrem Entzücken stieg ihm das Blut in die Wangen. Sie lachte und breitete die Arme aus.

Aber bevor er der Aufforderung folgen konnte, kam Miriam ins Zimmer geeilt. »Das genügt, Mylord! Nun muss ich mich um Mylady kümmern.« Forschend schaute sie den Jarl an. »Und falls ich mir die Bemerkung erlauben darf – auch Ihr könntet eine gründliche Säuberung vertragen.«

Kein bisschen verärgert über den gebieterischen Ton der alten Frau, berührte er seine Bartstoppeln, schnitt eine Grimasse und küsste Cymbras Stirn. »Ich komme bald wieder, *Elskling*.«

»So ein netter Mann«, murmelte Miriam, als die Tür hinter ihm ins Schloss fiel.

Nackt und verschwitzt saß Wolf auf einer glatten Holzbank und musterte sein Gegenüber. Im Grunde war Hawk kein schlechter Kerl, obwohl er immer noch Gedanken an Mord und Zerstörung in ihm heraufbeschwor. So besaß er zum Beispiel eine Sauna, von der er behauptete, sie würde der einzigen erfreulichen Sitte entsprechen, die er von den Dänen übernommen habe. Außerdem musste Wolf zugeben, dass er an Hawks Stelle ebenso gehandelt hätte. Und er war Cymbras Bruder. Ihr zuliebe und zum Wohl beider Völker mussten sie sich vertragen.

»Dank unseres Bündnisses werden wir den Dänen wesentlich besser Widerstand leisten können als bisher«, bemerkte Wolf. »Aber das genügt nicht.«

Hawk griff nach der Kelle und goss Wasser auf die glühenden Steine. Verblüfft und erleichtert erkannte er, wie gut er sich plötzlich mit dem Entführer seiner Schwester verstand, obwohl ihn der Begriff »Liebe« noch immer verwirrte, deren Existenz er bis vor kurzen zweifellos verleugnet hätte. Doch nun musste er sich eingestehen, dass sie in diesem besonderen Fall Wunder gewirkt hatte.

»Eine engere Verbindung zwischen unseren Völkern würde unsere Sicherheit noch vergrößern«, fuhr Wolf fort.

Gewiss, das klang vernünftig. »Wir sollten mehr Handel treiben«, schlug Hawk vor.

»Allerdings«, stimmte Wolf zu. »Aber ich dachte an etwas anderes.« Nach einer wirkungsvollen Pause betonte er: »Du bist nicht verheiratet.«

Hawks breite Schultern versteiften sich. »Vor ein paar Jahren war ich verheiratet, doch dann ist sie gestorben. Und das hat mir gereicht.«

»Tut mir Leid, aber du musst weiterleben, trotz des schweren Verlustes.«

»Du hast mich missverstanden. Wir standen uns nicht sehr nahe, ganz im Gegenteil. Wie mich jene Erfahrung gelehrt hat, bin ich nicht für die Ehe geschaffen.«

Dragon lag auf seiner Bank und ließ die Hitze die Folgen des Zechgelages, mit dem die Wikinger und die Sachsen die Geburt seines Neffen einträchtig gefeiert hatten, aus seinem Körper saugen. Nun hob er den Kopf. »Nimm dich ja in Acht, Hawk!«, warnte er. »Lass dir von ihm nichts anderes einreden. Was dieses Thema betrifft, waren seine Ansichten früher durchaus vernünftig. Doch das hat sich geändert. Wenn wir nicht aufpassen, wird er bald alle seine Krieger verheiraten.«

»Nicht alle«, protestierte Wolf belustigt. »Nur euch beide.«

»Uns beide?«, wiederholte Dragon, der davon ausgegangen war, Wolfs Vermittlungsversuche würden sich auf ihren Gastgeber beschränken.

»Bei mir wird er kein Glück haben«, spottete Hawk. »*Eine* Ehe hat mir vollauf genügt.«

Doch Wolf ließ sich nicht beirren. »Was wäre denn vernünftiger? Wenn Hawk eine Wikingerin zur Frau nimmt, und du, Dragon, eine Sächsin, ist das Bündnis dreifach gesichert. Zweifellos wäre König Alfred damit einverstanden. Übrigens habe ich ihn bereits darauf hingewiesen.«

Hawk starrte ihn ungläubig an. »Was meinst du damit?«

»Nun, ich habe ihm einen Brief geschickt, in dem ich meinen Plan erklärte.« Das unverhohlene Entsetzen des Sachsen entschädigte Wolf ein wenig für den Kummer, den ihm Cymbras Verlust bereitet hatte. »Zu spät!«, rief er fröhlich, als Hawk aufsprang und zur Tür eilte, um den Boten aufzuhalten. »Der Mann ist schon im Morgengrauen weggeritten. Du kannst ihn nicht mehr einholen.«

Vorerst erwähnte er nicht, dass er den König im selben Brief um Hilfe bei der Aufklärung jener Intrige gebeten hatte, in deren Folge sein Heiratsantrag nicht in Hawks Hände geraten und eine gefälschte Nachricht nach Sciringesheal gelangt war. Wenn derjenige, der die Verantwortung dafür trug, auch keinen Erfolg erzielt hatte, musste er zumindest an weiteren Ränkespielen gehindert werden.

Langsam sank Hawk auf die Bank zurück und starrte Wolf ungläubig an. »Vielleicht ist Alfred gar nicht so begeistert von dieser Idee …« Aber noch während er sprach, wusste er, dass jede Hoffnung zwecklos war. Natürlich würde Alfred ein dreifaches Bündnis begrüßen, das ihm half, die Dänen in Schach zu halten. Hawk hatte dem König Treue geschworen. Und wenn Alfred ihm befahl, einen Wikingerin zu heiraten, würde er wohl oder übel gehorchen. Eine Fremde, die er wahrscheinlich nicht einmal selbst aussuchen durfte … Beklommen blickte er ins Leere.

»Odin sei Dank, *ich* bin nicht an einen sächsischen Lehnsherren gebunden!«, stieß Dragon hervor.

»Du hast Recht«, bestätigte Wolf. »Aber Alfred ist ein Mann, den man nicht verärgern sollte.« Er warf seinem Bruder einen viel sagenden Blick zu. »Und das gilt auch für mich.«

Entgeistert schüttelte Dragon den Kopf. »Das ist also dein Dank? Erstens habe ich dir klar gemacht, was wirklich zwischen Cymbra und dem da …« Er zeigte auf Hawk. »… vorgefallen ist. Und zweitens habe ich dir aus Mitleid ihre Schwangerschaft verschwiegen, damit du nicht den Verstand verlierst, solange die Seewege nicht passierbar waren. Und nun vergiltst du mir das alles auf *diese* Weise?«

Wolf sprang so abrupt auf, dass er mit dem Kopf beinahe gegen die Deckenbalken prallte. »*Was* hast du getan?«

»Woher hast du das gewusst, Dragon?«, fragte Hawk, während er voller Schadenfreude das Mienenspiel des wütenden Jarls beobachtete.

»Brita hat es mir erzählt, die junge Irin. An jenem Tag belauschte sie dein Gespräch mit Cymbra hinter dem Stall. Du hast gesagt, du würdest nur an die Liebe deiner

Schwester zu meinem Bruder glauben, wenn sie ohne Zwang erklärte, was sie empfindet. Deshalb wolltest du sie auf dein Schiff bringen. Brita versuchte einzugreifen, aber einige Frauen hielten sie zurück, um sie vor ihrer eigenen Kühnheit zu bewahren. Sicher kannst du dir vorstellen, wie ihr zu Mute war – vor allem, weil sie ziemlich sicher war, dass Cymbra ein Kind erwartete.«

Abrupt sank Wolf auf die Bank zurück. »Also wusstest du von ihrem Zustand?«

»Ich wusste, dass es ziemlich sicher so war. Jedenfalls schwor mir Brita, Cymbra habe nichts geahnt, was ihr allerdings ziemlich seltsam vorkam, weil Cymbra doch so viel von der Heilkunde versteht.«

»Seltsam«, wiederholte Wolf tonlos. Nachdem er eine Zeit lang nachgedacht hatte, konnte er seinem Bruder nicht mehr zürnen. Hätte er Bescheid gewusst, wäre er womöglich mitten im Winter aufgebrochen und hätte sein Leben und das seiner Krieger gefährdet … Davor hatte Dragon ihn bewahrt, und er würde ihm dafür danken. Eines Tages …

»Brita war ganz krank vor Sorge«, murmelte Lord Dragon.

»Und sie hat sich ausgerechnet *dir* anvertraut?«

»Nun ja, die Frauen mögen mich.« Dragon lächelte bescheiden. »Ein Fluch, den ich tapfer ertrage …«

Hawk brach in Gelächter aus, das jedoch augenblicklich verstummte, als er Wolfs gerunzelte Stirn sah. »Inzwischen hat sich alles zum Guten gewendet!«, sagte er hastig.

Langsam verzog sich Wolfs Gesicht zu einem breiten Grinsen, und er verschränkte die Arme hinter dem Kopf. »Zweifellos, zumindest für mich. Jetzt muss ich nur noch für *Euer* Glück sorgen.«

Trotz der Hitze in der Sauna wechselnden Hawk und Dragon einen Blick voll kaltem Entsetzen, den Wolf amüsiert zur Kenntnis nahm.

Bester Laune kehrte er zu seiner Frau zurück.

Er traf Cymbra in ihrem Zimmer an. Frisch gebadet, in einem hübschen Kleid, das Haar geflochten, hielt sie das Baby im Arm und schenkte ihrem Mann ein Lächeln, das sein Herz gestohlen hätte, würde es ihr nicht schon längst gehören.

Bewundernd schaute sie zu ihm auf. Der wilde Wikinger-Krieger vom Vortag war verschwunden. Er hatte sich sorgfältig rasiert und ein Bad genommen und sah in seiner violetten Tunika mit goldenen Borten majestätischer aus denn je. Das dichte, ebenholzschwarze Haar hatte er im Nacken zusammengebunden, wodurch seine markanten Züge noch deutlicher hervortraten. An seinen Armen glänzten goldene Reifen und an seinem Hals prangte das Wolfsemblem. Unwillkürlich berührte sie ihre eigene Kehle. Als er diese Geste sah, grinste er und zog ein Holzkästchen hinter dem Rücken hervor. »Suchst du *das* hier?«

Erfreut öffnete sie die Schatulle und erblickte ihre Juwelen, darunter auch das Halsband, das er ihr zur Hochzeit geschenkt hatte. Mit bebenden Fingern griff sie danach. Wolf nahm es ihr aus der Hand und legte es um ihren schlanken Hals. Rubinrot funkelten die Wolfsaugen in der Morgensonne.

Plötzlich erwachte das Baby und hob die Lider. In seinen leuchtend blauen Augen, die es von der Mutter geerbt hatte, glänzten silbergraue Punkte. Ernst blickte der Kleine zu seinem Vater auf, und Wolf berührte sein winziges

Händchen. Zu seinem Entzücken packte sein Sohn einen Finger und hielt ihn fest. »Kräftiger kleiner Racker …«

»… der dringend einen anderen Namen braucht«, tadelte seine Frau und lächelte ihre beiden geliebten Männer an. »Wollen wir ihn Hakon nennen?«

Nach seinem Großvater … Tief gerührt nickte Wolf und fing an zu lachen, als das Baby unmissverständlich seine Meinung kundtat. »Vielleicht sollten wir meinen Erben Lion nennen, nach dem Löwen. Zweifellos macht er dem König aller Tiere mit seinem Gebrüll alle Ehre.«

Cymbra, noch immer etwas nervös, weil all das noch neu für sie war, legte das Baby an ihre Brust. Suchend glitt der kleine Mund über ihr weiches Fleisch und fand sein Ziel. Zur Erleichterung der liebevollen Eltern trat tiefe Stille ein.

»Erstaunlich«, murmelte Hawk ein paar Tage später, während er in der Kapelle beobachtete, wie sein Neffe getauft wurde. Sobald das Weihwasser die kleine Stirn benetzte, erklang ein ohrenbetäubendes Gebrüll, das Bruder Joseph veranlasste, die Gebete möglichst schnell zum Ende zu bringen. Zur maßlosen Erleichterung aller anwesenden Wikinger und Sachsen übergab der Mönch den Säugling sofort wieder seiner Mutter. Nach einem letzten Schrei, der sogar seinen hartgesottenen Vater erschütterte, beruhigte sich der kleine Hakon.

»Was für kräftige Lungen«, meinte Bruder Joseph taktvoll, nachdem die Zeremonie beendet war.

»Und eine sehr schöne Taufe«, versicherte Cymbra, die auf den Armen ihres Mannes lag. Erst nachdem sie eingewilligt hatte, dass er sie trug, hatte er ihr erlaubt, an der Taufe teilzunehmen. »Vielen Dank, Bruder Joseph.«

»Freut mich, dass ich mich nützlich machen durfte, Mylady«, beteuerte der junge Mönch. »Heute konnte ich eine viel angenehmere Pflicht erfüllen, als Euch zur Rückkehr nach Sciringesheal zu bewegen. Deshalb musste ich den Jarl nämlich begleiten. Glücklicherweise war der Auftrag überflüssig.«

Auch Cymbra war entzückt, dass Wolf den Geistlichen mit auf die Reise genommen hatte – aus welchem Grund auch immer. Denn sie zog den jungen Mann Hawks mürrischem Hauspriester bei weitem vor. Zweifellos stand Vater Elbert irgendwo in der Menge mit Daria an seiner Seite, die ihm im Charakter verblüffend glich. Da Bruder Joseph die Trauung in Sciringesheal vorgenommen hatte, war es Cymbra nicht schwer gefallen, ihr Gewissen zu besänftigen, dass sie Vater Elbert übergangen und die Taufe dem jungen Mönch übertragen hatte.

Zu Ehren der Zeremonie und des Bündnisses zwischen den Sachsen und Wikingern wurde ein weiteres Fest veranstaltet. In der großen Halle fanden die zahlreichen Gäste keinen Platz, deshalb hatten die Dienstboten auch im Hof Tische aufgestellt, die unter den üppigen Speisen ächzten. Nicht zuletzt war die verschwenderische Fülle dem Proviant zu verdanken, den Wolf im Laderaum seines Schiffs verwahrt hatte, um sich für eine eventuelle Belagerung von Hawkforte zu rüsten.

Nun setzte er seine Frau auf einen Stuhl an der Haupttafel, ehe er sich an ihrer Seite niederließ. Links und rechts der beiden nahmen Dragon und Hawk Platz. Wenig später eilten die Gäste herbei, um die jungen Eltern zu beglückwünschen. Sie entstammten allen Teilen Sachsens, auch der königlichen Provinz Wessex, aus der Alfred seine Repräsentanten geschickt hatte. Auch die Lords aus Mercia,

Udell und Wolscroft waren angereist. Cymbra entsann sich vage, dass Letzterer mit Darias verstorbenem, nicht allzu schmerzlich betrauerten Ehemann befreundet gewesen war, und so überraschte es sie nicht sonderlich, die beiden in ein Gespräch vertieft zu sehen. Nachdem sie mit den zahllosen Lords und Ladys bekannt gemacht worden war, fragte sie sich, ob sie sich all die Namen je merken würde.

Zu ihrer Verblüffung wollten die Leute nicht nur den nordischen Wolf kennen lernen, sondern auch ihre Neugier befriedigen, die seiner sächsischen Gemahlin galt. Wie sie dem eifrigen Getuschel entnahm, hatten sie alle von ihrem abgeschiedenen Leben auf Holyhood und der Entführung inzwischen gehört. Normalerweise hätte der Ansturm dieser Gefühle ihre Seele ermüdet, doch an Wolfs Seite fühlte sie sich so stark, dass sie das Fest in vollen Zügen genießen konnte.

Als sie Olaf entdeckte, winkte sie ihn lächelnd zu sich. Seit Tagen wusste sie, dass auch er in der Festung war, obwohl er ihr bis jetzt aus dem Weg gegangen war.

Er trat widerstrebend näher und zuckte verwirrt zusammen, als sie seine schwielige Hand ergriff. Augenblicklich spürte sie die tiefe Sorge, von der sie ihn befreien musste. »Wie schön, Euch wiederzusehen! Hoffentlich werdet Ihr auch meinem Sohn mit Eurem weisen Rat zur Seite stehen, so wie meinem Mann.«

In seinen Augen schimmerte es verdächtig. »Vielen Dank, Mylady.«

Wolf, der das kurze Gespräch belauscht hatte, erhob sich. Vor den Augen der ganzen Gesellschaft umarmte er den alten Krieger, ließ einen Stuhl bringen und bat Olaf, neben ihm Platz zu nehmen. Der dankbare Blick, den ihr

ihr Ehemann zuwarf, sagte Cymbra, wie froh er darüber war, dass sie dem alten Wikinger nicht dafür zürnte, dass er an jenem Tag die Peitsche geschwungen hatte.

Bis in die Nacht dauerte das Fest, doch schon bald trug der nordische Wolf seine geliebte Frau die Treppe hinauf. Während der Lärm des Zechgelages ins Turmzimmer drang, lag er auf einen Ellbogen gestützt neben ihr im Bett, und bewachte ihren Schlaf – erfüllt von ihrer Liebe zueinander und dem Glück, ein gemeinsames Kind zu haben.

Seit er in früher Jugend Waise geworden war und verzweifelt vor den Ruinen seines Lebens gestanden hatte, war er voller Zorn und Trauer gewesen. Obwohl er dagegen angekämpft und beschlossen hatte, an die Zukunft zu denken und die Vergangenheit zu vergessen, war es ihm nicht gelungen. Erst jetzt, in der Stille des Turmzimmers, spürte er nichts mehr von jenem Kummer.

Zärtlich streichelte er die Wange seiner Frau, die vollen Lippen und die zarte Haut an ihrem Hals, unter der der Puls ihres Lebens schlug. Bei ihrer ersten Begegnung hatte er sie für ein überirdisches Wesen gehalten, doch nun wusste er es besser. Sie war ein Mensch, eine vollkommene Frau, mit jener mysteriösen Macht ausgestattet, die in seinem bisherigen Leben gefehlt hatte.

Aus Rachsucht hatte er sie entführt und zur Ehe gezwungen, um das Bündnis zu erreichen. Und sie hatte mit ihrer Liebe, ihrem Mut und ihrer Großzügigkeit das Leid der Vergangenheit aus seinem Herzen verbannt und ihm eine hoffnungsvolle Zukunft geschenkt. Cymbra, die Heilkundige, hatte ihm zur Genesung verholfen.

Und jetzt würden sie, in unsterblicher Liebe vereint, ihren beiden Völkern den ersehnten Frieden bringen.